절
대
검
감

10

절대검감

10

絶對 劍感

한중월야

장편소설

시공사

등
장
인
물
소
개
—

진운휘	어릴 적 주화입마를 입고 혈교에 납치되어 삼류 첩자의 삶을 살다가 허무한 죽음을 맞았다. 〈검선비록〉과의 기연으로 다시 태어나 검과의 소통 능력으로 새로운 삶을 만들어 나가기 위해 노력한다. 자신의 출생 비밀을 알게 된 후 혈교와 무쌍성에서는 진운휘로, 무림연맹에서는 남천검객의 제자 소운휘로 활동한다.
사마영	월악검 사마착의 여식이자 진운휘의 정인.
소영영	익양 소가의 장녀이자 진운휘의 누이동생. 봉황당의 부당주를 맡고 있다.
백해향	혈교의 부교주.
설백	북해빙궁의 궁주이자 마지막 생존자.
월악검 사마착	오대 악인의 일인이자 사마영의 부친.
만성제 주금복	대연제국의 황제.
경왕	대연제국의 세 황자 중 일인. 궁녀 소생.
영왕	대연제국의 세 황자 중 일인이자 경왕의 동생.

금상제 주양선	대연제국의 육대 황제. 삼백여 년 전 무림과의 전쟁을 선포, 무림 박해를 시행했다.
뇌장	금상제의 세 심복 중 일인.
마선	인간이 되고 싶었던 교룡. 과거 십선의 일인이었으며, 백무자라고도 불렸다.
무한제일검 백향묵	중원 팔대 고수의 일인이자 전 무림연맹주.
무한검협 이정검	중원 팔대 고수 무한제일검 백향묵과 태극검제 종선 진인의 공동 전인. 청룡당의 당주.
만사신의	당대 무림 최고의 의원.
악심파파 철수련	오대 악인의 일인.

차
례
—

일러두기

- 무협 자체의 재미와 개성을 살리기 위해 의도적으로 속어, 비속어, 은어 등의 표현이나 일부 한글 맞춤법 규정에 어긋나는 표현도 그대로 실었습니다.

- 검의 대화의 경우 앞에 '─' 표기를 넣었고, 전음은 앞뒤 [ ] 표기, 검선의 말은 앞뒤 [ ]를 표기하되 고딕으로 서체를 달리하여 표기하였습니다. 또한 본문 내 강조나 인용 등으로 들어가는 내용은 고딕체로, 본문에 나오는 대화 중 과거형은 다른 명조체로 구분하여 표기하였습니다.

- 한 장짜리 비서는 홑꺾쇠표《 》, 서책의 경우 겹꺾쇠표《 》로 표기하였습니다.

천하제일의 칭호

압도적이다 못해 경이로운 무위에 두 사제는 경악을 금치 못했다. 인외라고 해도 과언이 아닐 만큼 소검선 소운휘의 무위는 상상을 초월했다. 그가 검을 휘두를 때마다 나무 수십 그루가 갈라지는가 하면 권각에 지면이 함몰되는 것은 예삿일도 아니었다. 전신이 검게 물든 가짜 이정겸과 상대하면서 그를 괴물이라 여겼던 백향묵이었다. 하지만….

'진짜 괴물은 저기 있구나.'

이 정도 무위라면 혼자서 능히 천, 아니 만 명을 감당할 수 있을 것 같았다. 그것도 일반 장정이 아니라 무림인들로 말이다. 소운휘의 손에서 어떻게든 벗어나려고 발버둥 치고 있었지만 전신이 으깨지고 잘리는 가짜 이정겸을 보면 오히려 불쌍해질 정도였다.

'…말도 안 되는 성장 속도다.'

처음 그를 보았을 때만 하더라도 이 정도는 아니었다. 여느 후기지수들보다 뛰어나긴 했지만 경험이 부족하고 깨달음이 모자라기에 가르침마저 주지 않았는가. 이제는 자신이 배워야 할 판국이었다.

'검선의 그림자가 이렇게 크단 말인가.'

검선 본인도 아니고 그 제자의 제자일 뿐인데 너무 강했다. 검선의 후예의 제자가 이 정도라면 자신을 상대했던 검선의 후예도 전력을 다하지 않았을지 모른다는 생각마저 들었다.

[스승님.]

그런 그에게 이정겸이 전음을 보냈다.

[왜 그러느냐?]

[소 형, 아니 소검선의 저 말도 안 되는 무위는 그렇다 치고 저렇게 피처럼 붉게 물든 머리카락은 분명….]

[네 짐작대로다. 혈천대라공을 익혀서 그렇다.]

그 말에 이정겸의 눈이 휘둥그레졌다. 스승인 백향묵이 혈천대라공을 익힌 것이야 이미 무림 전체에 퍼졌기에 잘 알고 있었다. 그러나 소검선인 소운휘가 그것을 익혔다는 것은….

[설마?]

[듣기만 하거라.]

금상제 측의 회유 때문에 소검선과 혈마가 동일인이라는 사실을 알고 있는 백향묵이었다. 하지만 제자인 이정겸이 그 사실을 알 리가 없었다. 이에 백향묵은 그동안 자신이 겪었던 일들을 간략하게 설명해주었다. 모든 사실을 알게 된 이정겸은 놀라움을 금치 못했다.

[하! 소 형이 검선의 후예의 제자이기도 하고 혈마이기도 하다니….]

[이 사실은 너만 알고 있거라.]

눈앞에서 저 모습을 보이지 않았다면 약조한 게 있으니 굳이 밝히지 않으려 했던 백향묵이었다. 그러나 미리 언질을 해둬야 제자인 이정겸이 함구할 것 같아 알려준 것이었다.

'많이 놀랐겠지.'

자신 역시도 이 사실을 알았을 때 많이 놀랐었다. 정파의 새로운 영웅이자 상징이 되어가는 소검선이었다. 게다가 이제는 무림연맹 주의 후보가 되지 않았는가. 그런 자의 숨겨진 또 다른 정체가 혈마라는 사실을 알고서 경악을 금치 못했었다. 몹시 놀라워하는 이정겸을 보며 백향묵이 전음을 보냈다.

[많이 놀랐느냐?]

이런 그의 물음에 이정겸이 잠시 망설이다 조심스럽게 말했다.

[…실은 스승님께 말씀드리지 않은 것이 있습니다.]

이에 백향묵이 반문했다.

[말하지 않은 게 있다고?]

[사실 그가 마음에 들었기에 무쌍성과 문제가 있는 것이 아니라면 함구하려고 했지만….]

[무쌍성? 그게 무슨 말이더냐?]

갑자기 튀어나온 무쌍성이라는 말에 백향묵이 의아해했다. 그런 그에게 이정겸이 말했다.

[…풍영팔류종의 시험을 치르러 저를 보내셨던 것을 기억하십니까?]

[직접 보냈는데 기억하지 못할 리가 있느냐.]

무쌍성과의 관계를 다시 원만하게 하기 위해서 이정겸을 그 시험에 보냈었다. 그런데 이 이야기를 왜 꺼내는지 알 수 없었다. 백향묵이 물었다.

[이 이야기는 왜 하느냐?]

[그때 하운이라는 자가 소종주가 되었다는 것을 말씀드리지 않았습니까?]

[그래, 그랬지.]

똑똑히 기억하고 있었다. 느닷없이 무정풍신 진성백의 친자가 나타나 그 자리를 꿰찼던 것으로 기억한다. 그런데 이정겸의 입에서 전혀 예상치 못한 말이 튀어나왔다.

[그때 말씀드리지 않았지만 하운이 소 형, 소검선 소운휘입니다.]

'…!!'

그 말에 백향묵이 놀라다 못해 경악을 금치 못했다. 아니, 지금 제자 녀석이 무슨 말을 하는지 이해하기 힘들 정도였다.

[그게 무슨 소리야? 소운휘가 하운이라니?]

[…스승님께서도 아시다시피 저는 무공을 익히기 전부터 기의 감응력이 예민하여 타인의 기를 감각으로 구분할 수 있습니다.]

그건 알고 있었다. 그렇기에 제자로 받아들이지 않았던가.

[당시 하운을 보았을 때 후기지수 논무 때와는 기운이 미묘하게 달랐지만, 시험을 치르면서 그가 틀림없다고 확신했었습니다.]

[그걸 어찌 이야기하지 않은 게야?]

백향묵의 다그침에 이정겸이 머리를 긁적이며 말했다.

[…그가 마음에 들었습니다.]

[마음에 든다고 그걸 스승에게 숨겨?]

순간 백향묵은 골이 아파왔다. 하긴 이것만 가지고 뭐라고 하는 것도 우스운 상황이다. 이정겸은 겁살검의 요성에 사로잡혔던 것을 기억해냈음에도 불구하고 그 전까지 자신이 저질렀던 살업을 통탄해하여 숨기지 않았던가.

[이건 숨길 만한 사항이 아니었다.]

[송구합니다. 그가 마음에 들어서이기도 했지만 익양 소가 출신인 그가 이 사실을 숨겨가면서 무정풍신을 찾은 것에는 나름의 연유가 있었을 거라 여겼습니다.]

결국 정말로 그가 마음에 들어서 숨겨줬다는 소리였다. 타인과의 감정 교류가 적어 우려했었는데, 정작 교분을 쌓아 의리를 지킨 존재가 소운휘라니 기가 찰 노릇이었다.

[끝까지 숨길 생각은 없었습니다. 만약 무쌍성과 부딪치는 상황이 벌어진다면 소 형에게 도움을 청하려고 했었습니다.]

[이런 중요한 이야기를 이제야 하다니.]

백향묵이 혀를 찼다. 이정겸이 밝힌 이 사실은 무림을 뒤흔들 만한 얘기였다.

'어찌 이런 일이… 하!'

백향묵은 기가 찼다. 현 무림은 삼대 세력이 삼분하고 있다고 해도 과언이 아니다. 무림연맹, 혈교, 무쌍성, 이 세력들이 균형을 맞추고 있었는데, 황당하게도 세 세력의 중심부를 단 한 사람이 차지하고 있었다. 만약 소검선 소운휘가 무림연맹의 맹주가 된다면 사실상 모든 삼대 세력의 수장이 되는 것이나 다름없었다.

'금상제란 자가 문제가 아니지 않은가.'

모든 무림 중추의 권력이 단 한 사람의 손에 넘어갈 판국이었다. 그 금상제조차 배후에 숨어서 못했던 것을 저 소운휘는 이룩하기 직전이었다. 심각해하는 백향묵에게 이정겸이 말했다.

[그리고 하나 더 말씀드릴 게 있습니다.]

[…또 무엇이냐?]

[이건 막 알게 되었는데, 스승님께서 아까 전에 말씀하셨던 그 금 안의 존재를 연기했다던 검선의 후예와 저기 소 형의 기운이 흡사합니다.]

[뭣?]

그런 그의 말에 백향묵의 두 눈이 커졌다.

* * *

콰직!

"끄아아아악!"

참 질긴 생명력이다. 서복만큼은 아니지만 몸을 베어내고 으깨버리는 데도 계속 육신이 재생했다. 물론 재생하는 족족 이렇게 만들어서 놈은 죽을 맛일 것이다.

―너도 참 어지간하다.

뭘 어지간해. 전신의 요혈에 침이 박혔을 때 얼마나 고통스러웠는지 알아.

그 고통을 고스란히 돌려주는 것뿐이다. 이제 확실하게 자신과 내 격차를 알았을 테니 이 정도로 할까나. 머리를 비롯해 상반신의 윗부분을 남겨놓고 있는데, 나는 녀석의 심장에 남천철검을 박고서 말했다. 푹!

"끄으으으."

"네놈 정체가 뭐야?"

이런 나의 물음에 놈이 고통스러워하면서 내게 말했다.

"주… 죽여라."

"죽일 거야. 한데 네 입에서 진실이 나오는 것을 듣고서 말이야."

이 말에 놈이 질린다는 듯이 나를 쳐다보았다. 이 꼴이 되고도 입을 다물고 있는 네놈도 만만치 않거든. 하지만 아까 전에 백향묵이 녀석을 도발하면서 짐작하게 된 게 있다.

"백(魄)을 무슨 수로 겁살검에 심은 거지?"

이런 나의 물음에 녀석의 얼굴이 굳었다. 역시 이것이 중요 관건이었다. 처음에 녀석이 가짜 이정겸인지 모르고 겁살검의 백에 몸을 빼앗긴 줄 알고서 천권으로 이를 흡수하려고 했었다. 그런데 정작 놈의 안에는 있어야 할 백이 없었다.

"인간의 몸에는 혼과 백이 균형을 맞추고 있지. 한데 네놈의 육신에는 그게 없었어."

"…."

"그렇다는 건 네놈의 백을 겁살검에 집어넣었다는 말이겠지."

놈의 눈동자가 작게 흔들렸다. 나의 예상이 어느 정도 들어맞은 모양이다. 그런 녀석에게 나는 짐작하고 있는 것을 계속 이야기했다.

"삼백여 년 전이라고 했는데… 네놈 자경정과 무슨 관계지?"

"…."

"금상제가 도화선에 대해서 알고 있었다면 진즉에 내 정체를 알아냈을 거야. 하나 그렇지 않았지. 그렇다는 건 분명 네놈이 자경정과 친분이 있든 관련이 있다는 소리다."

"…무슨 말을 하는 것이냐."

"시치미 떼지 마라."

푹!

"끄으으으!"

검을 후벼 파듯이 놀리자 놈이 고통스러워했다.

"도화선을 아는 자라면 분명 그와 관련 있는 도인이 틀림없다. 네놈 누구야?"

그런 나의 물음에 놈이 얼굴을 파르르 떨었다. 어지간히 입이 무거운 놈이다. 분명 이자는 자경정과 관련이 있었다. 한데 그때 자경정을 따르던 도인들은 여덟 스승님께서 손수 무공을 폐하고 기억을 지워서 도화선 밖으로 내보냈다.

─개네 중 하나 아니야?

그럴 리가 없다. 그들은 시간의 흐름이 지금보다 더 훗날이다. 여덟 스승님의 술법이 풀릴 리도 없었지만 설사 기억을 되찾는다고 해도 지금의 시간대에서 그들과 만날 일은 절대로 없다. 그렇다면 대체 누구지? 그때 자경정은 목을 자른 것도 모자라 몸을 완전히 불태웠었다. 놈이 살아남았을 리도 없는데.

"하아… 하아… 죽여라. 네놈이… 알 수… 있는 것은 아무것도…"

"아무것도 없을 것 같나?"

그 말과 함께 나는 놈에게서 시선을 돌려 뒤로 고갯짓했다. 이십여 장 떨어진 곳에 백향목과 함께 진짜 이정겸이 있었다. 이를 본 놈의 눈이 커졌다.

"네놈이 입을 열지 않는다면 이정겸 안에 남아 있는 백을 살펴봐야겠군."

이건 생각하지 못했겠지. 어차피 네놈이 아니더라도 알아낼 방법이 또 있거든. 비웃음을 흘리는 나를 보며 놈이 분에 겨운 듯이 소리쳤다.

"역시 네놈은 남의 모든 것을 빼앗아야 직성이 풀리는구나. 내 전
신이 어째서 네놈 따위에게 자신의 모든 것을…."

흥분한 놈이 무언가를 이야기하려 했다. 바로 그 순간이었다. 우
우웅! 눈앞의 공간이 일렁이며 갑자기 누군가 나타나 가짜 이정겸
의 목을 베었다. 촥!

"컥!"

갑작스럽게 나타나 막을 틈도 없었다.

'이런!'

나는 그자를 향해 남천철검을 휘둘렀다. 그러자 놈이 뒤로 신형
을 날렸다. 복면에 죽립을 쓰고 있었는데, 내 일 검을 피해냈다. 혈마
화와 뇌기의 순응을 풀었다고 하지만 내 일 검을 이렇게 쉽게 피해
내다니. 파치치치칙! 나는 곧바로 다시 혈마화와 뇌기의 순응을 일
으켰다. 그리고 놈을 향해 검을 뻗으려 하는데, 공간이 일렁이며 뒤
로 신형을 날리던 놈이 빨려 들어가듯이 사라졌다. 이를 본 나는 당
혹감을 감추지 못했다.

'축지법?'

축지법(縮地法). 이것은 틀림없는 축지법이었다. 공간을 접어가며
이동할 수 있는 도의 경지에 이르러야만 펼칠 수 있는 수법이다. 도
인으로 입적하지 않아 도를 갈고닦지 않은 내가 배우지 못한 것들
중 하나였다. 이것은 여덟 스승님 정도로 도를 갈고닦아야만 가능
한 고위 도(道)이다. 놀라는 것도 잠시, 나의 사고는 다른 곳으로 향
했다.

'놈의 입을 막기 위해 죽였다. 그자가 다음에 노릴 건….'

더 생각할 겨를도 없었다. 나는 곧바로 저들 사제에게로 신형을 날렸다. 팟! 엄청난 경공에 주변이 멈춘 것처럼 느껴졌다. 뇌기의 순응까지 일으킨 상태로 경공을 펼치면 그 속도는 상상을 초월한다. 천천히 흐르는 시간 속에서 두 사제 중 진짜 이정겸의 뒤쪽 공간이 일렁이며 예의 죽립을 쓴 복면인이 나타나는 것이 보였다. 이정겸과 백향묵의 고개가 천천히 돌아가고 있었다. 그러나 그보다 복면인의 검이 더욱 빨랐다. 어느새 이정겸의 목에 닿으려 하고 있었다.

'풍영광신보(風影光神步)!'

파칙! 순간 더욱 가속화되며 나의 신형이 그들 앞에 도달했다.

'…!!'

복면의 틈새로 보이는 정체 모를 자의 두 눈동자가 커지고 있었다.

"어딜 노려!"

내가 손을 휘젓자, 천천히 움직이던 백향묵과 이정겸의 몸이 좌우로 심후한 진기에 의해 튕겨 나갔다. 파앙!

"으허어어엇!"

"이이이게에에에 대체에에…."

그들이 튕겨 나가 공간이 생겨나자 나는 망설임 없이 놈을 향해 일검을 뻗었다. 당황한 놈이 다급히 뒤로 몸을 날리며 축지법을 행하려 했다. 공간이 일렁이며 놈의 몸이 빨려 들어갔다. 그러나 내가 뻗은 일검에 실려 있던 붉은 뇌전의 검격도 그곳으로 동시에 빨려 들어갔다. 파치치치칙! 우웅!

마치 아무 일도 없었던 것처럼 놈의 모습이 사라졌다. 느리게 흘러가던 시간이 다시 빠르게 흘러갔다. 파팍! 튕겨 나갔던 백향묵이 낙법으로 자세를 바로잡으며 내게 소리쳤다.

"바, 방금 그게 뭔가?"

나도 모른다. 하지만 축지법을 펼칠 수 있는 존재다.

—놓쳐서 어떡해?

나는 붉은 뇌전의 여파로 떨리는 남천철검의 검 끝을 바라보았다. 나의 검격은 분명 놈에게 닿았다.

* * *

그곳에서 이백 리 정도 떨어진 한 깊은 계곡.

공간이 일렁임과 동시에 붉은 뇌전이 실린 검격에 의해 계곡의 일부가 완전히 날아갔다. 콰콰콰콰콰콰콰쾅! 마치 천재지변이라도 일어난 것처럼 계곡이 파괴되면서 급류처럼 흘러내리던 물이 사방으로 튀며 범람했다. 콰르르르르르! 그런 그곳에서 한 검은 인영이 다급히 뭔가를 끌어냈다. 그것은 다름 아닌 죽립을 쓴 복면인이었다. 가슴 위의 상반신을 제외하고는 검격에 의해 몸이 통째로 날아간 그였다.

"괜찮으십니까, 뇌장 어른?"

인영의 물음에 복면인이 기침을 터뜨리며 말했다.

"쿨럭… 쿨럭… 노… 놈의 힘이 내 예상을 훨씬 뛰어넘었다."

그런 그의 말에 인영이 파괴된 계곡을 바라보며 혀를 내둘렀다.

"이게 정녕 인간의 힘입니까?"

복면인 역시도 기가 찰 정도였다. 설마 축지법을 투과하여 이런 위력의 일격을 날릴 줄은 몰랐다. 덕분에 몸이 이 꼴이 되어 몇 시진 가까이 움직일 수 없게 되었다.

'놈을 죽였어야 하는데.'

이미 늦었다. 몸이 회복되어 축지법을 펼칠 수 있을 즈음에는 이미 검선의 후예가 백을 흡수했을 것이다. 복면인이 자신을 들고 있는 인영에게 말했다.

"계획을 서둘러야 한다."

* * *

자세를 가다듬은 백향묵이 당혹스러운 목소리로 내게 물었다.

"방금 그건 대체 뭔가? 갑자기 공간이 일그러지면서…."

"저도 모릅니다."

굳이 그에게 축지법에 관한 것을 알려줄 이유가 없었다. 그보다 서둘러 진짜 이정겸에게서 백을 흡수해야겠다.

"이 형."

나의 부름에 이정겸이 뭔가 부자연스럽게 답했다.

"소 형."

뭐지? 미묘하게 껄끄러워하는 것이 느껴졌다. 내 무위를 보고서 두려워하기라도 하는 것일까? 그런 성격은 아닌 것으로 아는데. 일단은 급한 불부터 꺼야겠다.

"이 형, 스승님을 대신해서 검의 요성을 당장 제거해주겠소. 이리 오시오."

그때 백향묵이 내게 다가오며 진지하게 말했다.

"애써 연기하지 않아도 되네. 그대가 검선의 후예 아닌가?"

'…?!'

이정겸을 향해 발걸음을 옮기던 나는 잠시 멈춰 섰다. 그걸 어떻게 알아낸 거지? 나는 일단 시치미를 떼고서 말했다.

"그게 무슨 말씀이십니까?"

이런 나의 말에 백향묵이 고개를 저으며 말했다.

"소검선이 있는데도 무림연맹 내에서 '그자'가 그대를 연기했던 것도 그렇고, 정겸이를 찾으러 갔는데 자네가 이 자리에 있던 것도 의아했었네."

"…."

그걸로 확신했다는 건가? 지금까지와 달리 너무 간극이 짧기는 했다.

"오해가 있으신 것 같습니다."

그때 이정겸이 내게 말했다.

"일단은 소 형이라 하겠습니다. 기감이 남들보다 몇 배로 예민한 저는 타인의 기운을 정확하게 구분할 수 있습니다."

"기운을 구분해?"

마치 금안을 통해 타인을 살피는 것과 비슷한 건가? 그 정도로 기감이 예민하단 말인가? 잠깐, 그렇다면 설마…. 혹시나 하고 있는데 이정겸이 이어서 말했다.

"소 형이 검선의 후예인 것뿐만 아니라 무쌍성의 소종주인 하운인 것도 알고 있습니다."

'하….'

순간 나는 말문이 막혔다. 그럼 그때도 내 정체를 알고 있었단 말인가? 그런데 어째서 아무 말도 하지 않았던 거지? 의아해하는 내게 이정겸이 말했다.

"…그때는 소 형의 정체가 그저 남천검객의 제자이자 익양 소가의 막내인 정도로 알고 있었습니다. 그래서 나름 사연이 있다고 생각해 스승님께조차 함구했었습니다."

스승님께 함구해? 백향묵에게조차 밝히지 않았다는 말이었다.

"하지만 지금은 상황이 완전히 다릅니다."

"상황이 다르다니?"

"소 형은 소검선이면서 혈마이자 무쌍성의 후계자가 아닙니까?"

그런 그의 말에 나는 입을 다물었다. 이렇게 내 모든 정체를 누군가에게 들킬 줄이야. 이런 상황이 올 줄은 몰랐다. 그런 내게 백향묵이 심각한 얼굴을 하고서 말했다.

"검선의 후예, 그대의 목적이 대체 무엇이오? 그대는 금상제라는 자의 야망을 막기 위해 나섰다고 했는데 이리된다면 그와 당신이 무슨 차이인지 노부는 알 수 없소이다."

"차이라…"

"그렇지 않소? 그대가 무림연맹의 맹주마저 된다면, 그대 한 사람의 손에 현 무림을 이끌어가는 삼대 세력이 들어가는 셈이오."

그는 그것을 우려한다는 듯이 나를 바라보았다. 마치 이것만큼은 용납할 수 없다는 것 같았다.

"이러고도 그대가 검선의 후예로서 정녕 무림의 정의를 위한다고 할 수 있소이까?"

나의 명예를 두고 시험하듯이 그가 물었다. 이에 나는 숨을 길게 내쉬었다.

"후우."

그리고 백향묵에게 말했다.

"내가 언제 정의를 위해 금상제를 처단한다고 했지?"

"뭐요?"

"놈이 황상에 앉아 있던 시절의 목적은 무림 멸절이다. 여태껏 배후에 숨어서 나서지 않았던 것도 내가 다시 나타날까 두려워서다."

그건 이미 그도 알고 있었다. 백향묵이 인상을 찡그리더니 반박했다.

"하나 그렇다고 해도 한 사람의 손에 전 무림이···."

"들어가선 안 될 것이 있나?"

그런 나의 말에 백향묵을 비롯한 이정겸의 두 눈이 떨렸다. 백향묵이 긴장된 얼굴로 기운을 끌어올리며 내게 말했다.

"비록 맹주직에서 물러났다고 하나 한때 정파를 위해서 이 몸을 희생했소. 어찌 한 사람의 손에 그 모든 힘이 쥐어지도록 그냥 지켜본단 말이오?"

그런 그에게 나는 피식 웃으며 의미심장한 목소리로 말했다.

"정파만 없애고 일통하는 것보단 낫지 않나?"

'···!!'

어떻게 받아들여도 광오하게 들릴 수밖에 없는 나의 말에 백향묵과 이정겸 두 사제의 얼굴이 딱딱하게 굳었다. 이들은 모르겠지만 사실 나는 정파가 어찌 되든 상관없었다. 애초에 회귀 전 정파인들의 손에 죽었던 나였다. 게다가 나의 친부나 외조부는 무쌍성 출신이고, 나 역시도 혈교를 책임지고 있는 마당에 굳이 정파에 미련을 가질 이유도 없었다. 하지만 딱 한 가지 이유 때문에 정파를 남겨두려는 것뿐이었다.

―영영이 때문이지?

그래. 영영이만 아니라면 차라리 정파를 멸하는 게 지금으로선 더 쉬운 일이었다. 다만 영영이가 형산파에 적을 두고 있고, 본인도 봉황당의 부당주로서 정파에 뜻을 가졌기에 이렇게 원만하게 접근하는 것이었다. 결국 그 아이를 위해서 금상제의 손아귀가 아닌 내 산하에 정파를 두려는 거였다.

백향묵이 무거워진 목소리로 내게 말했다.

"…무림연맹, 아니 정파 무림이 그리 가볍게 무너질 것 같소."

"전성기 때의 정파가 아님을 전 맹주로서 확실하게 느낄 텐데."

"…."

그런 나의 말에 백향묵이 입을 다물었다. 전 총군사인 제갈원명의 사망을 기점으로 이미 무림연맹은 전과 달라졌다. 그것은 전 맹주인 그가 더욱 피부로 느낄 것이다. 나는 더욱 강하게 밀어붙였다.

"정 믿지 못하겠다면 시험해봐도 좋다. 단, 그 대가는 어떤 식으로든 치르게 되겠지."

이 말에 과연 부정할 수 있을까? 이미 눈앞에서 산을 저리 만든 것을 확인한 그들 사제였다. 나 혼자서도 마음먹는다면 정파 무림연맹에 심각한 타격을 줄 수 있다. 거기다 만약 혈교와 무쌍성까지 동시에 움직인다면….

―생각조차 하기 싫을걸.

그렇겠지. 예전에 혈교가 그랬던 것처럼 이번엔 정파가 몰락하게 될 것이다.

백향묵이 쉽게 입술을 떼지 못하자 이정겸이 내게 말했다.

"설사 그렇게 맹주가 된다고 해도 만약 정파인들이 진실을 알면 어떻게 될까요? 그때도 그들이 소 형을 따를 것 같나요?"

그 말에 나는 피식 웃으며 말했다.

"그들이 진실을 알 수 없게 해야지."

"…그게 무슨 말씀이시죠?"

"이 형과 이 형의 스승인 전 무림연맹주가 도와준다면 어려운 일도 아니지."

이정겸이 미간을 찡그렸다. 내가 말했지만 뭔가 굉장한 악당이 된 기분이다. 이에 백향묵이 심기 불편한 목소리로 내게 말했다.

"노부와 이 아이가 그대를 도울 것 같소?"

"어떤 것이라도 들어주기로 한 약조를 어길 것인가?"

"하!"

그 말에 백향묵이 혀를 내둘렀다. 내가 이를 빌미 삼을 거라 여기지는 못했나 보다. 이정겸은 이 사실을 몰랐는지, 인상을 찡그리며 스승인 백향묵을 쳐다보았다.

"그게 사실입니까?"

백향묵이 탄식 섞인 목소리로 답했다.

"선택지가 없었다. 그때는 그것만이 너와 무림연맹을 구하는 길이라 여겼다."

그 말에 이정겸의 얼굴이 어두워졌다. 자신이 스승인 백향묵의 발목을 잡았다고 생각한 모양이었다. 이정겸이 입술을 질끈 깨물다 내게 말했다.

"제가 소 형을 잘못 알았군요. 이런 면이 있을 줄은 몰랐습니다."

"이런 면?"

"다른 사람의 약점을 빌미로…"

"흥!"

그런 그의 말에 나는 콧방귀를 뀌며 그들 사제를 번갈아 바라보다 말했다.

"착각들이 심하군."

"네?"

"그런 말은 소위 하늘 아래 한 점 부끄러움이 없어야 할 수 있는 게 아닌가?"

"그게 무슨…."

고오오오오!

"헛?"

내게서 치솟은 강렬한 살기에 이정겸이 놀라서 기수식을 취했다. 그것은 백향묵 또한 마찬가지였다. 그러거나 말거나 나는 그들에게 말했다.

"정의라는 명목하에 얼마나 많은 자들을 그대의 손으로 죽였나, 백향묵?"

그 말에 백향묵이 눈살을 찌푸렸다. 나는 계속 말을 이어갔다.

"혈교를 고립시키려고 관에서 벼슬을 했을 만큼 올곧고 죄 없는 무쌍성의 비월영종을 세 치 혀로 멸하게 만든 게 너희 정파다."

그 말에 백향묵의 눈동자가 심하게 떨려왔다. 정사 대전이 펼쳐질 무렵의 일이기에 이정겸은 모르는 일이었다. 정파의 이분법으로 희생된 이들은 한둘이 아니었다.

"그건…."

백향묵의 얼굴을 본 이정겸도 표정이 굳었다. 그의 반응에서 이것이 사실임을 인지했기 때문일 것이다.

"이런 식으로 무림연맹은, 아니 정파는 사파를 몰아내겠다는 명분하에 수도 없이 많은 자들을 죽음으로 몰고 갔다. 그런 작자들이 함부로 정의를 운운할 수 있나?"

"…"

"그리고 백향묵 그대 또한 자신의 욕심을 채우기 위해 겁살검을 숨겼고, 제자인 이정겸이 겁살검의 요성에 사로잡혀 수많은 이들을 죽인 것조차 은폐했다."

내가 말을 하면 할수록 그들 사제의 얼굴은 사색이 되어갔다. 그들이 숨기고 싶어하는 치부를 가차 없이 찔러대니, 심적으로 고통스러울 것이다.

나는 이정겸을 쳐다보며 말했다.

"이정겸, 요성에 사로잡혔다고 해서 그대가 죄 없는 사람들을 죽인 사실이 사라지나?"

"저는…."

"정파의 논지대로라면 내가 네놈들을 죽여도 할 말이 없겠군."

그 말과 함께 나는 전신의 기운을 드러냈다. 태풍과도 같은 풍압이 일어나더니 숲이 흔들거리며 주변이 들썩였다.

'…!!'

두 사제의 표정이 굳었다. 내가 마음만 먹는다면 그들을 죽이는 것은 손쉬운 일이라는 사실을 잘 알 것이다. 압박감이 심할 텐데 이정겸이 힘겹게 입을 열었다.

"…부정하지 않겠습니다. 제가 저지른 짓이 없어질 거라 여긴 적은 한 번도 없습니다. 원한다면 이 모든 걸 밝히고 사죄의 의미로 목숨을 바칠 수 있습니다."

그런 그의 말에 나는 한쪽 눈썹을 치켜올렸다. 가식이나 거짓으로 보기엔 이정겸의 눈빛은 조금의 흔들림도 없었다.

"한데 어째서 그러지 않았지?"

"저를 흉내 내며 사람들을 살해한 자를 찾지 못했었고 스승님을 죽인 원수를 갚지 않았는데 어찌 그럴 수 있겠습니까?"

"…."

의외였다. 스승의 원수와 사람들을 학살하는 또 다른 살흉 절심을 죽일 때까지 억지로 버텨왔던 것이었나. 어쩐지 그가 매사에 의욕이 없던 것이 이해가 갔다. 애초에 그것을 이룬다면 목숨을 끊을 생각이었던 모양이다. 백향묵 또한 이런 제자의 본심을 처음 알았는지 눈시울이 붉어져 있었다. 스스로 이런 상황이 부끄러웠나 보다. 그가 내게 말했다.

"어찌 제자에게만 책임지라고 하겠소. 노부도 목숨으로 책임을 질 것이오."

그래도 본질은 정파라 이건가. 그런 그들을 바라보던 나는 이내 기운을 거둬들였다. 그리고 말했다.

"그렇겐 둘 순 없지."

"뭐요?"

"그대들은 책임을 져줘야겠다."

"책임?"

백향묵이 반문하며 이해할 수 없다는 듯이 나를 쳐다보았다.

"그대들의 목숨이 그 많은 죽음과 죄를 대신할 만큼의 값어치가 있다고 보는가?"

"…."

"내가 만들 무림은 더 이상 정사에 얽매여 서로를 죽이고 하는 일이 없을 것이다."

그 말에 두 사제의 표정이 묘해졌다. 내가 이런 말을 할 줄은 몰랐나 보다. 잠시 말문이 막혔던 백향묵이 떨리는 목소리로 내게 말했다.

"대체 그대의 진짜 목적이 무엇이오?"

이에 나는 짧게 답했다.

"공존."

"공존?"

"지금의 체계가 이어지면 된다."

"…."

"무인의 본질은 무를 통해 수양을 쌓고 경쟁을 통해 발전시켜 나가는 것이다. 그것을 명분 삼아 서로를 해치고 자신들의 욕망을 해소하는 것이 아니라."

무(武)라는 본질이 그러하다. 끊임없는 수양과 무위를 갈고닦는 것이 목적이어야 한다. 그것이 권력과 야망을 위한 수단이 되어선 안 된다. 이런 나의 말을 알아들었는지 백향묵은 꽤나 충격을 받은 얼굴을 하고 있었다.

"힘으로 모든 것을 굴복시킨다고 쳐도 내가 사라지고 세대가 바뀌면 어차피 또 다른 피의 복수와 전쟁으로 이어지겠지."

"설마 그대는…."

"나는 이 어리석은 고리를 끊고자 한다."

지금의 체계가 유지되어 서로를 견제하고 발전시키면 된다. 어느 한쪽을 멸하고자 하는 방식은 한계가 있다.

"…."

백향묵이라면 내 진의를 더욱 잘 알 것이다. 정파의 전성기를 이끌었고 그 쇠락을 지켜보는 입장이었으니 말이다. 내 말이 와 닿았는지 뭔가 고민하는 얼굴을 하고 있던 백향묵이 입을 열었다.

"노부가 검선의 후예 그대의 진의를 잘못 알았던 것 같소."

"스승님?"

"그의 말이 맞다. 결국 무가 수단이 되어 서로를 해하고 권력을 잡게 된다면 그것은 피를 부르는 고리의 순환이 될 게다."

"아아…."

"그리고 지금처럼 서로를 해하다 약해진 무림을 멸하려는 자들역시도 계속해서 나타날 것이다."

괜히 무림연맹주였던 게 아닌 모양이다. 그리 많은 말을 하지 않았는데 통찰력이 깊었다. 이번에 벌어진 일들을 몸소 겪었으니 금상제와 같은 자들이 언제든지 등장할 수 있음을 충분히 깨달았을 것이다.

"노부가 어찌 책임을 지면 좋겠소?"

"무림이 서로 균형을 이루어 발전해가며 공존하도록 만들게 중심을 잡아라."

"…정말 그리하면 되오?"

"내가 두말할 것 같나?"

이런 나를 빤히 쳐다보던 백향묵이 내게 정중하게 포권을 취했다. 그리고 진심이 담긴 목소리로 말했다.

"그대의 뜻에 부족하나마 이 노부도 거들도록 허락해주시오."

"그리하라고 했을 텐데."

이 말에 백향묵이 뭔가 속박에서 풀려난 사람처럼 숨을 깊게 내쉬며 제자 이정겸을 바라보았다. 이정겸이 떨리는 눈으로 스승인 백향묵과 나를 번갈아 바라보다 말했다.

"제게 그럴 자격이 있을까요?"

"죽는 것으로는 그 정도 값어치를 치를 수 없다고 했을 텐데."

"하지만 기억하지 못해도 제 손에는 수많은 이들의 피가…."

"그렇게 죽고 싶다면 당장에 죽여줄 수 있다. 하지만 나라면 그 죄를 갚기 위해서라도 네가 할 수 있는 책임을 다할 거다."

"아아아…."

이런 나의 말에 이정겸이 뭔가 감격에 겨운 듯이 눈시울이 붉어지더니, 이내 스승인 백향묵과 마찬가지로 포권을 취하며 말했다.

"저 또한 스승님과 마찬가지로 소 형을 돕게 해주십쇼."

이에 나는 흔쾌히 허락한다는 듯이 고개를 끄덕였다. 그런 그들의 모습에 소담검이 말했다.

―이야. 어떻게 그런 거창한 계획을 세우고도 나한테까지 말하지 않은 거야? 섭섭해지네.

섭섭하기는 뭐가 섭섭해. 소위 정파인이란 것들은 이런 식으로 다뤄줘야 한다.

―뭐?

정말 내가 무림의 공존이니 평화니 그런 거창한 뜻을 가진 것 같아? 그 정도로 큰 뜻은 애초에 없다. 그럴 거였다면 혈교가 아니라 정파인으로서 개혁을 하려 들었겠지.

―하!

전 맹주인 백향묵이나 이정겸같이 올곧은 자들은 힘을 가하면 오히려 부러지면 부러졌지 절대 따르지 않는다. 협박이나 거래보다는 이들을 납득시키는 게 중요하다. 봐라, 이 결과를. 세 치 혀에 감화된 그들이 너처럼 내가 무림을 위해 거창한 뜻이 있는 줄 알고 나를 돕겠다고 자발적으로 나서지 않는가.

―진짜 너란 녀석은….

소담검이 혀를 내둘렀다.

어쨌거나 내 모든 정체를 알고도 내 편에 서게 만들지 않았나. 그것도 마음에서 우러나와서 말이다. 이 정도면 굉장한 성과지.

―그래서 이들은 어디에 써먹으려고?

백향묵은 관록이 있으니 무림연맹의 부맹주로 써먹어야지. 이정겸은 가만히 둬도 알아서 대당주가 되어 정파의 후기지수들을 이끌게 될 거다. 그렇게 되면 백혜향처럼 이들도 내 산하에서 무림연맹을 잘 운영해 나가겠지.

―와… 잔머리 하나만큼은 진짜 최고인데.

계책이라고 해라. 이 정도면 잔머리의 영역은 넘어섰으니. 어쨌든 이제 이들을 내 산하로 거둬들였으니 본래의 목적대로 해야겠다. 나는 이정겸을 불렀다.

"이 형, 이리 오시오. 요성을 제거해주겠소."

그런 나의 말에 이정겸이 기대감이 가득한 목소리로 말했다.

"정말 없앨 수 있겠습니까?"

"없앨 수 없다면 어찌 이야기했겠소."

완전히 백에 지배당했다면 모를까, 지금이라면 내가 그것을 흡수만 하면 딱히 영향을 받을 일은 없어 보였다.

"부디 부탁드립니다."

겁살검의 백에 사로잡혀 오랫동안 죄책감에 시달렸던 이정겸이었다. 나는 다가오는 이정겸의 머리에 손을 얹었다. 그리고 천권을 일으켰다. 우우우웅! 오른 손등에 있던 북두칠성의 점들 중 네 번째가 푸른빛으로 일렁였다. 이정겸의 혼에 접근하자 역시 단번에 그것을 발견했다. 놈의 백이었다. 저걸 흡수한다면 백에 담겨 있는 힘과 기억을 얻을 수 있을 것이다.

'피한다고 될 것 같아?'

원한 가득한 백이 나의 존재를 느꼈는지 움츠러들며 피하려 했다. 이에 나는 천권의 힘을 더욱 끌어올렸다. 그러자 놈의 백이 안간힘을 쓰며 버티다 이내 이정겸에게서 빠져나왔다. 슈우우우우!

"이게 요성?"

자신의 몸에서 빠져나오는 검게 피어오르는 아지랑이 같은 것에 이정겸이 놀라움을 금치 못했다. 물론 그 스승인 백향묵도 마찬가지였다. 그렇게 빠져나온 검은 기운이 이내 내 손등에 있는 천권의 점으로 빨려 들어왔다. 백이 들어오는 순간 번개를 맞은 것처럼 찌릿한 감각에 사로잡혔다. 스르르르! 그렇게 백에 실려 있던 기억이 머릿속 환상처럼 이어지는데….

"너 같은 놈은 그냥 죽이는 게 답이란 거."

'잠깐….'

촥! 내가 누군가를 검으로 베는 환상이었다. 그걸 보는 순간 나는 이 백이 누구인지 곧바로 알 수 있었다.

'자경정?'

이 광경을 어찌 잊을 수 있겠는가. 분명 도화선에서 검선 스승님을 배신했던 파문 제자 자경정의 목을 베었을 때였다. 놈에게 마지막으로 했던 말이었으니 정확하게 기억한다. 설마 자경정의 백일 거라고는 상상도 하지 못했다. 그는 내가 목을 벤 것도 모자라 후환까지 없도록 혹시나 하는 마음에 몸을 불태웠다. 흔적조차 남지 않았을 텐데, 어떻게 백 상태로 되살아난 거지?

'아!'

의아해하고 있는데, 백이 떠올리고 있는 기억이 안개처럼 흩어지고 장소가 바뀌며 또 다른 무언가가 떠올랐다. 누군가의 얼굴이 보였다. 긴 눈썹에 수더분한 인상을 지닌 중년인이었다. 나의 시점은 어디까지나 백에 담겨 있는 기억에서 비롯되는데, 지금 나는 침상 같은 것에 누워 있는 듯했다.

'동굴인가?'

내려다보는 중년인의 주위를 보니 동굴 공동인 것 같았다. 횃불로 일렁이는 동굴은 뭔가 삭막한 느낌이었다. 중년인이 밝아진 얼굴로 내게 말했다.

"나를 알아보겠는가?"

그런 그의 물음에 기억 속의 백이 답했다.

"…누구?"

그 말에 중년인의 인상이 굳어졌다. 중년인이 고개를 들더니 어딘가를 쳐다보며 노기 서린 목소리로 말했다.

"이게 어떻게 된 일이지? 나를 알아보지 못하지 않나?"

그러자 그곳에서 목소리가 들려왔다.

"분명 경고했을 텐데. 육신에서 혼을 옮기는 것과 그런 서지 따위에 담은 것은 차이가 있을 거라고 말이다."

웬 젊은 여인의 목소리였다. 그런데 억양이나 말투가 어디서 들어

본 적이 있는 것 같다. 중년인이 신경질적으로 여인을 다그쳤다.

"도가의 술법을 우습게 보지 마라."

'도가의 술법?'

그렇다면 이 중년인은 설마 도인인 건가? 그럴 수도 있다. 자경정의 백의 기억 속에 나온 자이다. 그를 따랐던 도인들이 있었으니 충분히 가능성이 있다. 다시 여인의 목소리가 들려왔다.

"도가의 술법이든 뭐든 간에 육신을 잃게 되면 혼이 불안정해진다는 사실은 이 몸이 직접 증명했다."

"조금도 이상이 없었나?"

"이상? 이상이 있었다면 그대를 기억도 못 했겠지, 뇌장."

'…!!'

잘못 들은 게 아니라면 여인은 이 중년인보고 뇌장이라고 불렀다. 뇌장은 삼백여 년 전부터 금상제를 따랐던 세 심복 중 한 사람이다. 그들 중에 최고의 무위를 지녔다고 들어왔는데, 정작 삼백여 년 전에도 그렇고 지금도 마주친 적이 없다. 아직까지는 이게 무슨 영문인지 알기 힘들다. 그때 뇌장이라 불린 중년인이 신경질적인 목소리로 여인에게 말했다.

"어떻게든 기억을 되살려라. 반드시 되살려야 한다."

"그게 그렇게 중요했다면 육신이 불타서 재가 되는 것부터 막았어야지."

그런 그녀의 말에 뇌장이 씁쓸한 목소리로 중얼거렸다.

"그랬다면 나 역시 죽었겠지."

"당신이 죽었을 거라고?"

여인이 믿을 수 없다는 듯이 반문했다. 이에 뇌장이 말을 돌렸다.

"그대가 알 바 아니다. 어쨌거나 불에 타든 타지 않든 이미 오랜 세월이 지났기에 죽은 육신은 쇠할 수밖에 없다."

"그렇다면 더욱 혼이 불안정할 수밖에 없다."

이들의 대화를 들으며 나는 한 가지를 더 유추할 수 있었다. 뇌장이라는 자가 불에 탔다는 말을 한 걸 보면 분명 내가 자경정을 불태웠던 걸 의미하는 게 틀림없었다.

'…도화선에 침입했던 건가?'

그것 외에는 자경정의 혼백을 탈취할 방법이 없었다. 역시 이 뇌장이라는 자는 자경정과 마찬가지로 도화선과 관련 있는 도인인 것 같다. 그렇지 않고서야 도화선에 함부로 출입할 수 없다.

'보통 자가 아니다.'

스승님들께 도를 배운 것은 아니지만 혼백을 서지 같은 것에 담을 수 있을 정도의 도술을 행하는 자라면 높은 도를 깨우친 자임을 의미했다. 뇌장이라 불린 자가 여인에게 말했다.

"얼마나 걸리든 상관없다. 어떻게든 기억을 되살려야 한다."

"이미 소실된 기억은 어찌할 수 없다고 했을 텐데."

"해보지도 않고 포기하는 건가?"

"포기하고 자시고 그런 개념이…."

그녀의 말이 끝나기도 전에 뇌장이 목소리가 나는 곳을 향해 손을 뻗었다. 그러자 그곳에서 뭐가 고통스러워하는 소리가 들려왔다.

"아으으으…."

아무래도 진기로 압박을 가하는 것 같다.

"벌써 잊었나 보군. 내가 그자로 하여금 그대를 찾지 못하게 도와주고 있다는 사실을 말이야."

36

그런 그의 말에 여인의 목소리가 말했다.

"…쿨럭쿨럭… 심복이…라고… 하더니… 그것도 아닌… 모양이군. 그… 남자가… 없다고 함부로… 그리 부르는걸… 보면….”

"네년이 간섭할 바가 아니다, 철수련.”

'철수련?'

그럼 이 목소리의 주인이 철수련이었단 말인가? 놀라운 사실이 드러났다. 악심파파 철수련. 오대 악인의 일인이자 내 몸을 빼앗으려다 도리어 자신의 백을 빼앗겨 무력화된 여인이다. 어디선가 들어본 억양과 말투였지만 목소리가 워낙 달라서 곧바로 떠올리지 못했다. 그런데 그녀였을 줄이야.

"어…쩐지… 순순히… 도와…준다… 싶었다.”

"효용성도 없는데 선의를 베풀 거라 생각했나? 그대와 나의 약조를 지켜라. 그렇지 않으면 네년이 원하는 것을 이루기도 전에 죽게 될 테니.”

"끄으으으.”

그 말이 끝나자 뇌장이 진기를 거두고서 백이 누워 있는 곳으로 고개를 돌렸다. 그리고 백을 향해 말했다.

"기억이 있든 없든 이 순간부터 네가 자경정이다.”

"자경정?”

스르르! 그 말을 끝으로 백의 기억이 안개처럼 흩어지며 다시 전환되려 했다. 백에는 강한 염(念)에 의한 것만 기억에 남기 때문에 세세하게 모든 것이 남아 있지는 않다. 하나 이것으로 확실해졌다. 내가 죽인 가짜 이정겸은 자경정의 혼백으로 부활시킨 자이다. 철수련과 같은 방법으로 육신을 갈아탄 것이나 마찬가지라 할 수 있었다.

다만 지금까지 봤을 때 부활했다고는 하나 기억을 완전히 잃은 상태였다.

'그러고 보면…'

내게 분노를 토해냈던 가짜 이정겸은 마치 자신이 겪었던 일이 아니라 도화선에 관한 것부터 모든 걸 누군가에게 들은 것처럼 이야기했다. 그렇다면 지금까지도 기억이 온전치 않다는 것을 의미했다. 그런 자가 정말 자경정이라고 할 수 있을까?

스르르! 다시 기억이 전환되었다. 이번에도 어두운 동굴이었는데, 일렁이는 횃불 사이로 좌선하고 있는 뇌장이 보였다. 그가 백에게 말했다.

"집중해라. 네가 지금 이뤘던 것은 이미 네 전신이 터득했던 모든 것들이다."

"알겠다."

"본래라면 깨달음과 이해를 위하여 도를 다시 수련하는 것이 좋겠지만, 큰 의미가 없으니 네게 마도(魔道)를 전수하겠다."

마도? 설마 그 전신의 기운을 폭증시켰던 사악한 변화를 말하는 건가?

뇌장이 계속해서 말해나갔다.

"도는 한없이 선에 가깝다. 양이 있으면 음이 있듯이 그 반대도 존재하는 법. 그것이 바로 마도다."

"마도는 무엇에 가깝지?"

"좋은 질문이다. 마도야말로 순수한 악에 가깝다. 그것은 사(邪)가 될 수 있고 요(妖)마저 포용한다."

"도보다 강한 건가?"

"마도는 도가 이룩한 모든 것을 행할 수 있다."

그런 뇌장의 말에 백이 궁금하다는 듯이 뭔가를 또 물었다.

"그럼 내 잃어버린 기억도 되살릴 수 있나?"

"그것은 어떻게 해서든 내가 되찾을 것이다. 경정, 너는 네 원래의 힘을 회복하는 데 주력해라."

백 역시도 자신의 기억을 되살리고 싶어하는 듯했다. 모든 것을 기억하지 못하니 답답한 것도 당연했다.

"힘을 회복하면 나의 전신을 죽였다던 검선의 후예도 죽일 수 있나?"

"…"

그런 그의 물음에 뇌장이 입을 다물었다. 그러다 이내 백에게 굳은 결의가 담긴 목소리로 말했다.

"반드시 네 손으로 놈을 죽일 수 있게 해주마. 하나 중요한 건 놈에게 복수하는 게 아니다."

"복수하는 게 아니라고?"

"경정, 너와 내가 이루려 했던 것을 이뤄야 한다. 그러려면 네 기억 속의…"

뭐지? 뇌장의 목소리가 들리지 않았다. 갑자기 기억이 엉클어지며 목소리가 들리지 않더니, 곧바로 다른 기억으로 넘어갔다.

'어째서?'

영문을 알 수가 없었다. 기억에 남을 정도면 분명 중요한 무언가인데 이것으로 끝일 리가 없었다. 의아해하고 있는데 다른 기억이 시작되었다. 다른 기억들은 백이 뇌장에게 가르침을 받는 것들이었다. 그 기억들이 연달아 이어지면서 백, 아니 새롭게 태어난 자경정이 습득했던 모든 것들이 내가 익힌 것처럼 체화되기 시작했다.

'이기진경… 마도….'

그것은 무공만이 아니었다. 마도에 관련된 것들이 놈의 기억 속에 축적되어 있었다. 뇌장이 말했던 것처럼 마도는 도와 매우 흡사했고, 높은 도를 이룩한 도인들의 술법 또한 행할 수 있었다. 그 대표적인 것이 바로 축지법이었다. 하지만 제대로 된 도가의 축지법만큼이나 마도 역시도 오랫동안 수련해야만 제대로 활용이 가능한 듯했다. 이정겸 안에 있던 백은 아직 원활한 수준에 이르지 못했다. 한데 이렇게 축지법을 연마하는 기억을 떠올리면서 나는 한 가지 의구심을 가지게 되었다.

'…설마 놈이 뇌장인가?'

이 기억을 보면서 나는 자경정의 목을 벤 자를 떠올렸다. 그자는 축지법을 행할 수 있었다. 기억대로라면 마도를 제대로 갈고닦은 자는 새롭게 태어난 자경정과 뇌장뿐이다. 그렇다면 놈이 뇌장일 확률이 높았다.

'흠.'

이상했다. 혼백으로 자경정을 되살릴 정도면 그에 대한 애착을 가지고 있었다. 한데 무언가 비밀을 발설할까 봐 그를 구출하기보다는 목을 베었다. 그것도 모자라 놈의 백을 지니고 있는 이정겸도 이어서 처리하려고 했다. 대체 무슨 비밀을 지닌 걸까?

그때 한참 수련하던 기억들만 이어지다 다른 기억으로 전환되었다. 스르르르! 그런데 지금까지와는 뭔가 달랐다. 자경정의 백에게서 엄청난 두려움과 공포가 느껴졌다.

'여긴 대체?'

정말 기억이 맞는 걸까? 열기로 들끓으며 사방의 공기가 아지랑이로 일렁이는 곳이었다. 흡사 계곡처럼 보이는 곳인데 물이 흐르는 것이 아니라 주홍빛과 검은빛을 띠는 뜨거운 무언가가 흘러내리고 있었다. 자경정의 백이 고통으로 울부짖었다. 그 이유는 그 주홍빛을 띠는 뜨거운 무언가에 자경정의 백이 몸을 담그고 있었기 때문이다.

"끄아아아아아!"

자경정의 백이 그것을 헤치고 억지로 밖으로 빠져나왔다. 몸이 대부분 녹아내려서 상체만 겨우 남은 상태로 밖으로 기어 나온 그는 이 타들어가는 고통을 이겨낼 수가 없었다.

"아아악! 내, 내가 대체 왜 이딴 곳에 들어간 거야? 뇌장… 뇌장! 대체 어디 있는 거야? 방금 무슨 일이 있었던 거야?"

자경정의 백이 애타게 뇌장을 찾았다. 그러다 어딘가에서 무릎을 꿇고 있는 그를 발견했다.

"뇌장?"

자경정의 백이 그곳을 향해 기어갔다. 몸이 회복되는 것과 동일하게 전신이 타들어가는 바람에 그 고통이 고스란히 이어졌다. 치이이이이!

"끄으으으으!"

나마저도 이 기억이 끔찍하게 느껴질 정도였다. 기어가는 자경정의 백의 귓가로 뇌장의 목소리가 희미하게 들려왔다.

"아아아! …이날이 오기만을 간절히 기다렸습니다. 경정이 드디어 …님을 수백여 년간 구속하고 있던 법구 …필법의 구결을 기억해냈습니다."

대체 무슨 말을 하는지 알아듣기 힘들었다. 자경정의 기억을 토대로 보는 것이기에 그가 알아듣지 못하면 나 역시 알 수가 없다. 그때 자경정의 백의 귓가로 소름 끼치는 목소리가 들려왔다.

"…."

한데 분명 무언가를 말하는데 알아듣기 힘들었다. 확실한 건 이자의 목소리를 들은 자경정이 고통으로 자지러졌다. 목소리를 듣는 것만으로 괴로운 것 같았다. 비명을 지르다시피 하는 자경정이 고개를 들어 그 목소리의 존재를 쳐다보았다. 그런데 그곳에 전신이 화상으로 검게 그을린 것으로도 모자라 거의 뼈만 남았다고 해도 과언이 아닌 인간 형태의 존재가 금빛 글씨가 잔뜩 새겨진 쇠사슬에 억류되어 있었다.

'…?!'

그자를 본 순간 자경정은 큰 충격에 빠졌다.

"아… 아아아…"

그자가 자경정을 향해 시선을 돌렸다. 두 눈동자에 흰자는 없고 오직 검은빛만 띠고 있었다. 그 눈은 흡사 인간이 아니라 뱀의 것을 보는 것 같았다. 공포에 휩싸인 자경정은 이내 그 자리에서 쓰러졌는지 그대로 기억이 끊기고 말았다.

'대체 뭐지?'

이 기억을 보고 나니 혼란스러웠다. 백에 담겨 있는 기억 속의 그 존재가 무엇인지 알 수가 없었다. 나도 그 존재를 보는 순간 인간이 아니라고 느껴질 만큼 전신에 소름이 끼쳤다. 대체 그 존재의 정체가 뭐지?

스르르르! 의문이 들고 있는데 다시 또 다른 기억으로 이어졌다.

장소가 바뀌었다. 또다시 어떤 동굴이었는데, 뇌장이 바위 위에 올려져 있는 문양이 복잡하게 새겨진 어떤 검을 가리키고 있었다.

"이게 겁살검이다."

아… 저게 겁살검인가? 뇌장의 말에 자경정의 백이 말했다.

"겁살검? 드디어 구야자의 다섯 요검 중 한 자루를 찾아낸 건가?"

"그래."

"그자가 기뻐하겠군."

"아니, 이 검은 그자에게 넘기지 않는다."

"넘기지 않는다고?"

"그래. 한 자루는 이쪽에서 쥐고 있어야 결정적인 순간에 '그것'을 우리가 취할 수 있다."

그 말에 자경정의 백이 옳다며 동의했다.

"호오. 그렇군. 하면 그자가 다른 검들을 전부 찾았을 때를 노리면 되겠군."

"그래. 하지만 그 전에 조치를 취해놔야겠다."

"조치라면?"

"여기에 네 백을 담을 거다."

"나의 백을?"

의아해하는 자경정의 백에게 뇌장이 의미심장한 미소를 지으며 말했다.

"그자의 계획을 검선의 후예가 알게 된다면 이를 막기 위해 분명 먼저 요검을 손에 넣으려고 할 거다."

"역시 뇌장, 너는 장자방과도 같군. 한데 난 멀쩡히 살아 있는데 무슨 수로 내 백을 빼내서 검에 옮겨 넣을 거지? 애초에 이 검에는 원념

이 담긴 또 다른 백이 있는데 말이야."

"그녀가 해줄 거다."

딱! 손가락을 튕기자 동굴 안으로 방울 달린 철장을 짚고 있는 누군가가 걸어 들어왔다. 그녀를 본 자경정이 불쾌한 목소리로 중얼 거렸다.

"철수련."

* * *

"스승님, 대체 소 형이 왜 이러고 있는 걸까요?"

"…나도 모르겠구나."

제자 이정겸의 물음에 전 맹주 백향묵이 고개를 가로저으며 답했다. 이정겸의 몸에서 요성으로 보이는 사기를 꺼낸 소운휘가 이것을 흡수하는 것을 보았다. 그런데 이를 흡수하고 나서 눈을 감더니 몸을 파르르 떨고 있었다. 심지어 식은땀마저 흘렸다.

"뭔가 잘못된 걸까요?"

"선인이라 불렸던 검선의 후예다. 이런 걸로 잘못될 리가 없다."

스승의 말에 이정겸은 인상을 찡그리며 말했다.

"이상합니다. 제게 있었던 요성이 소 형에게 빨려 들어간 이후, 그의 기운이 점점 더 커지고 있습니다."

"뭐?"

"…기운이 미묘하게 바뀌어가며 더욱 증강하고 있습니다."

그런 이정겸의 말에 백향묵이 놀라움은 둘째 치고 영문을 알 수가 없었다. 요성을 흡수했는데 어째서 기운이 상승한단 말인가? 기의 감응이 예민한 이정겸이 허투루 이런 말을 할 리가 없었다.

'하!'

그렇지 않아도 괴물처럼 강한 자가 여기서 더 기운이 상승하면 대체 어쩌자는 말인가? 그러던 찰나였다. 백향묵이 동쪽 방향을 쳐다보았다. 곧이어 이정겸 역시도 그와 같은 방향을 바라보았다.

"무림연맹에서 움직인 모양이구나."

"그런 것 같습니다."

다수의 인원이 이곳으로 몰려들고 있었다.

"하긴 이 난리가 났는데 누구 하나 눈치채지 못하는 게 이상한 일이지."

이곳은 무림연맹에서 그리 멀지 않은 곳이다. 그냥 싸움이 벌어졌다면 모를까, 산에 저렇게 커다란 구멍이 뚫릴 정도로 천재지변에 가까울 만큼 난리가 났다. 알아차리는 것은 당연히 시간문제였다.

"어찌해야 할지?"

이정겸의 물음에 백향묵이 눈을 감고 있는 소운휘를 쳐다보았다. 머지않아 무림연맹의 사람들이 이곳에 도착할 것이다. 여기에 계속 이렇게 가만히 있으면 지금 벌어진 사태에 대해 그들에게 설명해야 할 것이다.

"흠…."

산이 저 꼴이 된 것을 무림연맹의 무림인들이 본다면 대체 어떤 반응을 보일까? 뭐라고 이야기해야 할지도 참 난감하기 짝이 없었다. 소운휘가 깨어 있다면 영민한 그가 핑곗거리를 잘 만들어서 이야기할 테지만, 백향묵 자신은 이런 식의 말주변에 익숙하지가 않았다.

"별수 없구나."

그렇다고 소운휘를 놔두고 자리를 피할 순 없는 노릇이었다.

"일단 호법을 해주자꾸나."

"알겠습니다."

괜히 내버려뒀다가 무슨 문제가 생길지도 모르니 그를 지키는 수밖에 없었다. 그렇게 점차 기척이 이곳으로 가까워졌다. 방대한 기운이 느껴지는 것을 보니 열왕패도 진균이 선두에서 오는 모양이었다. 이제 그들의 인영이 보이기 시작했다. 그때 소운휘가 눈을 떴다.

"소 형!"

"정신을 차린 거요?"

마침 적절한 시점에 깨어나서 다행스러운 일이었다. 그런 그들에게 소운휘가 말했다.

"급히 다녀올 데가 있다."

"뭐요?"

우우우웅! 그 말이 끝나기가 무섭게 소운휘의 신형이 갑자기 휘어지는 공간 속으로 빨려 들어갔다.

'…?!'

난데없이 사라져버린 그를 보며 두 사제의 어안이 벙벙해졌다.

"방금 그건?"

경공이나 그런 것이 아니었다. 이게 무엇인지도 그렇지만 자신들을 남겨두고 갑자기 사라지는 바람에 순간 어처구니가 없었다.

파파파파팟! 그러는 사이에 그들이 있는 곳으로 부맹주 열왕패도 진균을 비롯해 무림연맹의 장로들과 각 당의 당주, 부당주급의 무인들이 나타났다. 도착하자마자 그들은 산에 뚫려 있는 커다란 구멍과 폐허가 되다시피 한 숲의 광경에 경악을 금치 못했다.

"이럴 수가…."

"산이 어찌 저렇게?"

멀리서 볼 때보다도 충격적인 광경이었다. 백향묵을 발견한 부맹주 진균이 불같이 달려오며 물었다.

"그대가 왜 이곳에 있는 것이오? 그리고 이게 어찌 된 일이오?"

진균의 시선은 구멍이 뚫린 산으로 향해 있었다. 그런 그의 물음에 백향묵이 숨을 깊게 들이켰다 내쉬었다. 소운휘처럼 순간순간 핑곗거리를 떠올릴 만큼 기지가 없는 그였기에 마땅히 떠올릴 만한 답변은 하나뿐이었다.

"소검선에게 물어보시오."

"소검선?"

"그가 산을 저리 만들었으니 말이오."

'…!!'

요녕성(遼寧省)의 흑산(黑山) 깊숙이에 자리하고 있는 한 깊은 석굴. 지금은 험지로 유명하고 악소문으로 인해 약초꾼들조차 접근하지 않는 이곳을 여빙굴이라고 부른다. 여빙굴 안은 미로처럼 얽혀서 잘못 들어갔다간 길을 잃기 십상이다. 그런 여빙굴 앞으로 나는 가벼운 몸놀림으로 착지했다. 탁! 손을 뻗자 남천철검이 빨려 들어왔다.

─운휘, 네 입에서 입김이 많이 나오는 걸 보니 꽤 추운 지역인 것 같다.

네 말대로다. 이곳 요녕 사람들은 일 년에 절반 가까이 털옷을 입고 지낸다고 한다.

"여기인가?"

어쨌거나 들은 대로라고 한다면 분명 이곳이 틀림없었다. 사실 여기까지 축지법으로 오려고 했으나 예상치 못한 난관에 부딪혔다. 축지법은 일단 기본적으로 가고자 하는 위치나 장소를 정확하게 기억해야만 한다. 그렇지 않으면 이동조차 불가능하다.

—꽤 제한이 있네.

그러게.

이것 외에도 여러 제한이 있다. 도나 마도를 제대로 수련한 게 아니라 최대 이동거리가 생각보다 짧았다. 이백 리를 한 번에 주파가 가능하지만 그 정도 거리를 서너 번 정도 연달아 이동하게 되면 심력이나 선천진기의 소모가 크다. 그래서 이를 회복해야만 다시 축지법을 펼칠 수 있다.

—역시 뭐든 완벽한 건 없네.

글쎄. 제대로 수련한다면 한계가 더 넓어지지 않을까? 어쨌거나 제대로 장소에 도착했으니 안으로 들어가 봐야겠다.

저벅저벅! 동굴 안으로 들어가니 더욱 싸늘했다. 내공으로 몸을 보호하고 있어 이런 복장으로도 괜찮기는 하다만, 보통 사람들은 옷을 여러 겹으로 입지 않으면 들어가기 힘들 것 같다. 얼마 있지 않아 수많은 갈림길이 모습을 드러냈다.

'주술이 걸려 있군.'

여섯 개의 갈림길 모두에 주술이 걸려 있었다. 역시 자신의 본신을 지키기 위해 여러 가지 제약을 걸어놓은 그녀였다.

—차라리 무종유를 부르지 그래?

소담검이 말하는 무종유는 조음사마의 맏형인 철음유다. 원래 오대 악인의 일인인 악심파파 철수련의 양자로 그녀를 보필했으나, 자신의 일가를 멸문시킨 것이 그녀임을 깨닫고 나서 나를 따르고 있다.

'그럴 필요는 없을 것 같아.'

어차피 주술이 걸려 있기에 누군가 동굴 안으로 침입했다는 사실을 바로 알아차렸을 것이다. 곧 알아서 이곳으로 나올 거다. 딱! 손가락을 튕기자 동굴 입구에 걸려 있던 주술이 해지되었다. 사람을 현혹시키는 주술부터 발을 묶어두는 것까지 다양한 주술이 걸려 있었다. 한번 들어오면 거의 나가지 못한다고 해도 과언이 아니었다.

'내게는 의미 없지만.'

나는 철수련의 백을 흡수했기에 그녀가 개발하고 익혔던 대부분의 주술이 가능하다. 당연히 해지는 어려운 일이 아니었다. 우측에서 두 번째 입구로 들어가자 점차 길이 지하로 이어졌다. 갈림길은 십여 장 거리마다 나오는데 그때마다 각종 주술이 걸려 있었다. 물론 전부 해지시켰다. 그러다 동굴 천장에서 수십여 개의 창이 쏟아져 내렸다. 푸푸푸푸푸푹! 그러나 내게 닿기도 전에 도중에 멈춰 섰다. 손을 가볍게 휘젓자 창대가 전부 부러져서 양옆으로 날아가 버렸다.

―기관진식도 있네.

그야 당연하겠지. 여긴 악심파파 철수련에게 가장 중요한 곳이다. 그녀의 본신을 담은 극빙관이 있으니 말이다. 자신의 원래 육신이 걸려 있는데 방어선을 가볍게 해놓았겠는가.

―그런데 좀 늦는 것 같은데.

'흠.'

그것도 그렇다. 벌써 꽤 안으로 진입했는데 아무 반응이 없었다. 주술과 기관진식을 과신하는 건가? 좀 귀찮기는 하지만 별수 없이 일일이 해지하면서 진입할 수밖에 없겠다. 그렇게 이십여 기관과 주술을 돌파해가며 밑으로 내려갔다. 지하로 갈수록 벽면이 얼어 있을 만큼 한기로 넘쳐났다.

'기척.'

안에서 수많은 기척이 느껴졌다. 일반 사람들이 가진 생기가 없는 것으로 보아, 살아 있는 자들을 강시로 만든 반시(半屍)들인 것 같았다. 수백 구체의 반시를 자신의 산하로 소유했던 철수련이다. 물론 이들은 이제 내 명을 듣는다.

'여기서부턴 일단 가면을 쓰고 들어가 볼까나.'

나는 무엇이든 들어가는 주머니에서 악귀 가면을 꺼내 얼굴에 썼다. 무종유는 나를 혈마로 알고 있으니 말이다.

'남천, 너도 잠시 들어가 있어.'

—알겠다.

남천철검을 주머니에 집어넣고 발걸음을 옮겼다. 싸늘한 바람마저 흘러나오는 동굴로 들어가자, 인공적으로 만들어진 수십여 장에 달하는 공동이 모습을 드러냈다. 그 안에는 예상대로 눈과 입을 꿰맨 반시들 수백이 있었다. 볼 때마다 느끼지만 저 모습은 참 눈살을 찌푸리게 만든다.

—저기 쟤 아냐?

'아아.'

소담검의 말대로 수백 구의 반시들을 지나 그들 뒤편에 있는 한 동굴 입구 앞에 무종유가 서 있었다. 그런데 녀석의 손에 방울이 달린 철장이 있었다. 연배가 있다고는 하나 무공을 익혀 정정했기에 지팡이를 짚지는 않을 터인데….

―표정은 왜 저래?

소담검의 말대로 무종유가 나를 노려보다시피 하고 있었다. 표정만 보면 거의 원수를 보는 듯했다. 이에 나는 녀석을 불렀다.

"무종유."

그런 나의 부름에 뒤편에 있던 무종유가 입을 열었다.

"제 발로 이렇게 찾아왔구나, 혈마!"

'…?!'

나는 인상을 찡그리며 무종유를 쳐다보았다. 나를 이런 식으로 적대감을 담아 혈마라고 부를 녀석이 아니었다. 놈에게서 살의가 확연하게 느껴졌다. 무종유를 빤히 쳐다보던 나는 그에게 말했다.

"…어떻게 무종유의 몸을 빼앗은 거지?"

―엥? 그게 무슨 소리야?

분명 겉보기에는 무종유 녀석이 맞았으나 말투가 악심파파 철수련과 닮아 있었다. 이 특유의 기운을 보면 더욱 확신이 든다. 나의 물음에 무종유가 입꼬리를 비릿하게 올리며 말했다.

"내가 만든 금제를 내가 풀지 못할 것 같나?"

"아…."

그렇게 된 거였다. 나는 그녀가 육신으로 삼았던 아이의 몸에 금제를 걸었다. 반시들과 마찬가지로 오직 내 명령에만 따를 수 있도록 말이다. 그런데 그것을 자의로 풀어낸 모양이다.

'과연, 이라고 해야 하나.'

비록 내게 백을 빼앗겼다고 해도 사이한 주술로는 중원 제일이라 불릴 만했다. 나는 콧방귀를 뀌며 그녀에게 말했다.

"그렇다고 달라질 건 없을 텐데."

설마 이 앞에 있는 반시들을 믿고서 그러는 건가? 어차피 이제 이들은 그녀가 아닌 내 명령을 듣는다. 그때 무종유의 몸을 차지한 철수련이 바닥을 향해 철장을 찍었다. 쿵! 딸랑! 딸랑! 방울 소리가 울려 퍼지자 반시들이 기다렸다는 듯이 병장기를 뽑아 들었다.

이건 의외인데. 분명 그녀의 명령을 듣지 못할 텐데.

의아해하는 내게 무종유의 몸을 차지한 철수련이 득의양양한 목소리로 말했다.

"내가 조치를 취하지 않았을 것 같으냐? 깔깔깔."

그 몸으로 그렇게 웃으니 더 껄끄럽기 짝이 없었다. 내가 그녀를 과소평가했던 모양이다. 금제에서 벗어나 무종유의 몸을 빼앗고 나서 가장 먼저 한 게 반시들의 통제권을 되찾은 것 같았다. 일곱 달이 확실히 길긴 했나 보다. 이 노괴를 그냥 방치해놓고 있기에는 말이다.

무종유의 몸을 차지한 그녀가 반시들에게 명을 내렸다.

"놈을 죽여라."

파파파파파파팟! 그 명이 떨어지기 무섭게 반시들이 일제히 나를 향해 우르르 달려들었다. 수백여 명에 이르는 반시들이 달려드니 소름이 돋아났다. 눈과 입을 꿰맨 것들이 단체로 덤벼드는 것은 장관이 아니라 눈살을 찌푸리게 했다. 이에 나는 손가락을 튕겼다. 딱! 그러자 달려들던 그들이 갑자기 멈춰 섰다.

'…?!'

이에 무종유의 몸을 차지한 철수련이 의아함을 감추지 못했다.

"너 어떻게?"

"혹시나 했는데 되네?"

"뭐?"

"금제를 바꾸긴 했어도 기존의 주술을 응용했더군."

그런 나의 말에 철수련의 미간이 일그러졌다. 예상이 맞았나 보다. 하긴 아무리 그녀가 주술의 대가라고 하더라도 기존에 걸려 있던 금제를 모조리 뜯어고쳐 새롭게 만들기에는 일곱 달이란 기간은 촉박하기 짝이 없다.

"저기 저놈을 죽여라."

나의 명에 제자리에 멈췄던 반시들이 몸을 돌렸다. 그리고 그 명을 그대로 이행하려 했다. 그러자 그녀가 다시 철장을 짚더니 방울소리를 내며 외쳤다. 딸랑딸랑!

"멍청한 것들! 놈을 죽여!"

그녀가 명을 내리자 반시들이 몸을 파르르 떨더니 다시 몸을 돌렸다. 같은 주술이라 그런지 우위는 없고 명을 내리는 대로 그것을 따르는 것 같다. 이에 나도 손가락을 튕기며 외쳤다. 딱!

"저놈을 죽여!"

반시들이 우르르 다시 돌아섰다.

딸랑!

"저놈을 죽이라니까!"

반시들이 다시 몸을 돌려 내게 우르르 몰려왔다.

딱!

"내가 아니라 저놈을 죽여라."

다시 손가락을 튕기고 명을 내리자 반시들이 몸을 돌렸다. 무종유의 몸을 차지한 철수련이 노기에 차올라서 방울을 세차게 흔들며 명을 내렸다. 나도 이에 맞춰서 손가락을 튕기며 외쳤다.

"놈을 죽여!"

"놈을 죽여!"

동시에 주술과 함께 명이 떨어지자 반시들이 우왕좌왕하더니 몸을 파르르 떨었다. 그러더니 이내 그 자리에서 죽은 듯이 멈춰 섰다.

"이것들이 뭐 하는 거야?"

철수련이 방울을 흔들며 반시들을 다그쳤지만 소용없었다. 기관 장치에 과부하라도 일어난 것처럼 그들은 더 이상 움직일 생각조차 하지 않았다.

나는 이죽거리며 말했다.

"말들을 안 듣네?"

철수련이 입술을 질끈 깨물며 분을 견디지 못했다.

"네놈은 대체….'"

그 순간 나는 축지법을 펼쳤다. 우우웅! 공간이 일렁이며 순식간에 나는 그녀의 뒤로 나타났다. 그러자 철수련이 몸을 홱 하고 돌리며 당혹감을 감추지 못했다.

"너, 어떻게?"

반응이 내가 기대했던 것과 다르다. 뇌장과 관계가 있으니 축지법을 보는 순간 알아차릴 거라 여겼다. 그런데 이를 마치 처음 보는 것처럼 굴고 있었다. 둘 중 하나겠지. 뇌장이 그녀에게 축지법을 보여준 적이 없거나, 혹은 백을 소실하면서 많은 기억이 유실되었는데 이것 역시 기억하지 못하는 것일지도 모른다.

'일단 제압부터 해야겠군.'

나는 그녀를 향해 손을 뻗어 금나수의 수법을 펼쳤다. 그 순간 철수련이 묘한 표정을 지었다. 그러더니 이내 갑자기 실이 끊어진 인형처럼 바닥에 쓰러지고 말았다. 대체 무슨 수작을 부리는 거지?

"뭐 하는 거지?"

나는 쓰러진 철수련을 붙잡고 흔들었다. 그런데 정신을 차리지 못했다. 맥을 짚어보니 정상적으로 박동하고 있는데 무슨 영문인지 알 수 없었다. 바로 그 순간이었다. 화아아악! 뭔가 음산한 기운이 그녀에게서 방출되었다.

'이건?'

예전에 그녀가 노파의 몸을 하고 있을 때, 그것이 빠져나와 아이 몸에 들어갔을 때와 비슷한 현상이었다. 그렇게 방출된 그 음산한 기운이 이내 동굴로 쏜살같이 사라지려 했다. 이에 나는 보이지 않는 그것을 잡아내려고 했다. 스륵! 그러나 이것은 물리적인 것도, 기(氣)의 개념과도 완전히 달라서인지 잡히지 않았다. 무슨 수작을 부리는 것이지?

나는 그 음산한 기운을 따라서 신형을 날렸다. 동굴 통로를 따라 이동하자 이윽고 앞선 공동만큼은 아니지만 꽤 넓은 공동이 모습을 드러냈다.

'아!'

이곳에 들어서자 나는 놀라움을 금치 못했다. 예전에 봉림곡에서 봤을 때처럼 공동 전체의 벽면을 온통 야광주가 메우고 있어서 안이 녹색 빛으로 환했다. 슈우우우우! 음산한 기운이 빠르게 어딘가로 향했다. 그곳은 야광주로 밝힌 공동의 끝 쪽이었다. 한기가 가장 짙은 곳이었는데, 거기에는 야광주가 아니라 수십여 개의 횃불들이 꽂혀 있었다. 욕조를 연상시키듯 암석을 깎아 만든 못 같은 것이 있었다. 횃불의 불빛이 반사되는 것을 보면 그곳에 물이 담겨 있는 듯했다.

'설마 그것인가?'

짐작 가는 것이 하나 있었다. 내가 만약 그녀라면 최후에 선택할 방법은 하나였다.

—그게 뭔데?

극빙관에 있는 본신의 육체로 돌아가는 것이다. 아무리 수많은 육신을 갈아타더라도 진짜 육신보다는 못한 게 당연지사다. 나는 음산한 기운이 향했던 곳으로 다가갔다. 바로 그때였다.

촤아아아아아아아! 횃불의 불빛으로 은은하게 일렁이던 물이 역류하는 폭포처럼 솟구쳤다. 넘쳐흐르는 물들 사이로 한 호리호리한 인영이 보였다. 파파파파파팡! 인영을 바라보는데, 역류하던 물의 물방울들이 갑자기 나를 향해 암기처럼 날아들었다. 그것은 탄지공의 일종이었다. 날아드는 물방울들을 향해 나는 손을 뻗었다. 그러자 공기가 물결처럼 일렁이며 이내 물방울들이 역으로 튕겨 나가고 말았다. 파파파파파파팡! 이기진경의 수법이었다. 튕겨 나간 물방울들은 역류하는 물에 막혀 그대로 흡수되고 말았다. 그렇게 솟구치던 물이 가라앉으며 청흑색의 긴 머리카락을 늘어뜨리고 있는 나신의 여인이 보였다.

'아!'

이를 본 순간 나도 모르게 탄성이 흘러나왔다. 노괴의 본체라 하여 그와 닮았거나 당연히 나이가 들었을 거라 여겼다. 한데 이십 대중반 정도로 보이는 아름다운 외모에 완벽한 몸매를 가진 여인일 거라고는 상상도 하지 못했다.

─이거 인간들 기준에서 예쁜 거 맞지?

그렇네. 또렷한 눈썹에 동그란 눈, 눈꼬리가 살짝 올라간 게 뭔가 고양이를 연상시키는 얼굴이다. 원래 모습을 보고 나니, 어째서 금상제가 그녀와 잠시라도 정을 나눴는지 알겠다.

본신의 육체로 돌아온 철수련이 냉랭한 얼굴로 말했다.

"내 본신으로 돌아온 이상 각오하거라."

고오오오오! 그녀가 기운을 드러내자 풍압과 함께 주위 물방울들이 사방으로 튕겨 나갔다. 이 정도라면 처음 노괴의 모습으로 만났을 때보다 더욱 강했다. 본신의 육체라 이건가. 나는 눈을 살짝 옆으로 돌리며 말했다.

"그 전에 일단 몸부터 좀 가리지."

아까부터 나신이라 똑바로 쳐다보기가 힘들었다. 가슴도 꽤나 커서 덜렁거릴 때마다 나도 모르게 시선이 그곳으로 향했다.

─이야. 저 정도 크기면 그때 그 황영표국의 표두 황혜주랑도 해볼 만하겠는데.

뭘 해볼 만하다는 거냐. 네가 그런 말을 하면 눈이 계속 쏠리잖아.

바로 그 순간이었다. 팟! 어느새 나신의 철수련이 내 앞으로 도달했다. 본신의 육신이라 그런지 자신감 넘치는 얼굴로 내게 절초를 펼쳤다. 조법이었는데 한 식 한 식이 요혈을 노리는 살초였다.

이에 나는 고개를 돌린 상태로 가만히 서서, 왼손만을 움직이며 철수련의 초식들을 가볍게 막아냈다. 타타타타타탁! 너무도 허무하게 초식이 막히자 그녀의 눈이 휘둥그레졌다.

"네놈 전보다 무공이 강해졌구나?"

마지막으로 그녀와 겨뤘을 때 나는 갓 벽을 넘어선 수준에 불과했다. 게다가 장인어른인 월악검 사마착의 도움도 있었고, 그녀가 백을 흡수당한 덕분에 힘이 급격하게 소실되어 제압할 수 있었다. 그렇기에 그녀는 당연히 나를 쉽게 제압할 수 있으리라 여긴 모양이다.

"흥! 그렇다고 해도 변하는 건 없다."

철수련이 내게 방금 전보다 더 강한 절초를 펼치려 했다. 파파파 파파팍! 초식보다 흔들리는 다른 게 더 거슬린다. 고개를 돌려도 의식되니 어쩔 수 없을 것 같다.

"별수 없군."

"뭐?"

팍! 나는 초식을 펼치는 그녀의 손목을 낚아채듯이 잡아냈다. 그녀가 공력을 끌어올리며 이를 단숨에 뿌리치려 했지만, 뿌리칠 수 있을 리가 만무했다.

"아닛?"

그녀가 본신의 육체로 돌아왔다고 한들 지금의 나는 그때와 천지 차이였다. 나는 손바닥으로 그녀의 머리를 내리쳤다. 그녀가 다급히 다른 팔로 이를 막았지만, 그대로 바닥에 엎어지고 말았다. 파앙! 콰아아앙!

"아악!"

어느 정도 공력을 조절하기는 했지만, 한 번에 제압하려고 했기에 공동 바닥 전체가 함몰되고 말았다. 쿠르르르! 공동이 심하게 흔들렸다. 천장의 파편들이 밑으로 후드득 떨어졌다.

—힘 조절 좀 해. 무너지겠다.

순간 여기가 지하 동굴이라는 사실을 깜빡했다. 그래도 힘을 좀 썼더니 철수련이 바닥에 엎어져서 비틀거리며 정신을 못 차렸다. 눈, 코, 입에서 전부 피가 흘러내릴 만큼 머리에 충격이 심했나 보다. 조금만 강했다면 이대로 죽었을 것이다.

철수련이 믿기 힘들다는 눈빛으로 나를 쳐다보며 말했다.

"대, 대체 네놈 뭐야? 고작 몇 달 만에 어떻게…"

그때와는 비교하기 힘든 무위에 경악스러운 모양이다. 명색이 이백여 년이 넘게 살아온 오대 악인의 일인인데 고작 한 수에 이 지경으로 만들었으니 당연한 반응이었다.

"그건 알 것 없고, 지금부터 내가 하는 질문에 답변해줘야겠어."

그런 나의 말에 그녀가 입술을 질끈 깨물었다. 허무하게 패했으나 쉽게 입을 열 생각은 없어 보였다. 그러거나 말거나 나는 그녀에게 물었다.

"뇌장의 부탁을 받고 겁살검에 자경정 놈의 백을 심었었지?"

"뭐?"

이 물음에 그녀가 고운 미간을 찡그렸다. 일부러 모른 척하는 것이 아니라 무슨 소리인가 하는 표정이었다. 그때도 그랬지만 백을 잃고 나서 기억의 소실이 정말 많은 것 같다.

"시치미 떼는 것이냐?"

이런 나의 말에 그녀가 언성을 높였다.

"뇌장 그자가 내게 여러 도움을 줬다지만, 내가 왜 그런 요검에…"

화를 내다 말고 그녀가 다시 입을 닫았다. 내게 넘어가 뭔가를 말하는 것 자체가 싫은가 보다. 입술까지 꽉 깨물고서 고개를 홱 하고 돌렸다.

'어지간하군.'

—고문이라도 할 거야?

그 방법도 있겠지만 아무리 봐도 기억이 너무 불안정하다. 적어도 기억을 되돌려놓아야 내가 원하는 정보를 얻을 수 있을 것 같다.

—어쩌려고?

'흠….'

나는 손등에 있는 북두칠성의 점들 중 천권을 바라보았다.

—너 설마?

아무래도 그녀의 백을 되돌려야 할 것 같다. 이런 나의 말에 소담검이 의아해하며 물었다.

—그게 가능한 거야?

가능하다. 검선 스승님께 제대로 칠성현문을 전수받아 전보다 더 능숙하게 다룰 수 있었다. 천권은 나를 매개체로 하여 감옥처럼 염이나 백을 가둘 수 있다. 살아 있는 자의 백을 흡수한 것은 철수련이 처음이었는데, 이를 되돌려놓아야 기억이 회복될 것 같았다.

—괜찮겠어?

뭐 상관없다. 백에 있는 힘은 이미 흡수한 지 오래다. 이를 되돌린다고 해도 내게 해될 것은 전혀 없었다. 다만 그동안 천권 안에 있던 수많은 원념 가득한 백들과 함께했기에 그 영향을 받았을지도 모르겠다.

—안 좋은 영향이겠네.

어쩌면 원념 가득한 백이 되었을지도 모르겠다. 그걸 철수련이 받아들이면 미치거나 원념에 영향을 받을지도 모른다. 그래도 그녀의 기억을 되돌려야 하니, 나는 그녀의 머리를 움켜잡았다. 탁!

"무, 무슨 짓을 하려는 거냐?"

머리를 붙잡히자 당황한 철수련이 내 손을 뿌리치려 했다. 그러나 내상도 심했고 그녀의 공력으로는 이를 뿌리치는 것이 요원했다.

"돌려주지, 네 백."

"뭐?"

천권의 점이 푸른빛으로 일렁였다.

'돌아가라.'

나는 천권에서 그녀의 백을 끌어올렸다. 뭔가 아지랑이 같은 기운이 천권의 점에서 빠져나와 철수련의 머리로 스며들었다.

"하읔!"

그러자 그녀는 망치로 머리를 얻어맞은 사람처럼 강하게 경련을 일으켰다.

"<u>끄으으으으으!</u>"

눈까지 뒤집혀서 상태가 좋지 않았다. 이건 나조차 예상하지 못한 반응이었다.

─이러다가 죽는 거 아냐?

그녀 자신의 백이었는데 이렇게 격렬한 부작용이 있을 줄은 몰랐다. 아무래도 그녀의 백을 도로 가져가야겠다. 천권을 일으키려는 순간이었다.

팍! 철수련이 두 손으로 자신의 머리를 움켜쥐고 있는 내 손을 붙잡았다. 뭔가 뿌리치려는 것보다는 물에 빠진 사람이 구원을 위한 밧줄을 붙잡는 것처럼 굉장히 간절한 손길이었다.

"제발 나를 그곳으로 돌려놓지 마!"

뭐지, 지금 이 말은? 그녀에게 무슨 말이냐고 물어보려다가 나는 잠시 말문이 막혔다. 철수련이 공포에 질린 얼굴로 울먹거리고 있었다. 설마 천권으로 흡수되었던 백의 기억을 고스란히 되찾은 건가? 의아해하고 있는데 그녀가 내게 애원하며 말했다.

"워… 원하는 건 뭐든 할 테니, 제발 그 악마 같은 것들이 있는 그곳에만 돌려보내지 마."

'…?!'

나는 푸른빛으로 일렁이는 천권의 점을 쳐다보았다. …대체 이 안에서 무슨 일이 있었던 거지?

천권 안에서 철수련의 백은 도대체 무슨 일을 겪은 것일까? 기억을 온전히 되찾은 그녀는 내게 무엇이든 다 하겠다며 울고불고 애원을 했다. 나야 나쁠 게 없었지만 초췌한 얼굴을 보면 놀라울 따름이었다.

"제발…"

울먹이는 그녀에게 나는 말했다.

"다시 그곳을 경험하고 싶지 않겠지?"

확실하게 겁을 줄 필요가 있었다. 이 물음에 철수련이 부리나케 고개를 끄덕였다. 어지간히 경험하고 싶지 않은 모양이다.

—꽤 오래 갇혔으니 당연하지.

키득거리는 소담검의 말대로 도화선에 있던 기간까지 친다면 그녀의 백은 꽤 긴 시간 갇혀 있었다. 내내 원념 가득한 혈마, 주사련 등의 백들과 함께 있었으니 충분히 이해는 갔다.

슥! 손을 내밀자 공동의 한구석에 있던 큰 천이 허공섭물에 의해 날아왔다.

"이건?"

"가려라."

"새삼 다 봐놓고 가리라고?"

"가리기나 해라."

이를 넘기자 철수련이 그것을 몸에 둘둘 감았다. 눈이 멀어서 그런가 본인 스스로는 특별히 나신이든 아니든 신경 쓰지 않나 보지만 나는 아니었다. 천으로 몸을 좀 가리고 나니 한결 시선이 편했다. 몸을 가린 그녀에게 말했다.

"스스로의 입으로 무엇이든 다 하겠다고 했겠다?"

"그, 그건…."

오른손을 슬쩍 들어 올리려 하자 그녀가 고개를 미친 듯이 끄덕였다. 이에 의아해진 나는 그녀에게 물었다.

"앞이 보이나 보군?"

미처 의식하지 못했었는데, 그녀의 눈동자가 움직이는 걸 보았다. 내가 알기로 그녀는 아이를 낳을 수 있는 몸을 찾기 위해 타인의 육신을 계속해서 빼앗으면서 술법의 부작용으로 눈이 멀었던 것으로 기억한다. 노파일 때 두 눈이 백안이지 않았었나. 그 물음에 그녀도 영문을 모르겠다는 듯이 말했다.

"…모르겠다. 백이 네 안에 갇혔던 이후로 눈이 보이게 되었다."

"보이게 됐다고?"

"그래."

이건 무슨 현상인지 모르겠다. 사실 처음 무종유를 보았을 때도 곧바로 알아차리지 못했던 이유가 두 눈이 멀쩡했기 때문이기도 했다. 흠… 그렇다면 천권에 흡수되었던 백과 연관이 있는 걸까? 이유는 정확하게 알 수 없지만 분명 어떤 영향을 받은 것만은 확실했다.

철수련이 나를 바라보며 물었다.

"그래서 뭘 원하는 거지?"

이에 나는 본론으로 곧바로 들어갔다.

"먼저 묻는 말에 답해라."

"묻는 말?"

"아까 네게 했던 말을 벌써 잊었나. 좋아. 한 번 더 말하지. 뇌장의 부탁을 받고 겹살검에 자경정 놈의 백을 심었지?"

"그건…."

그런 나의 물음에 그녀가 잠시 머뭇거렸다. 막상 무슨 말이든 따르겠다고 했지만 뒷간을 들어가기 전과 나오고 나서의 심경이 다른가 보지. 이에 나는 천권을 일으키며 그녀의 머리에 손을 얹으려 했다. 그런데 미처 닿기도 전이었다.

"아악!"

갑자기 그녀가 자신의 머리를 움켜잡았다. 이마에 핏대가 설 만큼 고통스러워했는데, 놀랍게도 그녀의 머리에서 희미한 무언가가 스멀거리며 나오려고 했다.

ㅡ저게 뭐야?

철수련의 백이다. 영문을 모르겠지만 직접 접촉한 것도 아닌데, 저절로 그녀의 백이 제 몸을 빠져나와 내 손등의 천권에 흡수되려 했다.

'아!'

설마 그 말이 그런 의미였나? 그러고 보니 스승님께서 하셨던 말이 떠올랐다. 천권에 흡수되었던 백이나 강한 염은 내게 완전히 귀

속된다고 하였다. 그게 이런 의미일 줄은 몰랐다.

우웅!

"헉… 헉…."

천권을 다시 거두자 그녀가 고통이 멈췄는지 식은땀을 흘리며 나를 바라보았다. 혼백 중에 백이 빠져나오는 고통이 말로 이를 수 없나 보다.

"제발… 제발… 그러지 말아주세요."

그녀가 내게 엎드리며 애원했다. 눈물과 콧물 범벅이었다. 의도한 게 아니라 조금 불쌍해 보였다. 하지만 굳이 고문이나 그런 것을 하지 않아도 효과는 확실한 것 같다. 말투까지 공손해졌다.

나는 그녀를 내려다보며 고압적인 목소리로 말했다.

"누가 갑인지 정확히 깨달았겠지?"

"미, 미천한 계집이 주제를 몰랐습니다. 당신을 주인으로 모실 테니, 제발 그것만은…."

철수련이 내 다리까지 붙들고서 애처롭게 말했다. 정말 이 안에서 무슨 일이 있었는지 묻고 싶은 심경이다. 그렇게 악명을 날린 그녀가 이리 자존심까지 다 버리고 나를 주인으로 섬기겠다고 할 정도면 말이다.

—이거 엄청 편하네. 이제부터 말 안 듣는 놈은 천권으로 흡수하면 편하겠다.

백이 내 마음대로 흡수된다면 그렇겠지만… 아!

나는 내 다리를 붙들며 울먹거리고 있는 철수련을 바라보았다. 그녀는 사술로 혼백을 다른 육신에 옮길 수 있다.

—다 방법이 있네.

그렇네. 이 술법을 터득하면 누군가를 굴복시키기에 좋을 것 같다. 하지만 정말 여의치 않은 경우가 아니라면 웬만해서는 하지 않는 게 좋을 듯하다.

—왜?

스승님께 살아 있는 백이 흡수된 걸 이야기했더니, 순리에 어긋나는 것은 결국 그 뒷감당을 지게 되어 있다고 했다. 그녀는 애초에 만물의 이치를 어겨가며 자신의 수명을 늘렸다. 타인의 육체를 계속해서 빼앗아댔으니 말이다.

—에이, 좋다 말았네.

그래도 오대 악인의 일인인 그녀를 굴복시켰으니 손해는 아니지.

"자, 이제 묻는 말에 답변해주실까?"

"맞아요. 말씀하신 대로 그의 부탁을 받아 겹살검에 자경정이라는 자의 백을 집어넣었습니다."

역시 기억에서 본 대로였다. 나는 계속 물음을 이어갔다.

"왜 그 부탁을 들어준 거지?"

"훗날… 그 남자의 숙원을 망칠 수 있다고 해서 도왔습니다."

그녀가 말하는 '그 남자'는 당연히 금상제일 것이다. 그로 인해 아이를 가질 수 없는 몸이 되었기에 그 원망이 상당했던 것으로 기억한다. 숙원마저 방해할 정도면 증오한다고 해도 과언이 아니겠지.

하지만 이로써 확실해졌다.

—뭐가?

'뇌장 그자는 절대 금상제를 주군으로 모시는 게 아니야.'

자경정과 뜻을 같이한다는 시점에서 절대로 금상제를 모실 수가 없다. 그자의 목적은 무림을 완전히 통제하거나 멸하는 데 있으니까. 물론 유일한 공통점이 있기는 했다.

　—너에 대한 복수?

　그래. 둘 모두 나를 죽이고 싶어한다. 공동의 적을 가지고 있기에 자신을 숨기고 금상제의 곁을 지켰을 확률이 높다. 놈은 그 숨겨진 어금니를 드러낼 기회를 다섯 요검이 모였을 때라 여기고 있었다.

　'그자와 관련 있을까?'

　자경정의 기억 속에서 보았던 그 뱀의 눈을 가진 존재. 뇌장은 분명 그를 주인처럼 모시는 듯했다. 왠지 그자와 관련 있을 것 같다는 생각이 들었다. 차라리 뇌장의 기억을 살핀 것이라면 좀 더 자세히 알 수 있겠지만 기억의 유실이 많은 자경정의 기억이라 아쉬운 감이 있었다.

　"어떻게 숙원을 망칠 수 있다고 했는지 아나?"

　"그것은 말하지 않았습니다."

　"다섯 요검을 왜 모으는지 알고 있나?"

　"…자신의 약점을 극복할 수 있다고 여기고 있습니다."

　기억의 유실이 있기 전과 대답이 동일했다. 뇌장이 그녀에게 여러 부탁을 했지만 많은 것을 가르쳐주진 않은 모양이었다. 아! 그걸 물어봐야겠다.

　"뇌장이 왜 자경정의 기억을 되살리려 했는지 알고 있나?"

　"알려주지 않았습니다. 하지만….."

　"하지만?"

　"자경정이라는 자가 마지막으로 겪었던 일들만 떠올리면 된다고 했어요."

　"마지막으로 겪었던 일들?"

그건 대체 무슨 말이지? 기억을 완전히 되살리는 것도 아니고 마지막으로 겪었던 일들만 떠올리면 된다고? 놈의 마지막 기억은 내가 도화선에서 그를 막았던 일이다. 그걸 떠올린다고 이득일 게 있을까? 의아해하고 있는데, 그녀가 내게 말했다.

"…사실 그래서 자경정의 기억을 되살리려고 여러 실험을 하다가, 그자가 뭔가를 그려놓은 게 있습니다."

"뭔가를 그려?"

"뇌장이 잠시 자리를 비웠을 때 얻어서 일부에 불과합니다."

그 와중에 그걸 빼돌렸군. 한데 그녀에게는 아무짝에도 쓸모가 없었나 보다. 아무리 그녀의 백이 내게 귀속되었다고 해도 숨길 수 있는데 알려주는 걸 보니 말이다.

"가져와라."

"알겠습니다."

철수련이 공동의 한구석으로 가서 철함을 열고 뭔가를 가져왔다. 그것은 약품 처리가 된 서지였다. 둘둘 말려 있던 그것을 펴자 수많은 글자가 새겨져 있었다. 글자는 위에서 아래로 적힌 것이 아니라 원의 형태로 그림처럼 그려져 있었는데, 철수련의 말대로 도중에 끊겼다.

'이게 뭐지?'

적혀 있는 글씨만이라도 읽어보았다. 그런데 그것을 읽어 나가던 나는 당혹감을 금치 못했다.

'영보필법?'

—영보필법?

하! 떠올리려고 했던 기억이 바로 이것이었나? 도화선의 최고 스승님이었던 정양 진인께 가르침을 받아 법구 영보필법의 일부를 알고 있는 나였다. 도화선의 법구 중 천둔과 더불어 최고로 꼽히는 게 영보필법이다. 병장기인 천둔과 달리 영보필법은 그 자체로도 힘을 가지지만 최고의 유산은 그 안에 적혀 있는 비술들이라고 하였다.

"아아아! 이날이 오기만 간절히 기다렸습니다. 경정이 드디어 …님을 수백여 년간 구속하고 있던 법구 …필법의 구결을 기억해냈습니다."

이게 무슨 말인가 했다. 그렇다면 뇌장은 영보필법의 비술을 이용해 누군가를 구한 것일까? 기억으로 보았지만 도저히 인간처럼 여겨지지 않는 자였다.

'아….'

참 난감했다. 가장 좋은 방법은 이것을 도화선에 있는 정양 진인에게 알리는 것이다. 분명 정양 진인은 무언가를 알 테니까. 하지만 다시 도화선이 열리는 시기는 내가 알기로 십 년이나 남았다.

—놈을 잡아야 알겠네.

그래. 뇌장 그놈을 잡아야 한다. 그렇지 않고는 진짜 놈의 목적을 알아낼 수가 없다.

—무슨 수로 알아내려고? 너한테 그리 당했는데 쉽게 모습을 드러내겠어?

당연히 드러내지 않겠지. 하지만 녀석을 꾀어내는 방법을 알아내지 않았나.

—그게 뭔데?

금상제를 꾀어내면 된다.

—금상제를?

그래. 평왕의 능에 있는 석관을 열려면 구야자의 다섯 요검 모두

69

가 필요하다. 내가 가지고 있는 사련검과 혈마검이 있어야만 열 수 있으니 어떤 식으로든 노려올 거다.

—알아서 노리겠네?

그래. 검 다섯 자루가 모인다면 뇌장 그놈이 분명 본색을 드러낼 것이다. 일단 무한시로 돌아가서 금상제 놈을 자연스럽게 유인할 방법을 강구해야겠다.

—돌아갈 거야?

돌아가야지. 여기 계속 있을 수는 없다. 이곳까지 오느라 상당 시간을 소요해 밤을 거의 새웠다. 날이 밝게 되면 맹주 선출을 하게 된다. 금상제 놈이 어떤 식으로든 개입하기 전에 확실하게 내가 그 자리를 차지해놓아야지.

—아, 맞네.

할 일이 많다. 무엇이든 들어가는 주머니에 얼려서 넣어놓은 서복도 처리해야 하고.

—얘는 어쩔 거야?

소담검의 물음에 나는 철수련을 바라보았다. 일단 알아내고자 했던 것은 알아냈다. 덕분에 뇌장이 금상제 놈의 뒤통수를 치려 한다는 것도 알아냈으니 말이다. 당장에는 필요치 않지만 뇌장에 대한 다른 정보들도 가지고 있겠지?

"철수련, 나와 함께 가줘야겠다."

"네?"

그녀가 고양이같이 눈을 치켜뜨고서 반문했다. 누가 이 여자를 그 악명 높은 악심파파라고 생각하겠는가.

* * *

우우웅!

공간이 일렁거리며 주변이 바뀌더니, 내가 머물렀던 무림연맹의 성내 숙소로 돌아왔다. 비록 여러 번 쉬어가면서 펼치기는 했으나 축지법이 이런 점에서는 편했다. 내가 인지하고 있는 공간에는 이런 식으로 단번에 공간을 접어가며 이동할 수 있으니 말이다.

"하!"

철수련의 두 눈이 커졌다. 축지법으로 여러 번 공간을 뛰어넘었지만 숲이었을 때는 크게 와 닿지 않았는데, 이렇게 숙소 내부로 들어오니 놀라왔나 보다. 그때 숙소 옆방에서 누군가 뛰어오는 소리가 들렸다. 문이 벌컥 열리더니 인피면구를 쓴 사마영이 들어왔다.

"공자…님?"

사마영의 시선이 자연스럽게 내 옆에 있는 철수련에게로 향했다. 내가 도착했나 싶어 환한 얼굴을 하고 있던 사마영의 표정이 한순간에 싸늘하게 굳었다.

"이 여잔 또 누구예요?"

나는 재빨리 오해를 풀기 위해 말했다.

"사마 소저, 이 여자는 당신이 생각하는 그런 게 아니에요."

"제가 뭘 생각했는데요?"

"그건….'

"영아."

그때 그녀의 뒤에서 누군가 모습을 드러냈다.

"아버지."

그는 인피면구를 쓰고 있는 장인어른 월악검 사마착이었다. 내 숙소의 옆방에 같이 있었던 모양이다. 하긴 그러니 내가 축지법으로 방에 나타나자마자 철수련의 기척을 느꼈겠지. 철수련이 사마착을 보자마자 입을 열었다.

"월악검."

인피면구를 쓰고 있는데 단번에 정체를 알아내자, 장인어른이 인상을 찡그렸다. 철수련은 전음마저 읽어낼 만큼 괴물 같은 청각을 가졌다. 그래서 얼굴을 속인다 해도 상대를 단번에 알아낼 수 있다.

"누구냐?"

그런 장인어른의 물음에 내가 대신 답변했다.

"악심파파 철수련입니다."

"뭐?"

뜻밖의 정체에 장인어른이 놀랐는지 눈살을 찌푸렸다. 그녀의 본신을 처음 보았기에 이런 반응은 당연할지도 몰랐다. 사마영도 눈이 휘둥그레져서 말했다.

"이 젊고 예쁜 여자가 악심파파라고요?"

믿기 힘든가 보다. 하지만 장인어른은 그녀의 역량을 어느 정도 짐작했는지 경계심이 들어간 목소리로 말했다.

"이 여자를 어찌 데려온 것이냐?"

그런 장인어른의 날카로운 말에 철수련이 한쪽 눈썹을 치켜올리며 내게 말했다.

"다른 자들의 비위까지 맞춰야 하나요?"

역시 타고난 성정은 어디로 가는 게 아니었다. 천권으로 인해 내게 굴복했지만 다른 자들에게는 아니었다.

"다시 돌아가고 싶나 보지?"

내가 오른손을 슬쩍 들어 올리자, 그녀가 황급히 무릎을 꿇고 내게 애원하듯이 말했다.

"제발 용서해주세요, 주인님."

'…?!'

이런 그녀의 모습에 장인어른과 사마영의 어안이 벙벙해졌다.

"주인님?"

장인어른이 어처구니없다는 듯이 철수련을 쳐다보았다. 명색이 오대 악인의 일인으로 수많은 악행과 무위로 악명을 떨쳤던 그녀였다. 그런 그녀가 내게 무릎을 꿇고 복종하는 태도를 보이니 쉽게 납득되지 않는 것도 당연했다. 장인어른이 내게 전음을 보내려다 이내 그것을 멈췄다. 철수련이 전음을 엿들을 수 있다는 사실을 알고 있기 때문이었다.

"…어찌 된 일이냐?"

"그녀는 제 명령에 따를 수밖에 없습니다."

나 역시도 천권에 굴복한 사실을 알려주기는 힘들기에 두루뭉술하게 답변했다. 그렇다고 백을 흡수하는 것을 보여줄 순 없지 않은가. 놀라하던 사마영이 입을 열었다.

"공자님을 따른다고요?"

그 물음의 대상자는 내가 아닌 철수련이었다. 엎드려 있던 철수련이 인상을 찡그리며 쳐다보기에 나는 말했다.

"내 아내가 될 사람이다."

"아내?"

그 말에 철수련이 이채를 띠며 장인어른과 사마영을 번갈아 바라보았다. 그러더니 이내 사마영에게 복종하듯이 공손히 답했다.

"그렇습니다, 주모."

그 호칭이 그리 나쁘지 않았는지 사마영의 표정이 한결 부드러워졌다. 젊어진 그녀의 아름다운 외모 때문에 혹시나 하는 경계심을 가졌지만 내 고압적인 태도와 그녀의 반응에 오해가 풀렸나 보다.

"흠흠. 왜 공자님을 따르는 거죠?"

그런 그녀의 물음에 철수련이 입술을 지그시 깨물더니 답했다.

"그건 알려드릴 수 없습니다."

자존심이 있기에 그녀 역시도 이를 답변하기를 거부했다. 다른 자들에게 자신의 약점이 알려지길 누가 원하겠는가. 나는 사마영과 눈을 마주했다. 나중에 따로 알려주겠다는 의사를 보이기 위해서였다. 이런 내 뜻을 이해했는지 사마영이 한숨을 내쉬며 고개를 끄덕이더니, 이내 내게 말했다.

"이젠 하다못해 이런 대단한 자를 여시종으로 두시네요."

그 말을 들은 나는 머리를 열심히 굴렸다. 그녀가 하는 말에 숨겨진 의미를 찾기 위해서 말이다. 여기서 그녀의 심기가 상하지 않게 할 방법 하나를 떠올렸다.

"사마 소저가 원한다면 소저의 시종으로 데리고 있어도 돼요."

"네?"

선심 쓰듯이 말하자 사마영의 눈이 휘둥그레졌다. 다른 사람도 아니고 자신의 아버지와 어깨를 나란히 하는 대악인을 시종으로 넘긴다니 놀라는 것도 당연했다. 반면 철수련은 오만상을 찌푸리고 있었다. 나에게 굴복하기는 했지만 그 외의 사람들에게 굴복하는 것은 쉬운 일이 아닌 모양이었다. 이에 나는 그녀에게 전음을 보냈다.

[내 아내를 비롯해 내가 소중히 여기는 이들에게만 나를 대하듯이 해라. 그 외의 사람들에게는 굴복하지 않아도 좋다.]

[…정말입니까?]

[그래.]

그런 나의 말에 철수련의 표정이 한결 풀어졌다. 철수련이 사마영에게 엎드리며 예를 갖춰 말했다.

"주인님의 명에 따라 주모를 모시겠습니다."

"아… 음….'"

내가 그녀를 시종으로 넘기자 사마영이 이건 예상치 못했는지 난감한 듯 신음성을 내다가, 자신의 아버지인 장인어른을 쳐다보았다. 이런 상황이 가관이라는 듯이 혀를 내두르던 장인어른이 나를 바라보았다. 그 시선이 꼭 이렇게 묻는 것 같았다.

'확실하게 제압해둔 것이겠지?'

나도 참 눈치가 많이 빨라진 것 같다. 이에 나는 고개를 끄덕였다. 그러자 장인어른이 날카로운 눈으로 철수련을 응시하다 사마영에게 말했다.

"네 남편 될 사람의 성의이니 받아주거라."

"…괜찮겠죠?"

"안 괜찮으면 네 남편 될 사람이 각오해야겠지."

장인어른의 그 말에 나는 조용히 침을 삼켰다. 경고였다. 혹시나 문제가 생긴다면 절대 가만두지 않겠다는 의미였다. 장인어른보다 강해졌지만 이상하게 사마영의 아버지라서 그런지 식은땀이 날 만큼 눈치를 보게 된다.

―장인이란 마음속의 태산과도 같은 무서운 존재라고 전 주인께

서 말씀하셨다.

남천철검의 목소리에 나는 속으로 혀를 내둘렀다. 정인도 없으신 그분께서는 왜 이렇게 경험이 많으신지 모르겠다.

—이론만 정통한 거지.

—크흠.

소담검의 일침에 남천철검이 헛기침을 해댔다.

장인어른이 괜찮다고 이야기하자, 사마영이 에라 모르겠다며 엎드려 있던 그녀에게 손을 내밀며 말했다.

"좋아요. 하지만 그래도 명색이 저희 아버지와 명성을 나란히 하셨는데 시종은 아닌 것 같고, 제 호위 겸 말동무가 되어주세요. 저는 언니라고 부를게요."

"아아…."

이런 사마영의 말에 철수련이 한결 기분이 나아졌는지, 조금 밝아진 기색으로 그녀의 손을 잡았다. 노예나 시종보다는 호위로 대우해주는 것이 당연히 나을 것이다. 사마영이 현명하게 대우해준 덕분에 특별히 더 큰 문제는 생기지 않았다.

—저 여자도 은근히 단순하네. 조삼모사인데 말이야.

소담검의 그 말에 나 역시 속으로 웃었다. 노예라는 최악의 처지에서 조금 나아진 것뿐이다. 사람의 마음이란 게 간사해서 그 조금이 굉장히 크게 느껴질 때가 있다.

—어쨌든 괜히 여자를 데려왔다고 혼날 일은 피했네.

마침 잘된 것 같기도 하다. 장인어른이 늘 그녀의 곁을 지키는 것도 힘든 일이다. 사마영 본인도 초절정의 고수이지만 적들의 수준을 고려할 때 철수련 같은 초인의 벽을 넘은 고수가 계속 붙어 있다면 나 역시도 한결 안심할 수 있을 것이다.

그때 사마영이 내게 말했다.

"아! 공자님 여기서 이럴 게 아니네요."

"네?"

"그렇지 않아도 아가씨가 계속 공자님을 찾았… 아!"

사마영이 말하다 말고 고개를 돌려 숙소의 문을 쳐다보았다. 누군가 이곳으로 다가오는 기척 때문이었다. 참 양반은 못 되나 보다. 기척이나 기감으로 보아하니 누이동생인 영영이었다. 같이 다가오는 존재는 기척을 완전히 갈무리한 것으로 보아 설백이 틀림없었다. 영영이를 계속 보호해달라고 부탁했더니 붙어 있었던 모양이다.

똑똑! 지난번과 다르게 영영이가 문을 두드렸다. 장인어른도 있고 하니 눈치가 보이나 보다. 문이 열리며 이내 영영이와 설백이 숙소 안으로 들어왔다.

"오라버니."

나를 본 영영이가 안도의 숨을 내쉬었다. 밤사이에 혼자 돌아오지 않아서 걱정했던 것 같다. 다른 사람의 눈치가 보였는지 평소와 다르게 차분한 어조로 영영이가 뭔가를 이야기하려 했다.

"지금 성내에 난리가…."

바로 그 순간이었다. 그녀의 말이 미처 끝나기도 전에 누군가의 신형이 전광석화처럼 설백에게 날아들었다. 설백이 영영이를 옆으로 밀치고서 이를 받아냈다. 파파파파팍! 그녀에게 신형을 날린 자는 다름 아닌 철수련이었다. 순식간에 두 여인의 장법과 조법이 부딪치며 살벌하게 서로의 목숨을 노렸다. 두 여인의 손이 교차할 때마다 일어나는 풍압과 허공이 찢어지는 듯한 소리에 영영이의 어안이 벙벙해졌다.

팍! 짧은 찰나에 다섯 초식가량 붙은 두 사람이 이내 싸움을 멈췄다. 물론 엄밀히 말하면 두 여인 사이로 끼어든 내가 두 여인의 손목을 낚아채듯이 움켜잡았기 때문에 강제로 멈춰진 것이었다. 두 여인이 내게 동시에 소리쳤다.

"이 계집은 그 남자의 심복이에요!"

"이 여자는 한때 금상제를 따랐던 자야."

아이고, 귀청이야. 동시에 좌우로 소리치는 바람에 고막이 떨어질 것 같다. 이런 상황은 나도 예측하지 못했다. 생각해보니 설백은 심복으로 삼백 년 가까이 금상제를 모시느라 철수련의 본래 모습을 알고 있었고, 철수련은 초인적인 청각으로 인피면구와 상관없이 심장 소리만으로도 상대의 정체를 파악할 수 있었다.

―참 기가 막힌 상황이야. 한자리에 이런 자들이 다 모이다니 말이야.

그러게 말이다. 의도한 건 아니었지만 내가 생각해도 참 가관이었다. 영영이가 화들짝 놀라 내게 다급히 말했다.

"오라버니, 금상제를 따랐던 여자래!"

"일단 멈추고 내 얘기부터 들어."

소란스러워지기에 나는 일단 그들을 진정시켰다. 그러자 설백이 한기를 더욱 일으키며 내게 경고하듯이 철수련을 노려보며 말했다.

"저 여자의 정체를 알아? 오대 악인의 일인인….."

"알아. 악심파파 철수련인 거."

"악심파파!"

나의 말에 오히려 영영이가 당혹감을 감추지 못했다. 놀라는 것은 당연한 일이었다. 악심파파 철수련은 오랫동안 악명을 떨쳤던 무림의 노괴였는데, 그런 노괴가 이런 절세미녀일 거라 어찌 알았겠는가. 물론 이것은 둘째일 것이고, 그녀의 정체 때문에 더욱 놀랐을 것이다.

"이 여자가 악심파파라니? 오라버니가 분명⋯."

"안 죽었어. 그리고 이게 이 여자의 본래 모습이야."

"본래 모습?"

영영이는 도저히 영문을 모르겠다는 표정이었다. 반면 설백은 철수련이 이곳에 있는 걸 이해할 수 없는지 내게 말했다.

"설마 알면서 데려왔다는 거야?"

이런 태도를 보이는 걸 보니, 금상제 산하에 있을 무렵 그리 사이가 좋았던 것은 아닌 모양이었다. 철수련 역시도 불쾌하다는 목소리로 말했다.

"이 여자는 삼백 년이 넘게 금상제를 모셨던 심복이에요. 주인님이 생각하는 것보다 위험한 여자입니다."

"둘 다 진정해."

손목을 잡고 있는 두 여인의 공력이 상승하고 있었다. 나만 물러난다면 당장에라도 생사의 대결을 펼칠 기세였다. 장인어른은 네가 벌인 일이니, 네가 알아서 하라는 듯이 팔짱을 끼고 이 사태를 관망하고 있었다.

"후우⋯."

이에 나는 그들만 느낄 수 있게 기운을 드러내며 경고했다.

"멈추라고 했다."

흠칫! 꽤나 효과가 있었다. 둘 다 내 위압감에 억눌렸는지, 기운을 거둬들이며 뒤로 몇 발짝 물러섰다. 여인이기 이전에 무인이 아니랄까 봐 손부터 나가다니. 혀를 찬 나는 그들을 번갈아 보며 달래듯이 말했다.

"둘 다 이제 금상제와 함께하지 않으니 서로 적이 아니다."

"금상제와 함께하지 않다니요? 이 계집은 절대로 그럴 위인이 아닙니다. 주인님을 속이는…."

"누가 누굴 속였다고?"

철수련의 말을 설백이 날 선 목소리로 끊었다. 그러고는 이해할 수 없다는 듯이 물었다.

"철수련, 아까부터 왜 계속 운휘에게 주인님이라고 하는 거지?"

그 물음에 철수련이 입술을 질끈 깨물었다. 나를 주인으로 모신다고 했지만 자신의 과거를 알고 있는 자에게 자존심까지 버리고 굴복했다는 사실을 알리는 게 껄끄러운 모양이었다. 하지만 이내 내 눈치를 보더니 기어들어가는 목소리로 말했다.

"이…분을 모시기로 했다."

"뭐?"

설백의 한쪽 눈썹이 위로 치켜 올라갔다. 반면 영영이는 대체 영문을 모르겠다며 내게 물었다.

"이게 무슨 소리야? 오라버니를 모시기로 했다니?"

"그녀는 나와 사마 소저를 모시기로 했어."

그 말에 영영이의 눈이 휘둥그레졌다. 그런 그녀에게 사마영이 고개를 끄덕이며 말했다.

"그렇게 됐어요, 아가씨."

"…오대 악인 중 한… 분이 오라버니랑 언니를 모시기로 했다고

요?"

목소리나 표정을 보면 거의 혼이 나간 것 같았다. 이젠 하다못해 오대 악인의 일인이 그리되었다고 하니 믿기지가 않나 보다. 내가 생각해도 참 기가 막힌 일이었다.

그때 설백이 입꼬리를 올리더니 배시시 웃으며 갑자기 내 팔짱을 끼고는 철수련에게 말했다.

"어머, 우리 낭군님의 시종이었어? 미리 말하지 그랬어."

'…?!'

약을 올리는 설백의 말에 철수련의 표정이 딱딱하게 굳었다.

전혀 예상하지 못한 상황이었나 보다. 철수련이 기가 찬다는 목소리로 반문했다.

"우리 낭군? 너 대체?"

"몰랐구나. 여기 사마영 언니가 첫째 부인, 내가 둘째 부인."

"부인…? 하!"

어처구니없어하는 그녀에게 설백이 빙그레 웃으며 말했다.

"상하 관계가 명확해졌으니 알아서 모셔야지?"

"뭐라고?"

으득! 그 말에 철수련이 붉게 달아오른 얼굴로 이를 갈았다. 그러고 보니 철수련은 한때 금상제와 깊은 관계를 맺었으니, 오히려 그 심복들이 그녀의 눈치를 보았을지도 모르겠다.

─관계가 역전되었네.

그런 셈일지도 모른다. 설백은 이 순간을 굉장히 즐기고 있었다. 지금도 약을 바짝 올리며 말했다.

"주모라고 해야지? 어서 해봐."

그런 그녀의 말에 이를 바득바득 갈며 화를 가라앉히는 철수련이었다. 내가 없었다면 벌써 사달이 났을 것이다.

—기싸움이 살벌하네.

그렇네…. 이들을 보아하니 한동안 계속 이럴 분위기였다. 아무래도 떼어놓는 편이 나을 것 같다. 일단 화제를 돌려야겠다.

"영영아."

"어어?"

이들의 신경전을 보면서 넋을 놓고 있던 영영이가 내 부름에 정신을 차리고 답했다. 이에 나는 물었다.

"아까 난리가 났다고 했는데 그게 무슨 소리야?"

그 말에 영영이가 맞다 하고 두 손바닥을 마주치며 내게 말했다.

"지금 오라버니 일로 성내에 난리가 났어."

"무슨 일로?"

어젯밤에 성내에서 벌어졌던 일 때문인가? 의도대로 되었다면 금상제에 대한 경각심도 생겨났을 테고, 소검선으로서의 나와 혈마가 손을 잡아 적을 몰아냈다는 식으로 소문이 퍼졌을 것이다. 그리된다면 정사 간에 우호적인 관계를 추진하기도 좋겠지.

그런데 영영이의 입에서 예상치 못한 말이 튀어나왔다.

"지금 무림연맹 내의 사람들이 모두 오라버니를 천하제일검이라고 부르고 있어!"

"…어?"

이건 또 무슨 소리야? 갑자기 느닷없이 천하제일검이라니? 내가 의도한 바와 달랐다.

"천하제일검이라니?"

"전 무림연맹주께서 오라버니가 검으로 산을 꿰뚫는 걸 두 눈으로 직접 보고, 천하제일의 고수와 겨뤄서 이길 자신이 없다며 무림연맹주직을 포기하겠다고 공언하셨어!"

'…!!'

…미치겠네. 백향묵 이 작자가 떠넘긴 탓에 본 실력이 제대로 알려지고 말았다.

황궁

호북성 북쪽 조양. 절벽으로 둘러싸여 숨겨진 한 가옥.

아직도 한창 열기가 가득한 대장간으로 긴 눈썹에 수더분한 인상의 중년인이 모습을 드러냈다. 그가 나타나자 대장간 주변에 그림자처럼 숨어 있던 복면인들이 모습을 드러냈다. 병장기를 빼 들었던 그들이 중년인을 알아보고서 이를 거둬들였다. 복면인들 중 한 사람이 그에게 예를 갖췄다.

"오셨습니까?"

이런 복면인에게 중년인이 물었다.

"그분은?"

"며칠 동안 자리를 비우신다고 하셨습니다."

"자리를 비운다?"

중년인이 눈살을 찌푸렸다. 이제 닷새 정도만 지나면 요검이 완성될 터인데 자리를 비운다는 게 의아했다. 한참 초조해하며 기다리고 있을 줄 알았는데 말이다. 복면인이 그에게 물었다.

"검은 회수하셨습니까?"

"여기 있다."

이 물음에 중년인이 등에 차고 있던 가죽 검집에 들어 있던 검을 넘겼다. 애초에 회수고 자시고 할 필요도 없었다. 이 검은 원래부터 자신이 보관하고 있었기 때문이다.

"그분께서 매우 기뻐하실 겁니다."

검을 공손히 받아 든 복면인이 들뜬 목소리로 말했다. 이에 중년인이 물었다.

"보고드릴 게 있는데, 그분께선 어디로 가셨는지 알 수 있나?"

"송구하오나 알려드릴 수 없습니다."

"흠."

역시였다. 아무리 심복이더라도 완전히 믿지 않는 그였다. 하지만 그렇다고 하더라도 알아내지 못할 것도 없었다. 중년인이 복면인들 중 누군가에게 시선을 보냈다. 그러자 그자가 아무렇지 않은 듯이 전음을 보내왔다.

[만사신의의 행방을 찾았다는 전갈이 왔습니다.]

[만사신의를?]

[네. 아무래도 직접 황궁으로 간 것 같습니다.]

중년인의 눈매가 가늘어졌다. 지금 황궁에서 만사신의의 추적을 맡고 있는 몽주는 자신의 사람이었다. 그가 자신에게 아무 소식을 알리지 않았는데 만사신의의 행방을 찾은 거라면 금상제에게 자신이 알지 못하는 다른 정보원이 있음을 의미했다.

'끝까지 나를 신뢰하지 않는군.'

그렇다고 해도 상관없었다. 이제 머지않았다. 그때가 오면 그와의 결별도 자연스럽게 이루어지게 될 것이다.

* * *

광서성 령산. 혈교 근거지의 본단.

교주 전용 지하 연무장에서 세 고수가 대결을 펼치고 있었다. 격세석보다 단단하고 웬만한 내공이 담긴 공격마저 견딘다고 알려진 청옥석으로 만들어진 연무장이 엉망이 될 만큼 격렬한 대결이었다. 파파파파곽! 쾅! 세 절세고수는 서로를 견제해가며 싸웠는데 누구 하나 밀리지 않았다. 하지만 한눈에 봐도 불리한 자가 있었으니, 바로 일존 단위강이었다. 벽을 넘은 고수였으나 익숙하지 않은 왼팔로만 상대해야 하는 입장이기에 다른 두 고수에 비하면 현저히 불리하다 할 수 있었다.

촤촤촤촥! 그럼에도 그의 검은 날카롭고 신묘하기 그지없었다. 조금도 밀리지 않기에 그를 향해 검초를 펼치는 백혜향이 혀를 내두를 수밖에 없었다.

"어째 팔을 잃기 전보다 더 강해진 것 같군, 일존."

"허허허, 부교주만 하겠습니까?"

벽을 넘어서 이제는 안정화된 백혜향의 무위에 일존 단위강이 흡족함을 감추지 못했다. 그 역시도 유년기 시절부터 백혜향을 지켜봐 왔었다.

'전 교주께서도 대견해하실 거다.'

여자의 몸으로 이렇게 되기는 쉬운 일이 아니었다. 게다가 고작 이십 대의 나이로 벽을 넘어섰으니 뿌듯하지 않을 수가 없었다.

"본교의 홍복일세. 안 그렇나, 삼존?"

일존 단위강의 그 말에 거구의 삼존 기기괴괴 해악천이 호탕하게 웃으며 답했다.

"껄껄껄. 뛰어난 교주에 뛰어난 부교주까지 있으니 본교가 머지않아 정파를 정복할 수 있겠군."

지금 혈교의 전력은 이십여 년 전을 능가했다고 해도 과언이 아니었다. 그 당시에도 두 명이나 되는 초인이 있었기에 전성기라 했었는데, 지금은 그때와 비교도 하기 힘들었다. 벌써 이 자리에만 세 명의 초인이 자리하고 있었으니 말이다. 더욱 놀라운 사실은 이 세 명이 힘을 합쳐도 교주 한 사람을 능가하지 못한다는 것이다.

"잡담은 적당히 하고 두 사람 모두 덤벼."

백혜향이 두 존자를 도발했다. 그들이 웃음기를 머금고 다시 신형을 날리려던 찰나였다. 밖에서 연무장 입구를 두드리는 소리가 들려왔다. 쿵쿵! 이내 누군가가 청옥석 입구의 벽을 밀어내며 안으로 들어왔다. 그는 다름 아닌 이존 서갈마였다. 그가 나타나자 해악천이 들뜬 목소리로 외쳤다.

"서 형도 함께하겠나?"

이런 그의 말에 서갈마가 미간을 찡그렸다. 마음 같아서야 그러고 싶지만 이미 이 안에서의 대결은 자신의 선을 한참 넘어섰다. 괜히 섣불리 이들의 훈련에 참여했다가 부상을 입을지도 몰랐다.

"됐소이다. 그보다 부교주, 급히 전보가 날아들었습니다."

"전보?"

의아해하는 백혜향에게 서갈마가 품속에서 서찰을 꺼내며 다가왔다. 이마에 맺힌 땀방울을 닦으며 그녀가 물었다.

"벌써 운휘에게서 답신이 날아온 건가?"

"아닙니다. 그 소식은 아마 오늘내일 내로 교주께 당도할 겁니다."

"하면 대체 무슨 전보지?"

그런 그녀의 물음에 서갈마가 서찰을 넘기며 말했다.

"이걸 어찌 말씀드려야 할지…."

뭔가 난감하다는 식으로 말하는 그에게 해악천이 물었다.

"무림연맹 녀석들이 무슨 짓이라도 저지른 것인가?"

"그게 아니오."

"한데 뭘 망설이는 게요?"

"그게… 교주께서 무림연맹의 맹주로 취임했다고 하오."

'…!!'

그 말에 세 사람이 어리둥절해했다. 순간 자신들의 귀를 의심했다. 분명 교주 소운휘는 금상제를 잡기 위해 무림연맹으로 향하지 않았는가. 그런데 이게 대체 무슨 터무니없는 소식이란 말인가.

"그게 무슨 소리지?"

백혜향이 고운 미간을 찡그리며 물었다. 이에 서갈마가 자신이 보고받은 것들을 알려주었다. 어떻게 자신들의 교주가 무림연맹의 맹주로 취임하게 되었는지 말이다. 이를 들은 해악천이 박장대소를 금치 못했다.

"크하하하하핫! 아니, 뭐하러 무림연맹까지 그 금상제인가 뭔가 하는 놈을 잡으러 가나 했더니 이 녀석이, 아니 교주께서 다 계획이 있었구먼."

정말 골 때리는 소식이었다. 자신의 제자일 때도 그랬지만 예측불 허였다. 소검선이라는 신분으로 이런 짓을 벌일 거라고 누가 상상이

나 했겠는가. 더 재미있는 것은….

"본교의 교주가 무림연맹의 맹주라니. 클클."

무림 역사를 통틀어 이런 일이 있을까 싶을 만큼 이 소식은 해악천을 아주 즐겁게 했다. 과묵하고 감정 표현이 없는 일존 단위강조차 혀를 내둘렀다.

"교주께선 참으로 대담하시오."

만약 들켰다면 어떤 사태가 벌어질지 짐작조차 가지 않을 만큼 배짱이 두둑했다. 하지만 그의 진정한 무위를 알기에 딱히 걱정되거나 하진 않았다.

"이렇게 되면 본교가 무림연맹까지 먹은 것이나 다름없구먼. 교주께서 맹주이니 말이네. 클클클. 안 그렇습니까, 부교주?"

이런 해악천의 말에 백혜향이 입꼬리를 올리며 중얼거렸다.

"내가 선택한 남자답네."

지극히 그녀다운 칭찬이었다. 오만하게 말하면서도 이 소식에 매우 흡족한 모양이었다. 그런 백혜향에게 서갈마가 조심스럽게 말을 꺼냈다.

"부교주… 한데 말입니다."

"또 뭐지?"

어떤 흥미로운 소식을 이어서 전달하려나 싶어 백혜향이 귀를 기울였다. 그런데….

"지금 교주께서는 정파에서 천하제일검이라고 불린다고 합니다."

"정파?"

웃고 있던 백혜향의 입꼬리가 한순간에 비틀렸다.

* * *

이틀 후.

—돌아가는 상황이 진짜 재밌네.

"후우."

키득거리는 소담검의 목소리에 절로 탄식이 흘러나왔다. 무림연맹의 전 맹주란 작자가 이런 식으로 뒤통수를 치다니. 내 의도와 달라지고 말았다.

—명성이 하늘로 치솟았는데.

골이 아파왔다. 제대로 떠넘긴 셈이었다. 아무리 생각해도 일부러 소검선으로서의 나를 천하제일고수로 격상시켜놓았다. 정파가 손해 볼 짓은 절대 안 하는 인간이다.

—아, 맞네. 정파 소검선의 신분이 천하제일이게 만든 거네.

그렇겠지. 그래야 정파 무림의 입지가 더욱 강해질 테니 말이다. 일부러 떠넘기면서 나름 머리를 굴렸다.

—혈교 쪽에서는 엄청 싫어하겠네.

그럴 것 같다. 아마도 백혜향은 대체 무슨 짓거리냐고 따질지도 모른다. 혈마라는 신분으로 천하제일의 칭호를 얻은 것이 아니라, 소검선으로서 이런 칭호를 들었으니 말이다. 나중에 또 연기를 해서 이 관계를 역전시켜야 할지도 모르겠다.

—뭐 그래도 목적은 달성했잖아. 크, 첩자의 신분에서 맹주라니.

녀석의 말대로 나는 전 무림맹주 백향묵이 싸움을 포기하면서 만장일치로 맹주로 부임했다. 취임식 같은 것은 따로 없었다. 이미 대당주 선출 겸 무림대회로 모여든 수많은 정파인들 앞에서 장로단이 내가 무림연맹의 신임 맹주가 되었음을 공식 선포했다. 그때 완전히 난리가 났다. 무림연맹의 역대 최연소 맹주가 탄생했다고 말이다. 관람석에 있던 수만 명에 이르는 무림인들이 환호성을 내지르며 내 이름을 외치는 광경을 아직도 잊을 수가 없다. 다만 소운휘가 아닌 진운휘라 불렸다면 더 좋았을 텐데.

─언젠가는 전부 드러낼 거지?

지금 당장은 아니지만 그럴 때가 오지 않을까? 어쨌거나 지금은 먼저 해결할 일이 있다. 원래는 무림연맹에 있던 금상제의 간자들을 전부 잡아들인 다음, 그들을 통해 그를 끌어들일 만한 정보를 흘려보내려고 했었다. 하지만 더 시급한 일이 생겨버렸다. 드디어 사라졌던 만사신의의 행방이 드러난 것이다. 이를 알린 것은 송좌백이었다.

"본교에서 전갈이 왔어. 만사신의의 행방을 찾았대."

녀석의 말에 의하면 나에게 이 소식을 전달하는 것과 별개로 이미 본교에서도 황궁 쪽에 사람을 파견했다고 한다. 그런데 변수가 있었다. 백혜향과 본교를 믿고 맡기려 했는데, 만사신의의 행방이 황궁에 있던 간자들이 알아낸 것이 아니라 그가 공식 석상에 모습을 드러내면서 알려진 것이었다.

"그분이나 뇌장이 직접 움직일 거야."

설백은 금상제나 뇌장 둘 중 한 사람이 직접 움직일 거라 예견했다. 내 예상에도 그럴 것 같았다. 이미 무쌍성, 혈교, 무림연맹 등에서 벌이려던 모든 계획이 실패했고, 심지어 내가 그의 정체를 노출시키면서 그 존재가 드러난 금상제였다. 어떻게든 만사신의를 필히 수중에 넣으려고 할 것이다.

─먼저 빼돌리는 게 관건이네.

그래야지. 그렇지 않으면 백련하와 서복을 원래대로 되돌려놓을 수가 없다.

얼려놓은 서복을 다시 부활시켜서 놈이 무슨 짓을 했는지 알아내려고 했는데, 전혀 성과를 거두지 못했다. 심지어 혹시나 하는 마음에 머리를 부쉈다가 회복시켜보았지만 말이다. 결론적으로 만사신의의 도움이 필요했다.

─설백이 있어서 다행이네.

그래. 설백이 서복의 머리가 녹지 못하게 한기로 계속 얼리고 있었다. 하지만 상시 계속 붙어서 그렇게 하기는 힘들 것이다. 그 전에 만사신의를 확보하는 게 관건이었다.

눈앞의 으리으리한 황궁 성벽을 바라보았다. 사방을 횃불로 밝혀놓았는데 무림연맹, 무쌍성과는 비교도 안 될 만큼 장관이었다.

'오랜만이네.'

회귀 전에 무림연맹 사찰단에 끼어서 황제 폐하를 알현하기 위해 딱 한 번 이 궁궐 안으로 들어갔던 적이 있다. 정작 황제를 만나지 못하고 외궁에 잠시 머물다 돌아가야 했지만, 다행히 그때의 기억이 있어서 황궁까지는 축지법으로 올 수 있었다. 만사신의가 황제의 주치의가 되어서 그를 치료하고 있다고 하니, 황제가 기거하는 궁전에 아마도 있을 것이다.

'일단 외궁 안으로 들어가서 근위병이나 누군가로 분장한 후에…'

궁전으로 잠입해 만사신의를 확보한 다음 축지법으로 곧바로 탈출하는 게 계획이었다. 축지법 덕분에 쉽게 성공할 것 같았다.

─그래도 조심해. 혈교의 간자들 중에도 외궁에서 내궁 안으로 침입에 성공한 자가 없다고 했잖아.

그게 의외이긴 했다. 어쩌면 그 소문으로 들은 황궁의 숨겨진 힘과 관련 있을지도 모른다. 아무튼 이제 안으로 들어가 봐야겠다.

우우웅! 일단 외궁 접견실로…. 파앙!

"흐헛!"

그 순간 공간으로 빨려 들어갔던 몸이 밖으로 튕겨 나갔다. 무슨 영문인지 알 수가 없었다. 분명히 그때 기억했던 것을 토대로 공간을 접었는데, 오히려 알 수 없는 힘에 의해 튕겨 나가고 말았다.

—왜 그래?

나도 모르겠다. 다시 한 번 시도해봐야겠다. 혹시 외궁 접견실이 없던 시절일 수도 있으니 다른 곳으로 말이다. 우우웅! 파앙!

"큭!"

또다시 공간을 접자 몸이 역으로 튕겨 나갔다. 알 수 없는 힘이 나를 배척하면서 공간을 접는 것 자체를 방해했다. 두 번 더 시도해보았지만 결과는 같았다.

'별수 없나.'

왜 그런지는 알 수 없지만 아무래도 여러 번 변장해가면서 직접 안으로 침입하는 것 이외에는 방법이 없어 보였다. 일단은 성벽을 뛰어넘어 외궁으로 들어가야겠다. 그렇게 오르려던 찰나였다.

'응?'

성문으로 향하는 횃불로 이루어진 한 무리의 행렬이 보였다. 고급스러운 마차가 가운데에 있었는데, 그 앞에 금군으로 보이는 자들이 황실 깃발과 함께 또 다른 깃발 하나를 들고 있었다. 그것은 다름 아닌 '경(景)'이라는 글자가 새겨진 깃발이었다.

'호오.'

　　　　　　　　　* * *

마차 안.

황자들이 입는 관복을 입은 경왕과 종사품 위무사들이 입는 무관의 복장을 한 어여쁜 여인이 있었다. 연생이라 불리던 기생이었다. 원래 경왕을 암중에서 보호하기 위해 훈련받은 기생에 불과했으나, 잠들었다가 깨어난 사이에 위무사가 된 그녀였다. 입술을 질끈 깨물며 불안해하는 연생에게 경왕이 말했다.

"불안해하지 말거라."

"하오나 전하, 신은….”

"괜찮다. 어차피 영왕이나 다른 황자들은 네 소문을 무서워하는 것이지 실제 무위를 무서워하는 것이 아니다.”

한 번도 황궁 내로는 들어가 본 적이 없는 연생이었다. 괜히 경왕을 보호하는 위무사 신분으로 들어갔다가 혹 무슨 일이라도 벌어지지 않을까 싶어 우려하는 것이었다.

"전하, 괜히 들통이라도 나면 전하도 그렇지만 신은 황실을 능멸하였다고….”

"허어, 괜찮대도. 어차피 황궁 안에서는 누구도….”

바로 그 순간이었다. 우우웅! 마차 안의 공간이 일렁거리며 누군가 모습을 드러냈다.

"아닛?"

"전하!"

녹색 경장을 입은 한 여인의 모습에 연생이 비검을 빼 들다 말고 넋이 나가버렸다.

'…?!'

갑작스럽게 나타난 이 여인이 자신과 완전히 똑같은 얼굴을 하고 있었기 때문이다.

"다, 당신…."

타타탁! 뭐라고 말하기도 전에 그녀는 혈도가 점해져 기절하고 말았다. 이 광경을 보고 경왕은 놀라는 것이 아니라 오히려 화색이 밝아져서 말했다.

"연생아!"

"그동안 강녕하셨습니까, 전하?"

호남성 율랑현의 익양 소가.

요 근래 조용하기 짝이 없던 익양 소가가 시끌벅적하기 그지없었다. 근 몇 달 동안 화병으로 앓아누웠던 작약당의 주인인 가주 소익헌의 본처 양 부인이 큰 잔치를 열었기 때문이다. 마음의 병을 얻어서 한동안 의원이 치료해도 낫지 않았던 그녀였다. 그러나 이제는 날아갈 듯이 몸이 좋아졌다. 그렇게나 꼴 보기 싫었던 소운휘 놈이 사라졌기 때문이다. 혹시나 다시 나타날까 우려했지만 일곱 달씩이나 행방불명된 것을 보면 그럴 일은 추호도 없으리라 확신했다.

'앓던 이가 빠지니 이렇게 좋을 수가 없구나.'

덕분에 그동안 후기지수로서 무림연맹의 진출을 포기했던 장남 소영현이 이번 무림연맹에서 개최하는 대당주 선출식에도 참석하기에 기쁘기 그지없었다.

"양 부인, 경하드립니다."

"어머, 송 가주 부인 오셨나요?"

그녀에게 축하의 말을 건네는 풍채 좋은 중년의 부인은 조항 송가의 가모였다.

"잔치를 열었는데 당연히 와야지요."

잔치에 참석한 이들은 호남성에서 유력한 지방 호족들과 무가 사람들이었다. 그들 역시도 그동안 양 부인이 무엇 때문에 화병을 얻었는지 잘 알기에 이렇게 축하해주러 온 것이었다.

"듣자 하니 아드님들께서 모용 세가의 소가주가 이끄는 황룡당에 들어간다지요?"

"어쩌다 보니 그렇게 되었네요."

아무렇지 않게 이야기했지만 이렇게 되기까지 얼마나 모용 세가에 투자를 했던가. 그 덕에 무림연맹에 입성하는 것과 동시에 장남 소영현이 황룡당의 당원으로 들어가기로 약조를 받았다. 오대 세가와 연도 맺고 출셋길이 열렸으니 이보다 좋은 일이 어디 있겠는가.

"호호호. 좋은 날이니 많이들 자시어요."

"그렇지 않아도 오늘은 객당에 미리 잠자리를 준비해두라 일렀습니다."

"잘하셨습니다."

이런 그녀와 마찬가지로 잔치를 즐기는 이가 있었으니, 익양 소가의 차남 소장윤이었다. 그 역시도 그때의 사건 이후로 소운휘를 두려워했었다. 그래서 가문 내에 틀어박혀서 그 좋아하는 술도 마다한 채 두문불출했지만, 이제는 그럴 필요가 없어졌다.

"하하핫. 많이들 드시게. 내 머지않아 무림연맹에 가게 되면 얼굴을 보기 힘들 터이니 말일세."

"이거 앞으로를 대비해서 많이 마셔야겠습니다."

"오늘은 코가 비뚤어지게 마시게나."

소장윤이 잔을 들자 젊은 후기지수들이 따라서 잔을 들며 환호했다. 그렇게 모두가 기뻐할 때 유일하게 무거운 얼굴로 혼자 술을 마시는 이가 있었으니, 익양 소가의 가주 소익헌이었다. 소운휘가 승승장구하는 소식을 들을 때만 하더라도 자신의 친아들들이 아무것도 하지 못하는 현실이 침통하기 그지없었다. 그런데 막상 앓던 이와 같던 소운휘가 행방불명되고 아들들에게 기회가 주어졌건만, 기분이 좋기는커녕 오히려 무겁기만 했다. 죽은 하 부인에게 미안한 마음 때문이었다.

"자네 아버님만 기분이 언짢아 보이시는군."

"흥. 내버려두게."

양 부인과 그 소생들은 가주 소익헌을 원망했다. 본처와 그 소생들이 한낱 첩의 소생에 불과한 소운휘에게 그런 수모를 당했는데도 아무런 조치를 취하지 않았을 때부터 정이 떨어졌다.

'두고 보시죠. 그 천한 잡놈보다 더 높은 곳으로 올라갈 터이니.'

그때가 되면 가주 소익헌이 두고두고 후회하리라 여겼다. 그렇게 한참 잔치가 이어지고 있는데, 소가의 대문지기가 급히 달려오며 소리쳤다.

"가주님, 현령께서 당도하셨습니다."

"오오, 현령께서 오셨나? 빨리 안으로 모시어라."

대답한 것은 가주 소익헌이 아닌 양 부인이었다.

"알겠습니다!"

'와주셨구나.'

양 부인은 내색하지 않았지만 매우 기뻤다. 혹시나 하는 마음에 초대장을 보냈지만 크게 기대하지 않았는데, 덕분에 체면이 제대로 살았다. 얼마 있지 않아 잔치가 벌어지고 있는 후원으로 율랑현의 현령이 모습을 드러냈다. 한 현의 현령이 잔치에 참석하는 것은 가문에 면을 세워주는 일이었다. 가주인 소익헌을 비롯해 양 부인, 소장윤까지 그를 맞이했다.

"오셨습니까, 현령 나으리?"

"소 가주, 지난 구정 이후로 오랜만이오."

현령이 웃으면서 인사를 건넸다. 그런 그에게 양 부인이 가장 상석을 가리키며 공손히 말했다.

"호호호, 현령께서 이렇게 자리를 빛내주시다니, 감읍할 따름입니다. 어서 자리로 가시지요."

이에 현령이 두 손을 모아 포권을 취하며 말했다.

"먼저 축하부터 드려야겠소이다, 가주 그리고 부인."

그 말에 양 부인이 속으로 의아해했다. 왜냐하면 무림인들이야 사정을 알기에 축하할 일이지만, 현령에게 있어서 자신의 아들이 무림연맹에 입성하는 것은 그리 큰일이 아니었기 때문이다.

"훌륭한 아들을 두어서 자랑스러우시겠소."

그런 현령의 말에 양 부인은 속으로 좋아했다. 현령이 이렇게까지 축하하는 걸 보면 익양 소가와 우호적인 연을 계속 맺고 싶다는 말로 들렸다. 그런데 뒤이어 나온 말에 그녀는 말문이 막히고 말았다.

"우리 율랑현에서 최연소 무림연맹의 맹주가 탄생했으니 이 어찌 기쁜 일이 아닐 수가 있겠소이까."

'…?!'

자리에 있던 모두가 자신들의 귀를 의심했다. 웅성웅성! 잔치 자리가 술렁였다. 최연소 무림연맹의 맹주라니 이것은 대체 무슨 소리란 말인가? 양 부인이 당혹스러워하며 말했다.

"현령 나으리, 뭔가 잘못 알고 계신 게 아닌지?"

"아직 모르셨소이까? 아드님께서 무림연맹의 신임 맹주가 된 걸 말이오?"

"네에?"

소장윤이 술김에 자신도 모르게 언성을 높이며 반문했다. 이게 무슨 뜬금없는 소리인가? 자신의 형인 소영현이 무림연맹으로 상경한 지 얼마나 되었다고 맹주가 된단 말인가?

"우, 우리 영현이가 맹주라니….'

"아아, 뭔가 착오가 있으신 것 같소이다."

"착오라뇨?"

"우리 율랑현의 자랑인 익양 소가의 삼남 소검선 소운휘가 무림연맹의 맹주가 되었단 말이오."

'…!!'

순식간에 장내가 소란스러워졌다. 근 일곱 달 동안이나 행방불명된 소운휘였다. 그런 그가 갑자기 무림연맹의 맹주가 되었다니 누구도 믿기 힘들었다.

"소, 소운휘?"

가슴이 철렁한 양 부인이 손발을 떨며 그 이름을 되물었다.

"하하하, 그렇소이다. 우리 율랑현에서 정도 무림연맹의 맹주이자 천하제일검이 탄생하다니, 참으로 기쁘기 그지없소이다."

'말도 안 돼!'

호탕하게 웃는 현령을 보며 소장윤이 어처구니없어했다. 분명 죽었을 거라 여겼던 녀석이 갑자기 무림연맹의 맹주는 무엇이고, 천하제일검이라는 이 엄청난 칭호는 대체 무엇이란 말인가? 기뻐하는 현령의 태도를 보면 절대 거짓이 아닌 것 같았다.

'소운휘 대체 네놈은… 자, 잠깐만… 그럼 소영현 그 인간은 어찌 되는 거야?'

자신의 형이 무림연맹으로 상경하지 않았던가. 당황해서 어머니인 양 부인을 쳐다보았는데, 창백해진 양 부인이 이내 바닥에 털썩 쓰러지고 말았다.

"아아아."

"어머니! 어머니!"

그들이 어째서 이런 반응을 보이는지 모르는 현령이기에 가주에게 웃으며 말했다.

"부인께서 많이 놀라셨나 보오. 하하하. 본인의 일이라도 그랬을 것이오."

"…."

이런 현령의 말에 가주 소익헌은 아무 대답도 하지 못했다. 그 역시도 충격이 컸기 때문이다.

'그 아이가 맹주라니?'

사라졌던 소운휘가 다시 나타나 무림연맹의 맹주가 되다니 황당하기마저 했다. 정파 무림 역사상 이변이라고 해도 과언이 아닌 사건이었다. 쓰러진 양 부인과 소장윤을 보며 그는 탄식을 내뱉었다.

"하아…."

'하령… 그대가 주는 벌이오?'

다른 누구도 아닌 소운휘가 맹주가 되었다면, 자신의 친아들들인 영현과 장윤의 무림인으로서의 출셋길은 평생 막힌 셈이나 다름 없었다. 이 모든 것이 하령의 마지막 부탁대로 소운휘를 제대로 지키지 못한 업보일지도 몰랐다. 그의 이런 심경을 모르는 손님들이 축하 인사를 건넸다.

"소 가주! 경하드립니다!"

"익양 소가에서 맹주를 배출하다니!"

'…'

이걸 기뻐해야 할지 슬퍼해야 할지 난감하기 그지없는 가주 소익헌이었다.

* * *

경왕의 어전마차 안.

"방금 전에 보여준 그것은 대체 무슨 수법인 게냐? 어찌 닫혀 있는 마차의 문조차 열지 않고 들어올 수 있단 말이냐?"

경왕이 감탄하며 내게 물었다. 이에 나는 진짜 연생이에게서 벗겨내 갈아입은 위무사 관복의 매무새를 다듬으며 답했다.

"그저 하찮은 재주에 불과합니다."

그 말에 경왕이 혀를 차며 내게 말했다.

"그게 어찌 하찮은 재주란 말이냐? 다가오는 기척도 없이 그리 갑자기 나타나면 누구라도 순식간에 암살당할 수 있는 위험한 수법으로 보이건만."

놀라는 것과 별개로 역시 통찰력이 깊었다. 그 와중에 축지법이 얼마나 위험한 재주인지 인지하는 걸 보면 말이다.

"걱정하지 마시지요. 이 재주를 익히려면 자그마치 수백 년간 도를 닦아야 합니다."

'…?!'

이런 나의 말에 경왕의 눈이 휘둥그레졌다.

"아니, 그럼… 대체?"

나이가 어떻게 되느냐고 묻고 싶은가 보다. 이에 나는 빙그레 웃어주었다. 오해해서 나를 더 어렵게 생각해준다면야 나야 원하는 바였다. 그나저나 기생들이 입을 법한 속이 훤히 비치는 얇은 경장에서 위무사의 관복을 입으니 그나마 한결 나았다. 치마가 아니라 바지였으니 말이다.

"잠시 멈춰주십시오."

밖에서 목소리가 들려왔다. 궁전 대문의 검문소를 지키는 수문장들이 마차를 멈추게 한 모양이었다. 경왕을 호위하는 장수가 신분패를 보이는 절차가 끝나면, 외궁 내로 들어갈 수 있을 것이다.

"평소보다 궁 밖의 분위기가 삼엄하군요."

밤인데도 병사들의 숫자도 전에 보았을 때보다 훨씬 많았다. 분명 송좌백을 통해 들었던 대로라면 오히려 대연제국이 기뻐해야 할 일인데도 불구하고 말이다.

"전시나 다름없으니 경계를 철저히 서는 것이다."

"전시?"

"병중이시던 폐하께서 공식 석상에 모습을 드러낸 것으로도 모자라, 모든 황자들에게 신속히 환궁하라고 암명을 내리셨다."

아… 그런 명을 내렸던가? 간자를 통해 알게 된 것은 경왕이 말한 전자였다. 병중이던 황제가 전보다 많이 쾌차해서 모습을 드러냈다고 했다. 이 모든 것이 외부에서 초빙한 만사신의의 공로라며 큰 상을 내리겠다고 대신들 앞에서 공표하면서 그의 행방을 알게 된 것이었다.

"연생이 너는 폐하의 소집 명령을 어찌 생각하느냐?"

그런 그의 물음에 나는 잠시 입을 다물었다. 그리고 이내 말했다.

"후계를 정하기 위해서인 것 같군요."

그런 나의 말에 경왕이 입꼬리를 올리며 말했다.

"역시 영리하구나."

"오랜 병상 생활을 하셨음에도 태자를 정하시지 않았으니까요."

황제는 긴 병중에도 불구하고 태자를 책봉하지 않았다. 그렇기에 훗날 경왕이 대군을 일으켜 모든 정권을 차지하는 사건이 벌어진 것이다. 하지만 내가 아는 역사와 많이 달라진 것 같다. 원래 당대 황제는 만사신의의 치료를 받은 적도 없거니와, 후계 책봉도 하지 못하고 죽음을 맞이한다. 이때 황궁에 있던 진왕이 옥새를 차지하고서 영왕과 대립했고, 밖에 있던 경왕이 북방 방위군과 오호도 독부의 두 군을 몰고서 황도로 진격해온다.

—훨씬 빨라진 거네.

그래. 역시 내 행동 하나하나가 많은 영향을 끼치는 것 같다. 어차피 진왕이야 그때의 사건 후로 견제할 필요가 없을 만큼 잔뜩 겁에 질려 있었지만, 경왕에게 있어서 당장에 위험한 적수는 황태후와 영왕일 것이다.

—그 둘도 경왕을 어떻게든 몰아내려 하겠네.

아마도 그럴 거다. 사실 암명으로 황자들을 소집한 게 아니라면 태자 책봉 정도로 생각했을 것이다. 하지만 지금 상황으로 보면 그것만이 아닌 것 같다. 아무래도….

"하나 정말로 부황께서 부른 것인지 아니면 암중의 속셈인지 알 길이 없다."

경왕의 입에서 내가 예측한 것과 같은 말이 나왔다. 그 역시도 어느 정도 상황을 예견한 모양이다. 그러니 허장성세라고는 하나 위무사인 연생까지 대동한 것일 테지.

"함정일 수도 있다고 판단하셨군요."

"그래. 오늘 긴장의 끈을 풀면 짐의 목숨이 위험할지도 모른다."

경왕의 목소리가 사뭇 진지해졌다. 하긴 황궁 안에서 무슨 일이 벌어질지 모를 상황이니 긴장하는 것도 당연했다. 나는 그런 경왕에게 말했다.

"하나 이렇게 담담하게 황명에 따르시는 것은 대안책이 있으시기에 그런 것이 아니옵니까?"

그처럼 영리한 자가 자신의 호신책조차 없이 사지로 향할 리가 없었다. 이 말에 경왕이 옅은 미소를 지었다.

"정답이다. 이래서 짐이 너를 인재로서도 탐내는 것이다."

"그 마음 고이 접어두소서."

"후후. 조금도 틈을 주지 않는구나. 아무튼 내궁에서 짐을 호위할 사람도 있고, 네가 이렇게 제때 와주었으니 다행이라 할 수 있구나."

경왕이 한결 안심된다며 내게 말했다. 말은 그리하면서도 평소와 눈빛이 다른 것을 보면 여전히 임전태세였다.

"들어가시면 됩니다."

성문이 열리더니 마차가 안으로 이동하기 시작했다. 외궁 내로 진입하자 경왕이 내게 물었다.

"한데 너는 어쩐 일로 짐을 찾은 것이더냐? 설마 짐이 보고 싶어 찾아왔을 리는 만무할 테고."

"만사신의가 필요합니다."

그 말에 경왕이 놀란 목소리로 답했다.

"뭐? 만사신의? 그자는 지금 폐하의 주치의를 맡고 있지 않느냐?"

"네."

사실 그래서 거의 강제로 빼내다시피 할 작정이었다. 경왕이 과연 여기서 어떤 반응을 보일지 궁금했다. 황제이기 전에 부친이었으니 말이다.

"반드시 그를 데려가야 할 일이 있습니다."

이런 나의 말에 경왕이 입꼬리를 올리며 말했다.

"짐만큼이나 위험한 짓을 하려고 하는구나."

'짐만큼이나 위험한 짓?'

나는 경왕의 눈을 쳐다보았다. 그 말인즉슨, 그저 자신을 보호하는 데서 그치는 게 아닌 모양이었다. 나는 진지한 목소리로 그에게 물었다.

"…혹 피를 보시려는 겁니까?"

그 물음에 경왕이 비스듬하게 턱을 괴고 앉으며 아무렇지 않게 내게 말했다.

"저쪽에서 피를 보려 한다면 먼저 손을 써야 하지 않겠느냐?"

하! 이게 경왕의 본질인 건가. 역사적으로 거사를 도모하여 성공했기에 혁명으로 남았으나, 그게 아니었다면 반역이라 불릴 만한 일을 도모한 자다운 패기였다.

'그러고 보니 놈이 영왕을 움직인다고 했었나.'

설백이 말하길 금상제가 초나라 평왕의 능에서 벌어졌던 사건 후로 진왕을 포기하고 영왕과 접촉 중이라 들었던 것 같다. 그렇다면 지금 놈이나 뇌장은 영왕과 함께할 확률이 지극히 높았다. 놈들 역시도 만사신의를 노리고 있을 테니 말이다. 참으로 공교로운 상황이었다.

"짐을 도와다오. 그렇다면 만사신의를 무사히 네 손에 쥐어주도록 하마. 이 정도면 거래가 될 만하지 않느냐?"

경왕이 나를 빤히 쳐다보며 자신의 요구사항을 말했다. 내가 자신의 제안을 받아들일 거라 확신하나 보다. 이에 나는 단호하게 말했다.

"거절하겠습니다."

"뭐라?"

경왕이 이해할 수 없다는 표정으로 나를 쳐다보았다.

"…어째서냐?"

"전하께서 주고 안 주고와 상관없이 만사신의는 얼마든지 데려갈 수 있습니다."

'…?!'

"만사신의를 데리고 갈 수 있다?"

"그렇습니다."

"아무리 네 무위를 안다지만 그 발언은 참으로 오만하기 그지없구나. 이곳은 황궁이다."

그래, 여타의 곳과는 경비의 삼엄함이 비교도 할 수 없겠지. 경왕의 다소 냉랭해진 태도에 나는 공손한 목소리로 답했다.

"다른 이로 변장하는 것이 그리 어려운 일이 아님을 전하께서도 잘 아시리라 생각합니다만."

이 말에 나를 빤히 쳐다보던 경왕이 납득이 갔는지 고개를 끄덕였다.

"아아, 짐이 순간 네 능력을 간과했구나."

누군가로 변장하는 능력을 전혀 계산하지 못한 모양이었다. 그러다 이내 경왕의 눈이 살짝 커지더니 뭔가를 떠올렸는지 내게 말했다.

"너 혹시 폐…."

딱 거기까지 말했다가 멈추고는 고개를 절레절레 흔들더니 내게 말했다.

"아니다. 그건 아니다."

왠지 경왕이 무슨 말을 하려고 했는지 알 것 같았다. 폐하, 즉 황제로 변장할 수 있는지 물어보려 했을 것이다.

—황제로?

그래. 굳이 수많은 군을 동원하는 것보다 황제의 교지 한 번이면 모든 일이 해결되니까 말이다.

—오? 그런 방법도 있네.

하지만 도중에 멈춘 것은 그런 식으로 태자가 되길 원하진 않나보다. 사실 진왕과 영왕을 죽이고 황제의 자리에 앉은 그였기에 당대 황제마저도 노릴 수 있지 않을까 했는데 그건 아니었다. 명분을 떠나 역시 부친으로서 인정하는 건가. 고개를 젓던 경왕이 화제를 돌려 내게 말했다.

"한데 과연 네가 원하는 대로 할 수 있을지 짐은 모르겠구나."

"그게 무슨 말씀이신지?"

"여태껏 짐은 내궁 안으로 들어왔던 속히 간자라 불리는 것들 중에 무사히 걸어 나간 자를 본 적이 없다."

내궁이라…. 확실히 본교의 간자들 중에도 내궁에 들어간 자는 없다. 아니, 들어가기는 했지만 얼마 있지 않아 소식이 전부 끊겨버렸다. 그 영문을 알 수 없기에 본교에서도 내궁으로 수차례 진입을 시도하다 이내 이를 삼가고 있다고 했다.

—황궁의 숨겨진 힘과 관련 있는 거 아냐?

그럴지도 모른다. 설백 또한 내게 말했었다. 한때 황제였던 금상제조차 내궁으로 직접 수하들을 보내지 않을 정도면 뭔가 그 안에 비밀이 숨겨져 있을 거라는 말이었다.

—축지법이 통하지 않는 것도 같은 이유일 수 있겠네.

아마도 그렇겠지. 혹시 경왕이 알지도 모르니 떠봐야겠다.

"혹 전하께서는 그 이유가 무엇인지 아시는지요?"

"후후. 그건 네게 알려줄 수 없다."

"네?"

"아무리 짐이 너를 총애한다고 할지언정 황실의 비밀을 어찌 네게 알려주겠느냐."

"…그렇군요."

그건 맞는 말이었다. 그 비밀을 발설하면 약점이 될 수도 있다. 황제가 된다면 그 숨겨진 힘이 고스란히 자신의 것이 될 테니 알려주지 않는 것은 당연한 일이었다.

"어쨌거나 짐의 제안을 거절하고도 짐과 함께 마차에 오른 것은 원하는 바가 있어서이겠지?"

역시 눈치가 빠르다. 애초에 만사신의만 받기에는 수지타산이 맞지 않는다. 그를 노리는 자가 황실의 적수들만이 아니기 때문이다.

군이 숨길 것도 없으니 말했다.

"먼저 아셔야 할 것이 있습니다."

"뭐?"

"그자가 나섰습니다."

"그자? 설마⋯."

"네, 맞습니다. 지금 전하께서 떠올리신 그자가 이번에는 영왕을 움직이고 있습니다."

이 말에 경왕의 얼굴이 자못 심각해졌다. 이미 자신의 산하로 간자를 보내 죽이려 했던 것도 모자라 진왕을 움직여서 곤경에 처한 적이 있었기 때문이다.

"너처럼 만사신의를 노리는 것이냐?"

"처음에는 그것뿐이라고 여겼는데 지금은 그 이상인 것 같군요."

"그 이상?"

"폐하께서 말씀하셨듯이 이 밤중에 모든 황자들을 불러 모은 것과 관련 있지 않을까 사료됩니다."

그리고 황궁의 경비가 한층 삼엄해진 것도 관련 있을 것이다. 오늘 밤에는 무슨 일이 벌어져도 이상하지 않았다. 경왕이 혀를 내두르며 말했다.

"참으로 공교롭다고 여겼다. 네가 하필 이때 나타난 것이 말이다."

"그건 저 역시 마찬가지입니다."

만사신의만 빼내려고 했는데, 무한시에 있을 거라 여겼던 경왕과 이곳에서 마주쳤다. 이 모든 게 단순히 우연으로 벌어질 일은 아니었다. 경왕 역시도 이를 인지했는지 인상을 찡그리다 이내 코웃음을 치며 말했다.

"몸값을 올릴 줄 아는구나."

"아셔야 하기에 말씀드린 겁니다."

"아쉬운 쪽은 짐이 되었구나. 좋다. 하면 네가 원하는 바를 이야기해보거라."

"세 가지입니다."

"세 가지? 하! 욕심이 과하다고 생각되지 않느냐?"

"한 가지는 이미 아시다시피 만사신의를 데려가는 것이고, 또 한 가지는 폐하의 신변을 지켜야 하기에 내궁에서 주의해야 할 비밀을 조금이라도 알려달라는 것입니다."

"내궁의 비밀…."

"결과적으로 원하는 바는 한 가지입니다."

이런 나의 말에 경왕이 혀를 찼다.

"짐을 상대로 눈에 뻔히 보이는 수작을 부리는 것은 오직 너뿐일 것이다."

"황공하옵니다."

고개를 절레절레 흔들던 경왕이 내게 물었다.

"그래, 원하는 것이 무엇이냐?"

사실 그에게 딱히 원하는 바는 없었다. 어차피 경왕의 입으로 무림과 관의 불가침을 선언했었으니 말이다. 그래서 들었던 소문 중에 한 가지 의문을 풀어보고자 했다.

"황가의 비고에는 중원 각지의 수많은 보물이 있다는 이야기를 들었습니다. 그중에는 여러 영약이나 소실된 무공비서도 있는 것으로 알고 있습니다."

이 말에 경왕이 피식 웃었다.

"그곳에 들어가고 싶은 것이더냐?"

"들어가서 제가 원하는 것을 가져가도 괜찮겠습니까?"

"황실 비고의 출입 허가는 오직 폐하와 그 후계인 태자만이 가능하다."

"오늘 밤 그 태자가 정해질 테고요."

이런 나의 입에 발린 말에 경왕의 입꼬리가 슬며시 올라갔다. 그리 기분이 나쁘지 않은 모양이다. 경왕이 내게 고개를 끄덕이더니 흔쾌히 말했다.

"좋다. 만약 오늘을 무사히 넘기고 짐이 태자의 자리에 앉게 된다면, 황실 비고 안의 출입은 물론이거니와 네가 들고 나올 수 있을 만큼 가지고 나오는 것을 허락하마."

"들고 나올 수 있을 만큼이라 하심은?"

"짐이 그렇게 배포가 없는 줄 알았더냐? 네가 손에 쥘 수 있는 만큼 무엇이든 가져가도 좋다는 말이다."

'…?!'

그런 경왕의 말에 나는 속으로 웃음을 참았다. 원하는 것을 하나만 가지겠다는데 굳이 그런 약조를 하다니.

—푸하하하하핫. 너 거기에 엄청 챙겨가겠네.

무엇이든 들어가는 복주머니에 한가득 챙겨서 나갈 수 있겠다. 나는 이를 전혀 내색하지 않고 말했다.

"황공하옵니다. 그 약조 꼭 지켜주시기 바랍니다."

"수레를 끌고 들어가지만 않으면 된다."

농담 섞인 경왕의 그 말에 나는 그저 미소를 지었다. 그러던 차에 한참 안으로 진입하고 있던 마차가 다시 멈추었다. 이것이 의미하는 바는 한 가지였다.

"이제 내궁으로 들어가겠구나."

황궁은 내궁과 외궁으로 나뉜다고 할 수 있다. 외궁에는 여러 부처와 기관이 있고, 내궁에는 황궁 대전을 비롯해 황실과 관련된 모든 건물이 있다. 이렇게 들으면 크게 와닿지 않겠지만 내궁의 규모만 백만 평을 훌쩍 넘길 만큼 어마어마하다고 알고 있다.

"여기서부터는 우리 금의위들이 모시겠다."

마차 밖에서 들려오는 목소리. 내궁을 맡고 있다는 황제 직속 친위대인 금의위인 것 같다. 외궁까지는 황궁에서 관직을 맡은 자들이 특별한 문제가 없는 한 자유롭게 돌아다닐 수 있지만 내궁부터는 황가의 사람들과 허가가 떨어진 자들만 출입할 수 있다.

똑똑! 마차의 문을 두드리는 소리와 함께 목소리가 들렸다.

"내궁 검문을 맡고 있는 내궁교위 천호(千户) 위궁현이라고 합니다. 경왕 전하, 잠시 마차 안을 살피겠습니다."

그런 그의 말에 경왕이 내게 눈짓을 보내고서 답했다.

"그리하라."

이윽고 마차 문이 열리며 우락부락한 인상을 가진 금의위가 들어왔다. 그가 경왕에게 예를 갖춰 인사한 후에 의아한 눈으로 내 얼굴을 빤히 쳐다보았다. 여자의 모습을 한 내가 위무사 갑주를 걸치고 있기 때문인 것 같았다.

이에 나는 말했다.

"금의위의 위계가 무너졌군."

"뭐요?"

"본관의 관복을 보고도 어찌 그런 식으로 쳐다보는 것이냐?"

이런 나의 말에 뭔가 불만스러운지 입술을 실룩거리던 위궁현이라는 천호가 이내 포권을 취했다. 지금 내 직급은 금의위에서도 위로 일곱밖에 없는 종사품직이다. 그보다 품계가 하나 더 높기에 당연히 예를 갖춰야 했다. 마지못해 내게 인사한 천호 위궁현이 마차 안을 살피더니 퉁명스러운 어조로 내게 손을 내밀었다.

"검을 회수하겠습니다."

이에 경왕이 인상을 찡그리며 말했다.

"짐의 호위인 위무사에게서 어찌 검을 회수한단 말이더냐?"

"폐하의 명이십니다."

"폐하의 명?"

황제의 명이라는 말에 경왕이 입을 다물었다. 그렇다면 거부할 권한이 없었다. 이에 나는 바로 옆에 세워놓았던 위무사의 검을 천호 위궁현에게 넘겼다. 어차피 이 검은 내 것이 아니라서 굳이 맡겨도 상관없었다.

"이제 됐느냐?"

경왕의 물음에 천호 위궁현이 내 관복을 유심히 살폈다. 혹 비수나 단검 같은 것을 가지고 있나 확인하려는 모양이었다. 하지만 경왕의 눈짓에 이미 품속에 있는 무엇이든 들어가는 주머니 속으로 소담검을 집어넣은 지 오래였다. 이를 모르는 경왕은 혹여 들키기라도 할까 봐 긴장한 눈빛을 하고 있었다.

나를 한참 동안 바라보던 위궁현이 경왕에게 예를 갖추며 말했다.

"그럼 내궁으로 모시겠습니다."

그 말에 경왕이 안도했는지 옅은 숨을 내쉬더니 물었다.

"북진무사는 어디에 있느냐?"

"대전에 있는 것으로 알고 있사옵니다."

"그래, 알겠다."

"그럼 마차의 문을 닫겠습니다."

천호 위궁현이 마차의 문을 닫고서 물러났다. 앞쪽에서 마차를 끌고 있는 마부가 금의위로 교체되는지 부스럭거리는 소리가 들렸다. 그리고 이내 내궁 성문이 열리는 소리와 함께 마차가 앞으로 움직였다. 경왕이 내게 조용한 목소리로 말했다.

"다행이구나. 단검이라도 들키지 않아서."

그것뿐만 아니라 내 모든 병장기는 품속에 있다. 그걸 알려줄 이유는 없기에 나는 가볍게 고개를 끄덕였다. 마차가 성문 도개교를 지나면서 땅을 달리는 것보다도 더 덜컹거리는 소리를 냈다. 경왕이 내게 말했다.

"아까 내궁의 비밀을 알고 싶다고 했느냐?"

"전하를 보호해야 하니까요."

"짐이 들은 바가 맞다면 이 도개교를 넘으면 곧 알게 될 거다."

무슨 말인지 영문을 알기 힘들었다. 이윽고 덜컹거리는 소리가 약해지더니 마차가 지면을 밟는 듯했다. 그 순간 나는 당혹감에 눈살을 찌푸릴 수밖에 없었다.

'공력이?'

단전에 있는 공력이 마치 산공독에 당하기라도 한 것처럼 흩어지는 것이 아닌가. 운기를 하여 흩어지는 공력을 막으려고 해도 소용없었다. 이런 나의 반응에 경왕이 혀를 차며 말했다.

"소문이 사실이구나."

"네?"

"내궁 안에서는 우리 황가의 사람들과 폐하를 호위하는 일부 사람들을 제외하고는 내공의 힘을 발휘할 수 없다고 들었다."

"…."

대체 무슨 힘이 작용한 거지? 축지법이 통하지 않을 때부터 뭔가 이상하다고 여겼지만, 그저 내궁에 들어섰을 뿐인데 산공독과 같은 효과가 일어날 줄은 전혀 예상치 못했다.

경왕이 내게 말했다.

"하나 너 정도 절세고수라면 외공도 뛰어나지 않으냐?"

"부정하지 않겠습니다."

"하면 모두가 같은 상황이다."

경왕의 말대로 내궁에서 내공을 쓸 수가 없다면 모두가 마찬가지일 것이다.

"연생이 너는 오직 짐만을 지키면 된다. 그 외의 다른 것은 북진무사 보원찬이 대신할 것이다."

"아…."

경왕의 믿는 바는 바로 이것이었다. 금의위에는 남북진무사라 하여 두 명의 최고수가 있다. 그들 위로도 검사와 동지, 정이품직인 도지휘사가 있으나 그들은 내관 쪽에 가까웠고 실제 권한은 이 진무사들에게 있다고 할 수 있었다. 황제를 모시는 진무사들 중 한 사람을 회유했으니 이런 여유를 보였던 것이다. 그럼 북진무사의 산하 금의위들은 경왕과 뜻을 함께한다고 해도 과언이 아닐 것이다.

"검문교위는 아니지만 마차를 이끄는 금의위는 보원찬에게 미리 준비하라고 일러두었으니 안심해도 좋다."

나름 만반의 준비를 한 경왕이었다.

"그럼 지금 마차는 대전으로 향하는 것입니까?"

"일단 폐하께서 부르셨다고 하니 아마도 그렇…."

바로 그때였다. 끼익! 한참 앞으로 향하던 마차가 갑자기 멈춰 섰다. 밖에서 마차를 끌고 있는 금의위의 목소리가 들렸다.

"전하, 도착했습니다. 내리시지요."

"뭐라?"

그 말에 경왕이 인상을 찡그렸다. 마차로 이동한 지 얼마 되지도 않았는데, 갑자기 멈춰 서서 내리라고 하니 의구심이 들지 않는 게 이상한 일이었다. 경왕이 내게 심각한 목소리로 말했다.

"뭔가 변수가 생긴 것 같구나."

"그런 것 같군요."

"…대전까지 짐을 보호할 수 있겠느냐?"

"약조했으니 지킬 겁니다."

"좋다. 그럼 기회를 봐서 마차를 빼앗도록 하거라."

그 말과 함께 경왕이 호기롭게 마차의 문을 열고 밖으로 나갔다. 나 역시도 그 뒤를 따라 나갔는데, 주위에 자그마치 백여 명이나 되는 금의위들이 포위하고 있었다. 이런 상황은 어느 정도 예측했던 바였기에 상관없으나, 그 주변이 문제였다.

"하!"

경왕이 어처구니없어했다. 그도 그럴 것이 마차를 포위하고 있는 뒤편에 커다란 수레 몇 대가 있었고, 그 위로 시신들이 쌓여 있었기 때문이다. 그 시신들은 경왕과 마찬가지로 황자들의 복장을 하고 있었다. 설마 내궁으로 들어서자마자 이렇게 대담한 짓거리를 할 줄은 예측하지 못했는지 경왕이 분노로 몸을 떨었다. 포위하고 있는 금의위들 사이로 누군가 걸어 들어왔다. 휘황찬란한 갑주를 걸치고 있는 한 중년인과 그를 보좌하듯이 뒤따라오는 우락부락한 인상의 금의위가 있었는데, 그는 내궁 검문교위인 천호 위궁현이었다.

"남진무사!"

경왕이 중년인을 보며 언성을 높였다. 저자가 남북진무사 중 한 사람인 남진무사인 모양이었다.

"신 금의위 남진무사 동현이 경왕 전하를 배알합니다."

예를 갖추는 그에게 경왕이 소리쳤다.

"태후마마이더냐? 아니면 영왕이더냐?"

단도직입적인 물음에 남진무사가 예를 갖추던 것을 풀고서 입술을 뗐다.

"누군지 알아서 달라질 게 있겠습니까?"

이죽거리는 그의 말투에 경왕의 표정이 싸늘해졌다. 분노하였음에도 불구하고 경왕이 이성을 잃지 않고 그에게 말했다.

"폐하를 지키는 진무사가 이런 짓을 해도 되느냐?"

"그건 전하께서 하실 말씀이 아닌 줄 아오만."

북진무사를 회유했음을 꼬집은 것이었다.

—스릉!

남진무사 동현이 검을 빼 들며 말했다.

"신은 그저 옥새의 주인 명을 따를 뿐이옵니다. 부디 신을 원망치 마소서."

그가 수신호를 보내자 포위했던 금의위들이 거리를 좁혀왔다. 그리고 옆에 있던 천호 위궁현이 검을 빼 들고서 성큼성큼 걸어오더니 내게 말했다.

"조금 전에는 잘도 지껄였겠다, 계집아."

그 일로 내게 꽤 쌓였었나 보다. 놈이 비아냥거리는 목소리로 내게 검을 겨냥하며 말했다.

"벗어라."

"…?"

"계집 따위가 어디서 감히 어울리지도 않는 대 금의위 관복을 입고 있는 게냐. 당장 그것을 벗고 알몸으로 내 가랑이 사이를 기어라."

"감히!"

그 말에 오히려 경왕이 더욱 분노를 금치 못했다. 여자 남자를 떠나서 자신이 위무사로 명한 자에게 그런 말을 지껄인 것이니 말이다. 경왕의 심기가 어떻든 간에 천호 위궁현은 자기 할 말을 해댔다.

"가랑이 사이를 다소곳하게 기어간다면 목숨만이라도 살려줄지 어찌 아느냐? 하하하하핫."

그런 그를 따라 일부 금의위들도 비웃음을 흘렸다. 수치스러운 상황에서도 경왕이 내게 은밀히 눈짓을 보냈다. 그의 눈빛이 향한 곳은 바로 마차였다. 마차를 탈취하라는 의미였다. 이에 나는 입을 열었다.

"마차로 가기 전에 이들을 전부 처리해도 괜찮겠습니까?"

"뭐?"

경왕이 대체 무슨 소리냐는 표정으로 나를 쳐다보았다. 그 순간 천호 위궁현이 노성을 지르며 내게 달려들었다.

"건방진 계집이 아직도 상황 파악을 못 하고 지껄이…."

콰직! 미처 말이 끝나기도 전이었다. 놈의 몸이 실이 끊어진 인형처럼 피를 뿜으며 비틀거리더니 이내 바닥으로 쓰러졌다. 어느새 나의 손에는 뜯겨 나간 위궁현의 머리가 들려 있었다.

"후우. 이제 조용하군."

'…!!'

눈 깜짝할 사이 벌어진 일에 금의위들이 경악을 금치 못했다. 이것은 경왕 또한 마찬가지였다.

"…어떻게?"

내궁 안에서는 내공을 쓰지 못하는데, 이런 힘을 발휘하는 게 이해되지 않았나 보다. 당연히 나 역시도 내공을 쓰지 못한다. 한데 이와 별개로 중단전의 선천진기는 흩어지지 않았다.

"주, 죽여라!"

당황한 것도 잠시였고 남진무사 동현이 나를 가리키며 소리쳤다. 이에 머뭇거리던 금의위들이 일제히 달려들려 했다. 나는 들고 있던 위궁현의 머리통을 내팽개치고서 가볍게 손가락을 튕겼다. 딱! 그 순간 달려들려 하던 백여 명의 금의위들이 일제히 눈이 뒤집혀서 바닥에 쓰러지고 말았다. 털썩! 털썩! 되려나 싶었는데 다행히 정요환의안을 쓸 수 있었다.

"이, 이게 대체 무슨…."

한순간에 금의위들이 전부 쓰러지는 사태가 벌어지자, 조금 전만 하더라도 그렇게 이죽거릴 만큼 득의양양해하던 남진무사 동현의 얼굴이 창백해졌다. 반면 경왕은 화색이 되살아난 얼굴로 내게 말했다.

"짐은 연생이 너를 믿고 있었노라."

경왕의 빠른 태도 돌변에 나는 속으로 실소를 금치 못했다. 방금 전만 하더라도 긴장을 감추지 못했는데, 지금은 내가 무공을 펼칠 수 있다는 사실을 알게 되자 표정이 달라졌다.

'다행인 건가.'

어떤 연유에서인지 모르겠으나 산공독에 당한 것처럼 내공이 흩어지는 현상을 만들어낸 이것은 원기마저 흩어지게 하지는 못하는 듯했다. 하긴 중단전의 선천진기는 원기에 가까워서 이것이 흩어진다면 죽음이나 다름없었다.

'절반이라도 충분하겠지.'

정기 합일은 불가능하지만 선천진기만으로도 초인의 벽을 넘은 나였다.

"큭⋯."

고작 손가락 한 번 튕기는 것으로 금의위 전부가 기절하자, 남진무사 동현은 이 사태를 어찌해야 할지 당혹스러워하고 있었다. 경왕이 그런 그에게 다가가려 하기에 내가 손을 내밀어 만류했다.

"왜 그러느냐?"

"저자도 무공을 사용하는 게 가능합니다."

"무공을?"

포위하고 있던 금의위들 중에서 유일하게 저자만이 무공을 쓸 수 있었다. 처음부터 기감으로 그것을 눈치챘던 나였다. 선천진기를 쓰는 나와 달리, 어떻게 내공을 쓸 수 있는지는 모르겠지만 저 남진무사는 제법 무위가 뛰어났다. 초절정의 경지에 이르렀으니 말이다.

"남진무사라 했나? 무공을 어떻게 쓸 수 있는 거지?"

이런 나의 물음에 놈이 어처구니없다는 목소리로 말했다.

"위무사⋯ 그대야말로 옥새의 허락도 없이 어찌 무공을 쓸 수 있단 말인가?"

"옥새의 허락?"

"이런!"

나의 반문에 놈이 아차 싶었는지 입을 다물더니, 이내 도주를 시도하려 했다. 팟!

"연생아, 놈이 도망친다!"

경왕이 다급히 내게 소리쳤다. 옳은 선택이기는 했다. 나의 움직임을 간파하지 못했으니 애초에 상대가 되지 못한다는 사실을 인지한 것이니. 하지만 도망치는 게 가능할까. 스륵!

"헉!"

순식간에 앞을 가로막은 나는 남진무사 동현의 정강이로 발차기를 날렸다. 놈이 다리를 올리며 이를 막으려 했지만 내 발등에 부딪힌 정강이뼈가 고스란히 부러지고 말았다. 우두둑!

"크윽!"

그것도 모자라 안면을 팔꿈치로 후려쳤다. 퍽!

"켁!"

턱이 옆으로 돌아가며 남진무사가 비명과 함께 바닥을 뒹굴었다. 그래도 금의위라서 어느 정도 고통을 감내할 줄 알았는데, 그렇지는 않은 모양이었다.

"끄으으으!"

타타타탁! 다리가 부러져서 뒹굴거리는 놈에게 다가가 혈도를 점했다. 경왕을 쳐다보며 이제 괜찮다는 눈빛을 보내자 그가 가까이 다가왔다. 이미 도망치기는 글렀다는 사실을 뼈저리게 깨달았는지, 남진무사 동현이 체념한 얼굴로 경왕을 바라보았다. 경왕이 바닥에 떨어진 검 한 자루를 들고서 그 검 끝을 놈의 목에 겨냥하고 물었다.

"북진무사는 어찌 되었지?"

"…금옥에 하옥시켜놓았습니다."

"금옥? 그래도 죽이진 않았구나?"

"전하께서 돌아가시면 어차피 북진무사도 새로운 황상의 명을 따를 수밖에 없습니다."

순순히 답하는 남진무사였다. 대놓고 자신의 죽음을 거론하는 놈 때문에 심기가 불편했는지 경왕이 목줄기에 검 끝을 밀어 넣으며 말했다.

"진왕 형님은 아닐 테고 영왕이더냐? 황후마마이시더냐? 네게 이런 짓거리를 시킨 게."

"…"

이런 그의 말에 남진무사가 묘한 표정을 지었다. 저 표정의 의미가 대체 뭘까? 경왕이 한층 무거워진 목소리로 다그쳤다.

"살고 싶으면 말해라."

이런 그의 다그침에 남진무사가 알 수 없는 말을 했다.

"영왕 전하를 선택하기는 했으나, 지금 황궁 내에서 벌어지는 이 모든 사태가 오직 그분의 뜻으로 이뤄진 것 같습니까?"

"뭐?"

그런 그의 말에 경왕의 표정이 굳었다. 나 역시도 남진무사가 방금 한 말에서 뭔가 이상한 점을 발견했다. 대전에서 황제가 쾌차한 모습으로 나타났다는 것을 모든 관료가 보았다고 했었다. 황제가 그리 멀쩡하다면 내궁에서 황후를 비롯해 영왕이 이렇게 대놓고 다른 황자들을 죽이는 짓거리를 할 수 있을 리가 만무했다.

'보통이라면 황제가 무사하지 않다고 여기겠지만 남진무사 저자

의 말대로라면….'

그때 경왕이 떨리는 목소리로 입을 열었다.

"설마 지금 이 사태가 모두 폐하의 윤허하에 벌어진 일이냐?"

경왕은 이것이 거짓이기를 바라는 듯했다. 그러나 그런 그의 물음에 남진무사 동현이 부정하지 않고 고개를 끄덕였다.

'…!!'

* * *

내궁 한가운데에 자리하고 있는 옥현궁(玉現宮). 정사를 논하는 대전 안에는 한밤중이라 그런지 관료들이 없었다. 하지만 이 넓고 텅 빈 대전 안을 홀로 가득 채우는 존재가 있었다. 백발이 성성하고 주름이 가득하지만 그 눈빛에는 패기와 위엄이 가득한 곤룡포의 노인이 옥좌에 앉아 있었다. 그는 당대 황제인 만성제 주금복이었다. 이런 만성제 옆에서 한 훤칠한 얼굴의 중년인이 머리에 침을 놓고 있었는데, 그는 바로 만사신의였다.

침을 맞고 있는 만성제 주금복이 입을 열었다.

"역시 황궁 어의마저 인정하는 최고의 의원답군. 침을 맞을 때마다 기력이 되살아나는 듯하구나."

이런 그의 말에 만사신의가 말했다.

"일시적인 현상이옵니다."

"회광반조(回光返照)의 현상이라고 해도 좋다. 침상에 누워서 골골거리며 눈과 귀를 막은 채 지내는 것보다는 훨씬 낫도다."

"…."

만사신의는 그런 만성제 주금복의 말에 아무런 답변을 하지 않았다. 그의 초췌한 얼굴을 보면 그동안 많은 고초를 겪었던 것 같다. 그런 만사신의에게 만성제 주금복이 말했다.

"짐의 후계가 정해질 때까지만 버티면 족하노라. 짐이 눈을 감기 전에는 자네의 수양딸과 함께 궐 밖으로 나갈 수 있게 해주겠다."

"…알겠나이다."

만사신의가 탄식 섞인 목소리로 답했다. 그가 이렇게 오랫동안 묶여 있던 이유는 순전히 수양딸 때문이었다. 숨겨왔던 수양딸이 잡혀오지만 않았어도 이렇게 자신의 의지와 무관하게 황제를 치료할 일은 추호도 없었을 것이다. 그가 침을 놓는 일에 열중하자 만성제 주금복의 귓가로 누군가의 목소리가 들려왔다.

"경왕도 내궁 안으로 들어왔다고 전갈이 왔나이다."

그 말에 만성제 주금복의 입꼬리가 올라갔다. 대전 한편에서 지팡이를 짚고 걸어 들어오는 한 노인이 있었다. 머리털이 한 점 없는 대머리 노인이었는데, 어떻게 보면 백 세는 되어 보이는 얼굴이고 어떻게 보면 동자를 보는 듯한 얼굴이었다.

"그럼 내궁으로 짐의 아이들이 전부 들어온 셈이겠구려?"

방금 전까지만 하더라도 위엄 있던 만성제 주금복의 목소리가 다소 공손함을 띠고 있었다. 만인지상의 존재인 황제가 이렇게 공대해주는 이 노인의 정체는 무엇일까?

노인이 옥좌 가까이로 걸어오며 말했다.

"황상, 이렇게까지 하셔야겠소이까?"

"이제 와서 마음이 약해지셨소? 비선 노옹도 짐의 뜻에 따라주기로 하지 않았소이까?"

"하아…."

이런 만성제 주금복의 말에 노인이 탄식을 내뱉으며 고개를 절레 절레 흔들었다.

"어찌 아비 된 자가 자식들이 서로를 해하도록 직접 자리를 만든 단 말이오?"

"어차피 짐이 죽게 되면 벌어질 일들이오."

지금까지 황실은 그러했다. 당금의 황제가 숨을 거두면 새로운 황제가 탄생하기 위해 내부 전쟁이 벌어졌다. 황제가 정한 태자가 온전히 황제로 등극하는 경우는 역사적으로 극히 드물었다.

"그렇다고 하여도…."

"어차피 옥좌에 오르기 위해 제 형제들을 전부 죽일 것들이오. 짐도 그랬었고."

만성제 주금복 역시도 그렇게 옥좌에 올랐다. 수많은 피를 묻힌 대가였다.

"녀석들을 황제로 옹립하려고 그 아랫것들까지 피를 묻히기 전에 차라리 제 놈들끼리 후계를 정하는 편이 낫소."

"…."

황제의 의사는 단호하기 그지없었다. 어차피 노인은 이를 거부할 권한도 말릴 권한도 없었다. 이것은 황실의 숙명이나 다름없었다. 그때였다. 대전 안으로 내행창의 환관 한 명이 들어와 고했다.

"폐하, 궁궐 밖으로 진왕 전하와 영왕 전하가 도착하였나이다. 두 분 전하 모두가 폐하를 뵙기를 청하온데 어찌하오리까?"

이 말에 만성제 주금복이 중얼거렸다.

"역시 예상대로인가."

어느 정도 이런 상황을 예측했던 그였다. 애초에 실권을 거의 장악하고 있던 것도 진왕과 영왕이었다. 괜히 왕위를 하사받은 것이 아니었다.

'그 아이는 죽었나 보군.'

내심 경왕 역시도 이 자리에 오리라 여겼던 만성제 주금복이었다. 그는 경왕이 망나니 연기를 하는 것도 알았고, 자신의 힘을 모으고 있다는 사실마저도 알았다. 그렇기에 진왕과 영왕이라는 산을 넘을지도 모른다고 여겼는데, 그 예상이 벗어났다.

"폐하?"

환관의 부름에 만성제 주금복이 입을 열었다.

"나가서 짐의 명을 전하거라."

* * *

옥현궁 앞에 수백에 이르는 이들이 대치하고 있었다.

좌측 편에는 진왕과 그가 이끄는 동창의 우두머리인 제독동창을 비롯하여 첩형, 당두, 그리고 병장기를 들고 있는 삼백여 명의 환관들이 포진한 상태였다. 그리고 우측 편에는 영왕과 죽립을 쓴 몇몇 정체 모를 자들과 서창의 우두머리인 공공과 서창의 첩형, 당두, 무술을 할 줄 아는 환관들 삼백여 명과 백여 명의 금의위들이 있었다. 긴장감이 감도는 것이 당장에 전쟁이 벌어져도 이상하지 않은 상황이었다. 하지만 이렇게 대치만 하는 이유는 옥현궁은 황제의 영역이기에 누구도 함부로 움직일 수 없기 때문이었다.

'그동안 많이 준비했구나.'

진왕이 자신보다 더 많은 이들을 확보한 영왕 측을 보며 혀를 내둘렀다. 자신 역시도 조금씩 내궁 내의 세력을 확보했으나, 지금 상황만 본다면 오히려 영왕이 우세하다고 할 수 있었다.

영왕이 옆에 있는 금의위에게 말했다.

"양 동지(同知)."

"네, 전하."

"나머지 금의위들은 언제 합류가 가능한가?"

"북진무사 보원찬이 이끄는 금의위들이 제법 되어 적어도 반 시진가량은 소요될 겁니다."

"전력으로 동원할 수는 없겠군."

"송구하옵니다, 전하."

"괜찮다. 어차피 본 왕이 유리하다는 사실은 변함없으니."

어차피 수적으로 백 명가량 자신이 우세했다. 전투가 벌어진다면 끝내 승리하는 것은 자신이 될 것이다. 그리된다면 옥좌는….

끼이이익! 그때 옥현궁에서 내행창의 환관이 걸어 나왔다. 오직 황제의 곁을 지키며 그의 명령에만 움직이는 자였다. 환관이 큰 소리로 외쳤다.

"황제 폐하의 황명을 전하겠습니다."

황명이라는 말에 영왕과 진왕을 비롯한 모든 자들이 한쪽 무릎을 꿇고서 예를 갖췄다. 그러자 환관이 황명을 전달했다.

"옥현궁 내로 들어올 수 있는 자는 오직 한 명뿐. 그자가 태자로 임명될 것이다."

'…!!'

예를 갖추고 있던 모든 이들의 눈매가 날카로워졌다. 이것이 의미하는 바는 분명했다. 살아서 옥현궁으로 들어가는 황자를 후계로 삼겠다는 것이었다. 영왕의 입꼬리가 비릿하게 올라갔다.

'바라는 바다.'

어차피 전력이 훨씬 압도하는 자신이었다. 게다가 금의위에서 전대 남진무사를 맡고 있던 양 동지를 비롯해 서창의 공공 등 무공을 펼칠 수 있는 자도 셋이나 되었기에 승리를 확신했다. 내행창의 환관이 황명이 끝났다고 말하는 것과 동시에 양측이 자리에서 일어나 병장기들을 뽑았다. 챙! 챙!

옥현궁 앞이 전쟁터가 되기 일보 직전이었다. 바로 그때였다. 다그닥! 다그닥! 모두의 시선이 옥현궁으로 들어오는 대로로 향했다. 그곳에 마차 한 대가 들어오고 있었다. 이에 모두가 의아함을 감추지 못했다. 대치하고 있는 그들이 있는 곳까지 다가온 마차가 이내 멈춰 섰다.

달칵! 마차의 문이 열리더니 누군가 안에서 내렸다. 그를 본 진왕과 영왕이 동시에 눈살을 찌푸리며 입을 열었다.

"경왕?"

"경왕!"

진왕과 다르게 남진무사 동현과 함께 금의위를 보내 경왕을 죽이라고 명을 내렸던 영왕은 그가 살아서 나타나자 당혹스럽기 짝이 없었다.

"이게 어찌 된 일이야?"

그의 다그침에 금의위 양 동지도 영문을 모르겠다며 답했다.

"이럴 리가 없습니다. 경왕의 손발을 전부 끊어놓았는데…."

북진무사 보원찬을 비롯해 그 산하의 천호장들을 하옥시켰다. 게

다가 그를 따르는 금의위들도 지금 전부 제압하고 있지 않은가. 노기가 서린 영왕에게 서창의 제독을 맡고 있는 임 공공이 조심스레 입을 열었다.

"전하, 무에 그리 걱정하시는지요. 폐하의 명이 떨어졌으니 설령 이곳까지 왔다고 한들 달라질 건 없습니다."

"그래. 그 말이 맞군."

임 공공의 말에 동의했다. 경왕이 무사히 이곳까지 왔다고 해도 황제의 명이 떨어졌다. 살아서 저 안으로 들어가는 자만이 장차 보위에 오를 태자가 될 수 있다. 영왕이 마차에서 내린 경왕을 향해 소리쳤다.

"형님 전하, 무엇 하러 여기까지 오신 겝니까? 목숨을 부지하셨으면 차라리 궁궐 밖으로 도망치시지 그랬소?"

도발하는 말에 경왕이 코웃음을 치며 말했다.

"아우께서 많이 준비하셨더군."

"두 형님 전하들을 상대하려면 그 정도는 해야 하지 않겠소이까?"

"그래. 그 정도는 해야겠지."

"폐하께서 옥현궁으로 들어온 단 한 사람에게 태자의 자리를 주신다고 하는데, 형님 전하는 무슨 배짱으로 혼자 이곳에 온 것이오? 하하하하하핫."

영왕이 큰 소리로 그를 비웃었다. 기분이 나쁠 만도 한데, 경왕은 오히려 빙그레 웃으며 말했다.

"내겐 연생이가 있다."

'…?!'

그 말에 영왕이 어처구니없어했다. 내궁 내에서는 선택된 자들 이외에는 누구도 무공을 펼칠 수가 없었다. 그런데 지금 고작 한 사람을 믿고 저런 태도를 보이는 건가?

"연생이? 아아, 진왕 형님을 곤란하게 만들었다던 그 기생 출신 위무사 계집을 말하는 거요?"

"영왕 네놈!"

가만히 있다가 자신을 끌어들이는 말에 진왕이 분노를 금치 못했다. 진왕은 그때의 수모를 아직도 잊지 못하고 있었다. 영왕이 그런 그에게 이죽거리며 말했다.

"고작 그런 계집에게 수모를 당하다니 형님은 장차 보위를 물려받기에는 그릇이 터무니없이 작은 것 같소."

영왕의 도발에 크게 노한 진왕이 소리쳤다.

"저놈의 목을 베는 자는 짐이 그 공로를 잊지 않겠다. 쳐라!"

"와아아아아아아!!"

그의 명이 떨어지기가 무섭게 동창의 환관들이 일제히 진격하려 했다.

"영왕 전하를 지켜라!"

"진왕의 목을 베어라!"

"와아아아아아!!"

마찬가지로 기다리고 있다는 듯이 영왕을 따르는 서창의 환관들과 금의위 백여 명도 앞으로 돌격하며 그들에게 맞섰다. 영왕은 그보다 경왕을 손으로 가리키며 임 공공에게 말했다.

"형님 전하의 수급을 가져와라."

"네이, 알겠나이다."

임 공공이 혁대에서 연검을 뽑아 들더니 신형을 날렸다. 바로 그 순간이었다. 허공에서 갑자기 누군가가 떨어졌다. 쾅! 큰 굉음과 함께 일어난 파공음. 공기 중으로 퍼져 나가는 파장이 사방으로 전해지는 순간, 일촉즉발로 부딪치려 했던 양측의 전력이 일제히 눈이 뒤집혀서 바닥에 쓰러지고 말았다.

털썩! 털썩! 쿵! 쿵! 쿵!

심지어 경왕을 향해 신형을 날렸던 임 공공은 언제 튕겨 나갔는지 바닥을 수차례 뒹굴더니 일어날 기미조차 보이지 않았다.

'…!!'

갑작스럽게 벌어진 일에 진왕과 영왕의 눈이 휘둥그레졌다. 그들의 시선이 누군가에게로 향했다. 위무사의 관복을 입고 있는 어여쁜 여인이 뒷짐을 지고 서 있었는데, 그녀의 발밑이 거의 일 장 가까이 움푹 들어가 있었다.

"여, 연생…."

그녀의 얼굴을 단번에 알아본 진왕이 자기도 모르게 뒷걸음을 쳤다. 영왕은 도저히 이 사태를 이해할 수가 없었다.

"어떻게 내궁에서…."

말이 미처 끝나기도 전이었다. 연생이 양손을 뻗어서 잡아당기는 시늉을 하자, 영왕과 진왕의 몸이 알 수 없는 힘에 의해 공중으로 뜨더니 이내 앞으로 강제로 부웅 하고 끌려왔다.

"아, 아닛?"

"이게 대체 무슨…."

의지와 상관없이 날아온 그들은 경왕 앞에 볼썽사납게 엎어지고 말았다. 경왕이 자기 앞에 엎어진 두 왕을 바라보며 귀에 걸릴 듯이 입꼬리가 벌어져서 말했다.

"말하지 않았느냐. 짐에게는 연생이가 있다고."

106화

황실의 숨겨진 힘

볼썽사납게 엎어진 두 황자의 모습에 경왕은 어찌나 통쾌했는지 감정을 숨기지 않았다. 진왕과 영왕이 그동안 준비했던 모든 것을 허무할 정도로 단숨에 무력화한 것에 기분이 매우 흡족했나 보다. 진왕도 그러했지만 영왕은 도저히 이 상황이 이해되지 않는지 소리쳤다.

"설마 아바마마께서 이 계집을 하사하신 것이오?"

이건 또 무슨 말이지? 의아해하는데 경왕이 콧방귀를 뀌더니 말했다.

"폐하께서 그럴 분으로 보이나?"

"한데 어찌 저 계집이 이런 말도 안 되는 무공을…."

짝! 말이 미처 끝나기도 전에 경왕이 영왕의 뺨에 손바닥을 날렸다. 어처구니없어하는 그에게 경왕이 말했다.

"짐이 총애하는 위무사다. 너 따위가 함부로 계집이니 뭐니 부를 자가 아니다."

"고작 계집 하나…."

"그 계집이 너와 진왕 형님의 모든 것을 무너뜨린 사실을 잊은 게 냐?"

으득! 이런 경왕의 말에 영왕이 분한지 입술을 피가 날 정도로 세 게 깨물었다. 진왕은 이미 자포자기했는지 연달아 탄식만 흘릴 뿐이 었다. 상황을 어찌할 수 없음을 받아들이는 게 차라리 옳은 선택이 었다.

"이것으로 끝이라고 생각하시오?"

영왕의 그 말에 경왕은 비웃음을 흘리더니 그에게 답했다.

"하옥된 북진무사는 연생이가 빼냈다. 지금쯤 남진무사 산하의 금의위들을 제압하고 있을 거다."

이곳으로 오기 전에 황궁 금옥부터 들렀던 나였다. 외궁과 내궁 에 퍼져 있는 금의위들은 북진무사 보원찬이 정리할 테고, 오호도 독부의 군이 황도로 진격해오고 있다고 하니 실질적으로 승기를 잡 은 것은 경왕이라 할 수 있었다. 눈을 이리저리 굴리던 영왕이 내게 다급히 말했다.

"계집이라 부른 것을 사과하겠소, 연 위무사."

"개의치 않습니다."

"짐을 도와주시오. 만약 그런다면 그대가 원하는 모든 것을 들어 주겠소."

급하긴 했나 보다. 경왕이 보는 앞에서 나를 회유하려는 것을 보 니 말이다. 하긴 이 자리에서 나만 회유하면 경왕의 전력을 빼앗는 셈이니 이해는 한다.

"금은보화? 고위 관직? 아!"

영왕이 옳다구나 하며 내게 말했다.

"이건 어떻소? 짐의 황후로 삼겠소. 그렇게 되면 짐 다음으로 이 대연제국의 부와 권력을 쥐는 것이나 마찬가지요."

"하!"

그런 영왕의 제안에 옆에 있던 진왕이 자신도 모르게 코웃음을 쳤다. 본인이 했던 절차를 고스란히 밟고 있었으니 말이다. 나는 영왕에게 혀를 차며 말했다.

"쯧쯧. 들을 가치도 없군요."

"뭐, 뭐라?"

어찌 된 것이 세 황자가 하나같이 다를 바가 없었다. 내가 여자라고 생각하니 최고의 회유책이 황후로 책봉하는 것이라 여겼나 보다.

"하하핫. 멍청한 녀석."

경왕은 그런 영왕을 비아냥거렸다.

"뭐요?"

"연생이는 너 따위가 탐낼 수 있는 여인이 아니다."

그러고는 일부러 약을 올리듯이 내게 친밀한 척 어깨에 팔을 슬쩍 걸쳤다.

"큭!"

그 모습에 영왕이 짜증 났는지 이를 뿌득 갈았다. 내가 진짜 여자가 아닌 줄 알면서도 이러는 걸 보면 어지간히 그를 놀리고 싶었나 보다.

'이게 중요한 게 아니지.'

그러거나 말거나 나는 영왕 산하의 전력들이 기절한 곳으로 다가 갔다. 이들을 정요환의안으로 제압하기 전에 미리 살폈던 나였다.

'이 중에 있을까?'

내궁의 관인이 아닌 자들이 영왕 산하에 끼어 있었다. 죽립을 쓰고 있는 이자들이었다. 금상제나 뇌장이 직접 나섰다면 분명 영왕과 함께할 확률이 높았다.

슥! 손을 가볍게 휘젓자 그들의 죽립이 벗겨졌다.

'…?!'

금상제나 뇌장이 아니었다. 다섯 명 모두 처음 보는 얼굴들이었다. 혹시 인피면구를 쓴 건가 싶어 얼굴의 귀밑으로 손을 가져갔지만 아무도 아니었다.

'이상하다.'

분명 이들의 복장을 보면 관인은 아니다. 그렇다면 대체 누구란 말인가? 나는 영왕에게 다가가 물었다.

"저들은 대체 누구입니까?"

"저들?"

"전하께서 직접 데려오시지 않았습니까?"

"저들이 누구지? 어째서 짐과 함께… 큭!"

내가 손가락으로 가리킨 죽립이 벗겨진 자들을 영문을 모르겠다는 듯이 쳐다보던 영왕이 미간을 일그러뜨렸다. 그러더니 이내 갑자기 두통이라도 난 건지 머리를 붙잡았다.

"끄으으으."

"왜 이러는 것이냐?"

영왕의 상태는 그저 평범한 두통이 아닌 것 같았다. 갑자기 식은땀을 흘리더니 이마의 핏줄들이 검게 올라오고 있었다.

'이건?'

이를 본 나는 작게 경왕에게 말했다.

"환마독입니다."

이 증상은 백련하나 서복과 차이가 없었다. 기억의 이상 증세 및 뇌로 퍼져 나가는 독과 강한 두통까지 동일했다. 경왕이 반문했다.

"환마독?"

"이 독에 당한 자는 암시가 걸려 하독한 자의 뜻대로 움직입니다."

"그런 독이 있단 말이더냐?"

"네. 그자가 제조를 지시한 독입니다."

"뭐라!"

이런 나의 말에 경왕이 어처구니없어하며 혀를 내둘렀다. 그래도 황가의 사람들은 그에게 있어 후손이나 다름없기에 이런 방법을 쓰지 않을 거라 여겼는데, 과감하게 환마독을 썼다.

나는 경왕에게 말했다.

"환마독을 유일하게 해독할 수 있는 희망이 만사신의입니다."

"하! 그래서 그자가 만사신의를 노리는 것이더냐?"

"그뿐만이 아니겠죠. 차기 보위를 노릴 수 있는 황자에게 환마독을 쓴 이유가 무엇이겠습니까?"

황실마저 좌지우지하려는 속셈이 틀림없었다. 영왕이 태자 자리를 차지했다면 절반은 성공한 셈이 되었다.

"감히!"

경왕이 분노를 금치 못했다. 하지만 지금은 그럴 여유조차 없을 듯했다.

"놈이 보이지 않습니다. 저들은 눈속임인 것 같습니다."

"하면 서둘러야겠구나."

"네."

"알겠다. 만사신의는 폐하 곁을 지키고 있다고 하니 어서 옥현궁으로 들어가자꾸나."

놈이 시선을 돌려 황궁에 들어갔을 확률이 높으니 서둘러야 했다.

"뭐, 뭘 하려는 거냐?"

"주무시고 계시면 될 것 같습니다."

"뭐라?"

타타타타탁! 나는 점혈법으로 진왕과 영왕을 기절시켰다.

"비켜보거라."

촥! 촥! 그런데 그들의 목을 경왕이 한 치의 망설임도 없이 베어 버렸다. 기절한 상태에서 자신들이 죽는지도 모르고 죽은 두 황자였다.

"왜? 짐이 잔인한 것 같으냐?"

경왕의 물음에 나는 고개를 저었다. 어차피 이들 역시도 경왕의 목숨을 노렸고, 차기 황권을 가진 이들을 살려둔다면 결국 후환거리를 남겨놓는 셈이었다.

"훗날 더 많은 피를 보는 것보다 낫겠지요."

"후후후. 명답이다. 역시 짐은 네가 마음에 드는구나. 계속 곁에서 도와준다면 참 좋을⋯."

"적당히 하시고 가시지요."

"흠흠. 알겠다."

나는 경왕과 함께 옥현궁으로 향했다. 안으로 들어가자 대로를 보는 것처럼 커다란 복도가 이어졌다. 경왕이 복도 끝을 가리키며 말했다.

"저곳이 대전이다. 대전을 지나면 폐하의 집무실과 방이 있다."

"멀리 찾을 필요도 없는 것 같습니다."

"그게 무슨 말이더냐?"

대전 안에서 상당수의 인기척이 느껴졌다. 그중에는 무공을 익히지 않은 평범한 자의 기운도 있었는데, 아마도 황제나 만사신의일 확률이 높았다. 그렇게 우리는 대전 안으로 들어갔다.

큰 기둥들이 받치고 있는 대전 안은 수천 명은 들어갈 수 있을 만큼의 규모를 자랑했다. 대전 끝 쪽 단이 높은 위치에 옥좌가 있었고, 그곳에 백발이 성성한 곤룡포를 입은 노인이 앉아 있었다.

'저자인가?'

저 옥좌의 노인이 황제인 것 같았다. 황자들 간의 피의 전쟁을 윤허한 대담한 작자였다. 무공을 익히지 않았는데도 그 위엄이나 기세가 보통이 아니었다. 달리 황제라 불리는 것이 아닌 모양이다.

'만사신의!'

그 옆에는 익숙한 얼굴이 있었다. 오랜만에 보는데 상당히 초췌한 상태였다. 그 모습을 보면 강제로 붙잡혀 있었던 것 같다. 만사신의도 나를 쳐다보고 있었는데, 연생이의 모습이라 그런지 당연히 알아보지 못했다.

"다행히 늦지는 않은 것 같구나. 그럼 폐하께 예부터 갖추자."

경왕이 내게 작게 속삭이더니, 이내 옥좌를 향해 엎드리며 절을 했다.

"소자 경왕 주윤경이 황제 폐하를 배알합니다."

그런 그를 따라 나 역시도 일단 절을 올렸다. 나보다 더 높은 신분인 경왕이 있기에 굳이 내가 입을 열 필요는 없었다.

'열셋.'

그보다는 대전 안에 숨어 있는 기척들에 집중했다. 대전 기둥들 뒤편에 몸과 기척을 숨기고 있는 이들이 있었는데, 이들은 황제의 안위를 책임지는 내행창의 환관들인 것 같았다. 황제가 있는 옥좌의 가장 가까이에 숨어 있는 자는 심지어 벽을 넘어섰다. 아마도 저자가 황궁 최고의 고수이리라. 그때 황제의 목소리가 대전을 울렸다.

"짐의 예상을 뛰어넘고 주윤경 네가 옥현궁에 발을 들였구나."

"성은이 망극하옵니다."

그러고 보니 옥현궁에 들어오는 자를 태자로 삼겠다고 했던가. 결과적으로는 태자의 자리를 차지한 것이나 다름없었다. 경왕의 몸이 살짝 떨리는 것을 보니 기대감에 잔뜩 고조된 것 같았다. 그런데 황제의 입에서 전혀 예상치 못한 말이 튀어나왔다.

"한데 짐이 정한 규칙에서 벗어난 짓을 했더구나."

"규칙?"

경왕이 의아했는지 작게 반문했다. 나 역시도 황제가 대체 무슨 말을 하는지 알 수 없었다.

"시치미를 떼는 것이 우습구나. 둘 다 고개를 들라."

황제의 말에 경왕과 나는 천천히 고개를 들었다. 그런데 어느새 황제 곁에 지팡이를 짚고 있는 대머리 노인이 서 있었다.

'뭐지?'

유일하게 기척을 감지하지 못했다. 황제 곁에는 여전히 벽을 넘은 고수가 숨어 있는 걸 보면 그자는 아닌데, 대체 저 노인의 정체는 무엇이란 말인가? 노인의 얼굴을 쳐다보았는데 기분이 묘했다. 마치 도화선의 스승님들을 앞에 두고 있을 때와 같았다.

그때 황제가 다시 입을 열었다.

"어찌 그런 짓을 한 것이냐?"

"폐하, 소자는 지금 무슨 말씀을 하시는 건지 모르겠사옵니다."

이런 경왕을 가늘게 눈을 치켜뜨고서 바라보던 황제가 고개를 돌리더니, 대머리 노인에게 말을 걸었다.

"그렇다고 하는데 비선 노옹의 생각은 어떻소?"

"비선 노옹!"

비선 노옹이라는 말에 경왕의 입에서 탄성이 흘러나왔다. 얼굴을 보니 저 노인의 정체를 알고 나서 꽤나 놀란 듯했다.

경왕이 내게 속삭이는 목소리로 말했다.

"저분이 폐하를 수호하는 황궁의 숨겨진 힘이다."

'저자가 황궁의 숨겨진 힘?'

비선 노옹이라 불린 저 노인이 말로만 들어왔던 그 존재란 말인가? 겉보기에는 평범한 노인처럼 보이지만 아무 기운조차 느껴지지 않는다는 건 그만큼 기를 완벽하게 갈무리하고 있다는 것을 의미했다. 그때 비선 노옹이라 불린 노인이 나를 바라보며 입을 열었다.

"아홉 중 누구의 도문인가?"

"도문?"

이건 대체 무슨 말이지? 아홉 중에 누구의 도문이라는 게 무슨 의미인지 알 수가 없었다.

탁! 탁! 비선 노옹이 지팡이를 짚으며 경왕과 내가 있는 곳으로 걸어오더니 다시 입을 열었다.

"복숭아나무 꽃이 만개한 곳에서 오지 않았던가?"

'…?!'

그 말에 순간 나는 속으로 놀랄 수밖에 없었다. 복숭아나무 꽃이 만개한 곳이라는 은어가 의미하는 바는 오직 도화선을 뜻했다. 황궁의 숨겨진 힘이라 불리는 자의 입에서 도화선이 나올 줄이야. 나는 그에게 진지한 목소리로 물었다.

"대체 누구십니까?"

"노부가 먼저 물었네. 선원운기법을 익혔으니 분명 아홉 중 누구의…. 아아아, 그렇군. 아홉일 리가 없지."

비선 노옹이 고개를 절레절레 흔들더니 다시 말했다.

"여덟 중 누구의 도문인가?"

…여덟 중 누구의 도문이냐? 이제야 그가 무슨 말을 하는지 알아들었다. 도화선을 이끄는 여덟 도인들 중에 누구의 문하인지 묻는 것이었다. 순순히 답변할 수도 있지만 의문이 생겼다. 이 노인의 정체가 뭔지 알 수 없는 마당에 내 입으로 도화선을 언급하는 것은 아무래도 위험부담이 컸다.

"노사의 물음에 함부로 답변드릴 수가 없습니다. 제가 말씀드려도 되는 분인지 알 수 있게 먼저…."

"갈!"

그때 비선 노옹이 일갈을 내질렀다. 그와 함께 엄청난 풍압이 일어나며 나와 경왕이 있는 곳으로 밀려들었다.

'이런!'

이에 나는 다급히 신형을 앞으로 날리며 검결지를 뻗었다. 파아아아앙! 콰쾅! 강렬한 풍압이 검결지에 의해 갈라지며 양옆의 기둥들을 부숴버리고 말았다. 나를 중심으로 뒤편이 부채꼴 형태로 멀쩡했고 그 주위는 엉망이 되었다. 이 광경에 경왕이 놀란 목소리로 소리쳤다.

"어, 어찌하여?"

"그 입 다물게!"

비선 노옹이 이번에는 힘을 싣지 않고 다그쳤다. 그러더니 나를 왼손 손가락으로 가리키며 언성을 높였다.

"도화선은 먼 옛날 황실과 맹약을 맺었다. 그렇기에 도인들은 황실과 관의 일에 관여할 수 없을 터인데 어찌하여 경왕을 도운 것이더냐?"

'하!'

이 노인은 심지어 도화선과 황실의 맹약마저 알고 있었다. 나 역시도 과거 여덟 도인이 황실과 이런 맹약을 맺었기에 속세를 떠났다고 들었다. 그런데 그것이 그저 떠나는 것으로 그친 게 아니었던가? 대체 이 노인의 정체는 무엇이란 말인가? 금상제와도 관련 없는 것같고, 황실의 숨겨진 힘이라고 하는 것을 보면 자경정과도 관련이 먼 것 같은데 대체 누구지?

"비선 노옹, 대체 무슨 말씀을 하시는 건지…."

"경왕 그대는 끼어들지 말라고 하였소."

심지어 황자를 나무라기마저 했다. 비선 노옹이라는 노인이 제대로 기운을 드러내자 사방이 진기로 가득해졌다. 그가 내게 지팡이의 머리를 겨냥하며 말했다.

"도화선에서 가르침을 받았다면 이 맹약을 모를 리 없고 함부로 깨뜨릴 리도 없을 터이다. 지금부터 맹약에 의거해 너를 제압하도록 하마."

팟! 비선 노옹의 신형이 순식간에 내 앞으로 좁혀왔다. 그가 왼손을 휘젓자 내 뒤에 있던 경왕의 몸이 부웅 떠오르더니 더욱 뒤로 날아갔다.

"헛!"

그를 위험하지 않게 해놓고서 나를 제압하려는 것 같았다. 정말 난처하기 짝이 없었다. 나는 다급히 그에게 전음을 보냈다.

[노사께서 도화선의 적인지 아닌지 모르기에 답변을 드리기 어렵다는 겁니다. 먼저 신분을 밝혀주시면…]

"맹약을 어긴 도인이 어떤 처결을 받는지도 모르고 그런 소리를 하는 게냐!"

비선 노옹이 나를 다그치더니 지팡이를 휘둘렀다. 지팡이에 실려 있는 엄청난 선천진기에 나는 뒤로 보법을 펼치며 전음을 보냈다.

[저는 도화선에서 가르침을 받았지만 도문에 입적하지 않아 노사께서 말씀하시는 맹약과 관련이 없습니다.]

그의 정체를 몰라도 이 정도까지는 말해도 괜찮지 않을까? 그런데 이 전음에 비선 노옹이 노기를 감추지 못하며 소리쳤다.

"이 녀석 감히 노부를 속이려 드느냐!"

"대체 무슨 말씀을 하시는 겁니까?"

"도문에 입적하지 않은 자에게 어떤 진인이 도를 가르친단 말이더냐? 하! 네놈의 꾀에 스스로 넘어갔구나!"

파파파파팍! 그 외침이 끝나기가 무섭게 비선 노옹의 지팡이가 살아 있는 것처럼 수십 갈래로 휘어지며 나를 단숨에 제압하려 들었다. 보통 자가 아니라는 것은 알았지만 이 정도일 줄은 몰랐다. 제대로 하지 않으면 정말 큰일 나겠다.

'별수 없구나.'

이에 나는 비선 노옹을 향해 뜨거운 양강의 기운이 실려 있는 화양선권을 펼쳤다. 권초에 불꽃이 넘실거리며 수십 갈래로 갈라져 파고드는 지팡이와 부딪쳤다. 화르르르륵! 파파파파팍! 두 절초가 부딪치자 비선 노옹이 인상을 찡그렸다.

"화양선권?"

놀랍게도 그는 화양선권을 알아보았다. 나는 여기서 그치지 않고 이번에는 안개처럼 수를 놓는 장법을 펼쳤다. 그러자 비선 노옹의 눈이 휘둥그레졌다.

"구운만화장?"

이번에도 초식을 알아보았다. 그렇다면 창은 없지만 수공으로 펼치는 이것도 알아볼까? 나는 지팡이로 펼치는 변초를 피해 보법을 펼치며 곧바로 뱀처럼 휘어지는 창법의 초식을 펼쳤다. 파팍!

그러자 비선 노옹이 초식을 막지 않고 거리를 다섯 보나 벌렸다. 그가 어찌나 놀랐는지 떨리는 목소리로 내게 전음을 보냈다.

[아니, 금창진경까지? 네, 네놈 대체 누구이기에 한 분도 아니고 세 진인의 재주를 익힌 것이더냐?]

역시 말로 하는 것보다 보여주는 게 빠르다. 나는 놀라다 못해 당혹스러워하는 그에게 전음을 보냈다.

[세 분만이 아닙니다.]

[뭐?]

[여덟 분 모두에게 가르침을 받았습니다.]

'…!!'

그 말에 비선 노옹이 진심으로 어처구니없다는 표정을 지었다.

"여덟?"

여덟 분의 스승님께 가르침을 받았다는 말에 비선 노옹이 할 말을 잃었는지, 믿을 수 없다는 듯한 얼굴로 나를 쳐다보았다. 여러 스승님들의 무공을 선보였기에 부정하기도 힘들 것이다. 이 정도라면 도화선에서 가르침을 받았다고 증명하기에는 충분하지 않을까.

…라고 여기던 순간이었다.

팟! 비선 노옹이 갑자기 내게 신형을 날렸다. 그가 지팡이를 휘두르자 풍압이 일어나며 대전 안이 난리도 아니었다. 휘이이이잉! 파아아아아!

'응?'

하지만 겉으로 일어나는 여파와 달리 지팡이에 실린 힘은 방금 전보다 훨씬 약해져 있었다. 실제로 이를 막기 위해 장법을 펼쳤는데 예상과 같았다. 파파파팍! 확실히 겉보기와 달리 힘을 제대로 가하지 않고 있었다. 의아해하는데 귓가로 비선 노옹의 전음이 들려왔다.

[황제가 지켜보는 앞이니, 일단 노부의 장단에 맞추게.]

겨루는 척하라는 의미였다. 이에 나 역시도 비선 노옹처럼 겉보기에는 위력이 강해 보이나 실상은 힘을 뺀 가초식을 펼치기 시작했다. 파파파파팍! 다른 이들이 바라보기에는 격렬히 싸우는 것처럼 보일 것이다.

서로 초식을 펼치는 와중에 비선 노옹이 다시 전음을 보내왔다.

[지금 그 모습은 남 진인의 체화만변술인가?]

'…?!'

나는 내심 놀라움을 감추지 못했다. 체화만변술을 펼친 이래 처음으로 진짜 모습이 아님을 누군가 알아차렸다.

[어찌 아셨습니까?]

[노부가 비록 맹약에 얽매여 이곳을 지키고 있으나, 도를 익힌 지 어언 수백 년이 되었네. 하물며 원신의 이질감을 느끼지 못하겠는가?]

[아아….]

이 말로 나 역시 한 가지 추측을 할 수 있었다. 스승님들께서 말씀하시진 않았지만 비선 노옹 역시도 등선을 하고자 하는 도인인 것 같았다. 게다가 스승님들과 비교해도 전혀 떨어지지 않았다.

파파파파팍! 비선 노옹이 지팡이로 수십의 잔영을 만들어내며 전음을 보냈다.

[정말로 여덟 진인 모두에게 가르침을 받은 겐가?]

[그렇습니다.]

[허어, 어찌 그런 결정을….]

비선 노옹은 여기에 어떤 사정이 있는지 전혀 모르는 듯했다. 나는 그의 정체를 모르기에 물었다.

[스승님들께서 이런 결정을 내린 데엔 그럴 만한 연유가 있었습니다. 하나 도화선의 일을 타인에게 함부로 언급하기는 어렵기에, 부디 노사의 신분을 알려주십쇼.]

이런 나의 요청에 비선 노옹이 잠시 인상을 쓰며 고민하더니 내게 전음을 보냈다.

[노부 역시도 한때 도화선에서 다른 진인들과 마찬가지로 한 축을 맡고 있었던 자일세.]

[한 축? 그렇다면….]

[자네에게 가르침을 준 진인들과 같이 도를 갈고닦았지.]

그럼 도화선 출신이란 말이 아닌가? 그 정도의 도나 능력이라면 일반 도인이 아닌 여덟 스승님과 같은 선상이라 봐도 무방했다. 한데 그 정도의 도인은 맹약으로 인해 도화선을 나갈 수가 없다. 의아해하는 것을 알아차렸는지 비선 노옹이 말했다.

[처음으로 맹약을 맺을 당시 황궁에서는 어떠한 조치를 원했네.]

[조치?]

[그저 도인들이 속세를 떠나는 것으로 만족하지 않았네. 아니, 믿지 못했지.]

[그럼 노사께서는?]

[그리하여 우리 십선 중에 한 사람이 남아, 황실의 요구대로 대대손손 그들을 도인들이나 무림인들로부터 보호해주기로 맹약을 맺은 것이네.]

아아… 이런 자세한 내막은 처음 알았다. 그저 속세에 관여하지 않는 것으로 끝난 줄로만 알았다. 그런데 방금 전에 얘기한 십선(十仙)은 대체 무슨 말이지? 아까 전에는 나에게 아홉 진인들 중에 누구의 문하냐고 물었던 것 같은데, 이번에는 십선 중에 한 사람이 남기로 하였다고 했다.

[십….]

의아해서 이걸 물어보려 하는데, 비선 노옹이 먼저 전음을 보냈다.

[이제 자네도 이야기하게.]

비선 노옹의 의구심 가득한 눈빛을 보니, 먼저 이 이야기를 하지 않을 수가 없었다. 이에 나는 도화선의 사정을 이야기했다.

[혹시 자경정이라는 자를 아십니까?]

[자경정? 그게 누구인가?]

자경정을 모르는 건가? 하긴 자경정이 스승님께 배운 기간을 고려한다면 모를 수도 있을 것 같다. 이에 나는 그가 검선인 순양자 스승님의 제자임을 밝혔다.

[순양자 사형이 제자를 받았단 말인가?]

그가 놀라움을 금치 못했다. 왜 저렇게 놀라는가 싶었는데….

[허허허, 오래 살다 보니 그 천방지축이던 사형이 제자를 받았다는 이야기를 듣게 되는군.]

[다만 파문되었습니다.]

[뭐? 파문?]

[본인 스스로 그만뒀다고 해야겠지요.]

나는 자경정이 어떤 사상을 가지고 있고, 무엇을 하려 했는지 간략하게 비선 노옹에게 설명했다. 이를 들은 비선 노옹의 표정이 방금 전과 달리 씁쓸해졌다.

[어찌 순양자 사형의 문하에 그런 배은망덕한 녀석이 들어왔단 말인가. 쯧쯧. 그래서 그자가 어찌했다고?]

[황실을 무너뜨리겠다며 도화선 법구들을 가지고 도망쳤습니다.]

[어찌 그런!]

이 말에 비선 노옹이 황당함을 금치 못했다. 도화선 출신의 도인이라면 더욱 그럴 것이다. 도를 익힌 것만으로도 보통 무림인들보다 훨씬 강할지언대, 그것으로도 모자라 인외의 힘이라 불리는 법구마저 가지고 도망쳤다 하니 그야말로 재앙 덩어리였다.

[이제 알겠군. 어찌 그분들이 그런 결정을 내렸는지.]

[네. 스승님들께서는 맹약으로 나서실 수 없기에 제게 그분들의 재주를 전수해주신 겁니다.]

[충분히 이해가 가는군. 법구 없이 법구를 그만큼 챙긴 배은망덕한 파계 도인을 상대하려면 그 정도 재주는 익혀야 했을 테지.]

[네.]

[그래서 놈을 잡았는가?]

비선 노옹이 자세한 사정을 모르는 걸 보면 자경정은 금상제가 황도에 있을 때 접근한 게 아닌 모양이었다. 하긴 집권 내내 친정을 다녔던 그자가 얼마나 황궁에 머물렀겠나. 그래서 나는 밖에서 벌어졌던 일들을 알려주었다. 한데 이야기하던 도중 당대 황제가 금상제라는 사실을 알려주자, 비선 노옹이 기가 차서 내게 말했다.

[주양선 그놈이 집권하던 때였나? 하아… 그러니 그 난리를 칠 만도 하군.]

[잘 아시는가 보군요.]

하긴 모를 리가 있겠나. 그 역시도 황제였으니 황실의 숨겨진 힘이라 불리는 비선 노옹이 모를 리가 없었다. 비선 노옹이 질린다는 표정으로 내게 전음을 보냈다.

[알다 뿐이겠는가. 그동안 수많은 황가 사람들을 보았으나 놈처럼 집요하고 극단적인 자는 처음이었지.]

[그럼 그자가 무엇을 원하는지도 잘 아시겠군요.]

[황제라면 다 그러했지만 놈만큼 불로불사를 이루고 싶어하는 자도 없었지. 맹약이 아니었다면 놈은 어떻게 해서든 노부에게서 그 비밀을 알아내려 했을 게야.]

그래도 맹약으로 여러 조건을 잘 맞췄나 보다. 하긴 그렇지 않았다면 황제들이 그에게서 용호금단의 제조법을 알아내려 부단히 노력했을 것이다.

[그와 별개로 그가 거의 불로불사에 닿아 있는 것은 알고 계십니까?]

이런 나의 말에 비선 노옹이 인상을 찡그렸다.

그리고 내게 말했다.

[불로불사에 닿아 있다니 그게 무슨 소리인가? 놈이 아직 살아 있기라도 하다는 겐가?]

[모르고 계셨습니까?]

비선 노옹은 금상제가 아직까지 살아 있음을 모르고 있었다. 이걸 보면 놈이 정말 철두철미하긴 한 것 같다. 가짜 죽음으로 황실을 지키고 있는 비선 노옹까지 속인 걸 보면 말이다. 나는 그간에 있었던 일들과 그가 무엇을 하려는지에 대해 짐작하고 있는 것을 간략하게 비선 노옹에게 알려주었다.

[허어, 어찌 그런⋯.]

이런 내막을 알게 된 비선 노옹이 사태의 심각함을 깨달았는지 표정이 좋지 않았다. 만약 내가 알려준 대로 환마독에 중독된 영왕이 황제의 자리를 차지했더라면 그가 이를 이용해 무슨 짓을 저지를지 알 수 없는 노릇이었다.

[그래서 경왕을 도왔던 겐가?]

[네. 그리고 원래 경왕은 황제가 될 운명이었습니다.]

[황제가 될 운명이라고?]

[제가 순양자 어른의 안배를 얻기 전에도 이미 경왕은 자력으로 황제가 되었었습니다.]

[허어⋯.]

도화선의 삼십육선천위방경문(參十六仙天位方經文)의 비밀을 안다면 내가 무슨 말을 한 건지 이해할 것이다. 나는 간곡히 비선 노옹에게 청했다.

[이렇게 황제의 눈치를 보면서 싸우는 것은 무의미한 짓입니다. 놈이 손을 쓰기 전에 제가 만사신의를 데리고 갈 수 있도록 도와주십쇼.]

[허어….]

이런 나의 말에 비선 노옹이 난처함을 금치 못했다.

[그렇게 하려면 황제를 설득해야 하네.]

[설득?]

[노부는 황실을 지키지만 맹약에 얽매여 있네.]

[싸우는 것만 멈춘다면 제가 폐하를 설득하겠습니다.]

[만약 폐하가 옥새를 쓴다면 노부도 의지와 상관없이 자네에게 해코지를 가할 수 있네.]

[네? 그게 무슨?]

[…특히 이 내궁 내에서는 절대적이네. 차라리 자네가 도인으로 입적했다면 좋았으련만.]

[그게 무슨 말씀입니까?]

비선 노옹이 무슨 말을 하는지 알아들을 수가 없었다.

[노부는 법구 전명옥새에 얽매여 맹약을 지켜야만 하네. 노부가 할 수 있는 건 자네가 도화선의 문도가 아님을….]

그의 전음이 미처 끝나기도 전이었다. 대전 입구 쪽에서 수많은 기척이 밀려드는 게 느껴졌다.

'이건?'

비선 노옹 역시도 이를 감지했는지 나와 동시에 부딪치던 것을 멈쳤다. 나는 진기로 허공섭물을 일으켜 입구 쪽에 있던 경왕을 내가 있는 곳으로 잡아당겼다.

"허엇?"

대결을 지켜보고 있던 경왕의 신형이 부웅 하고 떠올라 내 앞까지 날아왔다.

경왕이 의아해하며 물었다.

"싸움이 끝난 것이냐?"

"뭔가 변수가 생긴 것 같습니다."

쾅! 그 말이 끝나기가 무섭게 대전의 입구가 거칠게 열리더니 수십여 명의 금의위들이 안으로 병장기를 들고 밀려들어 왔다.

"아니, 금의위들이 대체… 엇?"

그런 그들 사이로 누군가의 모습이 보였다. 수염을 길게 기른 한 중년의 관인이 양옆으로 두 여인과 함께 나타났다. 두 여인들 모두 목에 금의위들의 도가 겨냥된 채 끌려왔는데….

"황후마마!"

"황후!"

경왕과 옥좌에 있던 황제가 동시에 소리쳤다. 왼편에 화려하게 치장한 노부인이 아무래도 황후인 것 같았다. 우측에는 수수한 복장이었지만 제법 미인이라 할 수 있는 한 여인이 있었는데, 그녀는 누구인지 알 수 없었다.

그때 옥좌에 있던 황제가 벌떡 일어나더니 언성을 높이며 외쳤다.

"비선 노옹, 당장 황후를…."

쾅! 바로 그 순간 대전 천장을 뚫고서 두 인영이 옥좌가 있는 단상으로 떨어졌다.

"폐하!"

비선 노옹이 옥좌를 향해 신형을 날리려 했지만 이내 멈출 수밖에 없었다. 천장이 뚫리면서 피어오른 먼지 사이로 한 외눈의 금안의 존재가 보였고, 그자가 황제의 뒷목을 움켜쥐고 있었기 때문이다. 그뿐만이 아니라 얼굴 전체를 붕대로 감싼 한 사내도 만사신의를 제압하고 있었다.

'…!!'

먼지가 흩날리며 보이는 얼굴에 시간이 느리게 흘러가는 것 같았다. 짧고 짙은 눈썹에 오만함과 자신감으로 가득한 얼굴. 드디어 놈을 만났다.

"금상제!"

나의 외침에 놈이 한쪽 눈썹을 추켜세우더니 이내 입을 열었다.

"역시 네놈이구나, 검선의 후예."

체화만변술로 모습을 바꾸고 있었으나 놈은 나를 검선의 후예로 확신하는지, 오한이라도 생긴 것처럼 전신을 파르르 떨었다. 삼백여 년 전 자신에게 공포를 안겨준 존재를 만나서 그런 것일까? 아니면 이렇게 만난 것에 전율이라도 느낀 걸까?

팟! 나는 놈을 향해 신형을 날리려 했다. 하지만 그것을 비선 노옹이 빠른 몸놀림으로 가로막았다.

"멈추게."

"저자를 잡아야 합니다."

"폐하의 목숨이 위험하네!"

맹약에 얽매여 있는 비선 노옹은 황제의 안위가 더 우선인 듯했다. 황제가 죽어도 상관없는 나와는 입장이 달랐다. 어쨌거나 여기서 놈을 제압하지 못하고 만사신의를 빼앗긴다면 향후 그 뒷감당이 힘들 것이다.

그때 금상제가 입을 열었다.

"모두 짐의 뜻대로 움직여줘서 참으로 고맙군."

"짐?"

놈에게 뒷목이 잡혀 있는 황제가 고통스러워하면서도 침착함을 잃지 않고 반문했다. 이에 금상제가 피식 웃으며 말했다.

"그래도 짐의 후손답게 의연하기 그지없구나."

"후손? 대체 무슨 소리를 하는 것이냐? 비선 노옹! 옥새로 명하노…니… 당… 끄윽!"

금상제의 손에 힘이 들어가자, 황제는 고통스러워하며 아무 말도 못 했다. 황제는 자신의 안위를 개의치 않고 뭔가 말하려는 것 같은데, 이를 금상제가 막은 것 같았다.

그때 옥좌의 뒤쪽 기둥에서 누군가 전광석화처럼 튀어나왔다. 중년의 내행창 환관이었는데, 황궁 최고의 고수였다. 팟! 기회를 엿보고 있던 그가 단숨에 금상제의 목을 번개처럼 연검으로 베려는 순간…. 창!

"아닛?"

그의 연검을 금상제가 두 손가락으로 가볍게 잡아냈다. 그러더니 가볍게 손가락에 힘을 가하자, 잘 휘어지는 성질을 가진 연검이 그대로 부러지더니 이내 환관의 목을 관통해버렸다. 푹!

"컥!"

내행창의 환관이 목을 틀어막고 비틀거리다 이내 바닥에 쓰러지고 말았다.

"폐… 폐하…."

벽을 넘은 고수가 고작 일수에 당하고 만 것이다.

"어찌 네놈이 선천진기를!"

비선 노옹이 그의 놀라운 무위에 소리쳤다. 역시 나와 같은 판단을 했다. 금상제 역시도 중단전을 연마하여 내궁의 금제에 아무런 영향을 받지 않고 있었다. 금상제가 비선 노옹에게 말했다.

"짐도 어찌 보면 먼 태상황제나 다름없는데, 비선 노옹의 태도가 참으로 방자하기 그지없구나."

그런 그의 말에 비선 노옹이 콧방귀를 뀌며 말했다.

"네놈이 벌이려는 짓을 알게 되었는데, 노부가 인정할 것 같으냐?"

"하나 짐 역시도 황가의 사람이니, 옥새로 명하지 않고는 손끝 하나 댈 수 없겠지."

"…."

그 말에 비선 노옹이 입술을 질끈 깨물었다. 맹약에 얽매이는 것이 그 정도까지 행동 제약을 일으킨다니 참 난감하기 짝이 없었다. 아무래도 이 자리에서 이런 제약 없이 나설 수 있는 자는 나밖에 없는 듯했다. 나는 비선 노옹에게 눈짓을 보냈다. 내가 나서겠다는 의미였다.

그때 금상제가 이번에는 나를 향해 말했다.

"참으로 질긴 악연이로군. 혹 이번에도 짐을 방해할지 모른다고 여겼는데, 그 예상이 벗어나지 않았구나."

그 말에 나는 코웃음을 쳤다.

"무서움에 벌벌 떠느라 자취를 감춘 주제에 말이 많군."

이런 나의 도발에 금상제의 눈매가 날카로워졌다. 평정심을 잃은 것은 아니었지만 내가 자신의 수치스러운 기억을 들먹이니 심기가 불편했나 보다. 놈이 다시 입을 열었다.

"경고하지. 손가락 하나 까딱하지 않는 게 좋을 거다. 안 그런다면 너로 인해 만사신의는 유일한 가족을 잃게 될 터이니 말이다."

"뭐?"

이건 대체 무슨 소리지? 설마 저 긴 수염의 관인 우측 편에 있는 여인이 만사신의의 유일한 가족이란 말인가? 붕대를 감은 자에게 제압당해 있는 만사신의가 무거운 얼굴로 소리쳤다.

"저 아이를 구해주겠다고 하지 않았소?"

만사신의의 외침에 나는 인상을 찡그렸다. 최악의 상황이었다. 이미 놈이 만사신의와 접촉했으리라고는 예측하지 못했다. 금상제가 내게서 조금도 시선을 떼지 않은 채 만사신의에게 말했다.

"약조를 지켰나?"

"…지켰소."

"하면 저자가 나서지 않는 한 아무 일도 없을 것이다. 하나 만약 저자가 허튼수작을 부린다면 모든 것은 저자의 책임이지."

금상제의 말에 만사신의가 비통한 얼굴로 나를 쳐다보았다. 마치 내게 제발 자신의 수양딸이 잘못되지 않도록 아무 짓도 하지 말아달라는 것 같았다. 정말 난감하기 짝이 없었다. 나는 짧은 찰나에 머릿속으로 복잡하게 계산을 했다.

'어떻게 하지?'

수많은 변수를 고려해서 최선의 선택지로 가야 했다. 놈의 경고를 무시하고 정요환의안을 펼친다면 황후와 만사신의의 수양딸을 구할 수 있지만 황제를 죽일지도 모른다.

'차라리 그편이 나을까?'

어차피 황제가 죽는다면 비선 노옹의 제약이 풀리게 된다. 비록 그는 황제를 지키지 못하게 되지만 말이다. 원망을 들을지언정 이 상황에선 그것만이 최선이라고 그 역시도 인정할….

그때 금상제가 말했다.

"훗. 암시를 일으키는 짓은 통하지 않는다. 몽주는 소리를 듣지 못하니 말이다."

'…?!'

하… 이미 조치를 취한 것인가.

"네놈에게는 조금의 틈도 주어선 안 되지. 비선 노옹, 검선의 후예를 죽여라."

"뭐라?"

비선 노옹이 어처구니없다는 듯이 반문했다. 나 역시도 놈이 그런 명령을 내린 것이 황당하기 짝이 없었다. 아무리 황제가 잡혀 있다고 한들 그가 놈이 원하는 대로 움직일 리가 만무하지 않은가.

"노부가 네놈의 뜻을 따를 성싶으냐. 노부는 오직…."

"그래. 법구 전명옥새를 가진 황제의 명이라면 듣겠지. 황제여, 지금부터는 짐의 시대다."

"짐의… 시대?"

금상제의 말이 끝나기가 무섭게 황제의 눈이 멍해졌다. 이제까지의 모습과는 달랐다.

'설마?'

그때 황제가 멍한 얼굴로 입을 열었다.

"옥새의 맹약으로 명한다. 비선 노옹은 저자를 죽여라."

'…?!'

황제가 놈의 명령을 따랐다. 곁에 있던 만사신의가 입술을 질끈 깨물며 두 눈을 감는 게 보였다. 그럼 그가 황제에게 환마독을 쓴 것인가?

"이런!"

비선 노옹이 당혹감을 감추지 못했다. 그 순간 황제의 곤룡포 가슴 쪽에서 옥색 빛이 흘러나오더니, 이내 비선 노옹에게서도 똑같은 빛이 흘러나왔다. 그러자 비선 노옹이 나를 향해 지팡이를 날렸다. 팟! 지금까지 거짓으로 싸워왔던 것과 달리, 제대로 된 일격이었다.

"큭!"

콰콰콰콰콰쾅! 그의 공격을 다급히 피했는데, 지팡이에서 나온 장력에 의해 뒤쪽에 있던 대전 기둥들이 전부 부서져 버렸다.

"비선 노옹!"

정신 차리라고 그를 불러보았는데, 비선 노옹의 눈빛이 옥색으로 물들어 있었다. 암시라기보다는 뭔가에 사로잡힌 것처럼 그가 내게 말했다.

"맹약을 거부할 수가 없네. 노부를 용서하게."

그 말과 함께 비선 노옹이 내게 신형을 날렸다. 지팡이의 장결이 수십의 잔영을 만들어내며 나를 압박하는데, 하나하나가 요혈들을 노리는 바람에 가볍게 대처할 수 없을 정도였다.

파파파파팍! 나 역시도 구운만화장의 절초를 펼치며 이를 막아냈다. 비선 노옹의 공력은 초인의 벽을 넘어선 자들과는 당연히 비교하기 힘들 만큼 강했다. 애초에 도화선의 스승님들과 같은 선상에 있는 도인이 아니던가.

"이, 이게 대체?"

뒤에서 경왕의 목소리가 들렸다. 대전 앞뒤에 적이 있다 보니 그는 내 주위에서 벗어날 수가 없었다. 경왕을 보호하면서 여덟 도인급의 고수를 상대하는 그야말로 최악의 상황이었다.

"물러나십쇼!"

나는 다급히 뒤쪽에 있던 경왕을 허공섭물로 옆으로 밀어냈다. 획! 부우웅!

"헉! 여, 연생아!"

경왕 본인도 정신이 없을 것이다. 이런 상황이 초래된 것으로도 모자라 내 손짓에 계속 이리저리 움직여야 했으니 말이다. 그런데 정작 문제는 나였다. 양손으로 초식을 펼치다 한 손을 빼면서 틈이 생겨났다. 퍼퍼퍽!

"크헉!"

지팡이의 식이 구운만화장을 뚫고서 내 가슴과 복부를 강타했다. 나의 몸이 뒤로 튕겨 나갔다. 여기서 더 밀려나면 경왕에게서 멀어지고 만다. 오장육부를 뒤틀리게 하는 지팡이에 실린 장력이 고통스러웠지만, 나는 선천진기로 체내에 파고든 장력을 순환해서 발로 내보냈다. 콰지지지직! 내가 딛고 있는 대전 바닥이 갈라졌다. 이화접목의 수였다.

하지만 이를 미처 다 빼내기도 전에 비선 노옹이 지팡이를 위로 들어 올렸다가 아래로 내려치자, 풍압이 용권풍처럼 회오리를 일으키며 나를 내려찍었다. 휘이이이이잉! 마치 수십만 근으로 내리누르는 것처럼 엄청난 압력에 대전 바닥이 함몰되며 내 몸이 밑으로 짓눌렀다.

'젠장!'

팍! 역시 일반적인 무공과는 궤를 달리한다. 비선 노옹의 무공의 근본은 풍(風), 즉 바람의 힘을 이용한다. 바닥으로 계속해서 짓눌리는 상태가 지속되자 나는 다급히 품속에 손을 집어넣고서 무엇이든 들어가는 주머니에서 남천철검을 꺼냈다. 그리고 진각을 밟으며 위로 검을 뺐었다. 쾅!

'신로성명검법 육초식 축아광회검(逐亞廣回劍)!'

축아광회검으로 또 다른 회오리를 일으켰다. 그러자 나를 짓누르던 풍압이 이내 태풍의 중심부로 들어온 것처럼 짓누르던 힘이 약해졌다. 그 순간 나는 위로 신형을 날렸다. 그러기가 무섭게 비선 노옹이 나의 머리로 지팡이를 내려찍었다. 패도적인 기세에 나는 남천철검을 들어 올리며 신로성명검법 사초식 회룡승검(回龍昇劍)을 펼쳤다. 차차차차차차차창! 회룡승검의 검초를 뚫고서 지팡이가 파고들었다. 공력에서 이미 압도했기에 파죽지세와도 같았다.

채앙! 검초를 뚫고 들어오는 초식을 나는 금창진경의 창초를 펼쳐, 검식으로 지팡이를 휘어 감아서 그 기세를 흘려보냈다. 어지간한 고수들은 꿈도 꿀 수 없는 높은 수준의 초식이었다. 그러나 이렇게 초식을 흘려보내자 나의 가슴으로 비선 노옹의 각법이 노도와도 같이 밀려왔다. 파파파파파팍!

"크윽!"

가슴을 연달아 맞으면서 입에서 선혈이 솟구쳤다. 여기서 반격하지 않으면 위험할 수 있었다. 남천철검으로 크게 원을 그리자 공기가 일렁이더니, 이내 비선 노옹의 각법이 되레 튕겨 나가며 그의 어깨와 복부를 강타했다. 자경정의 백을 통해 배운 이기진경(移氣眞經)의 수가 먹혔다. 퍼퍼퍽! 비선 노옹의 신형이 뒤로 밀려났다. 하지만 그것도 잠시였고 비선 노옹이 다시 내게 신형을 날렸다. 자경정이나 그런 자들과는 애초에 격이 달랐다. 어지간한 공격에는 타격도 입지 않았다.

─운휘, 그자가 무슨 짓을 하고 있다.

남천철검의 목소리에 나는 비선 노옹의 폭풍과도 같은 공세를 막아내며 옥좌 쪽을 곁눈질로 바라보았다. 금상제가 황제의 품속에서 무언가를 꺼내 들고 있었다.

'옥새?'

화려한 인장 같은 것이었는데 옥새인 듯했다. 그것을 꺼내 든 금상제가 옥새에 손바닥을 갖다 대니, 옥새의 직인 쪽이 붉게 달아올랐다. 금상제가 그것을 만사신의를 제압하고 있는 자의 등에 찍었다. 치이이이!

"크윽."

열기와 함께 붕대를 감은 자의 입에서 신음성이 흘러나왔다. 그러더니 이내 놀라운 일이 벌어졌다.

'기운이?'

붕대를 감고 있는 사내의 기운이 치솟더니, 어느새 벽을 넘은 고수의 수준까지 올라섰다.

"역시로군. 하면….'

금상제가 이번에는 그것을 자신의 가슴 쪽에 밀어 넣었다. 그런데 옥새의 직인을 찍는 수준을 넘어서 그것을 아예 가슴에 박아 넣었다. 치이이이! 옥새가 놈의 가슴으로 파고들자…. 고오오오오! 그 순간 금상제의 기운이 방금 전과는 비교도 할 수 없을 만큼 폭증했다. 지금까지는 선천진기만 쓸 수 있었다면 옥새를 자신의 가슴에 박아 넣는 순간, 내공의 금제가 풀린 것 같았다.

"후후후. 짐의 짐작이 맞구나."

금상제의 입꼬리가 비릿하게 올라갔다. 금제에서 풀려난 것이 개운했는지 목을 움직이며 가볍게 몸을 풀던 놈이 이내 내게 신형을 날렸다. 팟! 그렇지 않아도 비선 노옹의 공초를 겨우 막고 있었는데, 금상제 놈까지 신형을 날리며 살초를 펼치니 수세에 몰릴 수밖에 없었다.

삼백 년 만에 처음 만난 그는 전과 비교도 할 수 없을 만큼 무위가 상승했다. 촤촤촤촤촤촤촥! 놈이 펼치는 검초가 기묘하게 움직이더니 이내 어깨를 파고들었다. 뒤로 다급히 몸을 날렸다. 촥! 짧은 찰나에 금상제의 검이 위로 올라갔다. 조금만 늦었다면 그대로 저 검에 왼팔이 잘려 나갔을 것이다. 하지만 쉴 틈이 없었다. 파파팍! 그 순간을 놓치지 않고 비선 노옹의 지팡이가 내 갈비뼈를 세 차례 강타했다. 우두둑! 갈비뼈가 부서진 것 같았다. 이화접목의 수로 기운을 흘려보냈는데도 그것이 너무 강해 전부 막을 수가 없었다. 그렇다고 쉽게 당해줄 수만은 없지. 쩌저저적! 나는 비선 노옹의 미간에 설음지법 이초식 종호한란(從虎寒亂)을 펼쳤다. 비선 노옹이 재빨리 고개를 뒤로 젖혔지만, 내가 노린 것은 미간이 아니라 가슴이었다. 타탁! 변초로 초식의 방향을 틀어 한기가 넘치는 설음지의 지공을 맞추자, 비선 노옹의 신형이 뒤로 밀려났다. 슈우우우우! 비선 노옹의 가슴에서 아지랑이가 피어올랐다. 양강의 내공이 없어도 이 정도는 가볍게 몰아내는 그였다.

"후후후. 굳이 완전하지 않아도 오늘 네놈을 저승으로 보낼 수 있겠구나, 검선의 후예."

완전한 우위를 차지했다고 여겼는지 금상제가 내게 비웃음을 흘리며 말했다. 나는 갈비뼈를 붙잡고 비틀거리던 몸을 바로 세웠다.

"많이 준비했네."

"중단전밖에 사용할 수 없는데도 제법이구나. 과연 방심할 수가 없군, 검선의 후예."

그런 놈의 말에 나는 한숨을 내쉬었다.

"이렇게 궁지에 몰려본 것도 오랜만이네."

인질이 잡혀 있는 와중에 초인의 벽을 넘어서 그 극에 이른 고수와 여덟 도인과 같은 경지에 이른 자를 동시에 상대하는 것은 정말 힘들었다. 게다가 놈의 말대로 절반의 전력으로 상대해야만 했다.

"연생아…."

경왕도 사태가 최악이라 여겼는지 목소리가 좋지 않았다. 그의 유일한 구명줄은 오직 나뿐이었으니 말이다. 그런 내가 궁지에 몰렸다. 금상제가 내게 다가오며 말했다.

"네놈의 죽음을 시작으로 짐의 시대가 열릴 것이다."

"시대… 하아…."

나는 탄식을 흘렸다. 금상제와 마찬가지로 한기를 몰아낸 비선 노옹도 내게 다가오고 있었다. 마치 죽음의 사자들 같았다. 이에 나는 입을 열었다.

"전하…."

나의 부름에 경왕이 의아해하며 쳐다보았다. 그런 그에게 말했다.

"지금부터 알아서 살아남으십쇼."

"뭐라?"

당황해하는 경왕과 달리 금상제가 광소를 터뜨리며 내게 말했다.

"하하하하하핫. 실망스럽기 그지없구나. 이런 자를 두고 짐이 염려했다니, 참으로 어리석었도다."

그 말과 함께 놈이 내 목을 향해 검을 날렸다.

"포기했다면 이대로 죽음을 받아들이…"

창! 그 순간 나는 놈의 검을 맨손으로 잡아냈다. 금상제가 검신을 비틀며 강제로 검을 빼내려고 하는데, 그것이 움직이지 않았다.

"놈을 죽여라!"

비선 노옹이 금상제의 외침에 나를 향해 지팡이를 날렸다. 하지만 이 역시도 내 손에 붙잡혔다. 팍! 검과 지팡이가 움직이지 않자 금상제의 눈동자가 떨렸다.

"네놈 공력이…"

놈도 느껴지나 보다. 내 공력이 급격하게 치솟는 것을. 그때 금상제의 눈동자가 자신의 검날을 붙잡고 있는 내 왼쪽 손등으로 향했다. 손등에는 어느새 원형의 문양 같은 것이 새겨져 있었다. 그것을 본 금상제의 눈이 커졌다.

"옥새?"

놀란 그에게 나는 말했다.

"좋은 걸 가르쳐줘서 고맙다."

나도 체화만변술로 이런 흉터까지 만들어낼 수 있을 줄은 몰랐거든. 그런데 그게 되네?

금상제가 조금도 당황하지 않고 공력을 끌어올리며 침착하게 내게 말했다.

"…상황 파악이 되지 않나? 그런다고 달라질 건 없다."

"그래서 이제부터 다른 건 다 신경 쓰지 않고 너만 죽이려고."

'…?!'

파치치치칙! 그와 함께 나의 전신에서 뿌연 아지랑이와 함께 붉은 뇌전이 치솟았다. 그 순간 금상제와 비선 노옹이 동시에 튕겨 나갔다.

개양

콰콰콰쾅! 대전의 기둥들이 부서지고 난리도 아니었다. 치솟는 붉은 뇌전과 함께 튕겨 나간 금상제와 비선 노옹. 그 광경에 방금 전까지만 하더라도 절망에 빠져 있던 경왕이 경악을 금치 못했다.

'저 모습은 대체….'

경왕이 바라보는 연생의 모습은 인외의 존재나 다름없었다.

슈우우우우! 파칙! 피처럼 붉게 물든 머리카락이 위로 흩날리고 있었고, 달아오른 피부에서 피어오르는 수증기, 그리고 전신에서 뿜어져 나오는 붉은 뇌전. 아수라가 있다면 저런 모습이지 않을까 싶을 만큼 경이롭기마저 했다.

'연생이 비선 노옹을 감당할 수 있을까?'

경왕이 알기로 황실의 숨겨진 힘인 비선 노옹은 수백 년 동안이나 황실을 지켜온 존재였다. 그런 괴물 같은 자를 연생이 감당할 수 있을지는 아직 의문이었다. 하지만 지금 저 기세만 봐서는 질 것 같지도 않았다.

'알아서 살아남으라고 한 이유가 있구나.'

여차하면 이 싸움에 휘말려서 위험할지도 몰랐다. 경왕이 옥좌를 쳐다보았다. 황제인 만성제 주금복은 멍한 얼굴로 서 있었고, 그 옆을 얼굴에 붕대를 감은 사내가 철통같이 지키고 있었다.

'폐하와 만사신의를 포기한 건가?'

충분히 이해는 갔다. 여기서 저들의 수에 휘말리면 오히려 목숨마저 잃게 된다. 그럴 바에는 자신이라도 인질들을 포기하고 스스로의 안위를 선택했을 것이다.

'인질…'

인질은 저들만이 아니었다. 대전 입구 쪽에 황후와 만사신의의 수양딸이 있었다. 움찔! 저들도 자신과 마찬가지로 연생의 모습에 위압감을 느끼는 듯했다. 그렇지 않고서야 저렇게 시선조차 떼지 못할 리가 없었다. 경왕의 예상대로 입구 쪽에서 인질을 지키고 있는 이들 역시도 동요하기는 마찬가지였다.

"저 모습은 대체…"

"설마 주군이 밀리는 건 아니겠지?"

물론 모두가 걱정만 하는 것은 아니었다. 고막을 포기하면서 소리를 듣지 못하는 몽주의 눈에는 흔들림이 없었다. 그는 금상제의 본 실력을 본 적이 있었다. 그것은 인간의 한계를 뛰어넘었기에 절대로 검선의 후예에게 밀리지 않을 거라 확신했다. 파스스스스! 그런 몽주의 눈에 부서진 기둥 사이로 걸어오는 금상제의 모습이 보였다. 멀쩡하다 못해 큰 충격을 받지 않은 듯했다.

'역시!'

믿음을 배신하지 않았다.

그러나 그런 그의 믿음과 달리, 금상제의 머릿속은 복잡하게 돌아가고 있었다.

'다 신경 쓰지 않고 짐만 상대하겠다고?'

그 말이 가볍게 들리지 않았다. 지금 상황은 압도적으로 자신에게 유리했다. 놈 역시도 간절히 원하는 만사신의를 붙잡고 있었고, 황실의 숨겨진 힘이라 할 수 있는 비선 노옹마저도 뜻대로 움직일 수 있었다.

'궁지에 몰린 쥐는 고양이를 문다. 놈도 지금 그리 나오는 것인가?'

어쩌면 그럴지도 몰랐다. 자신도 같은 상황에 처한다면 단호하게 인질들을 버렸을 테니 말이다. 관건은 놈이 자신을 속이는지 아닌지였다. 그렇다면 실제로도 그런지 시험해보면 된다. 슥! 금상제는 손을 들어 몽주에게 신호를 보냈다. 황후를 비롯하여 만사신의의 수양딸을 죽이라는 의미였다. 그리된다면 만사신의는 검선의 후예를 원망하여 절대로 돕지 않으려 할 것이다. 몽주가 고개를 끄덕이며 도로 인질들을 베려 했다.

'과연 어찌 나올 것이…'

바로 그 순간이었다. 파치칙! 검선의 후예가 자신을 향해 신형을 날리는 것이 아닌가. 그 속도는 상상을 초월할 만큼 빨랐다.

'아니?'

정말로 인질들을 포기한단 말인가? 금상제는 그 선택에 내심 의아함을 감추지 못했다.

'네놈도 짐과 다를 바 없는 인간인 것이냐?'

그런 것이라면 애초에 인질을 활용하는 전법은 무의미했다. 유일한 전법은 그를 직접 죽이는 것이었다. 금상제의 금빛으로 빛나는 눈동자가 엄청난 속도로 뻗어오는 검선의 후예를 직시했다.

'보인다.'

이 눈은 기운의 흐름을 전부 파악할 수 있다. 검선의 후예가 펼치려는 검초는 잡다한 검식을 제외한 패도적인 기세의 일검이었다.

'오직 짐만 노리겠다는 것이군.'

금상제의 눈매가 날카로워졌다. 삼백여 년이나 스스로를 채찍질하며 무공을 연마한 그였다. 황제였으나 무(武)에 있어서 천부적인 재능을 가지고 있던 금상제는 그때의 수치를 씻기 위해 갖은 노력을 다했다.

'정사를 막론하고 최고의 무공들을 체득했다.'

그가 익히고 통달한 무공만 수백여 가지에 이른다. 금상제는 그것을 바탕으로 자신만의 독문 무공이자 최강의 무공이라 자부하는 제황검경마저 만들어냈다.

'제황검경은 무적이다.'

비록 완전한 불로불사가 아닌 상태이지만 무공만큼은 완성되었다고 해도 과언이 아니었다. 완벽한 승리를 위해 불로불사를 완성하려 했지만 지금 이 순간만큼은 필요 없었다. 놈을 죽이면 모든 것이 끝난다. 금상제는 검병을 꽉 붙잡았다.

'최고의 재능을 가진 짐이 네놈 하나를 죽이기 위해 죽기 살기로 연마했다.'

팟! 금상제의 신형이 자신을 향해 무섭게 뻗어오는 검선의 후예에게로 향했다. 이제 최강의 역량을 선보일 시간이었다.

"보아라!"

촥! 그가 검을 휘두르자 공기가 찢겨 나가며 공간이 일렁였다. 휘

170

두르는 것만으로 생겨나는 엄청난 위력에 발밑의 대전 바닥이 삼 장 가까이 함몰되며 이내 폭풍과도 같은 예기의 풍압이 생겨났다.

'제황검경 무극지살(武極支殺)!'

눈앞에 있는 모든 것을 베어버리는 일검이었다. 놈을 단숨에 베 어버릴 것을 믿어 의심치 않았⋯. 채애애애애앵! 콰아아아아앙!

'⋯?!'

어느새 금상제의 검이 위로 올라가 있었다. 금상제의 눈동자가 떨려왔다. 옥현궁의 대전 천장이 통째로 날아가 밤하늘이 훤하게 보 였다.

'짐의 일격을 막아?'

그것은 무위에서 호각, 아니 그 이상임을 의미했다. 그의 검을 쳐 낸 검선의 후예가 자신의 머리를 향해 발차기를 날리고 있었다. 그 짧은 찰나, 비선 노옹이 제때 그것을 막아냈다. 팡! 발차기를 막아 낸 비선 노옹의 신형이 뒤로 세 보 가까이 밀려났다.

'비선 노옹보다 공력이 위라고?'

금상제는 다급히 뒤로 신형을 날렸다. 그리고 검선의 후예를 향 해 제황검경의 또 다른 초식을 펼치려 했다. 그 순간 검선의 후예의 신형이 갑자기 늘어났다. 슈슈슈슈슉!

'이건?'

여덟로 늘어난 놈의 신형. 이것은 틀림없이 무쌍성의 성주 무정풍 신 진성백의 풍영팔류였다. 설마 무쌍성의 절기마저 익히고 있을 거 라고는 예상하지 못했던 그였다.

슈슈슈슈슈슈! 분신술을 펼치는 것처럼 여덟로 늘어난 신형이 넷은 비선 노옹을 향해, 그리고 나머지 넷은 자신을 향해 초식을 펼쳤다. 그런데 그 초식 하나하나가 제황검경과 비교해도 절대 떨어지지 않는 절세무공이었다.

'풍영팔류의 무공들이 아니야.'

금상제의 짐작은 정확했다. 그것은 도화선의 팔선들에게서 전수받은 절세무공들이었다. 금상제는 넷으로 나뉘어 자신을 압박해오는 진운휘를 향해 다급히 제황검경에서 최고의 방어를 자랑하는 무연패정의 절초를 펼쳤다. 촤촤촤촤촤촤촤촤! 그의 검식들이 수많은 잔영과 함께 촘촘한 망을 만들어냈다. 그러나 진운휘의 분신들 중에서 검초를 펼치는 인영이 검을 바닥에 찍는 순간…. 파치치치칙! 콰르르릉!

'큭!'

벼락과도 같은 뇌전이 바닥에서 솟구치면서 감전된 그의 몸이 살짝 둔해졌다. 억지로 견뎌냈기에 살짝에 불과했지만 절세고수들의 대결에선 그 미세한 차이가 결과를 뒤바꾸는 법이다. 검망에 생겨난 작은 틈으로 금창진경의 창초가 뱀처럼 파고들었다. 그러더니 이내 검을 쥐고 있던 오른손을 베었다. 촥! 그리고 나서 떨어지는 그의 보검. 베이는 순간 손이 빠르게 회복되었지만 그걸 기다릴 틈이 없었다. 금상제는 다급히 왼손의 검결지로 창초를 펼치는 진운휘의 가슴을 꿰뚫었다. 스륵! 하지만 그것은 잔영에 불과했다. 검결지가 몸을 통과하더니 안개처럼 흩어져 버렸다. 그리고 그 틈을 노려 진운휘의 무릎이 금상제의 얼굴을 가격했다. 픽!

"크헉!"

코뼈가 부러지며 목이 뒤로 젖혀졌다. 고통스러웠지만 금상제는 소매에 감춰뒀던 팔련쇄라는 암기를 튕기며 탄지신통으로 진운휘의 머리를 노렸다. 슉!

'이것도 분신?'

탄지신통이 그대로 진운휘의 몸을 통과했다. 말도 안 될 정도로 빠른 경신법에 금상제는 어처구니가 없을 정도였다.

'어디 있지?'

분신 셋이 사라졌으니 분명 하나가 남아 있었다. 그때 그의 머리 위에서 소리가 들렸다.

"네놈만 죽인다고 했지?"

파치치치치치칙! 위로 떠오른 진운휘의 검이 붉은 뇌전의 불꽃을 튀기며 이 장이 넘게 커다란 검의 형태를 갖추고 있었다. 흠칫! 저 붉은 뇌전의 검은 굉장히 위험했다. 지금의 상태로는 도저히 막을 수 없을 듯했다. 찰나의 순간, 금상제가 이를 악물었다.

'…기어코 짐이 이것을 쓰게 하는군.'

뇌장이 자신에게 옛 선인의 비술이라며 갖다 바친 것이 있었다. 그 비술의 이름은 마도각성. 이를 펼친다면 공력이 상상을 초월할 만큼 폭증한다. 다만 그만큼 공력을 끌어올리고 나면, 그 부작용으로 전신이 무기력해질 만큼 탈진 상태가 오기에 위험에 노출될 수 있다.

'비선 노옹과 저 녀석을 믿을 수밖에 없겠군.'

검선의 후예만 죽인다면 어차피 자신을 막을 자는 없었다. 이에 결심한 금상제가 마도각성을 펼쳤다. 그의 전신에서 사악한 기운이 치솟으며 피부가 검게 물들어갔다. 고오오오오오! 지금까지와는 비교도 할 수 없을 만큼 공력이 폭증했다.

'과연!'

금상제의 입꼬리가 올라갔다. 이 힘이라면 작은 산조차 무너뜨릴 자신이 있었다. 금상제가 신형을 위로 날리며 자신을 향해 내리치는 붉은 뇌전의 검을 향해 반월형의 검은 예기를 날렸다. 파치치치치치치치! 붉은 뇌전과 검은 예기가 부딪치며 엄청난 파공음이 사방으로 퍼져 나갔다. 대전이 갈라지고 바람이 몰아치며 난리도 아니었다.

'벤다!'

허공에서 거의 호각으로 이어지던 대결의 결과는 금상제 자신의 승리였다. 채애애애앵! 붉은 뇌전의 검이 튕겨 나가며 놈에게 틈이 생겼다. 이를 놓치지 않고서 금상제는 놈을 향해 검은 예기를 폭풍처럼 날려댔다. 촤촤촤촤촤촤촥! 이에 적중된 진운휘의 신형이 대전 벽을 부수고 옥현궁 밖으로 튕겨 나갔다. 뒤따라 몸을 날린 금상제가 쉬지 않고 검은 예기를 날렸다. 콰콰콰콰콰콰쾅! 옥현궁 옆에 있던 정운궁을 비롯해 여러 궁궐 건물이 검은 예기에 박살났다. 하지만 금상제는 이를 전혀 개의치 않았다. 이 자리에서 진운휘를 무조건 없애야 하기 때문이었다. 건물이 부서지고 난리가 나자 어느새 내궁에 있던 금의위들과 동창과 서창, 내행창의 환관들마저 몰려들었다.

"이, 이게 대체 무슨 일이야?"

"어찌 인간이 저런 힘을…."

황제의 안위 때문에 몰려든 그들은 이 엄청난 힘에 넋을 잃고 말았다. 금상제가 손을 한 번 휘두를 때마다 날아가는 반월형의 검은 예기는 궁궐 내를 초토화시키고 있었다. 콰콰콰콰콰쾅! 누구도 가까이 갈 엄두조차 내지 못할 위용이었다. 그렇게 한참 동안 검은 예기를 날리던 금상제가 이를 멈춘 것은 자신의 옆으로 비선 노옹이

다가오고 나서였다. 비선 노옹의 옷에 탄 흔적들이 가득한 것으로 보아 그 역시도 검선의 후예가 펼치는 풍영팔류의 분신과 싸우면서 꽤나 격렬했던 것 같았다.

"아아아…."

초토화된 궁궐을 보며 비선 노옹의 입에서 탄식이 흘러나왔다. 눈빛에서 옥색 빛이 사라진 것으로 보아 진운휘가 죽었다고 판단하여 원래의 의지를 되찾은 모양이었다. 비선 노옹이 검게 물든 금상제를 보며 말했다.

"네놈이 어찌 마도를 익힌 것이냐?"

금상제가 그런 그에게 피식 웃으며 답했다.

"마도각성을 아는 것을 보아하니 이것이 도인들에게 천적이 맞는가 보구나."

"천적? 네놈이 익힌 것은 재앙이나 다름없는…."

그때 비선 노옹의 눈빛에서 다시 옥색 빛이 흘러나왔다. 금상제가 초토화된 궁궐 쪽으로 시선을 돌렸다. 그곳에서 옷이 넝마가 되고 상처투성이가 된 진운휘가 걸어 나오고 있었다.

"저 여자는 대체 뭐야?"

"설마 그걸 견딘 거야?"

금의위들과 환관들이 진운휘를 보며 놀라워했다. 반면 금상제는 혀를 내둘렀다.

"이것마저 버티다니 어지간하구나."

고오오오오! 금상제가 더욱 기운을 끌어올렸다. 방금 전까지 몸의 과부하를 막기 위해 팔성 공력으로 제한했다면 지금은 완전한 극성이었다. 그의 주변에 일어나는 풍압과 진기로 바닥이 떨릴 정도였다. 금상제가 고개를 돌리지 않고서 말했다.

"동귀어진을 하든 무엇을 해서든 놈을 묶어라. 죽일 수 있다면 죽여도 좋다."

실상은 묶어두기만 해도 된다고 생각했다. 그를 방패 삼아 시선을 돌리고서 놈을 죽일 것이니 말이다.

팟! 비선 노옹이 금상제의 명에 따라 진운휘에게로 신형을 날렸다. 바로 그 순간이었다. 콰직! 비선 노옹이 휘두른 지팡이가 부서졌다. 그러더니 이내 진운휘의 발차기에 비선 노옹의 신형이 포탄이라도 된 것처럼 튕겨 나갔다. 콰콰콰콰콰콰쾅! 궁궐 건물들을 부수며 날아가는데 그 소리가 계속 들려왔다. 대체 어디까지 날아가는지 모를 정도였다. 이를 지켜보는 금의위들과 환관들의 입이 벌어졌다. 그런데 이보다도 금상제를 더욱 당혹스럽게 하는 일이 생겼다.

"네… 놈?"

파칙! 파칙! 어느새 진운휘의 전신이 그와 마찬가지로 검게 물들었다. 그것도 모자라 붉었던 뇌전이 검붉은 색을 띠며 이전보다 더욱 흉흉하면서 소름 끼치게 바뀌었다. 금상제가 그 광경에 어처구니없어했다.

"네놈이 어찌 마도각성을…."

바로 그때였다. 스륵! 어느새 진운휘의 신형이 바로 그의 앞으로 나타났다.

'…?!'

놀란 금상제가 다급히 몸을 움직이려 했는데, 그의 턱이 위로 올라갔다. 퍽! 마도각성으로 전신이 금강불괴가 되지 않았다면 턱이 부서질 만큼의 위력이었다. 그것을 확인할 수 있는 것이 그의 신형이 어느새 허공에 떠 있었다.

'짐이 언제?'

스릉! 그런데 또다시 자신의 위로 그가 보였다. 금상제가 황급히 두 손을 교차하는데, 안면에 엄청난 충격이 강타하는 것과 함께 그의 몸이 밑으로 추락했다. 콰아아아앙!

"크헉!"

금상제의 입에서 선혈이 흘러나왔다. 어지러운 것을 겨우 참으며 주변을 살피는데, 어느새 자신의 주위로 십여 장이 넘게 바닥이 함몰되어 있었다.

"죽일 각오로 때렸는데 튼튼하네?"

고개를 위로 올리니 진운휘가 자신을 내려다보는 것이 보였다. 금상제가 이를 악물었다.

"크으으으!"

그동안의 모든 것이 무너져 내리는 것 같았다. 자그마치 삼백 년이었다. 놈을 죽이기 위해 절치부심한 것이 말이다.

'이놈은 정녕⋯.'

방금 전만 하더라도 승리를 장담했는데, 압도적인 격차에 말문이 막혔다. 그때 진운휘가 그를 향해 손을 뻗었다.

"네놈이 처음이다. 여섯 번째인 개양을 쓰게 만든 건."

"뭐?"

그때 놀라운 일이 벌어졌다. 들썩들썩!

"아, 아닛?"

"검들이 멋대로?"

이를 지켜보던 금의위들이 당혹감을 금치 못했다. 자신들이 허리에 차고 있던 검집에서 검들이 저절로 뽑히더니, 이내 여인의 주변으로 몰려드는 것이 아닌가. 둥둥!

'이 많은 검들을?'

거의 백여 자루에 가까운 검들이 허공에서 자신을 겨냥하는 모습에 금상제의 눈동자가 미친 듯이 떨려왔다. 진운휘가 검들을 향해 손을 뻗자, 허공에 떠오른 백여 자루의 검들에서 검붉은 뇌전의 불꽃들이 복잡한 나무뿌리처럼 이어지고 있었다. 파치치치칙!

"이럴 수가…."

"이건 대체…."

그 광경은 보는 이들로 하여금 입을 다물지 못하게 하는 장관이었다. 하지만 이를 바로 아래서 쳐다보는 금상제에게는 지옥도와 같은 광경이었다.

파치치칙!

검붉은 뇌전이 백여 자루의 검들에 나무뿌리처럼 이어지며, 도화선에서의 일이 떠올랐다.

"드디어 칠성현문의 여섯 번째인 개양(開陽)을 깨우쳤구나."

"전부 스승님 덕분입니다."

"네 오성이 뛰어남이 어찌 빈도의 덕일 수 있겠느냐?"

"과찬이십니다."

이런 나를 스승님은 흡족하게 여기셨다. 도화선에 있는 동안 북두칠성의 여섯 번째인 개양마저 개방하게 되리라고는, 나도 그랬지만 스승님조차 예측하지 못했었다. 여섯 번째인 개양은 지금까지와는 차원이 다른 능력이다. 길진 않더라도 근방에 있는 모든 검에게 도움을 받을 수 있는 능력을 가졌다.

"빈도는 이것을 만검이심(萬劍理心)이라고 부른다."

과연 어울리는 말이었다. 수많은 검들이 내 마음에 동하는 것이
니 말이다. 스승님께서는 이 개양과 뇌벽천둔의 힘을 합쳐, 먼 옛날
세상에 해악을 일으키는 교룡(蛟龍)을 처치했었다고 했다.

'인외의 존재인 교룡마저 해치는 힘.'

그런 힘을 나는 반 불로불사의 존재인 금상제에게 행하려고 한
다. 스승님께서 이 힘만큼은 속세의 인간들에게 쓰지 말라고 했으
나, 놈은 그 한계를 벗어나 괴물의 영역에 이른 자. 충분히 이것을
감당할 자격이 있었다.

"네놈!"

놈이 내게 노성이 가득한 목소리로 소리쳤다. 그런 것치고는 흔들
리는 금안을 보면 이것을 감당키 어렵다는 것을 인지한 모양이었다.
그런데 봐줄 생각이 없거든.

'뇌벽천둔(雷霹天遁) 오초식 천검낙뢰(天劍落雷).'

나는 놈을 향해 검결지를 뻗었다. 그 순간 나무뿌리처럼 검붉은
뇌전으로 연결되어 있던 백여 자루의 검이 일제히 금상제를 향해
내려치는 번개처럼 쇄도했다. 슈슈슈슈슈슈! 파치치치칙! 몰아치는
검붉은 낙뢰는 그야말로 장관이었다. 이 광경을 지켜보는 모든 이들
이 입을 벌린 채 넋을 놓고 있을 지경이었다.

콰콰콰콰콰콰쾅! 천검낙뢰의 엄청난 위력에 지반이 함몰되다 못
해 밑으로 더욱 뚫려갔다. 덕분에 지진이라도 난 것처럼 사방이 흔
들거리며 바닥이 갈라졌다.

"이, 이게 무슨!"

"정녕 인간의 힘이란 말인가?"

"모두 물러나라!"

여파에 놀란 금의위들과 환관들이 황급히 물러났다. 지반이 갈라지고 흔들리던 것이 멈춘 것은 천검낙뢰가 끝났을 때였다. 얼마나 함몰되었는지 검게 보이는 커다란 구멍. 그곳에서 먼지가 피어올랐다. 여기서 살아남는다면 거의 기적이라고 할 만큼 내가 생각해도 대단한 위력이었다. 스승님께서 왜 인간에게만큼은 이것을 쓰지 말라고 경고했는지 알 것 같았다.

그때 뒤쪽에서 미약한 기감이 느껴졌다.

"연생아!"

누군가 내가 있는 곳으로 달려왔는데, 그는 바로 경왕이었다. 대전이 부서질 정도로 혼란스러운 틈에도 살아남은 것을 보면 정말 그도 대단한 작자였다. 황제는 하늘이 내린다는 말이 맞나 보다. 경왕이 거의 폐허가 되다시피 한 주변 광경과 내 바로 앞에 지반이 함몰된 커다란 구멍을 보며 탄성을 내뱉었다.

"하!"

그 역시도 이런 결과를 예측하지 못했던 것 같다. 긴장하다 못해 절망스러워하던 얼굴은 온데간데없고 경왕이 나를 보며 활짝 잇몸까지 드러내면서 말했다.

"과연 짐의 위무사다. 짐은 연생이 네가 승리할 거라고 굳게 믿고 있었노라."

'퍽이나.'

그 말에 나는 속으로 코웃음을 쳤다. 대전 안에서만 하더라도 사색이 되었던 그였다. 한데 그걸 까맣게 잊은 것처럼 저렇게 기쁨을 감추지 못하다니. 그런데 그가 왜 저리 좋아하는지 알 것 같다.

"겨, 경왕 전하의 위무사라고?"

"그럼 그 연생이라는 여자 위무사?"

"저… 저런 괴물 같은 무위를 지닌 자가 전하의 위무사라니?"

"이 정도면 천하제일의 고수가 아닌가."

주위에서 들려오는 금의위들과 환관들의 목소리. 이것만 들어도 경왕이 무슨 의도로 나를 보며 '짐의 위무사'라며 크게 칭찬을 내뱉었는지 알 것 같다. 이 와중에 실리를 찾다니 대단했다. 그렇게 속으로 혀를 내두르고 있던 나는 경왕에게 속삭이는 목소리로 물었다.

"한데 전하, 대전 안에 있던 다른 자들은…."

흠칫! 나는 뒷말을 잇지 않고 고개를 돌렸다. 그리고 연기가 점점 가시고 있는 깊게 함몰된 구멍을 쳐다보았다.

'…질기군.'

목을 잘리는 것을 넘어서 천검낙뢰에 전신이 소멸되었을 거라 여겼다. 한데 아주 미약하게나마 밑에서 기운이 느껴졌다. 그야말로 질긴 생명력이었다.

"왜 그런 심각한 얼굴을 하고 있느냐?"

"아직 안 죽었습니다."

"뭐?"

이런 나의 말에 경왕이 어처구니없어했다. 천재지변이라도 일어난 듯 함몰된 구멍 속에서 아직도 명줄이 붙어 있다는 것이 믿기지 않는 모양이었다.

"완전히 죽여야겠습니다."

놈에게는 조금의 여지도 주면 안 된다. 자경정 사건을 통해 배운 교훈이 있다면 완전한 소멸만이 답이었다. 나는 함몰된 구멍으로 뛰어내리려고 했다. 그때 누군가의 외침이 들렸다.

"멈춰라!"

이에 나는 고개를 돌렸다. 무너진 대전 쪽에서 먼지투성이가 된 긴 수염의 중년인이 두 여인을 붙잡고 있었다. 그들은 황후와 만사 신의의 수양딸이었다.

"황후마마!"

이것을 본 금의위와 환관 들이 난리가 났다. 대연제국의 국모가 붙잡혀서 인질이 되어 있으니 말이다.

'용케 살아남았네.'

하긴 경왕조차 살아남았는데, 아무리 내공을 쓸 수 없는 상황이라고 해도 금상제 산하의 고수라면 그곳을 탈출하지 못하는 것도 이상한 일이었다. 그런데 살아남은 것은 그들만이 아니었다. 대전 쪽에서 또 다른 누군가가 양손에 두 사람의 목을 움켜잡고서 걸어 나왔다.

"폐, 폐하!"

얼굴에 붕대를 두르고 있는 자였다. 내공을 회복했는데 그 상황에서 벗어나지 못할 리가 없었다. 금상제를 죽이는 데 집중하느라 이들의 안위는 애초에 머릿속에서 지우고 있던 나였다.

'…칫.'

거리가 멀었다. 아무리 내 경공이 바람과 같다고 한들, 이 거리에선 네 사람 모두를 구하는 것은 불가능했다. 분명 사상자가 나오게 마련이었다.

"연생아, 보는 눈이 많다."

경왕이 내게 작게 경고했다. 그의 말대로 주변에 금의위부터 환관까지 수백 명에 이르는 자들이 있었다. 경왕의 입장에서는 이들이 보는 앞에서 누군가를 포기한다면 황제가 되기도 전에 구설수에 오르는 일이 될 것이다.

'전부 잠재우는 편이 나을까?'

아무래도 지켜보는 눈들을 잠재우는 게 나을 것 같다. 뒤에 무슨 상황이 벌어졌는지 알 수 없도록 말이다. 고민하고 있던 찰나, 몽주가 내게 소리쳤다.

"그분을 놓아준다면 이들을 살려주겠다."

"하!"

그런 놈의 말에 나는 콧방귀를 뀌었다. 어떻게 잡은 녀석인데 인질 때문에 내가 놓아주리라 여기는 건가. 몽주 놈이 내게 이어서 소리쳤다.

"받아들이겠다면 고개를 끄덕여라."

귀가 들리지 않는다고 움직임으로 표시를 하라는 건가. 네놈들에게는 절박하겠지만 나는 절대로 후환을 남겨둘 생각이 없거든. 원망이라는 대가를 치르더라도…. 그때 귓가로 누군가의 전음이 들려왔다.

[이보게.]

이보게? 나는 전음을 보내는 당사자에게로 눈동자를 돌렸다. 그는 다름 아닌 얼굴을 붕대로 두르고 있는 자였다. 벽을 넘어선 고수이자 금상제의 수하인 그가 나를 이런 식으로 부른 이유가 뭘까? 의아해하고 있는데 놈의 목소리가 이어졌다.

[믿기지 않겠지만 노부는 자네의 편일세.]

[내 편?]

[지금은 비록 이런 몰골이지만 노부는 무림에서 만박자라 불리는 자일세.]

순간 나는 내색할 뻔했다. 만박자 두공. 그는 팔대 고수의 일인이자 장인어른인 월악검 사마착의 지인이었다. 설백으로부터 그 역시 서복과 마찬가지로 금상제 놈에게 붙잡혀 있다는 사실을 들었지만 저자였을 줄이야. 놀라고 있는데 전음이 이어졌다.

[저들은 노부를 독으로 세뇌했다고 믿지만, 노부의 독문 무공인 장현뇌공(長賢腦功)은 머리의 혈마저 바꿀 수 있다네.]

'하!'

이건 전혀 예상하지 못한 상황이었다. 세상에서 제일 똑똑하다 불리는 자가 오대 악인의 일인인 장인어른과 함께 너무 허망하게 적들에게 당했다고 생각했는데, 이렇게 내부에 침투해서 버티고 있었다니.

[기회를 엿보고 있었는데, 자네가 그 괴물 같은 작자를 제압해서 천만다행일세.]

그 말과 함께 그가 고갯짓으로 자기 앞쪽에 있는 몽주와 인질들을 가리켰다. 그리고 내게 다시 전음을 보냈다.

[아무리 자네 같은 절세고수라고 해도 거리가 있으니, 저들은 노부가 구하겠네. 잠시만 저자의 말을 따르는 척 시간을 벌어주게.]

그런 그의 말에 나는 빙그레 웃었다.

[그럴 필요 없습니다.]

[뭐?]

인질이 몽주라는 자에게만 붙잡힌 거라면 상황이 다르다. 나는 나를 빤히 쳐다보고 있는 몽주와 시선을 마주했다. 그 순간 놈의 눈이 멍해지더니, 이내 붙잡고 있던 인질들을 놓아주었다.

"아?"

그러더니 이내 자신의 목을 도로 베어버렸다. 촥! 자결하고 만 것이다.

'…?!'

바닥을 뒹구는 놈의 머리통에 붕대로 얼굴을 가리고 있는 만박자 두공이 놀라움을 금치 못했다. 애초에 소리가 아니더라도 시각만으로 정요환의안을 쓰는 게 가능하다. 다만 황제와 만사신의도 붙잡혀 있고, 상황이 여의치 않기에 괜히 저들을 섣불리 구하려다 오히려 역풍을 맞을 수도 있어서 기회를 엿본 것뿐이었다.

"아아아!"

인질로 붙잡혀 있던 황후와 만사신의의 여식이 다리에 힘이 풀렸는지 주저앉았다. 그런 그들을 바라본 두공이 혀를 내두르며 내게 전음을 보냈다.

[대단하군. 자넨 정말 선…]

그의 말이 미처 끝나기도 전이었다. 위에서 느껴지는 거대한 기운에 나는 고개를 들었다. 구름마저 휘몰아칠 만큼 거대한 용권풍이 생겨나더니 이내 그것이 엄청난 속도로 하늘에서 쇄도해왔다. 팟! 나는 다급히 손을 뻗어 허공섭물로 경왕을 밀어냈다. 하지만 이래서는 범위에서 못 벗어날 듯했다. 나는 급히 허공으로 솟구치며 이 주변을 뒤덮으려 하는 용권풍을 향해 검을 휘둘렀다. 촥! 파치치칙! 그러자 그 거대하던 용권풍이 이내 검붉은 뇌전을 머금은 검격에 의해 반으로 갈라졌다. 이 광경이 대단하게 보였는지 여기저기서 탄성이 터져 나왔다. 하지만 나의 신경은 다른 곳에 가 있었다.

'비선 노옹!'

방금 전의 일격에 모든 전력이 실려 있었지만 이것은 눈속임에 불과했다. 밑을 보니 어느새 비선 노옹이 바닥에서 기어 올라온 피투성이의 금상제를 부축하고 있었다. 금상제가 뭐라 중얼거리더니, 이내 자신의 가슴팍에 있던 옥새를 뽑고는 그것에 힘을 가해 부숴버렸다. 그러자 비선 노옹이 그의 몸에 손을 갖다 댔다.

'설마!'

생각할 겨를도 없이 나는 놈을 향해 신형을 날렸다. 금상제 놈이 나를 이글이글 타오르는 분노의 눈빛으로 노려보고 있었다. 우우웅!

'놓칠 수 없어.'

파치치칙! 날아가는 나의 족적에 검붉은 뇌전이 불꽃을 튀겼다. 그러나 이미 놈의 몸이 일렁이는 공간 속으로 빨려 들어가고 있었다.

* * *

호북성 북쪽 조양. 절벽으로 둘러싸인 숨겨진 가옥.

가옥 안에 자리하고 있는 대장간 안으로 숨을 헐떡거리는 소리와 함께 누군가 비틀거리며 들어왔다. 온몸이 피투성이인 그는 다름 아닌 금상제였다. 그의 모습에 안에 있던 대장장이가 화들짝 놀라서 당혹스러워했다.

"이, 이게 어찌 되신…."

"네놈이 신경 쓸 바가 아니다."

"하오나 상처를 치료해야 할 것 같은데…."

아무리 봐도 정상적인 상태가 아니었다. 상처로 보이는 부위에서 파란 불꽃이 튀고 있었는데, 위중하기 짝이 없어 보였다. 금상제가 거칠게 대장장이의 멱살을 잡고서 말했다.

"검은… 검은 어찌 되었지?"

"그, 그렇지 않아도 반 시진 전에 완성시켰습니다."

겁을 먹은 대장장이가 손으로 가리킨 커다란 향로 쪽에는 누가 보아도 혈마검이라 할 수 있는 복잡한 문양의 검이 꽂혀 있었다. 금상제가 멱살을 내려놓고서 검을 향해 다가갔다. 그때 누군가 그를 불렀다.

"상처가 위중해 보입니다, 주군."

금상제가 고개를 홱 하고 돌렸다. 대장간 입구 쪽에 후덕한 인상의 중년인이 서 있었다. 그는 바로 그의 세 심복 중 한 사람인 뇌장이었다.

"뇌장…."

"상처가 잘 아물지 않은 것 같습니다만, 영문이 어찌 되었든 지금은 안정을 취하시는 편이 좋을 것 같습니다."

이런 뇌장의 말에 금상제가 일그러진 인상으로 혈마검을 뽑으며 말했다.

"회복을 기다릴 여유 따윈 없다."

"하나…."

"지금 당장 그곳으로 가야 한다."

급해 보이는 금상제의 목소리에 뇌장의 눈빛이 묘해졌다. 그것은 매우 짧은 순간에 불과했다. 이내 그 눈빛을 지운 뇌장이 금상제에게 공손히 고개를 숙이며 말했다.

"하면 제가 모시겠습니다."

* * *

호북성 무한에 있는 초나라 평왕의 능.

내부 깊숙이 숨겨져 있던 석실 안의 공간이 일렁이며 두 인영이 모습을 드러냈다. 그들은 바로 금상제와 뇌장이었다. 아직 거동이 불편한지 절뚝거리는 금상제가 뇌장에게 말했다.

"놈이 올 수도 있으니 밖으로 나가서 지키고 있어라."

이런 그의 말에 뇌장이 고분고분 포권을 취하며 석실 바깥으로 나갔다. 그러자 금상제가 등에 차고 있던 다섯 자루의 검집에서 하나씩 검을 뽑아, 오각 형태의 석실에 세워져 있는 석관의 음각에 이를 끼워 넣었다.

착! 강한 자력에 의해 검이 흠에 완전히 밀착되었다. 쿠르르르르!! 그러자 기관 장치가 움직이며 이내 석실 바닥에 검은 액체가 흘러나오더니 바닥에 곡선을 그렸다.

"역시."

금상제가 이어서 다른 석관에도 차례로 음각에 검을 끼웠다. 검들을 끼울 때마다 기관 장치가 움직이며 석실 바닥에 검은 액체가 올라오더니 더 많은 곡선의 문양을 그렸다. 그것은 점점 지도의 형태를 이루고 있었다.

"아아아."

이제 마지막 검만 끼워 넣으면 된다. 금상제가 북쪽 석관으로 다가가 요검 겁살검을 음각에 넣었다. 철컹! 쿠르르르르! 마지막 검이 안에 들어가자 놀라운 일이 벌어졌다. 천장이 열리며 작은 구멍이 드러났다. 그 구멍에는 야광주가 있었는데, 야광주의 빛이 일직선으로 향하며 바닥에 완성된 지도의 어딘가를 가리키고 있었다.

"드디어…."

바로 그 순간이었다. 푹! 누군가 금상제의 심장을 찔렀다.

"컥!"

부상이 심하다고 하나 그의 기감을 속여가며 뒤를 찌를 수 있는 자는 많지 않았다. 앞으로 고꾸라지며 한쪽 무릎을 꿇고서 바닥에 손을 짚은 그의 뒤에서 목소리가 들려왔다.

"수고 많았다."

금상제가 힘겹게 고개를 돌렸다. 그의 심장을 찌른 자는 다름 아닌 뇌장이었다.

"네놈이 배신을 한 것이냐?"

분노에 치를 떠는 금상제에게 뇌장이 심장에 박혀 있던 검을 뽑고서, 이내 그의 목에 갖다 대며 말했다.

"배신이라… 그런 건 충성을 바쳤어야 통용될 이야기지."

"뭐?"

뇌장이 입꼬리를 올리며 말했다.

"너무 오랫동안 이 순간을 기다렸기에 감흥이 없을 줄 알았는데, 역시 기분이 좋군."

"뭐라? 기분이 좋아?"

"아아, 벗과의 약조를 지키는데 어찌 기분이 좋지 않겠나?"

"네놈 대체 무슨 소리를… 큭!"

고통스러워하는 금상제에게 뇌장이 웃으며 말했다.

"경정은 자기 손으로 네놈의 목을 직접 베고 싶어했지. 하나 세상 일이라는 게 참 쉽지 않아. 대의를 위해 살았던 그 친구는 허망하게 죽고 네놈은 그 긴 목숨을 이어갔으니 말이야."

금상제의 표정이 굳어졌다.

"설마 네놈… 그놈과 처음부터 한패였던 것이냐?"

"이제야 깨닫다니, 생각보다 멍청하군."

비웃음을 흘리는 뇌장. 감춰졌던 그의 이면의 모습에 금상제는 할 말을 잃었는지 입을 열지 못했다. 그러다 이내 노기에 찬 목소리로 말했다.

"처음부터 짐을 배신하고 불로불사를 얻으려고 했던 것이냐?"

그런 그의 물음에 뇌장이 광소를 터뜨렸다.

"하하하하하핫. 나를 뭐로 보고 그딴 소리를 지껄이는 거냐?"

어리석다는 듯이 고개를 절레절레 흔들던 뇌장이 이죽거리는 목소리로 말했다.

"어찌 보면 네놈도 그분을 위해 고생한 셈이니, 죽기 전에 의문은 풀어주마."

친절하게 말했지만 의도는 달랐다. 마지막으로 진실을 알고 비참해하는 모습을 보기 위해서였다. 삼백 년간의 모든 노고가 무의미한 짓이란 것을 알게 되었을 때 그의 반응이 보고 싶었다.

"잘 들어라. 네놈이 지금까지 발버둥 치며 얻으려 했던 '그것'은 나의 스승님이신 마선(魔仙)을 부활시키기 위한 것이다."

"마선?"

"그분이야말로 이 혼탁하고 더러운 속세를 바로잡으실 구원자이시다."

"하…."

기가 찬 듯한 금상제의 모습에 뇌장은 흡족함을 감추지 못했다. 이 진실을 감추고서 자그마치 삼백 년이 넘게 놈의 밑에서 수발을 들며 참아왔다. 자신의 사리사욕을 채우려는 이 어리석은 존재를 지켜보는 것도 이제 끝이었다. 뇌장이 검병에 힘을 주며 말했다.

"그분이 피로 세상을 씻어내는 것을 보지 못해서 안타깝지만, 네 놈의 그 과분한 욕심으로는 여기까지인 것 같구나."

몸을 파르르 떨고 있는 금상제.

"잘 가거라."

그런 그의 모습에 만족해하며 뇌장이 검에 힘을 가했다. 바로 그때였다. 퍽! 금상제가 검날을 손으로 붙잡았다. 뇌장이 피식 웃었다.

"마지막 발악이로군. 하나 네놈의 몸 상태로는… 응?"

쩌저저적! 말이 미처 끝나기도 전에 금상제가 잡고 있는 검신 부근에 금이 갔다. 그에게 여력이 남았다고 여긴 뇌장이 검병에서 손을 떼고서 검결지로 그의 미간을 찌르려고 했다. 그 순간 금상제가 전광석화처럼 그의 목을 움켜잡았다. 콱! 그러더니 이내 석실 바깥으로 그를 밀어내더니 공동의 벽에 몸을 처박아 넣었다. 콰앙!

"큭!"

상상을 초월하는 공력에 뇌장은 당혹감을 감추지 못했다.

'대체 이게?'

마도각성을 하지 않는 이상, 자신이 그보다 내공에서 좀 더 우위여야 했다. 한데 부상을 입고도 밀린다는 것은 말이 되지 않았다. 그런 그에게 금상제가 말했다.

"그게 목적이었군."

"뭐?"

"자경정의 백을 겁살검에 집어넣어 뒤통수를 치려던 것도 그렇고 전부 그 마선이라는 존재를 부활시키기 위함이었어."

'…?!'

그런 금상제의 말에 뇌장의 두 눈동자가 흔들렸다. 후자야 자신의 입으로 말한 것이지만 전자는 금상제가 모르는 사실이었다. 순간 뇌장은 뭔가 이상함을 알아차렸다.

"…네놈 대체 뭐야?"

두두두둑! 그 말이 끝나기가 무섭게 금상제의 안면이 갑자기 울룩불룩하며 변하기 시작했다. 그러더니 이내 다른 누군가의 얼굴로 바뀌었다.

'…!!'

그는 다름 아닌 진운휘였다.

"네, 네놈이 어떻게?"

그를 알아본 뇌장이 순간 할 말을 잃고 말았다. 금안도 그렇고, 숨겨진 근거지의 위치를 아는 것도 그렇고, 평소의 말투와도 전혀 다를 바가 없었다. 그런데 이게 대체 무슨 일이란 말인가?

그런 그에게 진운휘가 이죽거리는 목소리로 말했다.

"네놈 뜻대로 되도록 그냥 내버려둘 줄 알았나?"

불과 세 시진 전. 처음으로 높은 경지의 도에 이른 자는 자신이 아닌 타인에게만 별개로 축지(縮地)를 시켜줄 수 있다는 사실을 알게 되었다.

아무리 최대 속도로 움직였지만 아슬아슬하게 놈을 놓치고 말았다. 우우웅! 공간 속으로 완전히 빨려 들어간 금상제. 놈을 죽일 수 있는 기회를 이렇게 허무하게 날리는 것일까?

그 순간 비선 노옹이 내 어깨를 붙잡았다. 그로 인해 놓쳐서 노기가 치솟으려 하는데, 비선 노옹의 눈빛이 원래의 정기 넘치는 모습으로 돌아와 있었다.

"노사?"

"미안하네. 옥새의 맹약에 사로잡혔었네. 그게 자네의 발목을 잡을 줄이야."

"…이미 늦었습니다."

그런 나의 말에 비선 노옹이 고개를 저었다. 그러고는 의미심장한 목소리로 말했다.

"늦지 않았네."

"네?"

"놈이 한 가지 사실을 간과했네."

"그게 무슨?"

"땅을 접는 축지는 그 흔적이 남기 마련일세."

그 말과 함께 비선 노옹이 손을 가볍게 휘저었다. 그러자 공간이 일렁이며 그 틈으로 누군가의 모습이 희미하게 보였다.

"아!"

비선 노옹이 내게 결의가 담긴 목소리로 말했다.

"반드시 놈을 잡게."

이에 나는 고개를 끄덕이고는 곧바로 비선 노옹이 접은 공간 속으로 몸을 날렸다. 일렁이는 공간을 통과하는 순간 희미했던 누군가의 모습이 선명해졌다. 부서져 말라비틀어진 나무 기둥에 기대서 거친 숨을 토해내고 있는 금상제가 보였다. 파칙! 파칙! 놈의 전신은 상처투성이였고, 상처 부위에서 검붉은 뇌전이 불꽃을 튀기며 회복되는 것을 방해하고 있었다. 금상제가 내 기척을 느꼈는지 고개를 돌렸다. 천천히 일그러지는 놈의 미간. 끝까지 쫓아오는 나에게 질렸나 보다.

"하아… 하아… 네놈은 정녕…."

나는 남천철검을 꽉 쥐고서 놈에게 다가갔다. 우리의 악연에 특별히 나눌 대화가 있었던가. 이번에야말로 확실히 죽인다.

그때 놈이 내게 다가오지 말라는 듯이 손바닥을 내밀며 입을 열었다.

"…네놈만 없었다면… 짐은…."

"원하는 모든 것을 얻을 수 있으리라 생각하나?"

그런 나의 말에 분하기라도 했는지 금상제가 입술을 꽉 깨물었다. 삼백 년간의 모든 것이 이번 대결 한 번으로 허송세월이 되었을 테니, 심경이 처참하기 그지없을 것이다. 놈이 나를 노려보다 다시 입을 열었다.

"…왜 이렇게까지 짐의 앞을 가로막는 것이냐?"

"그걸 몰라서 묻나?"

"뭐?"

"나는 분명 네놈에게 경고했다. 황제로서 하늘이 내린 소임대로 백성을 잘 다스리라고 말이다. 한데 그 경고를 무시한 건 네놈이다."

금상제에게는 기회가 있었다. 놈이 만약 그때 야욕을 접고 성군이 되었다면 이런 일도 없었을 것이다. 하지만 놈은 끝까지 자신의 야욕을 위해 그리고 나에 대한 복수심으로 자신의 인생 대부분을 낭비했다. 으득! 물론 말로써 스스로의 과오를 뉘우칠 놈이 아니었다. 그랬다면 삼백 년 동안이나 배후에 숨어서 이런 짓거리를 했겠는가.

나는 놈을 향해 검을 겨냥했다.

"이게 네가 죽어야 할 이유 중 하나다."

"…?"

이런 나의 말에 놈이 무슨 말을 하는지 이해하지 못했다. 놈은 나에게 첫 스승이나 다름없는 남천검객을 죽인 원수나 다름없었다. 그렇기에 마지막은 남천철검을 사용하는 것이다. 나를 노려보던 놈이 하늘을 쳐다보며 중얼거렸다.

"짐이 그렇게도 못마땅하다는 것이냐?"

그러던 놈이 이내 갑자기 검결지를 쥐었다. 그러고는 자신의 목을 향해 갖다 대며 내게 말했다.

"검선의 후예, 네놈의 손에 죽지는 않는다. 짐의 죽음은 네놈의 경고도 아니고 하늘이 내린 천벌도 아니다. 그저 짐 스스로 선택한 길이다."

촥! 그 말이 끝나기가 무섭게 자신의 목을 예기로 베어버렸다. 한 번에 깔끔하게 잘린 놈의 목이 바닥에 힘없이 떨어졌다. 푸슈슈슈숙! 잘린 단면에서 피가 솟구치며 그의 몸을 뒤덮었다. 어지간히 자존심이 강한 놈이었다. 그런 말까지 하며 스스로 목숨을 끊는 걸 보면 말이다.

'미안하네, 남천. 네 손으로 남천검객의 복수를 하게 해주려고 했는데.'

이런 나의 말에 남천철검의 목소리가 머릿속을 울렸다.

―아니다, 운휘. 너와 함께 싸우지 않았나. 나는 만족한다. 아니, 전 주인께서도 이제 편히 눈을 감으실 거다.

'그럴까?'

한 번도 보지 못했지만 남천검객은 내 마음속의 스승님이다. 금 상제의 죽음으로 그분이 구천에서 편히 떠나실 수 있다면 나로서도 기쁘기 그지없을 것이다.

―이제 모두 끝난 건가?

녀석의 말에 나는 고개를 저었다. 지독한 악연이라 할 수 있는 놈 은 죽었지만 진짜 원흉은 아직이었다. 놈을 뒤에서 움직이며 흉계를 꾸민 뇌장이 살아 있었다. 게다가 놈이 남은 요검들을 가지고 있지 않은가.

―아아, 그렇군. 한데 그자는 무슨 수로 잡을 수 있나? 네 손에 금상제가 죽었으니 더욱 경계해서 모습을 감추지 않겠나?

아마도 그렇겠지. 내게 부상까지 당했었으니 더욱 그럴 것이다. 놈을 끌어내거나 내가 다가가야 하는데, 뭔가 수가 필요했다.

―그 자경정이란 자의 기억에는 단서가 없나?

없다. 놈의 기억에는 유실된 부분이 너무 많았다. 백이 좀 더 멀쩡 했다면 그 기억을 유심히 살필 수도 있었을 텐데… 아!

―왜 그러나?

나는 죽은 금상제의 시신을 바라보았다. 막 목숨을 잃은 그의 육 신에는 아직 원혼이 가득한 백이 남아 있을 것이다. 그는 지은 업보 도 많고 스스로 목숨을 끊은 것이니, 그 백을 흡수하였다고 해도 내 게 미치는 영향은 크지 않을 것이다.

　　　　　　　　* * *

　우우웅! 혹시나 했는데 예상이 들어맞았다. 금상제가 옥새를 부
수면서 어떤 연유인지 모르겠지만, 황궁 내로 축지법이 가능했다.
아마도 황궁 전체에 내공이나 축지를 쓸 수 없도록 조치되어 있던
진(陣)의 축이 부서지면서 그런 것 같다. 금상제의 백을 흡수하면서
놈의 기억을 보게 된 나는 많은 것을 알게 되었다. 가장 충격인 것은
놈이 모조 요검까지 만들고 있다는 사실이었다. 서둘러 그곳으로
향할까 했지만 만사신의의 일을 마무리해야 하기에 잠깐 황궁에 들
른 것이었다.

　"와아아아아아!!"

　"황궁제일검 연생 위무사가 돌아왔다!"

　축지법으로 대전 앞에 나타나기 무섭게 함성이 터져 나왔다. 수
많은 금의위들과 환관들이 나를 보며 환호성을 지르는데, 순간 얼
떨떨했다.

　'황궁제일검?'

　이 칭호는 또 뭐야? 하지만 곧 이유를 알 것 같았다. 황제를 부축
하고서 나를 향해 웃고 있는 경왕 때문이었다.

　'그럼 그렇지.'

　이들이 왜 그러나 싶었다. 경왕 곁에는 비선 노옹을 비롯하여 만
사신의와 그의 수양딸, 황후 등이 있었다. 그들에게 다가가자 비선
노옹이 탄성을 내뱉으며 말했다.

　"성공했군."

　내 손에 들려 있는 금상제의 수급을 보았기 때문이다. 육신은 불

태웠는데, 일단 놈의 죽음을 알리기 위해 수급을 들고 온 것이었다.

"그렇습니다."

"자네에게 노부가 큰 빚을 졌네."

비선 노옹이 진심으로 내게 감사를 표했다. 그도 그럴 것이 내가 아니었다면 그는 맹약 때문에 금상제의 손에 휘둘릴 뻔했다. 그때 누군가 내게 말을 걸었다.

"하아… 하아… 비선 노옹과 경왕에게 모든 사실을 전해 들었노라. 짐도 네게 빚을 졌구나."

"폐하!"

그는 다름 아닌 당대 황제였다. 초췌한 얼굴이었지만 그의 눈빛은 환마독에 중독되었을 때와 달리 원래대로 돌아와 있었다.

'눈에 생기가?'

설마 하는 생각에 만사신의를 쳐다보았다.

그런 나의 의문을 풀어주기라도 하듯 경왕이 말했다.

"만사신의가 협박받기는 했으나, 다행히 폐하가 언제든지 독에서 풀려날 수 있도록 암중에 조치를 취했다고 하더구나."

"독에서 풀려나도록? 하면 독을 분석하신 겁니까?"

이런 나의 물음에 만사신의가 고개를 끄덕이며 말했다.

"시간이 촉박했지만, 독이 어떤 식으로 작용하는지를 분석하기까지는 그리 어렵지 않았네."

아아, 과연 최고의 의원이라 불리는 자답다. 금상제의 협박을 받아 독을 살피기까지 기껏해야 며칠에 불과했을 것이다. 그런데 벌써 그런 원리까지 분석했다니. 이 정도로 뛰어난 의술이라면 충분히 환마독의 해독제를 제조할 수 있을 것 같았다.

"그보다 연 위무사라 하였소?"

내가 고개를 끄덕이자 만사신의가 포권을 취했다. 그러더니 자신의 수양딸 손을 꽉 붙잡고서 내게 말했다.

"그대가 아니었다면 내 딸도 그렇고 나 역시도 위태로웠을 거요. 진심으로 그대에게 감사를 표하고 싶소."

이거 본의 아니게 그의 환심을 산 것 같다. 내 정체를 안다면 과연 어떤 반응을 보일지 궁금했지만 굳이 말할 상황이 아니었다. 그러니 이렇게 연생의 모습을 유지하고 있지 않은가. 만사신의가 품속에서 뭔가를 꺼냈다. 그것은 자신의 각패였다.

"다른 큰 보답을 하기는 어렵겠지만, 의원인 만큼 혹 부탁할 일이 있으면…."

부탁할 일이 바로 있었다. 급하기에 나는 그의 말이 끝나기도 전에 본론을 말했다.

"하면 폐하를 중독시킨 독의 해독제 제조가 가능하십니까?"

"…그 독이라면 어떤 약재나 독이 조합되었는지 분석만 된다면 언제든지 해독제를 만드는 것이 가능하네."

"아아! 하면 해독제의 제조법을 주십쇼."

"정말 그거면 되겠나?"

만사신의가 의아하다는 듯이 내게 물었다. 이에 나는 그에게 전음을 보냈다.

[따로 심하게 중독된 환자들도 부탁드리고 싶습니다. 다만 지금은 어떤 환자인지 밝히기 어렵고 해독제를 완성시키면 모시러 오겠습니다. 그리고…]

나는 품속에서 무언가를 꺼냈다. 그것은 외조부께서 내게 주신 만사신의의 사형 조제의 각패였다. 이를 넘기자 만사신의의 눈이 휘둥그레졌다.

"이건?"

[제 외조부께서 이 각패의 주인분과 생사고락을 함께하셨는데, 그분께서 돌아가시면서 외조부께 이것을 전해달라고 맡기셨다고 합니다.]

이런 나의 전음에 만사신의의 눈시울이 붉어졌다. 그 반응을 보면 사형에 대한 정이 매우 깊었다는 것을 알 수 있었다. 그런데 이어지는 그의 말에 뜻밖의 사실을 알게 되었다.

"우향아, 네 친아비가 이렇게 돌아왔구나."

'…?!'

만사신의의 수양딸이 조제의 각패를 받아 들더니, 두 눈이 붉게 상기되어 눈물을 글썽거렸다. 그냥 수양딸이 아니라 자신의 사형의 딸을 거둬들인 것이었다니. 참으로 놀라웠다.

만사신의가 내게 목멘 목소리로 말했다.

"고작 각패로 갚을 만한 은혜가 아닌 것 같네, 연 위무사."

그 말과 함께 그가 허리춤에서 무언가를 꺼내주었다. 그것은 내게 주었던 나무 각패가 아니라 옥을 깎아 만든 신분패였다. 이를 넘겨준 만사신의가 말했다.

"만약 자네나 자네 외조부가 이것을 보인다면 내 언제든지 찾아가겠네. 힘이 닿는 한 최선을 다해 진료를 보겠네."

"아!"

한 번이 아니라 언제든지 도와주겠다고? 그것은 거의 전속 주치의가 되어주겠다는 말과 별반 차이가 없었다. 워낙 자신의 신념이 뚜렷하여 이렇게까지 보답할 줄은 몰랐다. 최대한 내색하지 않고 속으로 좋아하고 있는데, 경왕이 내게 빙그레 웃으며 말했다.

"짐도 그렇고 너도 원하는 바를 얻은 셈이니, 모든 것이 잘 풀렸구나. 하하하핫."

자신도 원하는 것을 얻었다고 하는 것을 보니 아무래도 이번 일로 황제에게 태자로 인정받은 모양이었다. 하긴 그러니 저렇게 흡족해하는 것이겠지.

하지만 안타깝게도 그의 말대로 모든 것이 끝난 것은 아니었다. 나는 고개를 저으며 말했다.

"아직입니다."

"아직이라니? 그게 무슨 소리냐?"

의아해하는 경왕과 모두에게 나는 금상제의 수급을 들어 보이며 말했다.

"이자의 배후에 또 다른 자가 있습니다."

"또 다른 자? 하면 아직 안심할 수 없다는 말이지 않느냐?"

불안해하는 그에게 나는 말했다.

"그래서 지금 당장 그자를 잡으러 가려는 것입니다."

탁! 그 말과 함께 나는 금상제의 머리에 화기를 일으켰다. 그러자 불꽃이 일어나며 혀를 길게 내밀고 있던 놈의 머리가 불타올랐다. 화르르륵!

이참에 놈이 무슨 일을 꾸미고 있는 것인지 확실히 알아내야겠다.

＊　＊　＊

다시 현재. 초나라 평왕의 능에 숨겨져 있는 석실 앞의 공동.

꽉!

"컥!"

나는 당혹스러워하는 뇌장의 목을 세게 움켜잡으며 말했다.

"마선이라는 자는 대체 누구지?"

이런 나의 물음에 놈이 몸을 격하게 비틀며 반항하려고 했다. 한데 내공에서 내가 더욱 우위였기에 그런 게 통할 리가 없었다. 나는 놈의 가슴에 손을 쑤셔 넣었다. 푹!

"억!"

그리고 놈의 심장을 움켜쥐고서 뇌전을 일으켰다. 파치치칙!

"끄아아아아악!"

그 고통이 어찌나 심했는지 놈의 얼굴이 괴상하게 일그러지며 비명을 질러댔다. 그러거나 말거나 나는 계속 뇌전을 일으키며 말했다.

"그 열화와 같이 뜨거운 곳에 갇혀 있던 자가 마선인가?"

'…!!'

그 물음에 고통스러워하던 놈의 두 눈이 더욱 커졌다. 역시 자경정의 기억 속에서 보았던 뱀의 눈을 가진 존재가 놈이 말한 마선이 맞는 것 같다. 대체 그자가 누구이기에 그 지옥과도 같은 곳에 영보필법에 의해 봉인되어 있던 걸까? 나는 놈의 심장에 더욱 힘을 가하며 이것을 물으려고 했다.

"자경정을 움직였던 것도 도화선에서 영보필법을 얻어내기 위해…."

꽉! 바로 그 순간이었다. 심장을 쥐고 있는 손을 뭔가가 물었다. 금강불괴에 가깝기에 손에 상처가 날 리는 없었으나, 이게 어찌 된 영문인지 모르겠다.

'대체 뭐지?'

나는 다급히 내 손을 문 무언가를 전광석화처럼 잡아서, 뇌장의 가슴속에서 손을 빼냈다. 팍! 쉭쉭!

'…?!'

그 순간 나는 당혹감을 금치 못했다. 내 손을 물었던 것은 다름 아닌 뱀이었다. 그것도 설원을 담은 것처럼 새하얀 눈을 가지고 있었다.

'이건?'

108

화

마선

설원처럼 새하얀 눈을 가진 뱀. 그 뱀을 보는 순간 나는 온몸에 전율이 일었다. 멀쩡한 사람 몸속에 뱀이 있었다는 것도 놀랍지만, 그보다 나는 이 뱀을 과거에 본 적이 있었다. 아니, 정확히는 회귀 전에 보았었다. 똑똑히 기억난다. 〈검선비록〉이 숨겨진 신강 천산의 지하 밀실의 방에서 나타났다가 갑자기 사라진 그 뱀을 말이다. 내 손에 잡혀 있는 이놈은 그때 보았던 뱀과 같은 눈을 하고 있었다.

쉭쉭! 보통 뱀이라면 손에 붙잡혔을 때 빠져나가려고 안달을 할 것이다. 한데 이 뱀은 기이하게도 나를 응시하고 있었다. 그것도 눈을 마주하듯이 말이다. 그때 목이 잡혀 있는 뇌장이 붉게 달아오른 얼굴로 웃음소리를 냈다.

"크흐흐."

"…이 뱀은 뭐지?"

이런 나의 물음에 놈이 동문서답을 했다.

"스승님께서 모든 것을 지켜보고 계신다."

04

"헛소리하지 말고 답해!"

꽉!

"컥!"

나는 움켜잡고 있는 손에 더욱 힘을 가했다. 놈이 금방이라도 질식할 것처럼 얼굴에 핏줄이 곤두섰는데 그럼에도 불구하고 입가에 미소가 거둬지지 않고 있었다. 놈이 핏줄이 터진 두 눈으로 나를 노려보며 힘겹게 말했다.

"이… 이제… 곧이다…. 스…승님…께…서… 일어나시…게… 되면… 네… 놈도… 끝…이… 다."

"그럴 일은 없을 거라 했을 텐데."

놈이 비릿하게 입꼬리를 올리며 말했다.

"…늦었어."

대체 이런 확신은 어디에서 오는 거지?

"그렇게 나온다 이거지. 좋아."

아무래도 직접 입을 열게 하는 것보다 놈을 죽여서 백을 흡수해야겠다. 이런 식으로 알아내는 것은 무리인 것 같다. 나는 공력을 끌어올렸다. 그때였다. 두드드드욱!

'이게?'

손에 잡혀 있던 뱀이 갑자기 머리를 뒤틀었다. 꽉 잡혀 있어서 움직일 수 없을 텐데, 제 뼈를 뒤틀어가면서 말이다. 그러더니 뱀과 뇌장이 눈을 마주하듯이 서로를 쳐다보았다. 그 순간이었다. 콰직! 손에 잡혀 있던 뇌장의 머리가 터져버렸다. 순식간에 벌어진 일이라 어찌할 틈이 없었다. 게다가 놈의 머리가 터지면서 그 핏방울들이 암기라도 되는 것처럼 날카롭게 쇄도해왔는데, 나는 다급히 몸을 뒤로 날리며 진기로 막아내야만 했다. 파파파파팍!

그런데 이게 끝이 아니었다. 뇌장의 몸통 역시 뒤이어 부풀어 오르더니 이내 터져버리고 말았다. 방금 전에 머리가 터진 것과는 그 위력에서 차원이 달랐다. 콰콰콰콰콰콰콰쾅! 뇌장의 피가 닿는 곳마다 공동의 벽이 뚫리고 부식되며 모든 것을 파괴해 나갔다. 그로 인해 무덤이 부서지며 그대로 무너져 내렸다. 쿠르르르르! 그 찰나에 내가 할 수 있는 것은 단 하나였다. 우우웅! 나는 축지법을 사용해 평왕의 능 밖으로 빠져나왔다. 그러자 능의 한가운데가 함몰되다시피 무너져 내리는 것이 보였다.

"아니?"

"느, 능이 무너지려 한다!"

갑작스레 벌어진 일에 능을 지키던 관군들이 우르르 몰려들었다.

'젠장.'

우우웅! 나는 다시 한 번 축지법으로 장소를 옮겼다.

평왕의 능에서 한참 떨어진 어두운 숲.

그곳에서 나는 가볍게 숨을 돌렸다. 지쳤다기보다는 갑작스럽게 벌어진 일에 그저 당혹스러울 뿐이었다. 나는 왼손으로 붙잡고 있던 뱀을 쳐다보았다. 머리 쪽을 뒤트는 바람에 뼈가 완전히 돌아간 뱀은 축 늘어져서 죽어 있었다. 그런데 한 가지가 바뀌어 있었다.

'눈이?'

뱀의 눈이 더 이상 흰색이 아니었다. 갈색 빛이 감도는 색으로 바뀌어 있었다. 나는 죽은 뱀을 바닥에 내팽개치고서 잠시 고민에 빠졌다.

'주술인가?'

그럴 확률이 높아 보였다. 어쩌면 놈이 스승이라 칭했던 마선이라는 존재가 벌인 일일지도 몰랐다. 나 역시도 사련검을 통해 사람을 조종하는 게 가능하다. 그런 것을 염두에 둔다면 이 뱀도 그의 일환일 수도 있었다.

'잠깐만, 그렇다면….'

"스승님께서 모든 것을 지켜보고 계신다."

그 말은….

"젠장!"

이러고 있을 틈이 없었다. 당장 석실의 지도가 가리키고 있던 그곳으로 향해야 했다. 만약 정말로 그 마선이라는 존재가 뱀의 눈을 통해 모든 것을 지켜봤다면 놈 역시도 그 위치를 알고 있을 것이다.

* * *

강소성 태호(太湖). 중원에서 세 번째로 넓은 담수호 내에는 몇몇 섬들이 자리하고 있다. 그중 하나가 원두저(竈頭渚)라는 작은 섬이다. 이 섬은 흡사 커다란 거북이가 호수 위로 머리를 내미는 것 같다고 하여 원두저라고 불린다. 나는 지금 그곳을 향해 남천철검을 타고 어검비행술로 가고 있다. 한 번도 온 적이 없었고, 나의 축지법에는 거리 제한이 있기 때문에 어쩔 수가 없었다.

─저기 보이네. 나무숲 이외에는 별다른 것이 없어 보이는데?

소담검의 말에 나 역시 동의한다. 뭔가를 숨긴 것치고는 섬이 저리도 작은데 정말 여기가 맞는 걸까? 석실 바닥의 지도는 분명 이곳을 가리키고 있었다.

'일단 가보면 알겠지.'

섬에 내린 나는 뭔가 숨겨진 것이 있는지 작은 섬을 샅샅이 뒤졌다. 장관이라 할 만큼 주변 경치가 워낙 좋기는 하지만, 이곳에 무언가를 숨길 만한 특별한 장소가 있을지 모르겠다. 나룻배를 정박할 수 있는 곳마저 있는 걸 보면 정말 여기가 맞는지 의구심이 생겼다. 불로불사를 이룰 수 있는 비밀이 사람 손이 닿는 곳에 있을 리가 만무하지 않은가.

―있잖아. 혹시 섬에 지하로 들어가는 굴 같은 게 있는 거 아냐?

굴? 샅샅이 살폈지만 그런 곳은 없었다. 있었다면 진즉에 발이 닿자마자 알았을 것이다. 분명 지도가 향한 곳은 이 섬이 틀림없는데 왜 아무것도 보이지 않지? 의아해하고 있던 찰나였다.

쿠르르르! 섬의 지반이 미묘하게 떨려왔다. 나무부터 수풀이 흔들리는 것을 보면 확실히 알 수 있었다. 흔들림 속에서 울려 퍼지는 소리. 나는 그것에 집중했다. 팟! 그리고 그 소리가 들리는 곳을 향해 신형을 날렸다.

―어디로 가는 거야?

있어봐. 분명 울려 퍼지는 소리가 들려왔다. 마치 동굴 안에서 메아리가 치듯이 말이다. 이윽고 나는 커다란 나무들이 서로 뒤엉켜 있는 것을 발견했다. 별다른 것이 없어서 지나쳤었는데, 그 갈래 사이로 작은 틈 같은 공간이 보였다. 아이가 들어갈 수 있을 정도의 틈이었다.

―설마 저기?

내 귀가 잘못된 게 아니라면 저기서 그 울림이 들려왔다. 시간이 촉박하니 나는 망설이지 않고 곧장 커다란 나무를 베어냈다. 촥! 끼이이이이이! 쿵! 나무가 쓰러지자 이내 그 틈이 훨씬 커졌다. 그리고 틈 사이로 바닥으로 향하는 구멍이 하나 있었는데, 흡사 무저갱을 보는 것처럼 그 깊이를 헤아릴 수가 없었다. 아무래도 이곳이 틀림없는 것 같다.

슉! 일단 안으로 뛰어내렸다. 생각보다 많이 깊은지 계속해서 몸이 추락했다.

—뭔가 으스스하네?

빛 한 점 들어오지 않아서 더 그런 것 같다.

선천진기를 두 눈에 집중하니 절벽처럼 둘러싸인 주변이 보였다. 그때 남천철검의 목소리가 머릿속을 울렸다.

—운휘, 바닥이 보인다.

녀석 말대로 웬 구멍과 함께 바닥이 보였다. 한데 저 구멍 속에서 녹색 빛이 흘러나오고 있었다. 나는 낙하 속도를 진기로 줄이며 구멍이 있는 곳을 향해 방향을 틀었다. 슉! 구멍을 통과하는 순간 동굴 천장이 종유석으로 가득하고 야광주가 사방을 밝히고 있는 커다란 공동이 모습을 드러냈다. 그곳 한가운데에 큰 비석 같은 것이 세워져 있었는데, 그 앞으로 전신에 금빛 글씨가 새겨지고 쇠사슬로 봉해진 한 존재가 서 있었다.

—저자야?

아무래도 그런 것 같다. 다행히 아직 저 상태인 것을 보면 늦지 않은 모양이다. 그렇다면 망설일 필요가 없겠지.

파치치칙! 슈우우우! 나는 곧바로 혈마화를 비롯해 뇌기의 순응과 진혈금체를 펼쳤다. 붉은 뇌전이 전신을 감싸며 야광주로 밝혀졌던 동굴이 붉은빛으로 환해졌다. 내가 가진 가장 완벽한 절초 중 하나인 성명검법의 비기 신로성명검법의 마지막 칠초식 십이천경검(十二天景劍)을 써야겠다. 촤촤촤촤촤촥! 낙하하는 속도와 더불어 붉은 뇌전을 머금은 절세검초가 펼쳐졌다. 열두 검식이 교묘하게 합을 이루며 빈틈없이 화려한 궤적을 그리면서 비석 앞에 서 있는 존재에게로 쇄도했다.

까득! 까득! 놈을 향해 쇄도하는데 귀에 거슬리는 소리가 들렸다. 그게 무엇인지는 모르겠지만 단숨에 놈을 처리해야만 한다. 놈이 고개를 위로 들어 올렸다. 인간과는 완전히 다른 뱀의 눈이 보였다. 그 눈빛이 마치 모든 것을 꿰뚫어 보는 것처럼 소름 끼쳤지만 오직 하나에만 집중했다.

'놈을 벤다!'

그때 뼈만 앙상하게 남은 놈의 손이 움직였다. 그것도 아주 천천히 말이다. 나는 그 손과 더불어 전신을 십이천경검으로 베어버리려 했다. 바로 그 순간이었다. 차앙! 놈의 손이 붉은 뇌전으로 뒤덮인 남천철검을 붙잡았다.

'…?!'

검에 실린 검력에는 여러 힘이 중첩되어 있기에 함부로 잡을 수 있는 게 아니었다. 그런데 놀랍게도 놈의 손에 검신이 붙잡혔다. 콰르르르르르! 쩌저저저저적! 놈이 서 있던 바닥에 균열이 생겨나더니 이내 밑으로 십여 장이 넘게 함몰되었다. 이 정도의 위력인데도 검을 잡은 놈의 손은 조금도 미동이 없었다. 나는 검을 놓게 하기 위해 놈의 머리를 향해 각법을 펼쳤다. 그런데 놈이 손을 가볍게 움직이자 커다란 파동이 허공에서 생겨나더니, 나는 남천철검을 놓친 것으로도 모자라 그 힘에 의해 튕겨 나가고 말았다. 우우웅!

—운휘이이이이이!

포탄처럼 날아간 나는 이내 공동 벽에 처박히고 말았다. 콰아아앙!

"커억!"

거의 다섯 장이 넘게 박힌 것 같다. 뒤에서 축축한 물기가 느껴졌다. 등의 뼈가 으스러진 것 같은 고통이 느껴졌지만 이를 참아내고서 간신히 몸을 움직였다. 푸슈슈슈슈! 박혀 있던 곳에서 몸을 일으키자 뒤에서 물이 새어 나왔다. 태호의 섬 지하 깊숙이 자리한 곳이라 그런지 공동의 사방이 태호의 담수로 둘러싸인 것 같았다.

'위험하겠는걸.'

물은 나를 취약하게 만든다. 박혔던 곳에서 빠져나온 나는 비석 앞에 있는 놈을 바라보았다.

—괜찮아?

안 괜찮다. 속이 울렁거리고 토할 것 같다.

마도각성까지는 펼치지 않았지만 전력으로 놈을 공격했는데 도리어 타격을 받았다. 이런 괴물이 있으리라고는 전혀 생각지도 못했다.

—어떻게 할 거야?

어떡하긴. 이렇게 된 이상 공동이 무너져 내리는 것 따위는 개의치 않는다. 뇌벽천둔의 모든 절초를 발휘해서라도 놈을 죽여야겠다. 저런 존재가 불로불사 상태로 부활하여 세상 밖으로 나간다면 누구도 막지 못할 것이다.

고오오오오오! 나는 이 상태에서 마도각성마저 끌어냈다. 뇌전이 검붉은 빛으로 변하며 역량이 폭발적으로 상승했다. 팟! 파치치치칙! 신형을 날리는 것과 동시에 놈을 향해 검결지를 뻗었다. 그러자 검은 뇌전이 일직선으로 놈을 향해 쇄도했다. 그 속도는 절세고수들조차 육안으로 파악하기 힘들 만큼 빨랐기에 뇌전은 순식간에 놈의 가슴을 관통했다. 파파파파팍!

―통했어!

알고 있어.

이 기회를 놓칠 수 없다. 나는 바닥을 향해 검결지를 뻗었다. 파치치치칙! 콰콰콰콰콰쾅! 그 순간 바닥에서 검붉은 뇌전이 솟구치며 역으로 번개가 치는 형상을 만들어냈다. 대도천둔검법 뇌벽천둔 삼초식 역천광뢰(逆天光雷)였다. 파치치치치칙!

가슴을 관통당한 놈이 역으로 솟구치는 검붉은 뇌전에 갇혀 그형상이 흐릿하게 보였다. 쿠르르르르! 때마침 갈라진 바닥으로 담수가 솟구치며 올라왔다. 역천광뢰의 뇌전으로 인해 바닥의 지반이 갈라지면서 그런 것 같다. 물이 차오르면서 바닥 전체가 검붉은 뇌전으로 불꽃이 튀었다. 쿠르르르! 쿵! 쿵! 천장에 닿은 뇌전에 의해 공동의 천장에 있던 종유석들이 밑으로 마구 떨어졌다. 마치 천재지변이라도 일어난 것 같았다. 검붉은 뇌전 속에서 놈의 신형이 보이지 않게 되었지만 나는 끝까지 이를 멈추지 않았다.

―물이 엄청 빨리 차오르고 있어.

소담검의 말대로 물이 벌써 무릎까지 차올랐다. 얼마 있지 않아 허벅지를 넘을 것 같았다. 하지만 놈이 확실하게 소멸시켜야 이를 멈출 수 있다. 어차피 이곳이 붕괴된다고 해도 나는 축지법으로 빠져나가면 그만이었다.

투둑! 완전히 전력을 다하니 확실히 몸의 과부하가 심했다. 핏줄이 전부 터질 것만 같았다. 바로 그 순간이었다. 촥! 갑자기 내가 있던 반경 십여 장 내로 물이 회오리를 치며 위로 솟구쳤다. 그렇게 갑작스럽게 솟구친 물이 전신을 강타하는 순간…. 슉! 푹!

눈 깜짝할 사이에 벌어진 일이었다. 나는 몸을 비틀거리며 바닥에 무릎을 꿇었다. 첨벙! 화끈거리는 고통이 전신을 사로잡았다.

―우, 운휘!

남천철검의 검신이 내 가슴 정중앙을 관통해 있었다. 너무 아팠다. 검을 빨리 뽑아야 하는데, 물이 전신을 적시니 통증이 더욱 강해져서 꼼짝할 수가 없었다.

―운휘야, 네가 뽑기 힘들면 옥형을 써!

소담검의 말이 맞다. 옥형을 써서 녀석이 알아서 빠져나오게 해야겠다. 손등에 있던 칠성현문의 점들 중 옥형이 푸른빛으로 일렁였다.

―운휘! 조금만 참아라.

남천철검이 들썩거리며 조심스럽게 내 몸에서 빠져나갔다. 녀석이 빠져나갔지만 물에 젖어서 재생이 전처럼 빠르지가 않았다. 물이 약점은 약점인 모양이었다.

'설마 의도한 건가.'

놈은 마치 내 약점을 알고 있는 것 같았다. 불완전한 불로불사를 약하게 만들 수 있는 치명적인 약점. 비틀거리며 겨우 몸을 일으켜 세우는데 소담검의 목소리가 울려 퍼졌다.

―운휘야! 저길 봐!

녀석의 물음에 나는 고개를 들었다. 물과 뇌전으로 수증기가 자욱해진 시야 속에서 놈의 형상으로 짐작되는 것이 보였다. 그런데 수증기가 조금씩 가시며 보이는 모습에 나는 놀라지 않을 수가 없

었다. 파스스스! 마치 비늘을 벗는 뱀처럼 놈이 새까맣게 탄 몸에서
빠져나오고 있었다. 더욱 놀라운 것은 뼈만 앙상하던 모습이 아니
었다. 끈적거리고 매끄러운 피부가 모습을 드러내는데 근육이 점점
부풀어 오르며 마치 단련한 몸처럼 바뀌어갔다. 몸이 절반 정도 빠
져나왔는데 보고만 있을 상황이 아닌 듯했다.

"쿨럭쿨럭!"

나는 이를 악물고서 통증을 참으며 기운을 끌어올렸다. 그러자
허공에 떠 있던 남천철검의 검신에서 붉은 뇌전이 흘러나왔다. 파치
치치칙!

'뇌벽천둔 오초식 천검낙뢰.'

나는 다급히 놈을 향해 검결지를 뻗었다. 그 순간 검붉은 뇌전으
로 둘러싸인 남천철검이 놈을 향해 낙뢰가 되어 쇄도했다. 모든 것을
부술 것만 같은 기세의 천검낙뢰. 그런데 그 낙뢰는 놈에게 닿지 못
하고 놈의 머리 위에서 멈춰 섰다. 우우우웅! 일렁이는 공간에 묶인
것처럼 남천철검이 움직일 생각을 하지 않았다. 놈의 주변으로 원형
의 보이지 않는 막이 있는 것 같았다. 그것을 통과할 수가 없었다.

"쿨럭쿨럭."

공력이 모자랐다. 중단전이 있는 가슴 정중앙이 관통당하면서 선
천진기가 제대로 운용되지 않았다. 그때 비늘을 완전히 벗은 놈이
두 손을 교차하면서 앞으로 뻗었다. 파아아아아앙!

—어엇?

그러자 강렬한 여파와 함께 남천철검이 이내 튕겨 나가, 공동의
벽면을 뚫고 나가버렸다.

'남천!'

녀석이 굉장한 충격을 받은 것 같았다. 머릿속으로 시야를 공유하고 있는데, 목소리는 들리지 않고 어둠만이 보였다.

—운휘야!

소담검의 외침과 함께 바로 앞으로 누군가의 인영이 보였다. 방금 전까지 비석 앞에 있던 그놈이었다. 비늘을 완전히 탈피하여 멀쩡한 모습이 된 놈은 내가 생각한 것 이상으로 굉장한 장신의 신장을 가지고 있었다.

'피부가?'

흡사 뱀처럼 윤기가 나고 곳곳에 비늘 같은 것이 붙어 있었다. 두 눈은 새하얀 뱀의 눈을 하고 있었는데, 마주치는 것만으로 온몸에 소름이 돋을 만큼 흉흉하면서 불길한 기운이 일렁였다. 그때 놈이 고개를 슬쩍 꺾으며 입을 열었다.

"흥미롭군."

"뭐?"

"많이 옅어졌지만 나의 피를 물려받은 녀석이 순양자 놈에게 가르침을 받다니."

'나의 피를 물려받아?'

이건 또 무슨 개소리야? 놈의 말에 어처구니없어하는데, 놈이 무표정한 얼굴로 내게 말했다.

"의구심이 드나 보군."

"…무슨 소리를 지껄이는 거냐?"

이런 나의 말에 놈이 콧방귀를 뀌더니 뒷짐을 지었다. 그리고 나를 유심히 쳐다보았다. 그러더니 이내 다시 입을 열었다.

"아깝군. 수십 세대가 넘게 이어지며 인간의 몸으로 나의 형질을 이렇게까지 물려받은 녀석은 없었다."

이놈이 대체 무슨 말을 하는 건지 모르겠다. 그렇다면 차라리 이 기회를 노려야겠다. 나는 조심스레 검결지로 모든 기운을 집중했다.

"이겼다고 확신하나 보군."

"물에 취약하면서도 이곳에서 내게 검을 휘둘렀을 때부터 결과는 정해져 있었다."

역시 내 약점을 정확히 알고 있었다. 그러니 물을 이용해서 내게 치명상을 입혔겠지. 그렇다고 순순히 굴복할 것 같아? 나는 기습적으로 놈의 목을 찔렀다. 팍! 촤르르르! 공력을 집중한 일검. 검결지에 찔린 놈의 신형이 뒤로 네 보 정도 밀려났다. 일검이 통하는가 싶었다. 한데 밀려난 놈의 몸에서 강한 반탄력이 일어났다.

"흠."

'뭐지? 확실히 찔렀는데.'

파르르르르르! 놈의 목에 닿은 검결지가 미친 듯이 흔들렸다. 단단한 암석에 검을 찔러 넣은 것처럼 오히려 손가락이 부러질 것 같았다.

"내상이 심한 몸으로 제법이군. 하나 딱 여기까지다."

촥!

'…?!'

그 순간 나의 오른팔이 잘려 나갔다. 전혀 손을 쓰지 않았는데 날카로운 예기가 일어났다. 놈이 내게 혀를 차며 말했다.

"쓸데없는 짓은 하지 말자꾸나, 아이야."

그러고는 다시 내 왼팔이 있는 곳을 쳐다보자, 이번에는 왼팔 어깨 쪽이 잘려 나갔다. 촥!

216

"끄아아아아악!"

두 팔이 잘려 나간 고통에 나는 비명을 지를 수밖에 없었다.

—운휘야! 도망쳐!

머릿속에 소담검의 목소리가 울렸다. 오른팔이 잘려 나갔는데도 칠성현문이 그대로 발현되는 것을 보면, 단순히 손등의 점이 전부가 아닌 모양이었다.

그때 놈이 다시 말을 이어갔다.

"두 번 묻지 않겠다."

"끄으으으."

"나를 따르라. 그리고 내가 이끄는 군세의 선봉장이 되어 세상을 피로 씻어내라."

"…뭐?"

지금 무슨 소리를 하는 거지? 의아해하고 있는 차였다.

그때 기감을 자극하는 기운들이 갑자기 느껴졌다. 공동을 채워가는 물속에서 스멀거리며 올라오는 거대한 형상들. 보랏빛 눈동자를 비롯해 각양각색의 수많은 안광들이 여기저기서 보이고 있었다.

'요물?'

그것들은 흔히 요물이라 불리는 인외의 존재들이었다. 하나같이 뱀의 몸을 하고 있었지만 그 얼굴은 괴물과도 같은 형상이었다. 그 중에는 인면자안사(人面紫眼蛇)도 있었다. 봉림곡의 자소와는 달리, 커다랗고 사나운 기운을 머금고 있었다. 우우우우우우! 놈들은 마치 왕을 모시기라도 하는 것처럼 놈을 바라보며 고개를 숙여 예를 취하고 있었다. 그 광경에 할 말을 잃을 지경이었다. 놈이 말한 군세는 인외의 존재들인 것 같았다.

살면서 여태껏 두 번밖에 보지 못했던 요물을 이런 곳에서 이렇게나 많이 보게 되다니, 온몸에 소름이 돋았다. 이놈과 이 요물들이 세상을 빠져나간다면 걷잡을 수 없는 환란이 일어나게 될 것이다. 나는 이를 악물었다. 그리고 첨벙거리는 물을 향해 진각을 밟았다. 파치치치칙! 그 순간 내 몸을 타고서 검붉은 뇌전이 고여 있는 담수로 흘러갔다. 뇌전이 사방으로 퍼져 나가려고 하는데, 놈이 발을 구르자 반경에 있던 물들이 솟구치며 뇌전의 흐름이 끊겨버렸다. 쾅! 놈이 나를 쳐다보는 눈빛이 싸늘하기 그지없었다.

저벅저벅! 가까이 다가온 놈이 내게 손을 뻗자, 알 수 없는 힘에 의해 몸이 위로 떠올랐다. 마치 멱살을 잡힌 형태가 되어 나의 몸이 놈 앞으로 끌려갔다. 놈이 내게 말했다.

"더 이상 천둔검법은 내게 아무런 소용이 없다."

'천둔검법을 알고 있다니….'

대체 이자의 정체가 뭐지? 마선? 그 강함이 상식을 넘어섰다. 아무리 물에 젖은 상태로 치명상을 입어 약해졌다고는 하나, 이 정도라면 여덟 도인들 중 무력으로는 최고라 칭해지는 검선께서 직접 나서지 않고는 도저히 상대할 수 있는 수준이 아니었다.

"…네놈… 대체 누구야?"

이런 나의 물음에 놈이 무표정한 얼굴로 답했다.

"나를 부르는 호칭은 수없이 많다. 한때 인간이 되고자 했던 교룡이었으며, 또 한때는 중원 모든 검종의 시초라 불렸다."

'중원 모든 검종의 시초?'

순간 머릿속에서 백무자라는 이름이 스쳐 지나갔다. 검선 스승님이 천하제일인이라 불렸다면, 백무자는 모든 검종의 시초라 불렸다.

심검이라는 개념을 만든 당사자이기도 했다. 설마, 하는데 놈이 계속 말을 이어갔다.

"그리고 화룡 진인이라 불리며, 십선(十仙)의 일인이기도 했고, 타락한 마선이라 불리기도 하였다."

'십선?'

비선 노옹이 했던 말이 떠올랐다.

"그리하여 우리 십선 중에 한 사람이 남아, 황실의 요구대로 대대손손 그들을 도인들이나 무림인들로부터 보호해주기로 맹약을 맺은 것이네."

도화선을 이끄는 도인들은 스승님을 비롯해 여덟이다. 속세에서 한때 그들을 팔선이라 불렀다고 들었는데, 십선이라 하여 의아하게 여겼었다. 그렇다면 이자가 도화선의 일인이었단 말인가? 놈이 내게 뒷짐을 지고 있던 손을 가져와 턱을 붙잡고서 말했다.

"하지만 나는 더 이상 인간이라는 존재와 얽매이고 싶지 않다. 탐욕스럽고 어리석고, 자신들끼리 서로를 해하는 그런 존재와 나를 엮지 말거라."

찌릿찌릿! 놈의 목소리에서 분노와 함께 엄청난 살기가 폭사되었다. 그 살기는 여태껏 만났던 어떤 존재들과도 비교하기 힘들 만큼 흉흉하기 그지없었다. 이 정도 살기라면 너무 강렬해서 평범한 이들은 버티지 못할 것이다.

"네가 스승이라고 받드는 순양자 놈과 선인이라는 작자들은 위선자에 불과하다. 놈들 역시도 탐욕스러운 인간에 불과하다."

"…스승님들을 모욕하지 마라."

이런 나의 말에 놈이 실망스럽다는 듯이 눈매가 가늘어졌다. 그러더니 고개를 절레절레 흔들며 말했다.

"그게 네 선택이로군."

꽈아아악! 놈의 손에 힘이 들어갔다. 아직까지 뇌기의 순응을 비롯해 진혈금체를 유지하고 있었는데, 턱이 부서져 나갈 것 같았다.

"그렇다면 평범한 인간으로 죽거라."

바로 그 순간이었다. 콰콰콰콰콰쾅! 바로 밑에서 뭔가가 지반을 뚫고 튀어나왔다. 그러더니 이내 내 턱을 으깨버리려고 하는 놈을 그대로 집어삼켰다. 그것은 다름 아닌….

"자소!"

봉림곡에서 나를 구해주었던 인면자안사 자소였다. 그때 햇빛에 노출되어 죽지는 않았나 걱정했었는데, 오히려 전보다 몸이 더욱 커진 녀석이었다. 놈을 집어삼킨 녀석이 나를 향해 아는 척을 하듯이 울음소리를 냈다. 크르르르르르!

이 녀석이 어떻게 내가 있는 곳을 안 거지? 설마 지금까지 나를 계속 따라다녔을 리는 없을 텐데. 의아해하고 있던 찰나였다. 갑자기 자소가 고통스러운지 포효를 하며 몸을 비틀었다. 크아아아아아아아!

"자소?"

그러더니 이내 녀석의 몸을 찢고서 놈이 걸어 나왔다. 놈이 몸이 찢어져서 고통스러워하는 자소를 쳐다보다 내게 시선을 돌리며 말했다.

"역시 내 형질을 제대로 물려받았군. 요물을 부리다니."

"네놈!"

"아쉬우니 예외적으로 한 번 더 묻지. 나를 따라서 세상을 피로 정화할 생각이 있느냐?"

말도 안 되는 제안을 하는 놈에게 나는 단호하게 말했다.

"미친놈."

놈이 더 이상의 대화는 무의미하다는 듯이 코웃음을 치더니 내게 손을 뻗었다. 놈의 손에서 뜨거운 열기가 흘러나왔다. 그 순간 머릿속에 누군가의 목소리가 들려왔다.

—운휘.

그 목소리의 주인은 다름 아닌 남천철검이었다. 너무 멀리 날아가서 어둠으로만 보였었는데, 녀석의 시야가 다시 보이기 시작했다. 녀석이 엄청난 속도로 다가오며 내게 말했다.

—전 주인이 죽은 후 오랫동안 방치되면서 이대로 검으로서의 운명을 다하는가 싶었다.

'…무슨 소리를 하는 거야?'

—하지만 너로 인해 나는 다시 검으로서의 역할을 할 수 있게 되었다.

'남천?'

—전 주인의 복수도 할 수 있었고, 너와 했던 모든 시간이 너무도 행복했다.

팟! 물속에서 녀석이 튀어나왔다. 그러더니 내게 손을 뻗고 있는 놈을 향해 쇄도했다.

"아직도 기운이 남았더냐?"

놈이 같잖다는 듯이 손을 휘저었는데 놀랍게도 남천철검은 날아가지 않고 꿋꿋이 버텨냈다. 놈이 인상을 찡그렸다. 남천철검의 검신이 점차 푸른빛으로 뒤덮이고 있었다. 파칙! 그 순간 녀석이 일렁이는 공간을 찢고서 놈의 바로 코앞까지 날아갔다. 이런 님천칠검을 놈이 붉게 달아오른 손으로 붙잡았다. 치이이이이! 푸른빛으로 일렁이던 검신이 놈의 손에 닿자 붉게 변해갔다. 머릿속으로 남천철검의 비명이 들려왔다. 나는 다급히 앞으로 가며 녀석에게 소리쳤다.

"멈춰!"

하지만 남천철검은 어떻게 해서든 놈을 찌르려는 의지로 가득했다. 지금 나는 칠성현문의 힘을 제대로 다룰 수 없을 만큼 몸 상태가 엉망이었는데, 대체 이게 무슨 영문인지 알 수가 없었다. 그러나 내가 전력을 다해도 털끝 하나 건드리지 못했던 적이었다.

쩌저저적! 뭔가 갈라지는 소리가 남천철검에게서 났다. 붉게 달아오른 검신에 금이 간 것이다.

—작별…이다, 우… 운휘… 꼭… 살아…남…아….

챙그랑! 녀석의 말이 미처 끝나기도 전에 검신이 산산조각 나고 말았다.

"남처어어어어어언!"

그것을 보고 있는 나는 제대로 숨을 쉴 수가 없었다. 가슴이 찢겨나가는 것만 같았다. 그때 배가 찢겨 온몸을 비틀며 고통스러워하던 자소가 갑자기 내게 달려들어 입으로 나를 집어삼켰다.

"놓칠 것 같으냐."

놈이 손을 내밀자, 부러졌던 남천철검의 검신들이 자소를 관통해 이내 내 전신에 박혀버렸다. 푸푸푸푹! 그 통증은 말로 다할 수 없었지만 내겐 오직 한 가지밖에 떠오르지 않았다.

'남천…'

검신이 파괴되면 검에게도 죽음이 온다고 녀석들이 말했었다. 그

말 그대로 남천철검은 더 이상 살아 있지 않았다. 그때 자소의 몸이 들썩거렸다. 풍덩! 물기가 느껴지는 것을 보면 녀석이 물속으로 뛰어든 것 같다. 그런데 이게 끝이 아니었다. 날카로운 예기가 난자하며 자소와 그 입속에 있는 나의 전신을 마구잡이로 관통했다. 푸푸 푸푸푹!

"끄으으으!"

그렇지 않아도 물에 젖었는데 전신의 요혈을 관통하니 점차 정신이 혼미해져 갔다. 갈라진 자소의 입 사이로 물이 들어왔다. 양팔이 잘리고 관통당한 가슴과 요혈들의 상처. 절대로 살아남을 수 없는 상태였다. 부글부글! 자소 역시도 치명상을 입었는지 몸이 점점 물 밑으로 내려가는 것 같았다. 녀석과 나는 태호의 깊은 곳까지 가라앉고 있었다.

─운휘야! 정신 차려! 운휘야!

소담검의 목소리가 머릿속을 울렸다. 하지만 더 이상 나는 정신을 차릴 수가 없었다. 이렇게 죽는 건가? 회귀 전에도 죽음을 겪었었는데, 여전히 죽는 것만큼은 무섭고 두려운 것 같다. 아직 살아야 할 이유가 많이 남아 있는데….

─운휘야, 죽지 마! 죽지 말라고! 네가 죽으면 나는 어떡해?

소담검의 울부짖는 소리가 점차 희미해져갔다. 회귀 후 다시 살게 된 삶에서 나의 마지막 종착지는 고작 태호의 물밑 바닥이었던가. 두렵다, 소담아.

그런 나의 머릿속에 소담검의 목소리가 희미하게 들려왔다.

─정신 차려! 죽지 마… 죽지 말라고… 네가 이렇게 죽는데 아무것도 하지 못하고 그냥 지켜보는 나는 어떡하냐고?

앞이 점점 검어지며 의식이 사라져가고 있던 찰나였다.

—안 돼에에에에엣!

우우우웅! 바로 그때 울부짖던 소담검의 검신에서 푸른빛이 뿜어져 나왔다. 그러더니 이내 그 빛이 내게로 이어졌다.

* * *

방금 전까지만 하더라도 어둠으로 뒤덮였던 세상이 환한 빛으로 일렁였다.

'이게 대체?'

설마 죽은 것인가? 의아해하고 있는 나의 눈앞에 누군가가 소담검을 들고 앉아 있었다. 신선의 풍모를 가진 그는 다름 아닌….

"스승님!"

검선 스승님이었다.

스승님의 모습은 내가 도화선에서 보았던 것과 달랐다. 오히려 과거 두 번째 〈검선비록〉에서 발견했던 그때의 모습을 하고 있었다. 스승님이 나를 보며 씁쓸하게 미소 지으며 말했다.

[세 번째 비록은 부디 얻지 않기를 바랐으나, 결국 이렇게 되는구나.]

스르르르르!

어떤 존재가 허리까지 차 있는 공동의 물을 가로질러 걸어왔다. 하반신은 뱀의 몸을 가졌지만 상반신은 인간의 형태를 한 괴이한 존재였다. 네 개의 노란 안광을 지닌 존재가 전신이 뱀과 같은 매끄러운 비늘로 뒤덮인 사내에게로 다가와 말했다.

"스승이시여, 배려해주신 덕분에 새롭게 다시 태어났나이다."

"더러운 인간의 몸보다 어울리는구나."

"스승님의 선견지명 덕분입니다. 제 혼(魂)을 미리 옮겨두고 백만을 육신에 남겨두길 잘한 것 같습니다."

반인반사(半人半蛇)의 존재가 고개 숙여 감사를 표했다. 하지만 그가 스승이라 부른 사내는 여전히 뒷짐을 진 상태로 진운휘와 그를 집어삼킨 인면자안사가 빠진 물구멍을 쳐다보고 있을 뿐이었다. 구멍에서 점점 빠르게 공동으로 물이 차오르고 있었다.

"설마 놈이 살아 있는 겁니까?"

그 정도 부상에 살아 있다는 건 말이 되지 않았다. 게다가 자신의 스승이 직접 손을 쓰지 않았는가. 그런 반인반사의 존재의 물음에 사내가 말했다.

"녀석의 불완전한 불로불사는 오행 중에 금(金)이 강해서 벌어진 현상이다. 수(水)에 한없이 취약한 그 몸으로 살아남는 것은 불가능하다."

"한데 어찌?"

"아깝구나."

"네?"

"수백 년을 뛰어넘어 나의 형질에 가깝게 태어난 녀석을 이렇게 죽이게 되다니 말이야."

그것이 사내가 그곳을 바라보던 이유였다. 수많은 후손이 태어난 것을 뱀의 눈으로 지켜보았다. 자신과 같은 분노를 머금고 세상을 피로 씻어내려는 자들부터 학사가 되려는 자들까지 각양각색의 재능을 가진 자들이 태어났다. 그러나 용(龍)으로서의 자질을 개방한 자는 처음이었다.

'순양자.'

놈의 손을 타지 않았다면 자신의 것이 될 수 있었다. 그게 안타까울 뿐이었다. 하지만 이내 미련을 털어냈는지 고개를 들어 반인반사의 존재에게 말했다.

"때가 되었다."

"아아아!"

"지금의 중심이 어디지?"

"멀지 않은 곳에 소위 정의를 운운하는 위선자들이 모여 만든 무림연맹이 있습니다."

"무림연맹?"

강소성에서 서남쪽 안휘성을 지나 호북성. 정파의 성지인 무한시에 무림연맹이 자리하고 있다. 사내가 입꼬리를 올리며 말했다.

"더럽고 탐욕으로 가득한 인간 놈들에게 살아 숨 쉬는 그 삶이 그릇되었음을 알려줄 때다."

"오직 그 말씀만을 기다렸습니다."

우우우우웅! 사내의 몸이 허공으로 떠올랐다. 그가 떠오르자 주변을 가득 메우고 있는 인외의 요물들이 그에게로 집중했다. 사내가 소리 높여 그들에게 외쳤다.

"본 마선이 인외의 존재들에게 명하노라. 피로 세상을 씻어라. 인간의 씨를 말려서 세상을 깨끗이 정화하라. 그리하여 마도의 업을 쌓아라!"

크워어어어어어! 오오오오오오오!

스스로를 마선이라 칭한 존재의 명에 인외의 요물들이 포효를 내

질렀다. 흉흉하고 사악한 그들의 포효는 세상을 향한 피의 출사표였다.

* * *

나는 어안이 벙벙해져 스승님을 바라보았다.

찬란한 빛으로 환한 세상. 내가 죽어서 오게 된 내세가 아닌 건가.

'스승님, 이곳은?'

[네 심상 속이다.]

심상? 아아, 그래서 스승님께서 저런 모습이었던가.

'어찌 스승님께서…'

[나는 늘 곁에 있었다.]

'곁에 있었다니 그게 무슨… 아!'

스승님의 손에 쥐어져 있는 소담검을 보자 문득 나는 눈물이 왈칵 쏟아졌다.

'남천…'

남천철검이 떠올랐기 때문이다. 소담검과 마찬가지로 나와 동고동락했던 녀석이다. 내게 스승이면서 조언자와 같던 녀석이 이렇게 부서져 죽음을 맞이할 거라고는 여태껏 상상조차 하지 못했다. 그 슬픔은 차마 말로 이를 수가 없었다. 녀석이 전 주인을 언급하며 진지하게 말하던 것이 이렇게 그리워질 줄이야.

[네 슬픔이 느껴지는구나.]

'남천철검이 부서졌습니다.'

[만물의 모든 것은 쇠하기 마련이다. 그렇기에 어떤 식으로든 이별은 다

227

가온단다.]

'…하나 이렇게는 아닙니다!'

적어도 녀석과 이렇게 헤어지고 싶진 않았다. 남천검객이라는 대
협객과 함께했던 검이자, 나와 오랫동안 함께해준 동료이자 벗으로
서 녀석의 죽음을 용서할 수 없었다. 으득! 이가 갈렸다. 남천철검을
그렇게 만든 존재에게 말이다.

나는 스승님을 바라보며 물었다.

'대체 놈은 누구입니까? 어째서 도화선에 있을 때 제게 놈에 대
해 한 번도 말씀해주시지 않은 것입니까?'

[하아…]

분노가 섞인 나의 말에 스승님께서 탄식을 흘렸다. 그러더니 이
내 가볍게 손을 휘저었다. 그러자 찬란한 빛으로 가득한 세상에 먹
칠한 붓이 한 폭의 그림을 그리듯이 무언가가 허공에서 그려졌다.
그 모습은 놈과 닮아 있었다. 다른 것이 있다면, 그 눈빛에 정기가
넘치고 있었다.

[한때 백무자라 불렸던 그는 나보다 일찍 정양 진인에게 거둬졌다.]

팔선의 수장인 정양 진인. 그는 모든 도인들의 스승이라 불리는
분이었다. 그러고 보니 놈은 스스로를 인간이 되고 싶은 교룡이라
하였다가 중원 검종의 시초인 백무자라고 하였다. 그저 생각을 했을
뿐인데 심상이라 그런지 스승님께서 곧바로 답변하셨다.

[그는 교룡이기 이전에 누구보다 뛰어난 무인이기도 했다.]

'그런 존재가 어째서…'

[그렇기에 정양 진인께서 거둬들인 것이었다. 그 강함이 엇나가지 않고
올바르게 쓰이도록 하기 위해서.]

228

올바르게라…. 내가 볼 때 그 존재는 제대로 타락했다. 괜히 마선이라 부르는 게 아니었다.

[결국 그릇된 길로 갔으나, 그는 원래 누구보다 정의감에 차 있고 맑은 영혼을 지녔던 자이다.]

'그런 존재가 세상을 피로 씻으려 합니까?'

[…]

스승님은 나의 말에 아무런 말도 하지 않았다. 그저 손을 휘젓자 불에 타고 있는 한 가옥과 죽어가는 사람들이 보였다. 그곳에서 놈이 누군가를 껴안고 울부짖는 모습이 보였다.

'이게 뭡니까?'

[화룡 진인은 도인으로 입적하기 전에 속세에서 인간으로서 자신의 일가를 이뤘다. 저곳은 그가 세운 검문(劍門)이다.]

'…저곳이 그곳이라면 어찌?'

[송곳은 자루에서 튀어나올 수밖에 없지. 그는 무인으로서 명성을 날리게 되면서 수많은 이들과 원한 관계를 맺게 되었다.]

'그자들이 저리 만든 것입니까?'

[그래.]

저래서 인간에 대한 원망을 하게 되었던가. 한데 그런 것치고는 원망의 범위가 터무니없을 정도로 컸다. 자신의 일가를 저리 만든 이들에게만 복수하면 되지 않는가. 나의 의문에 스승님이 답했다.

[도인으로 입적하기 전에 정양 진인께서는 삼청에 대고 맹세를 받는다.]

'맹세라면?'

[속세에 대한 모든 것을 버리겠다고 말이다.]

'…'

[불가에서도 그리하겠지만 등선을 하고자 하는 도인들은 속세와의 연을 끊고 오욕칠정을 다스릴 줄 알아야 한다.]

눈앞에서 모든 혈육이 죽음을 맞이했는데 그것을 참아내야 한다는 건가. 놈이 왜 어긋나기 시작했는지 알 것 같았다.

[정양 진인께서는 그의 분노를 다스리게 하려고 했다. 하나 우리가 간과한 것이 있었다.]

'그게 무엇입니까?'

[그가 인외의 존재임을 말이다.]

스승님이 손을 휘젓자 울부짖고 있는 놈의 변화가 보였다. 머리카락이 피처럼 붉어지며 점차 눈이 하얗게 변해가고 있었다. 예의 섬뜩한 뱀의 눈을 하고 있었다.

[도를 갈고닦아 한없이 인간에 가까워졌다고 한들, 그의 본성은 애초에 뱀에서 비롯된 이무기이자 교룡이다.]

'참지 못한 겁니까?'

[잠재되어 있던 스스로의 마성을 이겨내지 못한 것이다.]

'그래서 어찌 되었습니까?'

스승님이 다시 한 번 손을 휘젓자 놈의 몸이 부풀어 오르는 게 보였다. 그러더니 이내 설화나 신화 속에서 볼 법한 모습이 되어갔다. 그것은 용(龍)이라 불린 존재였다. 사슴과도 같은 뿔, 검은 비늘에 흰 뱀의 눈. 그리고 등의 깃이 붉게 타오르는 모습. 그것은 성스러운 영물이 아닌 타락한 요물인 교룡(蛟龍) 그 자체였다.

[그의 분노는 죄 없는 수많은 이들마저 죽음으로 내몰았다.]

'아!'

순간 머릿속에 스승님에 관한 일화가 떠올랐다. 마를 물리친다는 대도천둔검법으로 사악한 교룡을 물리쳤다는 그 전설적인 일화 말이다.

'하면 스승님의 손으로 물리치신 것입니까?'

[그를 상대했으나 물리칠 순 없었다. 설사 타락하여 마(魔)를 택했다고 한들 노부에게는 사형이자 스승과도 같던 이였다.]

'스승?'

[…노부의 천둔검법은 화룡 진인에게서 비롯되었다.]

'네?'

그 말에 나는 의아함을 감추지 못했다. 천둔검법은 스승님이 창안한 검법이 아니란 말인가? 이런 의구심을 풀어주기라도 하듯 스승님이 말했다.

[노부에게 자신의 뿔로 법구 천둔을 만들어준 것이 바로 화룡 진인이었다. 그리고 대도천둔검법을 완성하는 데 지대한 영향을 끼쳤지.]

'그럼 그에겐 천둔검법이 통하지 않는 겁니까?'

[타락했다고는 하나 그는 용이다. 천둥 번개의 조화를 다루고 불을 내뿜는 영물에게 그 자신의 힘이 쉬이 통할 리가 없지.]

이제야 의문이 풀렸다. 그 엄청난 위력을 지닌 대도천둔검법이 통하지 않았던 비밀이 말이다. 아무리 물에 젖어 치명상을 당했다고 하나 산마저 무너뜨릴 수 있는 위력을 가진 것이 바로 대도천둔검법의 뇌벽천둔이다. 그런데 놈은 그것을 맞고도 견딜 수 있었다.

'그럼 어떻게 놈을 물리치신 겁니까?'

[어떤 힘이든 그 극(極)에 이르면 상성마저 초월하는 법.]

'그게 무슨?'

[어둠을 빛이 뒤덮는다고 해도 빛 또한 어둠에 뒤덮이는 이치이다.]

'아…'

[하나 극성에 이른 천둔으로 그를 억눌렀다고 해도 힘의 근원인 그를 어찌 완벽히 해할 수 있겠느냐? 결국 정양 진인께서 법구 영보필법으로 그를 봉하게 되었다.]

전설로 내려온 일화에 이런 내막이 있었을 줄이야. 하지만 중요한 건 그게 아니었다. 놈은 그 봉인에서 풀려났고 심지어 서복이 숨겨놓았던 불로불사의 비약으로 다시 원래의 힘을 되찾았다. 아니, 어쩌면 더욱 강해졌을지도 모른다.

'…결국 놈은 부활했습니다.'

[그래. 노부가 읽은 천기가 잘못되기를 바랐다.]

'이 사태를 예견하신 겁니까?'

[천기라는 것이 어찌 만사를 정확하게 알 수 있겠느냐? 다가올 혈겁이 어쩌면 이것과 관계가 있을지도 모른다고 짐작하게 된 것이다.]

그 말과 함께 스승님께서 내게 소담검을 내밀었다. 그러고 보니 정신이 혼미해져 갈 때 울부짖는 소담검이 푸른빛에 휩싸였던 것이 기억났다.

'소담검이 어찌?'

[마지막으로 노부의 백을 담은 비록을 어디에 둬야 할지 많은 고민을 했다. 그러다 네가 그 겁란과 정면으로 맞부딪치게 될 것을 천기로 읽게 되었다.]

'그 말씀은…'

[그래. 처음부터 줄곧 네 곁을 지켜왔던 소담검이 노부의 백을 가지고 있었다.]

'…!!'

그 말에 뭔가 소름이 돋았다. 처음부터 가까이에 마지막 〈검선비록〉이 있었던 것이 아닌가. 지금까지조차 그것을 알지 못했던 나였다. 심지어 소담검도 자신에게 그런 비밀이 숨겨져 있었는지 인지조차 못 했던 것 같다.

[네가 천둔의 원류라 할 수 있는 그와 부딪치지 않았다면 이렇게 심상 속에서 노부를 다시 만날 일은 없었을 것이다.]

'하….'

이 모든 게 스승님의 안배였다니. 놀랍다 못해 말문이 막혔다. 한데 문득 나는 지금 내가 처한 상황이 떠올랐다. 심상 속에 있다고는 하나, 나는 지금 심각한 부상을 입고 태호의 수중 바닥에 가라앉아 있었다. 이런 내가 살아날 수 있을까?

[살아날 수 있고 없고는 지금부터 너 자신에게 전적으로 달려 있다.]

'제 자신에게 달렸다니 그게 무슨?'

우우웅! 의아해하는데 스승님의 손에 한없이 빛나는 백색의 검이 생겨났다. 그것은 평범한 검(劍)이 아니었다. 영롱한 빛을 내뿜는 검을 들어 올리며 스승님께서 의미심장한 목소리로 말했다.

[노부의 마지막 심득을 네게 전수하겠다.]

* * *

고작 사흘 사이에 벌어진 일이었다.

강소성 남부에 있던 수많은 무림의 문파, 방파, 그리고 수십이 넘는 크고 작은 마을에 있던 사람들이 어두운 밤사이에 비참한 죽음을 맞이했다. 죽은 이만 하더라도 어림잡아 사만여 명에 달할 만큼 최악의 사태였다. 그리고 그 의문의 몰살은 계속해서 진행 중이었

고, 빠르게 남서쪽으로 향하고 있었다. 이로 인해 소식은 빠르게 무
림연맹의 본단으로 향하고 있었다.

종장

강소성 사건이 발발하고 나서 닷새째 되는 날, 술정시(戌正時) 저녁 무렵.

안휘성 동북쪽 강소성과 맞닿은 경계면인 무호(蕪湖) 방면으로 자그마치 사천여 명에 이르는 무림연맹의 일류 이상 고수들이 오열을 맞춰 빠르게 경공을 펼치며 진군하고 있었다.

"열을 맞춰라!"

"충!"

그들은 무림연맹 내에서도 정예 중의 정예였다. 강소성에서 벌어진 사태로 빠른 기동력을 요하기에 각 당, 단, 대에서도 뛰어난 정예들이 차출된 것이었다. 청룡당의 당주인 이정겸과 녹현당의 당주인 팽우진 같은 일부 젊은 후기지수들도 포함되어 있었다. 이들을 이끄는 것은 이번에 무림연맹에서 새롭게 만들어진 총사(總司)직을 맡은 전전 무림연맹주인 무한제일검 백향묵이었다. 부맹주가 맹 내부의 일을 총괄한다면 총사는 외부의 일을 총괄하는 역할을 했다.

선두에서 이들을 이끄는 백향묵이 뒤를 힐끔 쳐다보았나.

'긴장했군.'

강소성에서 벌어진 최악의 사태가 모두에게 전해졌다. 수만에 이르는 자들이 참혹한 죽음을 맞이했다. 그리고 그 일을 벌인 자들은 인외의 존재인 요물이라고 살아남은 자들이 전했다.

'요물이라….'

백향묵 역시도 젊은 시절, 험지에서 인면지주 같은 요물을 본 적이 있었다. 하지만 이제껏 살면서 고작 단 한 번에 불과했다. 그런 인외의 존재들은 인간을 두려워해서 깊은 산중에서 숨어 산다고 여겼는데, 이번 사태는 이해가 가지 않을 만큼 기이했다. 수천에 이르는 엄청난 숫자의 요물들이 집결했다니 말이다. 그것도 그랬지만 정작 더 큰 문제는….

'놈들이 향하는 경로는 틀림없이 무림연맹이다.'

멸화를 당한 각 문파나 방파, 마을들은 서남쪽으로 향하고 있었다. 이대로 계속 나아가면 안휘성을 거쳐서 무림연맹에 닿는다.

'그 전에 막아야 한다.'

안휘성 무림연맹 지부에서 각 문파, 방파의 제자들마저 동원하여 만 명이 넘는 전력과 강소성의 최서남단인 고순(高淳)에서 집결하기로 했다. 안휘성의 관군도 돕기로 했으니 그곳이 요물들을 막을 최후의 방어선이 될 것이다. 만약 그곳마저 뚫린다면 피해는 걷잡을 수 없이 커질 것이다.

'서둘러야 한….'

그런 백향묵의 기감을 자극하는 수많은 기운들. 팟! 백향묵이 갑자기 앞으로 빠르게 치고 나갔다.

"총사?"

모두가 의아해하며 그를 따랐다. 하지만 백향묵의 속도가 워낙 빨라서 이를 따라잡기가 쉽지 않았다. 백향묵이 향한 곳은 높은 언덕이었다. 전망이 보이는 언덕으로 올라간 백향묵은 바로 눈앞에서 벌어지는 광경에 당혹감을 금치 못했다.

"…이럴 수가."

멀리서 수백여 명의 사람들이 이곳으로 달려오고 있었다. 아무래도 도망치는 듯했다. 그들은 한바탕 전쟁이라도 치른 듯한 몰골이었는데, 이런 그들 뒤로 새까맣게 밀려오는 수많은 안광이 보였다. 그 수가 어느 정도인지 도저히 헤아리기가 힘들었다.

'이게 수천이라고?'

들은 것보다 훨씬 많았다. 이 정도라면 얼핏 봐도 수만에 가까웠다. 그 말인즉, 이틀 전에 보고받았을 때보다 그 수가 훨씬 늘었다는 것을 의미했다.

팟! 경악을 금치 못하는 백향묵 옆으로 누군가 당도했다. 그의 제자 이정겸이었다. 이정겸 또한 멀리서 새까맣게 밀려오는 인외의 존재들에 당혹스러워했다.

"스승님… 저 정도면 족히 삼만에…"

가까웠다. 어쩌면 그 이상일지도 몰랐다. 절로 침을 삼킬 수밖에 없는 광경에 넋을 놓고 있는 이정겸. 그에게 백향묵이 심각한 목소리로 말했다.

"너는 이 길로 무림연맹으로 가서 놈들의 수가 기하급수적으로 늘고 있다고 알려라."

"네? 하나 스승님…"

"나는 저들을 구해야 한다."

백향묵이 손으로 가리킨 이들은 저 새까맣게 밀려오는 요물들로부터 도망치는 자들이었다. 그들 복장을 보면 관군들과 무림연맹 지부의 사람들이 섞여 있음을 알 수 있었다. 그걸 보고서 백향묵은 확신했다. 이미 안휘성 지부에서 보낸 전력이 당했음을 말이다.

"저도 같이하겠습니다. 전령은 다른 자에게…"

거부하는 이정겸에게 백향묵이 다그쳤다.

"호기를 부릴 때가 아니다!"

"스승님!"

"이들 중에 누구보다 경공이 빠른 자는 바로 너다."

그것은 사실이었다. 백향묵을 제외한다면 가장 빠른 기동력을 지녔다. 이에 이정겸이 말했다.

"차라리 후퇴하여 재정비를…"

"저들은 어쩌란 것이냐? 그냥 내버려두고 가란 것이냐?"

"…."

"냉정하게 상황을 판단하거라. 도망치는 저들을 살리는 것 이외에도 나를 비롯해 정예대의 전력이 조금이라도 저놈들을 지체시켜야 한다."

그런 백향묵의 말에 이정겸이 입술을 질끈 깨물었다. 스승인 그가 이렇게까지 말하는 것은 목숨을 걸었음을 의미했다. 하지만 자신의 스승은 정파 최고의 고수였다. 초인의 벽을 넘어섰기에 혼자서도 수천여 명이 넘는 일류 고수들을 감당할 수 있었다. 절대로 쉽게 당할 자가 아니었다.

"…알겠습니다."

"부맹주에게 모든 지부의 전력을 집결시키고, 반드시 현 맹주를 찾으라고 일러라. 이 스승이 무슨 말을 하는지 알겠느냐?"

"알겠습니다."

맹주 소운휘야말로 무림연맹 최고의 전력이었다. 과거 수많은 요물들을 물리쳤다고 알려진 전설적인 존재, 천하제일검 검선의 진전을 물려받은 그가 있어야 이 사태를 막을 수 있을 거라 확신했다. 다만 지금 그 행방이 묘연했다. 금상제를 막기 위해 자리를 비운 그를 찾아내야만 했다. 척! 이정겸이 포권을 취하며 결의가 넘치는 목소리로 말했다.

"스승님, 반드시 살아서 돌아오십시오."

"…걱정하지 말거라. 노부는 죽기 위해 싸우는 것이 아니다. 자! 이러고 있을 틈이 없다. 어서 서둘러라."

"무운을 빕니다!"

"너도 무운을 비마."

팟! 그 말을 끝으로 이정겸은 반대편으로 신형을 날렸다. 그가 사라지고 뒤에서 언덕 위로 올라오는 정예들을 바라보며 백향묵이 자신의 보검인 묵선을 뽑아 들었다. 스릉! 검을 쥔 백향묵 역시도 결의를 다졌다. 적어도 무림연맹에서 모든 전력을 집결시킬 시간을 벌어줘야 했다. 검을 치켜 올린 그가 정예들을 바라보며 큰 소리로 외쳤다.

"전투 준비!"

* * *

수많은 시신들로 가득한 평야.

"하아… 하아…."

부러진 묵선을 쥐고서 비틀거리며 겨우 서 있는 백향묵. 그는 앞에서 뒷짐을 지고 서 있는 검은 도포에 뱀의 눈을 가진 존재를 바라보며 절망감에 빠졌다. 검선의 후예인 소운휘와 겨뤘을 때도 이 정도는 아니었다. 지금 그는 절망을 넘어서 공포감마저 느끼고 있었다.

'대체 이런 괴물이 어찌….'

단 한 수도 통하지 않았다. 심지어 모든 원기를 끌어내고 혈천대라공까지 펼쳤는데도 말이다. 백향묵이 주변을 둘러보았다.

크워어어어어어!

카악. 카악.

괴이한 소리들이 향연을 이루고 있었다. 보이는 것이라고는 어둠 속을 가득 메우고 있는 안광들과 짙은 피비린내뿐이었다. 아무래도 살아남은 자는 오직 자신뿐인 것 같았다. 고작 몇 시진도 버티지 못했다. 아니, 저 괴물 같은 존재가 나타나지 않았다면 적어도 한나절은 버텼을지도 모른다. 하지만 이미 이렇게 된 것을 어찌하겠는가.

'뒷일은 그에게 맡겨야 하는 건가.'

유일한 희망은 단 한 사람뿐이었다. 그마저도 막지 못한다면 무림, 아니 이 중원은 가망이 없었다. 백향묵이 부러진 묵선의 검병을 꽉 쥐고서, 자신을 바라보는 검은 도포를 입은 존재에게 일갈을 내지르며 신형을 날렸다.

"이대로 가만히 죽을 성싶으냐!"

팍!

"컥!"

그런 그의 마지막 기개는 무색해져 버렸다. 신형을 날린 백향묵의 목을 움켜쥔 검은 도포의 사내가 무표정한 얼굴로 말했다.

"제법이다만 그래 봐야 인간이로군."

그를 바라보는 눈빛에는 아무런 감정도 없었다. 마치 인간이 벌레를 보는 것과 별반 차이가 없어 보였다. 그렇게 검은 도포의 사내가 손아귀에 힘을 주어 백향묵을 죽이려는 순간이었다.

"스승님."

그때 누군가가 스멀거리며 다가왔다. 네 개의 노란색 안광을 가진 반인반사의 요물이었다.

"왜 그러지?"

"놈은 한때 무림연맹의 맹주였던 자입니다."

"맹주?"

목이 붙잡혀 있는 백향묵이 눈살을 찌푸렸다. 저 요물은 다른 것과 달리 인간의 말을 할 수 있을 뿐이 아니라 심지어 자신의 정체마저도 제대로 인지하고 있었다. 대체 이들의 정체가 무엇이란 말인가? 의아해하고 있는 반인반사의 존재가 그를 쳐다보며 말했다.

"한때 정파의 중심이라 불렸던 자이니, 그냥 죽이기는 아까워 보입니다."

"하면 어쩌자는 것이냐?"

"인간이란 존재만큼 두려움에 취약한 것들은 없습니다. 놈을 이용해 무림연맹의 놈들에게 더욱 큰 절망을 느끼게 하시지요."

그 말에 검은 도포의 사내가 힘을 가하던 것을 멈췄다. 그리고 백향묵을 손에서 놓았다.

"재미있는 여흥거리가 될 것 같구나. 뜻대로 해보거라."

"기회를 주셔서 감사합니다."

스승에게 허락을 받은 반인반사의 존재가 다가오더니 백향묵 앞에 무언가를 떨어뜨렸다. 챙그랑!

"쿨럭… 쿨럭… 이건?"

그것은 검신이 부러져 손잡이인 검병만이 남은 검 자루였다. 사실상 검이라고 보기도 힘들었다.

"무엇인 줄 알겠느냐?"

"이게 어쨌단 말이냐?"

어디선가 본 듯한 검병이기는 한데 이것만 보고 어찌 곧바로 알아차리겠는가.

"남천철검의 검병이다."

"뭐?"

그 말에 백향묵의 두 눈이 커졌다. 어디서 본 것 같다는 느낌을 받았지만 설마 남천철검일 줄은 몰랐다. 남천철검의 주인은 바로 검선의 후예 소운휘이지 않은가.

'이게 대체?'

유일하게 저 괴물 같은 자를 상대할 수 있는 희망이라 여겼던 그의 검이 어째서 이렇게 부러져 있는지 영문을 알 수 없었다. 그런 그에게 반인반사의 존재가 입꼬리를 올리며 말했다.

"검선의 후예이자 현 무림연맹의 맹주 소운휘는 나의 스승님이시자 모든 만마의 지배자이신 마선께서 죽음이라는 벌을 내리셨다."

'…!!'

백향묵은 충격에 휩싸였다. 저 괴물 같은 존재에게 대적할 수 있는 단 한 사람이 이미 죽었다는 소식은 마치 희망을 박살 내는 것과 별반 다를 바가 없었다.

'어찌 이런 일이…'

그렇게 당혹스러워하고 있던 찰나였다.

푹!

"크헉!"

반인반사의 존재의 긴 손톱이 그의 복부를 파고들었다. 그것은 정확하게 단전을 관통했다. 무인에게 심장이라 할 수 있는 단전이 파괴되는 고통은 말로 형용할 수가 없다.

"끄으으으으."

그렇지 않아도 심한 내상을 입은 그였다. 점차 정신이 혼미해져 갔다. 탁! 그런 백향묵의 어깨에 손을 얹으며 반인반사의 존재가 이죽거렸다.

"돌아가서 이 사실을 모두에게 알려주도록 하거라."

"…뭐어?"

"그리고 두려움에 떨고 있거라."

우우웅! 그 말이 끝나기가 무섭게 공간이 일렁이며 백향묵의 몸이 그곳으로 빨려 들어갔다.

* * *

'여… 여긴 대체…'

주위의 모든 것이 사라지며 어딘지 익숙한 곳에 떨어진 백향묵은 비틀거리다가, 이내 정신을 잃고 말았다. 그가 다시 눈을 떴을 때는 무림연맹의 의무실 안이었다. 정신을 차린 그의 곁을 지키고 있던 것은 무림연맹으로 보냈던 제자 이정겸이었다.

"스승님? 정신이 드십니까?"

"…정겸아."

"아아아! 천만다행입니다."

단전이 파괴되고 큰 부상으로 심신이 약해진 백향묵이 이대로 세상을 떠날까 봐 걱정했던 이정겸이었다. 그러나 그가 깨어나면서 기쁨을 감추지 못했다. 이정겸이 의아해하며 물었다.

"대체 이게 어찌 되신 일입니까? 어찌 이런 부상을 입고 저보다 먼저 무림연맹에 도착하신 겁니까?"

"무림연맹에 먼저 도착해? 그게 대체 무슨 말이더냐?"

정신을 잃기 전까지만 하더라도 무호(蕪湖)의 평야였지 않은가. 그런데 무림연맹이라니 이해할 수가 없었다. 그런 그에게 이정겸이 말했다.

"여긴 무림연맹입니다."

"나는 분명…."

백향묵이 비틀거리며 몸을 일으켜 세웠다.

"스승님, 아직 안정을 취하셔야…."

"놓거라."

만류하려던 그를 뿌리친 백향묵이 창가로 걸어갔다. 백향묵의 두 눈동자가 흔들렸다. 창밖으로 보이는 풍경은 정말 무림연맹이었다. 믿기 힘들지만 어느새 자신은 무호에서 무한에 있는 무림연맹으로 돌아와 있었다. 꿈인지 생시인지 알 수 없는 기이한 일이었다.

'어찌 이런 일이…'

"스승님?"

이정겸이 안절부절못하며 그를 불렀다. 하지만 아무 답을 하지 않았다. 충격을 받은 얼굴로 한참이나 창밖을 바라보던 백향묵이 이내 고개를 돌리며 말했다.

"…내가 얼마큼 잠들어 있었느냐?"

"들은 대로라면 닷새가량 된 것으로 알고 있습니다."

"닷새씩이나?"

생각보다 오랫동안 깨어나지 못했다. 아마도 단전이 파괴된 여파가 컸던 것 같다. 그사이에 많은 일이 벌어졌을 것을 생각하니 정신이 아찔해졌다. 백향묵이 마른침을 삼키며 물었다.

"놈들은 어디까지 왔느냐?"

이런 백향묵의 질문에 이정겸이 어두워진 얼굴로 답했다.

"안휘성의 회녕(懷寧)까지 도달했습니다."

회녕이라면 잠산만 넘어서면 곧바로 호북성의 경계면이었다. 거의 무림연맹 코앞까지 도달한 것이다.

"아아아…."

결국 우려했던 사태가 벌어졌다. 이제까지 얼마나 많은 희생이 있었을지 차마 물음이 나오지 않았다. 이에 질문을 돌렸다.

"모든 지부의 전력을 맹으로 집결시켰느냐?"

"네. 각 성의 지부에 있던 모든 무인들이 지금 본 맹에 집결했습니다. 호북성에 있는 관군까지 합쳐서 거의 팔만에 달하는 전력이 마성(麻城)에 진을 치고 있습니다. 다만…."

"다만?"

"사기가 많이 떨어져 있습니다. 정예를 이끌었던 스승님께서 단전마저 파괴된 채 돌아오신 걸로 말들이…."

뒷말을 흐렸지만 알 것 같았다. 무림에서 다섯 손가락에 꼽히는 절대고수인 자신이 무공을 잃고 패하여 복귀하였다. 그만큼 적이 위험하다는 사실을 몸으로 알린 셈이었다.

'…이게 목적이었나.'

놈이 자신을 살려서 보낸 이유를 확실히 알 것 같았다. 뒷말을 흐리던 이정겸이 계속 말을 이어갔다.

"그리고 더 큰 문제가 있습니다."

"더 큰 문제?"

"요물들의 수가 헤아리기 힘들 만큼 급증했습니다. 전서구에 의하면 거의 삼십만에 달하는 것 같습니다."

"뭐?"

백향묵이 경악을 금치 못했다. 아군 전력의 세 배에 달하는 엄청난 수였다. 게다가 일반 관군의 전력이 무림인들에 비해 떨어지는 것을 감안한다면 최악의 사태였다.

"황도에는 도움을 청하였느냐?"

이런 사태라면 지역 내 관군만 움직일 게 아니었다. 나라의 중심인 황도에서 정규군을 편성하여 움직여야 할 사태였다.

"일찌감치 부맹주가 정병을 요청했지만, 황도에서 파견하는 정규군의 기동력으로는 시일을 맞추기 어려울 것 같습니다."

"도착하기까지 어느 정도 걸릴 것 같으냐?"

"적어도 열흘은 필요합니다."

없느니만 못한 상황이었다. 경공을 펼치는 무림인들과 정규군의 기동력에는 차이가 있을 수밖에 없었다. 반면 요물들이 무림연맹으로 진격해오는 속도는 너무 빨랐다. 닷새 사이에 벌써 회녕까지 도달했다면 내일 밤이나 모레 무렵에 무한의 바로 동북에 자리한 마성에 도달하게 될 것이다.

"…그야말로 절체절명이로다."

"이렇게 된 마당이니 스승님께서 부맹주와 함께 맹을 이끌어주십쇼. 그렇지 않아도 아직까지 소운휘 맹주의 행방이 묘연합니다. 요물들의 군세가 당도할 때까지 맹주를 기다릴 여력이…."

"아아아."

그런 이정겸의 말이 끝나기도 전에 백향묵이 탄식을 내뱉었다. 이에 뭔가 께름칙함을 느낀 이정겸이 물었다.

"어찌 그러시는지?"

백향묵이 절망스러운 얼굴로 무겁게 답변했다.

"더 이상 그를 찾는 데 여력을 낭비하지 말거라."

"네? 어째서?"

"…맹주 소운휘가 죽었다."

'…!!'

소문은 고작 반나절이 채 되지 않아 무림연맹 전체로 퍼져 나갔다. 맹주이자 천하제일검 소운휘의 죽음. 무림연맹의 최고 전력이라할 수 있는 그가 요물들을 이끄는 정체 모를 괴인에게 죽임을 당했다는 소문은 모두를 충격으로 내몰았다. 반신반의하는 이들도 있었지만 무한제일검 백향묵 역시 패배하여 무공을 잃었다는 소식으로 인해 이 말에 더욱 신빙성이 더해졌다.

"천하제일검이 죽다니!"

"믿을 수가 없어. 어떻게 이런 일이…."

"사실이든 아니든 그들조차 당했다면 이러나 모두 죽는 기 아냐?"

"애초에 인간이 아닌 것들이랑 싸우는 거잖아."

"빌어먹을!"

이것은 적을 상대하기 위해 만반의 준비를 하고 있던 모두에게 큰 영향을 끼쳤다. 적에 대한 막연한 두려움은 전의를 상실하게 만들었고, 무림연맹의 사기를 하락시키고 있었다.

"거짓말⋯. 그럴 리가 없어."

"오라버니가 죽다니? 그게 무슨?"

이 비보를 듣고서 가장 슬퍼한 이들은 소영영과 사마영이었다. 처음에는 이를 절대 믿지 않았다. 누구보다 소운휘, 아니 진운휘의 강함을 아는 그녀들이었다. 하지만 그가 목숨처럼 아끼던 남천철검의 부러진 검병을 보고서 사실일지도 모른다고 여기게 되었다.

"아가씨, 엉엉."

"언니, 우리 오라버니가⋯ 히끅!"

두 여인은 서로를 끌어안고 두 시진이 넘게 오열했다. 눈이 통통 붓고 목이 쉬어서야 이를 멈출 수 있었다. 사실 지쳐서 슬퍼하는 것을 멈췄다기보다 갈수록 차오르는 분노와 앞으로 다가올 최악의 사태에 대비해야 했기 때문이다.

"언니, 다시 사백께 다녀와야겠어요."

"괜찮겠어요? 이미 몇 차례⋯."

"그래도 한 번 더 이야기해봐야죠. 아직 사마착 어르신, 아니 사돈어른께서는 아무 소식이 없으신 거죠?"

그 말에 사마영이 고개를 끄덕이며 답했다.

"고작 나흘밖에 안 됐으니까요."

사마영의 부친 월악검 사마착이 무림연맹을 떠난 지 나흘째. 아직까지 아무 소식이 없었다. 자신의 부친이라면 충분히 그곳에 도착했을 거라 생각되는데, 지금까지 연락이 없으니 내심 불안한 마음이 드는 것은 어쩔 수가 없었다.

"미안해요, 언니의 일도 아닌데. 괜히 저 때문에…."

"무슨 소리예요. 아가씨의 일은 이제 제 일인데."

"하지만 이제…."

차마 뒷말이 나오지 않았다. 자신의 오라버니가 죽었다는 말을 하는 순간 이 사실을 완전히 받아들이는 것 같아서였다. 사마영도 그녀의 마음을 이해하기에 그저 손을 꼭 붙잡아주었다.

"괜찮아요. 그보다 어서 가봐요."

"…알겠어요."

소영영은 서둘러 무림연맹 본단으로 향했다. 얼마 있지 않아 신초시 무렵, 무림연맹에 남아 있던 장로들과 일부 전력도 전선인 마성으로 향했다. 그 전에 다시 한 번 설득해야겠다. 본단 건물로 가니 마침 때를 잘 맞췄는지 몇몇 장로들과 함께 나와 있는 사백 형산일검 조청운이 보였다.

"사백!"

"영영아."

그녀를 보자마자 조청운이 손을 이마에 짚으며 한숨을 내쉬었다. 이미 그녀가 할 말을 알고 있다는 듯이 말이다.

"잠시만 시간을 내어주세요."

그런 그녀의 말에 조청운이 고개를 저으며 답했다.

"또 그 이야기를 하러 왔느냐?"

"…네."

"안 된다고 하지 않았느냐. 설령 그것이 회의에서 가결된다고 할지언정 이미 늦었다. 혈교에 원군을 요청하기에는 거리나 시간상 맞지 않는다."

그랬다. 그녀가 사백인 조청운에게 청하려 했던 것은 바로 혈교에 원군을 요청하는 것이었다. 무림연맹의 전력은 정파 전체를 아우르기 때문에 수적으로 가장 월등하다고는 하나, 적들의 수는 자그마치 삼십만에 이른다. 절대 무림연맹의 힘만으로 막을 수 있는 범주가 아니었다.

소영영이 간곡한 목소리로 말했다.

"제발 사백께서 부맹주와 장로들을 설득해주세요. 지금은 정사를 가릴 때가 아니라 중원 무림 모두가 힘을 합쳐야 할 때라고요."

"네 말이 무슨 뜻인지 나 역시 안다. 하나 이미 시기를 놓쳤다. 게다가 정사 동맹이란 게 얼렁뚱땅 쉽게 이뤄질 일이 아니란다."

조청운 역시도 그녀의 주장을 이해했다. 하지만 지금 무림연맹의 입장에서는 어쩔 도리가 없었다. 불과 닷새 전만 하더라도 요물들의 수는 무림연맹의 전력보다 훨씬 아래였다. 이렇게 기하급수적으로 늘어날 거라고는 누구도 예상하지 못했다.

"지금 상황에서는 무쌍성 측에서 보낸 원군이 도착하기를 기다리는 편이 최선이다. 그게 장로 회의에서 내린 결정이고."

조청운의 말대로 장로 회의에서는 사흘 전 급히 무쌍성으로 사람을 보냈다. 당연히 원군 요청 때문이었다. 무쌍성이 있는 연안은 호북성의 바로 북쪽인 섬서성이었다. 장강을 끼고 있어서 적어도 북상하는 데 보름이 소요되는 혈교에 비하면 빠르게 남하하여 무림연맹으로 원군을 보내는 것이 가능한 위치였다.

"곧 알게 되겠지만 무쌍성의 원군이 적어도 닷새 내로 도착하고, 황도의 정규군이 열흘 안에만 합류한다면 일말의 가능성이 있다."

"적어도 닷새를 버텨야 한다는 전제잖아요."

"…그래, 그렇지."

지금까지 하루를 넘긴 곳이 없었다. 사실상 일 할도 되지 않는 가능성에 모든 것을 맡긴 상황이었다.

"이건 염두에 두셨나요?"

"무엇을 말이느냐?"

"차라리 장강 이남으로 후퇴하는 거요."

"뭐?"

그 말에 조청운이 인상을 찡그렸다.

"지금 정도의 중심이라 할 수 있는 무한을 버리자는 것이냐?"

그녀의 주장은 그와 다를 바가 없었다.

"아무리 전략을 잘 짠다고 해도 삼십만이나 되는, 그것도 인간도 아닌 요물들을 상대로 무슨 수로 시간을 버나요?"

"그렇다고 해도 무한은 정파의 성지다."

"모두 죽고 나면 성지가 무슨 소용인가요?"

"네 말도 일리가 있지만 우리가 후퇴하게 되면 힘없는 민간인들은 어쩔 것이냐?"

"아!"

조청운의 날카로운 지적에 그녀의 말문이 막혔다. 무한에는 무림인이나 관군만 있는 것이 아니었다. 당연히 이 땅에 터전을 두고 살아가는 민간인들이 더욱 많았다.

"책임이라는 것이 무슨 의미인 줄 아느냐?"

"…."

"우리가 떠나게 되면 힘없는 민간인들은 아무것도 하지 못하고 죽임을 당하게 된다."

소영영은 입술을 질끈 깨물었다. 장강 이남으로의 후퇴를 무조건 주장하기에는 명분이 받쳐주지 못했다. 그들은 사파나 여느 문파들과 달랐다. 정의를 신봉하는 정파였다. 그런 정도 무림연맹이 힘없는 이들을 버리고 떠난다면 사파와 무엇이 다르겠는가.

"…사백의 말이 옳습니다."

"네 뜻은 이해하지만 좀 더 냉정해지거라. 그리고 좀 더 윗사람들을 믿어다오."

그 말과 함께 조청운은 기다리고 있던 장로들에게로 돌아가려 했다. 그런 그를 소영영이 옷깃을 붙잡으며 말했다.

"만약… 만약에 혈교에서 원군을 보낸다면 마성까지는 아니더라도 방어선을 좀 더 밑으로 내려서 지체시켜볼 수 있지 않나요?"

"혈교에서 원군을?"

그런 그녀의 말에 조청운이 한숨을 내쉬었다. 근래에 혈교가 기존에 그들이 알고 있던 것과 다른 양상을 띠고 있는 것은 확실했다. 하지만 그들이 과연 대대적인 원군을 보내주겠는가 하는 것은 별개의 문제였다. 장로들 역시도 그것은 가능성이 희박하다고 판단했기에 무쌍성과 황도에만 지원을 요청한 것이었다.

"혈교에서 원군을 보낼 것 같지 않구나."

"만약 보낸다면요?"

"동맹도 없고 원군 요청도 하지 않았는데 어찌 그들이 원군을 보낸단…."

"…제가 요청했어요."

"뭐?"

순간 조청운은 멍해지고 말았다. 다른 사람도 아니고 형산파의 제자인 그녀가 허락도 없이 혈교에 원군 요청을 하다니 어처구니가 없었다.

"대체 무슨 생각으로 그런 짓을!"

"정사를 가릴 처지가 아닌데도 누구도 혈교에 원군을 요청하지 않잖아요!"

"…하아, 말하지 않았느냐? 혈교에서 본 맹의 요청을 받아들일 확률은 지극히 낮다고 말이다. 그들은 본 맹에 의해 멸문한 적이 있다. 한데 위험을 무릅쓰고 우리를 돕겠느냐?"

"하지만…."

"괜한 짓을 했구나. 오히려 네 철없는 행동으로 본 맹의 처지만 더 우습게 되었구나."

조청운이 실망스럽다는 듯이 혀를 찼다.

"원군을 보낼 수도…."

"그것은 불가능하다고 하지 않았느냐. 혈교에서 무림연맹의 공식 요청도 아니고 어찌 일개 후기지수 한 사람의 요청을 받고 온단 말이더냐!"

그런 그의 말에 순간 욱했던 소영영은 속으로 진실을 밝히고 싶었다. 자신의 오라버니가 맹주이기도 하지만 혈마라는 사실을 말이다. 그러나 이것을 밝힌다면 상황이 아무리 위태롭다고 한들 그녀 자신이 혈교의 첩자로 몰리게 될 것이다.

'아아… 별수 없는 건가.'

이대로라면 모두가 위태로워질 것이다. 그의 말대로 오라버니도 아니고 자신이 보낸 서찰로 혈교에서 움직일지도 확신할 수 없는 노 릇이고, 설사 원군이 온다고 해도 적들이 바로 코앞에 있었다.

'이젠 정말 모두의 분전만이….'

뿌우우우우우우! 그때 성내 전체로 뿔피리 소리가 울려 퍼졌다.

'…?!'

이를 들은 소영영과 조청운이 당혹감을 감추지 못했다. 이것이 의미하는 것은 긴급 전시 상황이라는 것이었다.

"설마?"

그때 마성에서 보낸 전령으로 보이는 무림연맹의 무사가 다급히 경공을 펼치며 본단 쪽으로 다가왔다.

"무슨 일인가?"

조청운이 전령에게 급히 물었다. 그러자 안으로 뛰어 들어가던 전 령이 소리쳤다.

"요, 요물의 군세가 벌써 마성에 당도했습니다!"

* * *

모두의 예측을 뛰어넘었다. 마지막으로 그들이 모습을 드러낸 시 점과 이동 기간을 고려한다면 다음 날 늦은 밤이나 혹은 모레 저녁 쯤 당도할 것이라 예측했었다. 그러나 그 모든 예측을 우습게 여기 기라도 하듯 요물의 군세의 기동력은 너무도 빨랐다. 이로 인해 무 림연맹에 남아 있던 모든 전력이 황급히 마성으로 합류했다. 관군까지 합류했기에 정사 대전 때보다도 훨씬 많은 전력이 집결하여 방어선을 구축한 모습은 가히 장관이라 할 수 있었다.

그러나 전방 십 리 밖의 지평선을 까맣게 메운 삼십여 만의 요물들. 그들을 보면 생각이 달라질 수밖에 없었다. 모두가 입을 다물지 못했다.

"…너무 많아."

"세 배 차이가 이 정도였나?"

"저걸 무슨 수로 막아?"

전방에서 저들을 지켜보는 무림연맹의 무인들과 관군들은 전의를 상실하고 있었다. 이것은 부맹주 열왕패도 진균이나 장로들 또한 마찬가지였다. 과연 닷새가 넘게 저들을 상대로 버틸 수 있을까 의문이 들 지경이었다.

'하아, 중과부적(衆寡不敵)이로다.'

인정할 수밖에 없는 상황이었다. 하지만 물러날 순 없었다. 여기서 밀려나게 된다면 정파 무림을 넘어서 중원 전체가 위험에 처할 것이다.

스릉!

"전투 준비!"

진균이 독문 병기인 패열도를 뽑아 들고서 외쳤다.

챙! 챙! 챙! 그를 따라 모두가 병장기를 뽑았다. 하지만 한 번 위축되어 죽어버린 전의는 쉽사리 살아나지 않았다. 모두가 긴장감으로 물들어 있는 무림연맹 측과 달리, 요물들은 그들의 이런 두려움과 공포감을 알아차리기라도 한 듯 흥분으로 물들어 있었다.

크워어어어어어!

크르르르를!

고오오오오오오!

포효하는 요물들의 기괴한 울음소리에 마성의 대지가 흉흉하게 침식되어갔다. 요물들의 선두에서 그들을 이끄는 네 개의 노란 안광을 내뿜고 있는 반인반사의 존재가 흡족함을 감추지 못했다.

"스승님, 느껴지십니까?"

"좋구나. 두려움과 공포는 마(魔)의 크나큰 양식이다."

"그들의 두려움이 극에 달했습니다."

설원과도 같은 하얀 뱀의 눈을 가진 흑색 도포의 사내가 손을 내밀었다. 그 손길이 마치 열매를 따는 듯했다.

"참으로 어리석기 짝이 없는 것들이다. 목숨이 경각에 이르렀음에도 도망가지 않고 불에 뛰어드는 나방처럼 굴다니."

"그 일말의 만용마저 스승님 앞에 굴복하게 될 것입니다."

"굴복은 필요 없다. 이 마성의 대지를 피로 물들여라."

"명에 따르겠나이다."

그 말과 함께 반인반사의 존재가 앞으로 나섰다. 그리고 앞에서 방어선을 구축하고 있는 팔만여 명에 이르는 무림연맹과 관의 전력을 손으로 가리키며 외쳤다.

"만마를 다스리는 마선의 명이시다. 인간들을 하나도 남김없이 몰살해라!"

크워어어어어어!

우우우우우우우!

명이 떨어지기가 무섭게 삼십만에 이르는 요물들이 포효하며 앞으로 진격했다. 십 리나 떨어져 있었으나 새까맣게 밀고 들어오는 그들의 모습에 무림인들과 관군들 모두 마른침을 삼키며 긴장감을 감추지 못했다. 소영영이나 사마영 역시도 마찬가지였다.

'오라버니⋯.'

'공자님!'

두두두두두두! 대지가 점차 크게 떨려왔다. 그들이 가까워졌다. 병장기를 쥔 모두의 손에 힘이 들어갔다. 바로 그때였다.

둥! 둥! 둥! 둥! 뿌우우우우우!

어디선가 북소리와 함께 뿔피리 소리가 울려 퍼졌다. 이에 앞으로 진격하던 요물들이 일제히 멈춰 서서 북서쪽 방향을 쳐다보았다. 고원의 높은 언덕 쪽에서 소리가 들려왔는데, 그곳에 작게 두 명의 인영이 보였다.

"언니!"

소영영이 옆에 있던 사마영의 팔목을 꽉 잡았다. 언덕 위에 서 있는 자는 다름 아닌 월악검 사마착과 무쌍성의 성주인 무정풍신 진성백이었다.

'아아아, 아버지!'

월악검 사마착이 향했던 곳은 다름 아닌 무쌍성이었던 것이다. 당연히 며칠은 지연될 거라 여겼었는데, 그 예상을 빗나갔다. 무정풍신 진성백이 고원의 언덕 위에서 수많은 요물의 군세를 바라보며 말했다.

"⋯사돈, 제때 시간을 맞춘 것 같구려."

사돈이라고 부르는 말이 아직은 어색했다.

"⋯그런 것 같소, 사돈."

어색하기는 사마착 역시 마찬가지였다. 어쨌거나 다행스러운 일이었다. 애초에 무쌍성에서 먼저 남하하고 있었기에 망정이지, 그렇지 않았다면 전쟁의 참사로 딸을 잃을 뻔했다.

척! 진성백이 손을 들어 올리자 고원의 언덕 위로 수많은 인파가 모습을 드러냈다. 그들은 무쌍성의 전력이었다. 얼핏 보아도 삼만여 명은 족히 되어 보였다.

"와아아아아아아!!"

사기가 저하되어 있던 무림연맹의 무인들이 함성을 질렀다.

"무쌍성입니다, 부맹주! 그들이 이렇게 빨리 도착하다니!"

"아아아! 이렇게 고마울 데가 있나."

수뇌부들도 난리가 났다. 원군이 도착할 때까지 버티는 것이 목적이었는데, 이렇게 빨리 무쌍성에서 도착할 줄은 몰랐다. 물론 실상은 원군 요청이 없었는데도 남하한 것이었지만 말이다. 하지만 부맹주 진균의 얼굴은 여전히 굳어 있었다.

'아직 부족하다.'

삼만이 합류했다고는 해도 여전히 전력 차는 세 배 그대로였다. 그렇기에 요물들도 큰 반응이 없는 것 같았다. 이런 그의 예상대로 요물들을 이끄는 반인반사의 존재나 마선은 이 상황을 오히려 흥미롭게 여기고 있었다.

"굳이 북쪽까지 갈 필요가 없어졌군요, 스승님."

어차피 무쌍성 역시도 그들의 목표였다. 이렇게 모여준다면 한 번에 처리할 수 있는 기회였다. 마선이 콧방귀를 뀌며 말했다.

"달라질 건 없다. 전부 죽…."

흠칫! 말하다 말고 마선이 갑자기 고개를 남서쪽으로 돌렸다.

"스승님?"

258

왜 그러는가 싶어 의아해하던 반인반사의 네 개의 안광이 조금씩 커져 갔다.

'아니?'

남쪽의 낮은 산봉우리 위에서 밀려오는 수많은 인파가 보였다. 붉은 개미 떼처럼 산 전체를 메우고 있는 그들의 모습을 발견한 것은 마선이나 요물의 군세만이 아니었다. 무림연맹의 수뇌부들 역시도 이를 알아차렸다.

"이럴 수가?"

"설마 저들은…."

멀리 있었지만 저 붉은 복장과 깃발이 무엇을 의미하는지 모를 리가 없었다.

"혈교!"

그들은 다름 아닌 혈교의 전력이었다. 무쌍성이야 원군을 요청했으니 올 수 있다지만, 저들의 등장은 누구 하나 예측하지 못한 상황이었다. 아니, 어째서 이곳에 왔는지조차 이해할 수 없었다.

"혈교가 어찌 원군을?"

"정말 저들이 원군을 보낸 것이오?"

"세상에!"

"잠깐! 혈교만이 아닌 것 같소."

혈교만이라고 치기에는 그 숫자가 굉장했다. 자세히 보니 붉은 복장 이외에도 다른 복장을 한 이들도 보였다.

"엇? 저기 저쪽 산봉우리에 있는 자들은 녹림이요!"

"저긴 장강수로십팔채인 것 같소."

그들이 가리킨 곳에는 혈교 이외에도 여러 사파의 무리들이 있었다. 저 정도 숫자라면 전부 합쳐 오만에 달하는 듯했다. 저들을 보고 이렇게 반가워할 날이 올 줄은 누구도 예측하지 못했다.

"저들이 어째서?"

"믿을 수가 없구려."

이런 반응을 보이는 다른 수뇌부들과 달리, 형산일검 조청운은 이 광경에 어처구니가 없었다. 설사 원군을 요청해도 절대 오지 않을 거라 확신했던 그였다. 더군다나 그 요청을 한 자는 무림연맹의 수뇌부도 아닌 일개 당의 부당주에 지나지 않았다. 그런데 정말로 그들이 왔다.

'하! 저들이 영영이의 요청을 들어줬단 말인가?'

보고도 믿기 힘든 광경이었다. 조청운의 시선은 자연스럽게 소영영에게로 향했다. 소영영 역시도 자신이 예측한 것을 뛰어넘어 훨씬 빨리 도착한 혈교의 모습에 감격을 금치 못했다.

'와주다니!'

심지어 눈가에 눈물까지 맺혔다. 그녀도 반신반의했었다. 오라버니도 없는 마당에 설백을 통해 보낸 자신의 원군 요청을 받아들일까 하고 말이다. 그런데 정말로 와줬다.

* * *

산봉우리를 넘고 있는 혈교의 선두.

그곳에는 악귀 가면을 쓰고 있는 적발의 백혜향과 은발을 휘날리고 있는 설백이 있었다.

"어이, 네년이 말한 것보다 빠르지 않나?"

신경질적인 백혜향의 다그침에 설백이 콧방귀를 뀌며 말했다.

"부교주가 교주의 둘째 부인에게 대하는 태도치고는 건방지군."

"둘째 부인? 누가 네년을 둘째 부인으로 인정한다고 했지?"

당장에 멈춰 서서 싸울 기세였다.

'젠장. 왜 하나도 안 부럽지?'

선두에 있는 백혜향과 설백의 살기 어린 신경전에 우호법 송좌백이 중얼거렸다. 이걸 보니 그때가 떠올랐다. 처음에 멋도 모르고 설백의 신비롭고 아름다운 외모에 반해 들이댔다가 고작 한 수만에 실신한 그였다. 초절정의 극을 눈앞에 둔 자신을 가지고 놀 만큼 괴물이었다. 그런데 보면 볼수록 백혜향과 비슷한 유형이었다. 흔히 말하는 맹수, 즉 포식자에 가까웠다.

"클클. 보기 좋구나."

스승인 기기괴괴 해악천의 그 말에 송좌백이 속으로 혀를 내둘렀다. 저런 기 센 여자들이 녀석 하나를 차지하자고 신경전을 벌이는 게 보기 좋은 현상이라는 건가? 아무리 생각해도 이해되지 않았다.

"지… 진짜 많다."

옆에서 들리는 송우현의 목소리에 송좌백도 침을 꿀꺽 삼키며 고개를 끄덕였다. 마성의 대지를 가득 메우고 있는 요물의 군세. 본교의 전력을 비롯해 사파에서도 제법 세력을 갖춘 방파들을 전부 끌어모아서 북진해왔다. 한데 이 정도 규모일 줄은 몰랐다.

"…스승님, 이거 정말 이길 수 있겠습니까?"

혈교를 비롯해 사파 연합이 합류해도 여전히 격차는 커 보였다. 그런 송좌백의 말에 답한 것은 해악천이 아니라 귀살권마 장문량이었다.

"이기고 지고의 문제를 넘어섰다. 저걸 막지 못하면 인간의 씨가 마를 테니."

"빌어먹을. 이젠 하다못해 저런 괴물들까지 설쳐대네."

"…이놈아, 해 형한테는 꼬박꼬박 스승님이라고 하면서 노부한테는 태도가 그게 뭐냐?"

"대충 넘어갑시다."

"하여간 이놈은."

장문량이 못마땅해하며 혀를 찼다. 하지만 이를 더 따지고 있을 틈이 없어 보였다. 이제 곧 수백 년 동안 없었던 무림, 아니 중원 사상 최대 규모의 전쟁이 시작된다.

선두에 있던 백혜향이 검을 뽑아 들고서 소리쳤다.

"존성들, 그리고 본교의 교인들은 들어라! 긴말은 필요 없다. 저 하찮은 미물들을 쓸어버린다!"

"와아아아아아아아아!!"

사방이 쩌렁쩌렁 울릴 만큼 혈교인들의 사기 넘치는 함성 소리가 곳곳으로 퍼져 나갔다. 전의를 잃고 있던 정파인들 역시도 이런 들끓는 감정이 전파된 것처럼 함성을 지르며 앞으로 나아갔다.

"우리가 질 수 있나!"

"정파인들의 전의를 보여줘라!"

"와아아아아아아아아!!"

그것은 어느새 북서쪽에서 진군해오는 무쌍성의 전력에까지 퍼져 나갔다.

"무림연맹과 혈교에 밀릴 참이더냐!"

"와아아아아아아아아!!"

262

무쌍성의 무인들이 이에 질세라 목청이 터지도록 외쳤다. 조금 전만 하더라도 공포와 두려움으로 가득했었는데, 양대 세력의 원군이 나타나면서 되살아난 사기에 반인반사의 존재의 눈빛이 한없이 싸늘해졌다.

"이놈들이!"

'고작 수가 늘어난 것만으로 기고만장해지다니.'

여전히 열세임에도 기세가 살아난 것이 마음에 들지 않았다. 사파 연합이 합류했다고 해도 아직도 전력의 차는 두 배를 넘어섰고 자신들에게는 최강이자 최고의 전력이라 할 수 있는 마선이 있었다. 그가 조심스럽게 마선을 쳐다보았다. 그런데 이 상황을 불쾌해하는 그와 달리 마선의 입꼬리가 올라가 있었다.

"흥미롭군."

"스승님, 어찌하여…."

"더럽고 탐욕스러운 버러지들의 유일한 강점이다."

"그건…."

"위험 앞에서는 누구 할 것 없이 하나가 되는 모습을 보이지."

반인반사의 존재는 이를 부정할 수 없었다. 그 역시도 지금은 요물이 되었다고 하나 얼마 전까지 뇌장이라는 인간이었다. 인간은 서로 다투다가도 공동의 적이 나타나거나 위험에 처하게 되면 서로 힘을 합치는 모습을 보여준다. 그게 바로 지금이었다. 태초 이래 한 번도 손을 잡지 않았던 삼대 세력이 한자리에 모였다. 요물의 군세에 대항하기 위해서 말이다.

"그렇다고 해도…."

"상관없다. 어떠한 존재든 간에 자신의 목숨이 경각에 달하면 발버둥 치는 것이야 만고불변의 진리."

슥! 마선이 손을 들어 올리자 잠시 멈춰 있던 요물들이 포효했다.

크워어어어!!

오오오오오!!

그리고 손을 앞으로 뻗자 요물들이 일제히 앞으로 진격했다. 대지를 새까맣게 메운 그들이 진격하자 지진이라도 난 것처럼 대지가 크게 요동쳤다. 그런 그들을 바라보며 마선이 이죽거렸다.

"한데 그렇게 피어난 희망이 무참히 짓밟힌다면 그 절망은 과연 어떨까?"

그 말에 반인반사의 존재 역시도 그와 표정이 같아졌다. 앞으로 벌어질 일에 대한 기대감으로 말이다.

두두두두두두!! 요물의 군세와 인간의 군세가 접전지로 진군했다. 대지의 흔들림이 더욱 강해졌다. 포효성과 함성이 뒤섞이며 고조되어가는 열기. 이윽고 두 세력이 부딪쳤다. 챙! 차차차창! 콰쾅! 서로가 서로를 죽이는 치열한 전쟁이 시작된 것이다. 이것은 인간들 간의 싸움이 아닌 이종 간에 생존을 다투는 싸움이었다. 그 치열함과 살벌함은 여태껏 벌어졌던 그 어떤 전쟁보다도 모두를 극한의 상황 속으로 끌어들였다. 불과 부딪친 지 얼마 되지 않았는데 벌써 양측에는 수백여 명이 넘는 사상자가 발생했다.

촥! 콰득!

"끄아아아악!"

크워어어어어어!

인간이고 요물이고 할 것 없이 여기저기서 퍼지는 비명 소리들. 아비규환을 방불케 할 만큼 전선은 더욱 격화되어 갔다. 이런 와중에 눈에 띄는 이들도 있었다.

"하압!"

팔대 고수와 오대 악인이라 불리는 절세고수들은 차원이 다른 활약을 보이고 있었다. 그들이 움직일 때마다 수많은 요물들이 파죽지세로 죽어 나갔다. 아무리 요물들이 보통 사람들보다 강하다고 해도 이 정도 절세고수들 앞에서는 여느 약자들과 다를 바가 없었다.

"와아아아아! 무정풍신의 풍영팔류다!"

"부맹주의 도격에 적들 수십 마리가 베여 나갔어!"

"저 여잔 뭐야? 요물들이 얼어붙고 있어."

"미친! 저게 그 해악천인가? 주먹질로 요물들을 짓이겨놓는데?"

정사를 막론하고 이런 절세고수들의 활약은 모두의 사기를 돋우기에 충분했다. 그들의 가장 큰 역할이 이런 것이라 할 수 있었다. 하지만 모두가 이렇게 활약하는 것은 아니었다.

콰드드득!

"끄아아아악!"

"빌어먹을! 도찬!"

요물의 날카로운 어금니에 찢겨 나가는 동료들의 죽음을 누구보다 가까이서 지켜보며 치열하게 싸우는 이들이 더욱 많았다. 하지만 누구 하나 물러서지 않았다. 자신들이 여기서 물러나게 되면 더욱 많은 이들이 죽음에 내몰릴 것을 알기에 그랬다. 촥!

"아가씨! 조심해요!"

사마영이 요물의 목을 베며 소리쳤다.

"하아… 하아… 고, 고마워요."

소영영은 형산파에서 차기 여협의 자리를 맡아둘 만큼 뛰어난 후기지수였지만 이런 아비규환과도 같은 전쟁은 처음이었다. 경험이 부족하기에 점점 지칠 수밖에 없었다. 그런 그녀의 곁을 사마영이 지키고 있었다.

'공자님의 누이동생은 제가 지킬게요.'

진운휘의 혈육을 죽게 할 수는 없었다. 그런 사명감으로 사마영은 그녀를 보호하며 요물들과 맞서고 있었다. 하지만 요물들의 수가 너무 많았다. 무림연맹과 혈교 및 사파연합, 그리고 무쌍성이 힘을 합쳤는데도 저들은 끝도 없이 밀려왔다. 요물들의 체력이나 힘은 인간과 차원이 달랐다. 그들은 지치지 않았고 인간을 죽이며 그 피를 취할 때마다 금방 회복해갔다. 어째서 강소성과 안휘성이 하루를 넘기지 못하고 초토화되었는지 새삼 알 것 같았다.

'이길 수 있을까?'

점점 의구심이 피어올랐다. 이대로라면 오히려 아군이 먼저 지칠 것 같았다. 그렇게 되면 비등한 양상도 빠르게 무너져 내릴 것이다.

'아니야. 이런 마음을 먹어선 안 돼.'

이제 겨우 반 시진 정도가 흘렀을 뿐이다. 어떻게든 버텨야 한다. 그렇게 여기고 있던 찰나였다. 쿠르르릉!

"따, 땅이?"

갑자기 지반이 흔들렸다.

사마영이 다급히 소영영에게 소리쳤다.

"아가씨 물러서요!"

그 순간 무너진 지반 틈으로 다른 요물들과는 차원이 다른 거대한 놈이 나타났다. 십여 장은 되어 보이는 길이에 수백 개의 날카로운 이빨을 가진 요물이었다.

"무슨 크기가?"

"피, 피해라!"

촤촤촤촤촤촤촤촤!

"끄악!"

"컥!"

요물이 회전하며 움직이자 근방에 있던 자들이 속수무책으로 몸이 찢겨 죽어갔다. 아군이고 적군이고 할 것 없이 요물은 닥치는 대로 사람들을 공격해왔다.

크와아아아아아아!

그리고 놈이 다음으로 노린 자는….

"언니!"

바로 사마영이었다. 경공을 펼치며 놈과 거리를 벌리려 하는데, 너무 빨랐다. 덩치와는 달리 엄청난 속도로 움직인 놈이 순식간에 그녀를 따라잡아 입을 쩌억 벌렸다.

'아!'

이대로 당하는가 싶었다. 그 순간 입을 벌리고 있던 거대한 요물 놈이 몸을 뒤틀며 비명을 질렀다. 카가가가각! 왜 그러나 싶었는데 놈의 몸이 반으로 갈라져 있었다.

"괜찮으냐?"

"아버지!"

놈을 그렇게 만든 자는 바로 월악검 사마착이었다. 전쟁이 시작되자마자 무쌍성의 전력에서 이탈해 곧바로 적들을 뚫고서 딸이 있는 곳으로 한달음에 달려온 그였다.

'다행이군.'

평소 티를 내진 않았지만 누구보다 여식인 그녀를 아끼는 사마착이었다. 사마영이 그 모습에 뭉클해져서 눈물을 글썽였다. 운휘의 누이동생을 지켜야 한다는 책임감으로 버텼지만 그녀 역시도 상당히 지치고 두려운 상황이었다.

"녀석."

사마착이 그녀의 머리를 쓰다듬었다. 서로가 피로 얼룩져 있었지만 이 순간만큼은 애틋했다.

촤촤촤촤촥! 한데 그녀들 곁으로 다가온 이는 사마착만이 아니었다. 붉은 적발을 휘두르며 적을 무차별적으로 난도질하면서 뚫어온 이가 있었으니, 악귀 가면을 벗어던진 백혜향이었다.

"오랜만이군."

"백혜향."

불여우 같은 이 여자가 이렇게 반가울 줄이야. 뭔가 반가운 마음에 인사라도 하려는데, 백혜향이 불만스럽게 말했다.

"아직 우리끼리 합의를 보지 못한 게 있는데, 제멋대로 탁자 위에 한 사람을 더 올렸더군."

"…그게 무슨?"

"저거 말이야."

백혜향이 고갯짓으로 가리킨 곳에 하얀 눈발이 휘날리고 있었다. 그곳에서 설백이 요물들을 얼려버리고 있었다. 가히 놀라운 무위를 보이고 있었지만 백혜향은 그녀를 정말 못마땅하게 여겼다. 이제야 그녀가 무슨 말을 하는지 알아들은 사마영이 눈물을 글썽였다.

"뭐야? 너 설마 우는 거냐?"

"아니거든요."

그런 그들의 대화에 사마착이 끼어들었다.

"설마 녀석은 아직도 오지 않은 게냐?"

그렇지 않아도 진운휘가 보이지 않아서 탐탁지 않게 여기고 있던 사마착이었다. 자신의 딸이 이렇게 위험에 처하도록 남편 될 이가 곁에 없으니 말이다. 백혜향 역시도 이게 궁금했는지 물었다.

"운휘는 어디 있지?"

그 물음에 사마영이 눈물을 흘리며 말했다.

"…공자님이 죽었대요."

"뭐?"

"그게 무슨 소리냐?"

사마영의 그 말에 두 사람이 당혹감을 감추지 못했다. 이들은 아직까지 아무 소식도 접하지 못한 상태였다. 그런데 뜬금없이 진운휘가 죽었다는 말을 들으니 영문을 알 수 없었다. 이에 사마영이 눈물까지 보이며 슬퍼하던 것을 멈추고서 붉어진 눈으로 요물들이 있는 뒤편을 날카롭게 노려보며 말했다.

"…요물들을 이끌고 있는 저 검은 도포 놈의 손에 공자님이 당했대요."

"헛소리하지 마!"

"저희도 믿지 않았어요. 하지만…."

사마영이 품속에서 소중히 간직하고 있던 것을 꺼냈다. 그것은 남천철검의 부러진 검병이었다.

'…?!'

이를 본 백혜향의 얼굴이 무섭게 일그러졌다. 무인이 자신의 독문 병기를 잃는다는 것은 가볍게 치부할 수 있는 문제가 아니었다.

정말 그가 죽었을지도 모를 일이었다. 으득! 무섭게 살기가 치솟았는데 당장이라도 신형을 날릴 기세였다.

그때 사마착이 물었다.

"…녀석의 검을 그리 만든 게 저자라는 것이냐?"

요물들 틈에서 유일하게 인간의 형상을 하고 있는 존재. 안 그래도 그것을 의아하게 여겼던 차였다. 뭔가 범상치 않다고는 생각했지만 천하제일이라 불리는 사위를 죽인 게 맞다면 요물들 이상으로 위험한 존재였다.

"전 맹주였던 백향묵의 말이 사실이라면 저자가 이 요물들을 움직이는 배후인 것 같아요."

"그럼 저놈이 원흉이라는 거네."

찌익! 사마영의 그 말에 백혜향이 소매를 찢어 천으로 검병과 자신의 손을 감았다. 절대로 검을 놓지 않도록 말이다. 그리고 살의가 가득한 목소리로 말했다.

"그럼 저놈을 죽이면 이 미물들을 멈출 수 있고 운휘의 생사도 확실하게 알 수 있겠군."

"같은 생각을 했군."

사마착이 동의한다는 듯이 몸을 돌렸다. 그리고 그녀를 따라 마선이 있는 곳으로 향했다. 사마영이 우려를 금치 못하며 말했다.

"위험할 수도 있어요."

"위험하기는 모두가 마찬가지야."

팟! 그 말과 함께 백혜향이 전광석화처럼 신형을 날렸다. 새까맣게 밀려드는 요물들 사이를 한 자루의 검이 되어 파고들었다.

"아비도 가보마. 위험하니 이 앞으로는 뛰어들지 말거라."

팟! 사마착 역시도 그녀의 뒤를 따라 신형을 날렸다. 진운휘에 대한 생사 여부를 떠나서 적의 머리가 저 반대편에 있었다. 전쟁의 기본은 그 머리를 치는 것에 있다. 아무리 요물들이라고 해도 자신들을 이끄는 존재가 죽는다면 분열될 확률이 높았다. 파파파팟!

이런 생각을 하는 것은 그들만이 아닌 모양이었다. 요물들 틈바구니를 뚫고서 전진하는 다섯의 절세고수들이 있었다.

"크하하하핫. 이놈들 비켜라!"

콰직! 콰직! 두 주먹을 휘두르며 요물들을 짓이기면서 전진하는 기기괴괴 해악천.

화르르르륵! 그리고 패열도에 불꽃을 일으키며 파죽지세로 나아가는 열왕패도 진균.

백혜향보다도 먼저 앞서 나가고 있는 설백.

이 다섯 고수들은 새까맣게 앞을 가로막고 있는 요물들을 뚫고서 놈에게로 다가갔다. 그런데 앞으로 나아가던 그들의 고개가 위로 향했다.

'아닛?'

마선이 어느새 허공 위를 걸어가고 있었다. 가만히 뒤에서 전쟁을 지켜보고 있으리라 여겼는데, 이미 허공 한복판이었다. 모두가 이것이 기회라고 여겼다. 파파파파팟! 다섯 고수가 누구 할 것 없이 위로 튀어 올랐다. 그리고 상의한 것도 아니었는데, 동시에 마선을 향해 최고의 절초를 펼쳤다.

적혈금신(赤血金身) 패권무적(敗拳無敵).

열염신공(熱炎神功) 극화천도(極火千刀).

빙백신공(氷白神功) 백월한음(白月寒陰).

혈천대라검(血天大羅劍) 삭혈검정(削血劍靜).

무월공검(無月空劍) 월향패검(月向敗劍).

어느 하나 할 것 없이 최고의 초식이라고 해도 과언이 아니었다.

'제발!'

모두가 이 광경에 집중했다. 과연 요물들의 우두머리를 죽일 수 있을까? 그 순간 모두가 경악을 금치 못했다.

우우우우우웅!

기기괴괴 해악천, 열왕패도 진균, 북해빙궁 설백, 혈교의 부교주 백혜향, 월악검 사마착, 이 다섯 절세고수가 허공에 뜬 채 멈춰 섰다. 가장 충격이 심한 것은 당사자인 이들이었다.

'이럴 수가!'

'어찌 이런 일이?'

'진기만으로 막은 건가?'

'닿지조차 못 하다니.'

'이런 괴물이 세상에….'

그들의 주먹과 병장기가 애초에 놈의 반경에조차 닿지 못했다. 보이지 않는 방패가 있는 것처럼 공간이 일렁거리며 그들을 강제로 붙들고 있었다. 공력을 극한으로 끌어올렸지만 그 상태로 떨림만 있을 뿐 움직이지 않았다.

설원과도 같은 하얀 뱀의 눈을 가진 마선이 입꼬리를 벌렸다. 그리고 말했다.

"절망이 무엇인지 깨달아라."

슥! 놈이 가볍게 손을 휘저었다. 그 순간 엄청난 압력과 함께 공간이 휘어지더니, 이내 다섯 절세고수의 신형이 포탄처럼 튕겨 나갔다. 파아아아앙!

"끄악!"

"컥!"

그 위력이 어쩌나 강한지 그들은 수십 장이 넘는 거리를 날아갔
다. 그들과 부딪친 요물들이나 사람들은 그 위력을 감당하지 못해
찢기고 으깨질 정도였다. 모두가 튕겨 나가는 이들을 피해야만 했
다. 콰콰콰콰콰콰콰쾅! 그들이 멈춘 것은 자신들을 튕겨낸 힘의 여
파가 저절로 사라졌을 때였다.

바닥에 처박힌 백혜향이 핏물을 토해냈다.

"끄웩!"

고작 한 수에 멀쩡한 곳이 없었다. 온몸의 뼈가 부러져서 제대로
몸을 일으켜 세우기조차 힘들었다. 다른 이들도 마찬가지였다. 그나
마 금강불괴에 가까운 신체를 가진 해악천조차도 비틀거리며 무릎
을 펴지 못했다.

'…무공의 범주를 벗어났다.'

이건 인간의 힘이 아니었다. 아니, 착각한 것 같다. 애초에 저 존재
는 인간이 아닌데 말이다.

"아버지!"

"쿨럭… 쿨럭… 물러서라."

앞선 두 사람과 달리 그나마 멀쩡해 보이는 월악검 사마착. 그 또
한 내상을 입기는 마찬가지였다. 방금 전에 그 힘은 온몸을 관통하
여 오장육부에마저 충격을 가했다. 수준이 달랐다.

'저놈은 어쩌면….'

그가 가장 이상이라 생각하는 경지에 이르렀을지도 몰랐다. 오직

의지만으로 모든 것을 행하는 그런 경지에 말이다. 만약 그런 것이라면 자신을 비롯해 모든 사람은 무(武)에 있어서 최고의 경지에 이른 절대자를 눈앞에 두고 있는 셈이었다.

그때 마선이 손을 위로 들어 올리는 것이 보였다. 고오오오오오! 그러자 그가 뻗고 있는 위쪽 허공이 크게 일렁였다. 그 길이만 자그마치 삼십여 장에 달하는 듯했다.

'설마?'

사마착이 자리에서 벌떡 일어났다. 그리고 모두를 향해 외쳤다.

"피해라! 놈이 휘두르는 간격에서 벗어나!"

하지만 이미 늦었다. 일부 무림인들이 다급히 몸을 날렸지만 마선이 손을 앞으로 내려치자, 엄청난 일이 벌어졌다. 바로 앞에 일직선으로 있던 모든 존재들이 일렁이는 공간의 압력에 의해 그대로 존재 자체가 사라져버렸다. 콰아아아아아앙! 폭이 삼 장, 거리가 삼십여 장. 그곳에 보이지 않는 커다란 검으로 내려친 것만 같은 굵은 흔적이 생겨났다. 모두가 이 광경을 보고 할 말을 잃고 말았다.

"쿨럭… 쿨럭… 무형검(無形劍)."

열왕패도 진균이 허탈한 목소리로 중얼거렸다. 자신의 눈이 잘못되지 않았다면 저 일격은 무형검이 틀림없었다. 과거 백무자는 초인의 벽을 넘어선 존재가 그 무(武)를 완성하게 되면 초월의 경지에 이른다고 말했다. 그렇게 되면 검이 없어도 검을 가진 것과 마찬가지인 무형의 검을 다룰 수 있게 된다고 고서에서 읽은 기억이 있다.

'저게 실제로 가능한 일이었다니.'

충격 그 자체였다. 애초에 놈은 자신들을 가지고 논 것이었다. 본인이 나선다면 더욱 빠르게 상황을 몰아갈 수 있음에도 말이다. 허공에서 저리 웃고 있는 모습만 봐도 알 수 있었다. 놈이 입을 열자 그 목소리가 사방을 울렸다.

"두려움, 공포, 절망. 그것이 네놈들에게 어울리는 감정이다."

누구 하나 놈의 말에 대답하지 못했다. 왜냐하면 부정할 수 없었기 때문이다. 삼대 세력이 하나로 힘을 합치면서 되살아났던 전의가 방금 전의 일로 완전히 죽어버렸다. 모두가 어둡고 창백한 얼굴로 마선을 바라보았다.

"이제 너희 버러지 같은 인간 놈들의 멸망을 즐겁게 지켜볼 수 있겠구나."

크워어어어어어어어!

오오오오오오오오!

놈의 그 말에 요물들이 포효했다. 마치 승리를 눈앞에 둔 전사들처럼 말이다. 전의를 상실한 무림인들은 이를 망연자실한 눈으로 지켜보았다.

'공자님…'

모두와 마찬가지로 절망에 잠겨 있는 사마영. 그녀는 이상하게 이 순간에도 진운휘의 모습을 떠올렸다. 그가 있었다면 달랐을까? 이런 생각이 들었지만 지금에 와서도 나타나지 않는 것을 보면 그는 정말로 저 괴물 손에 죽은 것 같았다. 주르륵! 눈물이 왈칵 쏟아졌다.

허공에 떠 있는 마선이 손을 앞으로 뻗었다. 진격의 신호라도 되는 것처럼 요물들이 사람들을 향해 다시 달려들려 했다. 바로 그 순간이었다.

쿠르르르르릉! 하늘에서 들려오는 천둥소리. 마른 밤하늘 위에서 갑자기 천둥이 치자 요물들이 멈춰 섰다. 전의를 상실하고 놈들을 지켜보던 사람들마저도 그 소리에 의아해하며 하늘을 쳐다보았다. 쿠르르르르르르! 그때 어두운 밤하늘을 뒤덮고 있던 구름이 빠르게 움직이기 시작했다. 그러더니 이내 그것이 회전하며 용권풍처럼 회오리를 쳤다. 그 회오리치며 내려오는 구름 속에서 구멍이 생겨나더니, 이내 그곳에서 검을 타고 누군가가 나타났다. 파아아아아앙!

'…!!'

그 존재를 보는 순간 모두가 전율을 금치 못했다.

'그다!'

그들 모두가 어검비행을 펼치며 나타난 저 존재를 알아보지 못할 리가 없었다.

"아아아! 공자님!"

눈물을 흘리던 사마영의 입에서 기쁨의 탄성이 흘러나왔다. 죽었다고 알고 있던 그가 살아서 나타났다. 그것도 신화 속의 존재가 세상에 강림하듯이 말이다. 파치치치치칙! 회오리치는 구름을 뚫고 나온 존재가 손을 내밀자 허공에서 오색 빛으로 찬란한 뇌전의 검이 나타났다. 이를 투창하듯이 그 존재가 허공에 떠 있던 마선을 향해 날렸다. 푸슈우우우우우우!

마선이 자신을 향해 쇄도해오는 오색 빛의 뇌전의 검을 향해 손을 내밀었다. 공간이 일렁이며 절세고수들을 상대했을 때와 똑같은 일이 벌어질까 했는데, 이내 믿기지 않게도 공간이 뒤틀리며 뇌전의 검이 그것을 통과했다. 콰드득!

'아니?'

마선조차 이것을 예측하지 못했는지 하얀 두 눈이 커졌다. 하지만 피하기에는 이미 늦었다. 오색 빛을 내뿜는 뇌전의 검은 그를 향해 직격했다. 파치치치치칙!

"크윽!"

사방으로 뇌전의 불꽃이 튀며 마선이 뒤로 튕겨 나갔다. 그리고 수십 장이 넘게 날아가 뒤쪽 고원 지대에 있던 산봉우리를 뚫고 들어갔다. 콰콰콰콰콰콰쾅! 굉음과 함께 흔들리는 산에서 피어오르는 먼지. 이를 보며 모두가 입을 다물지 못했다. 그 괴물 같은 존재를 일검에 날려버린 것이었다. 봇물이 터지듯이 함성이 터져 나왔다.

"와아아아아아아아아아!!"

죽었던 사기가 일순간에 반전되었다. 자신의 스승이 일격에 당한 모습에 반인반사의 존재가 당혹감을 감추지 못했다.

"저, 저놈이 어떻게?"

분명 스승인 마선의 손에 죽은 그였다. 태호의 바닥에 가라앉아 있어야 할 그가 멀쩡히 살아 돌아온 것이었다. 그런데 당혹스러운 일은 이게 끝이 아니었다. 우우우우우웅! 뒤에서 느껴지는 이질적인 기운에 다급히 고개를 뒤로 돌렸다. 공간이 일렁이며 일그러지고 있었다.

"축지?"

그것은 공간을 접는 축지술이었다. 한데 단순히 한 사람이 왔다 갔다 할 수 있는 크기가 아니었다. 사방에서 거대하게 공간이 일렁이며 일그러지는데 그곳에서 갑자기 수많은 금색 갑주를 입은 이들이 오열을 맞춰 진군해 나왔다. 저벅저벅! 북을 두드리는 소리와 함께 힘차게 이어지는 행진. 군의 사방에서 보이는 펄럭거리는 장대

깃발에는 대연제국 황도 정규군이라는 글자가 새겨져 있었다.

"이럴 수가!"

"저게 대체…."

이 광경에 놀란 것은 반인반사의 존재만이 아니었다. 무림인들 또한 일렁이는 공간 속에서 계속해서 쏟아져 나오는 수많은 황도 정규군의 모습에 놀라움을 금치 못했다. 적어도 열흘이 지나야 도착할 거라 판단했던 황도 정규군이었다. 그런데 그들이 생각지도 못한 방법으로 나타났다.

으득! 반인반사의 존재가 이를 악물었다. 놈의 눈에는 일렁이는 공간 저편에서 식은땀을 뻘뻘 흘리며, 거대한 진의 한가운데에서 술(術)을 펼치고 있는 대머리 노인의 모습이 보였다.

'비선 노옹!'

한때 십선의 일인이었고, 맹약에 묶여 황궁을 지키는 존재. 맹약으로 인해 개입하지 못할 거라 여겼는데, 설마 이렇게 이들을 도울 줄은 몰랐다.

'축지술을 광역으로 펼치다니?'

이게 가능한 일이었던가. 가능 여부를 떠나서 접힌 공간 속에서 금의위를 비롯해 계속해서 황도 정규군이 진군해오고 있는데, 그 숫자가 헤아리기 힘들 정도로 많았다. 방금 전만 하더라도 수적으로 우위였던 요물들이다. 한데 황군의 등장으로 양상이 달라졌다. 그들은 무림의 삼대 세력과 후방에서 나타난 황도 정규군 사이에 갇혀 옴짝달싹할 수 없는 형태가 되어버렸다.

천하제일검의 등장과 함께 나타난 황도 정규군.

"하아…."

극도의 긴장으로 물들었던 전장이었다. 모든 것이 끝났다고 여겼을 때, 예기치 못한 희망은 수많은 이들의 입에서 안도의 한숨이 흘러나오게 했다. 그것은 누구도 예외가 아니었다.

"형…! 운… 운휘다."

동생 송우현의 말에 송좌백이 투덜거렸다.

"빌어먹을 자식. 아슬아슬할 때 나타나서 주목받네."

말은 이렇게 하면서도 얼굴은 안도감으로 가득 차 있었다. 녀석이 나타나지 않았다면 요물들의 손에 모두가 이 세상에서 하직했을 테니 말이다.

사마영이 아버지를 부축하며 말했다.

"아버지, 공자님이 살아 있었어요."

"그래. 그렇구나."

그녀의 말에 월악검 사마착이 몸을 일으켜 세우며 입꼬리를 올렸다. 그렇게 못마땅하게 여겼던 사위였다. 하지만 지금 이 순간만큼은 반가움과 더불어 한 가지 사실을 인정하지 않을 수가 없었다.

"…네 안목이 이 아비보다 낫구나."

"헤헤."

그 말에 사마영은 이를 활짝 드러내며 웃었다. 이처럼 감정이 벅차서 들떠 있는 또 다른 사람이 있었으니, 그의 친부인 무쌍성의 성주 무정풍신 진성백이었다.

'하령, 보고 있소?'

그녀가 지켰던 아들이 무림의 희망이 되었다. 만인이 환호하며 추앙하는 모습이 너무도 자랑스럽고 뿌듯했다.

"클클."

해악천은 그저 웃음만 흘렸다. 자신을 상대로 교섭하려 들었던 그 애송이가 이렇게까지 성장하다니. 누구보다 감회가 남달랐다.

'호종대… 네놈과 나는 참 복이 많은 것 같다. 저런 대단한 녀석의 스승이니 말이다.'

먼저 세상을 떠난 호적수가 그리워졌다. 정말로 녀석과 함께 제자를 키웠다면 어땠을까? 괜히 낯간지러운 생각에 코웃음만 나올 뿐이었다.

"흥. 괜히 걱정했잖아."

백혜향이 비틀거리며 몸을 일으켜 세웠다. 인간이란 참 놀라운 존재다. 절망 속에서는 모든 것이 무너져 내릴 것만 같았는데, 그의 등장으로 이젠 모든 것을 다 할 수 있을 것만 같았다. 부상의 고통조차 느껴지지 않았다.

"와아아아아아아아!!"

백혜향이 환호성을 지르고 있는 교인들에게 외쳤다.

"뭣들 하고 있는 거냐? 미물들을 쓸어라!"

"충!!"

그녀의 명에 답한 혈교의 교인들이 일제히 요물들을 향해 달려들었다. 사기가 되살아난 그들의 기세는 일당백의 용사와도 같았다. 이런 전의는 당연히 모두에게로 퍼져 나갔다.

"기회를 놓치지 마라! 무림연맹의 무인들은 모두 진격하라!"

"와아아아아아아!!"

부맹주 열왕패도 진균의 외침에 정파인들 역시도 요물들을 향해 신형을 날렸다. 전의가 하늘 끝까지 치솟았는지 더 이상 그들의 눈빛에 두려움은 없었다.

"지켜볼 생각이냐? 진격!"

"진격하라! 와아아아아아아!!"

무쌍성의 무인들도 이에 질세라 함성을 지르며 진격했다.

황도 정규군을 이끄는 총사령관 이연 대장군이 큰 소리로 군사들에게 명했다.

"황제 폐하의 지엄한 명이시다. 요물들을 처단하라!"

"황명을 받듭니다!!"

개개인이 무력에서 무림인들에게 밀린다고 해도 황도 정규군의 강점이 있었다. 그것은 압도적인 물량이었다. 후방을 가득 메운 군사들이 시위를 당겨 활을 쏘자 요물들의 머리 위로 하늘이 새까맣게 뒤덮이며 화살 비가 쏟아져 내렸다. 파파파파파파파팍! 그것뿐만이 아니었다. 성벽마저 뚫는다는 대형 합성궁(쇠뇌)에서 발사되는 화살들은 요물들 여러 마리를 동시에 관통할 정도의 위력을 보여주었다.

크케에에에엑!

카아아악!

컥! 컥!

요물들의 비명 소리가 사방에서 터져 나왔다. 우두머리인 마선이 부재한 상태에서 앞뒤로 수많은 인간들 틈바구니에 갇힌 요물들은 장수를 잃은 군사들과 다를 바가 없었다. 반으로 나뉘어 우왕좌왕하는데 제대로 대응하지 못했다.

"분산되면 안 된다! 차라리 후방을 뚫어라!"

반인반사의 존재가 소리를 지르며 이들을 이끌어보려고 해도 소용없었다. 애초에 이들은 마선이라는 존재에게 굴복하여 따르는 것이기에, 그에게는 이들을 자유자재로 통솔할 권한도 능력도 없었다. 이대로 가다간 지금까지 기다려왔던 모든 것이 일장춘몽으로 끝날지도 몰랐다.

'훗날을 기약해야 하는 건가.'

고민하고 있던 찰나였다. 갑자기 어디선가 커다란 포효 소리가 들려왔다.

크워어어어어어어어!!

마치 천지를 뒤집을 것만 같은 엄청난 포효성에 전쟁을 치르고 있던 모든 존재들의 시선이 그곳으로 향했다. 마선이 처박혔던 산봉우리로 짙은 안개가 피어올랐다. 그 안개 속에서 거대한 검은 그림자가 보였다. 마치 유유히 헤엄치는 물고기처럼 고원의 산봉우리 사이를 유영하는 존재. 파치치치칙! 길디긴 그 존재가 움직일 때마다 사방에서 푸른 불꽃이 튀어 올랐다. 안개 사이로 서서히 모습을 드러내는 그 존재에 모두가 경악을 금치 못했다.

'…!!'

사슴처럼 솟은 검은 뿔과 타오를 듯한 붉은 등 깃. 그리고 백여 장을 훨씬 넘어서는 길이를 자랑하는 비늘의 거체. 그것은 전설로만 들어오던 존재, 바로 교룡(蛟龍)이었다. 모두가 넋을 놓고 할 말을 잃었을 때 반인반사의 존재만 반색하고 있었다.

"아아아! 스승님, 믿고 있었나이다!"

용으로서 현신한 모습은 그야말로 대재앙 그 자체였다. 쿠르르르르! 교룡이 움직일 때마다 산봉우리가 무너져 내리고 부서져서 난리도 아니었다. 방금 전까지 사기가 극도로 치솟았던 모든 사람들이 순간 망연자실함을 감추지 못했다.

"용이라니?"

"저, 저걸 어찌…."

전설, 설화에서나 들었을 법한 교룡이라는 영수급의 존재를 무슨 수로 죽일 수 있나, 머릿속이 복잡해졌다.

크워어어어어! 그런 교룡이 서서히 이곳으로 날아오고 있었다. 놈이 움직일 때마다 사방에서 뇌전이 몰아치는데 숨이 막힐 지경이었다. 누구 하나 이런 교룡에게서 시선을 뗄 수가 없었다. 크아아아아! 그때 교룡이 천천히 입을 벌렸다. 그 순간 교룡의 입에서 짙은 연기가 흘러나오더니, 이내 거대한 불꽃이 뿜어져 나왔다. 화르르르르르륵! 부채처럼 넓은 형태로 퍼져 나가는 엄청난 화염에 모두가 기가 질리고 말았다. 화염은 누구 할 것 없이 뒤덮으며 모든 것을 불태워버릴 기세였다.

그때 허공을 가로지르는 누군가의 모습이 보였다. 어검비행으로 단숨에 용이 내뿜는 화염으로 날아간 그가 손을 휘둘렀다. 그러자 일렁이는 공간과 함께 화염이 반으로 갈라졌다. 촤아아아아아아악!

"베, 베었어!"

"불꽃이 갈라지다니!"

마성의 대지를 뒤덮으려 하는 거대한 불꽃을 반으로 가르는 그 모습은 가히 장관이었다. 모두의 눈이 휘둥그레질 지경이었다. 그러나 정작 이 불꽃을 벤 당사자는 그렇지 않았다.

* * *

'…베지 못했어.'

나는 분명 불꽃을 가르다 못해 놈의 목을 베려 했다. 신검합일에 무형검이라면 충분히 가능하리라 여겼는데, 베이기는커녕 몸에 흠집조차 나지 않았다. 스승님의 말대로 놈은 이미 영수를 넘어 신수에 이른 건가. 심상 속에서 스승님이 했던 조언이 떠올랐다.

[놈은 사실상 물리적인 힘으로 죽일 수 없다.]

'초월의 경지에 이르렀는데도 말입니까?'

[그것은 놈과 같은 선상에 서기 위한 기본 조건이다.]

스승님은 마선 화룡 진인이 이미 검객으로서 초월의 경지에 이르렀다고 했다. 그렇기에 당시 사람들은 그를 검종의 시초라 칭했다고 했다.

'하면 놈을 어찌 죽일 수 있겠습니까? 이미 용(龍)이기에 불사의 존재였는데, 서복이 남긴 비술마저 얻어서 더욱 완벽해지지 않았습니까?'

스승님마저도 놈을 죽이지 못했다. 그렇기에 정양 진인이 영보필법으로 봉인하지 않았던가. 인간의 육신으로도 말도 안 되는 재생력을 가졌을 텐데, 저렇게 용의 형태로 있다면 죽일 방도가 없었다. 그때 놈이 나를 매섭게 쳐다보았다. 그러자 하늘에서 번개가 내려치며 정확하게 내게 직격했다. 쿠르르르! 쾅쾅!

풍신의 경지에 이르렀다고 해도 과언이 아닌 나였기에 허공을 박차며 이를 피해냈다. 천지조화마저 다루는 신수다웠다. 번개까지 내려쳐서 나를 노릴 줄이야.

"그게 끝인 것 같으냐?"

그때 놈의 목소리가 울려 퍼졌다. 그 순간 사방이 환한 빛으로 일렁였다. 하늘을 쳐다보니 먹구름 전체에서 튀어 오르는 새하얀 뇌전의 불꽃이 일제히 나를 향해 내리쳤다. 그 범위는 자그마치 수백여 장에 이르는 규모였다. 나무뿌리처럼 연결되어서 그물망같이 뒤덮는 뇌전을 피할 방법이 없었다.

'칫!'

나는 허공을 향해 무형검으로 검초를 펼쳤다. 피할 수 없다면 뇌전을 베어내서라도 막는 수밖에 더 있나. 오색 빛깔의 뇌전으로 뒤덮인 무형의 검이 하늘을 가르며 내려치는 번개들을 베어냈다. 파치치치치칙! 촤촤촤촤촤촤! 정신이 없었다. 무인들이 펼치는 초식은 눈에 보이기라도 하지. 눈앞이 번쩍일 때마다 바로 코앞에 번개가 다가와 있었다. 촤촤촤촤촤! 전부 베어낸 것 같은데, 짧은 찰나 수백, 수천에 이르는 뇌전의 줄기를 다 막는 것은 아무리 지금의 나라고 해도 불가능한 일이었다. 결국 번개 한 줄기가 내 어깨를 관통했고, 그 순간 연달아 뇌전이 나를 뒤덮었다. 파치치칙!

"큭!"

콰콰콰콰콰콰콰쾅!

"죽어라."

놈은 어떻게든 이 기회를 놓치지 않고 나를 죽이려는지 계속해서 번개를 퍼부었다. 이러다간 정말 압사되겠다. 번개도 번개지만 내려치는 힘에 의해 땅이 함몰되고 있었다. 벌써 십여 장이 넘게 파고들었다.

'그렇다면…'

콰쾅! 나는 무형검의 방향을 위가 아닌 땅으로 향했다. 그리고 번개가 내려치는 곳이 아니라 땅속으로 두더지처럼 더 깊이 파고들었다. 그렇게 안으로 파고들다 방향을 틀어 놈이 있는 곳을 향했다. 콰콰콰콰콰콰콰! 놈이 내 기운을 느끼는지 번개가 위에서 내리치는 것이 느껴졌는데, 그래도 지면이 보호하고 있어서 내게 닿지 않았다. 쾅!

"목이 베여도 안 죽나 보자!"

순식간에 위로 솟구친 나는 땅에서 튀어나와 놈의 거대한 목을 향해 무형검을 휘둘렀다. 촤아아아악!

"크워어어어어어어!"

고통스러워하는 포효 소리와 함께 검은 피가 폭포처럼 쏟아졌다. 나는 허공을 밟고서 신형을 날려 이를 피해냈다. 시간을 딱 맞춰서 번개를 맞고 떨어질 때 놓쳤던 사련검이 날아와 나를 태웠다. 탁! 슈우우우우!

놈의 아래서 벗어나자 놀라운 광경이 보였다. 잘려 나갔던 놈의 거대한 몸체가 엄청난 속도로 재생되고 있었다. 기껏 벤 것이 무색하게 말이다.

"크하하하하하하하하!"

놈에게서 벗어나고 있는데, 광오한 웃음소리가 울렸다. 스스로도 엄청난 재생력에 흡족했나 보다. 역시 완전한 불로불사는 목이 베여도 죽지 않는다.

"네놈은 나를 죽일 수 없다. 나는 신수, 너희 버러지 같은 인간들이 범접할 수 있는 존재가 아니다."

놈의 목소리에 웅성거리는 소리들이 들려왔다. 하긴 무형검에 목이 베여도 순식간에 재생하는 것을 보았으니 저렇게 혼란스러워하는 것도 당연했다. 놈이 기고만장해진 목소리로 내게 말했다.

"순양자나 정양 진인조차 나를 어찌하지 못했다. 한데 그들에게 배운 네놈이 나를 어찌할 수 있단 말이냐?"

"득의양양하군. 좋아. 그럼 별수 없겠네."

파치치치칙! 나는 뇌전의 순응 상태로 돌입했다. 전신이 오색 빛깔의 뇌전으로 번쩍였다. 그걸 본 교룡의 하얀 눈이 이죽거리듯이 위로 꿈틀거리며 움직였다.

"어리석은 것. 천둔의 힘은 내게 통하지 않는다."

그렇겠지. 대도천둔검법은 네놈에게서 비롯되었으니까. 더군다나 용의 형태가 되어서 더더욱 통하지도 않고 말이야. 나는 피식 웃으며 놈에게 말했다.

"누가 천둔으로 네놈을 상대한다고 했나."

"뭐?"

칠성현문의 마지막 문을 개방하기 위해서였다. 마지막 일곱 번째 별, 요광(搖光)을 열려면 최고조에 이른 정기신(精氣神)이 하나가 되어야 한다. 고오오오오오! 내게서 엄청난 기운이 집중되는 모습에 뭔가 심상치 않음을 느꼈는지, 놈이 또다시 번개를 일으키려고 했다. 쿠르르르르릉!

"가만히 지켜볼 것 같으냐?"

그때 교룡의 거대한 머리 쪽으로 누군가 나타났다. 그는 다름 아닌….

"스승님?"

기기괴괴 해악천이었다.

"나부터 먼저 상대해야 할 거다! 크하하하하하!"

진혈금체의 적혈금신까지 어느새 펼치고서 놈의 코앞까지 나타난 스승님이었다. 그런데 그뿐만이 아니라 아버지 무정풍신 진성백도 나타났다.

"아버지!"

"시간을 벌어주마!"

아버지의 신형이 여덟 갈래로 나뉘며 이내 작은 회오리를 일으키더니 놈의 턱을 향해 쇄도했다. 스승님도 이에 질세라 두 주먹으로 용의 턱을 향해 올려쳤다. 파아아아앙!

번개를 일으키려 하던 놈의 머리가 두 절세고수의 일격에 살짝 휘청거렸다. 그러나 크게 타격을 입진 않았다. 오히려 하찮은 존재들이 몸을 건드리는 것에 노했는지 단번에 징벌하려 들었다.

"이 벌레 같은 것들이!"

크오오오오오! 놈이 거대한 입을 쩌억 벌리며 그들을 집어삼키려 했다. 하지만 진기로 내가 그들을 잡아당긴 덕분에 빈 허공만 집어삼켜야 했다. 쾅! 그들을 놓친 교룡이 더욱 분노하며 불을 뿜어내기 위해 입을 벌렸다. 그러나 눈앞에서 벌어지는 광경에 하얀 눈이 흔들렸다.

"이건?"

어느새 마성의 대지 전체가 은하수처럼 찬란한 빛을 내고 있었다. 이 광경에 전장터에 있는 모든 사람들이 놀라움을 감추지 못했다. 그 빛을 내는 것은 다름 아닌 검들이었다. 요물들과 싸워서 목숨을 잃은 자의 검들이 찬란한 빛을 내뿜으며 서서히 허공으로 떠오르고 있었다. 그 숫자만 거의 수천 자루에 가까웠다.

"무슨 짓거리를 하려는지 모르겠지만 소용없다."

화르르르르륵! 빛으로 물든 부러지고 망가진 검들을 보며 뭔가 불길했는지 교룡이 불을 뿜어댔다. 이에 나는 앞으로 손을 내밀었다. 그러자 공간이 일렁이며 이내 놈이 내뿜던 불이 역으로 튕겨 나갔다. 화르르르르르르륵!

"크워어어어!"

역으로 불꽃을 뒤집어쓴 놈이 몸을 뒤틀었다. 그러는 사이 내 주위로 수천 자루에 이르는 빛의 검들이 모여들고 있었다. 그런데 검들을 물들였던 빛이 점차 사람의 형상을 띠기 시작했다. 마치 영혼처럼 말이다.

"이럴 수가…."

"공형!"

"의정?"

여기저기서 사람들이 검을 쥐고 있는 빛의 형상을 보며 경악을 금치 못했다. 그들은 죽은 검의 주인들이었다.

"…이게 대체?"

역으로 맞은 불꽃을 털어내던 교룡이 이 광경에 하얀 눈이 커졌다. 놀라는 것도 당연했다. 이건 네놈이 봉인되고 나서 한참 후에 스승님께서 깨달은 마지막 심득이니 말이다. 칠성현문의 마지막 요광은 검과 함께했던 마지막 의지를 끌어내는 힘이다. 스승님은 이를 두고 이렇게 칭했다.

절대 검감(絕對 劍感).

손등에 있던 북두칠성의 점들이 전부 푸른빛으로 일렁였다. 그와 함께 빛의 형상을 한 수천 자루의 검과 함께 있던 의지체들이 일제히 교룡을 향해 쇄도했다. 파파파파파파파파파팡! 그 광경은 마치 수천의 유성들이 떨어지는 것만 같았다. 몰아치는 검들의 의지에 교룡이 비명을 질렀다.

"크아아아아아아아아!"

이 검들은 명검도 아니었고 요검도 아니었다. 하지만 살아생전 담겨 있던 검주들의 의지와 하나가 되어 신검합일의 공명을 일으켰다. 그렇게 엄청난 재생력을 보이던 교룡의 육신은 이것에 닿을 때마다 소멸 수준으로 사라져갔다.

"이노오오옴!"

"그만 발악하고 죽어."

유성처럼 내려치는 요광의 묘리에 놈이 절규했다.

"끄아아아아! 이렇게 된 이상 네놈만은 데려가겠다!"

그러더니 마지막 발악을 하듯이 입을 벌려 화기를 응축하여 파랗게 변한 불꽃을 내게 쏘았다. 파아아아아앙!

"피햇!"

"이놈아!"

나와 가까이에 있던 아버지와 스승님 해악천이 위로 솟구쳤다. 내게 놈의 마지막 발악이 닿지 못하게 하기 위해서 말이다. 그때 내 가슴 쪽에서 빛이 반짝였다. 그러더니 앞으로 튀어 나가 이내 직격해오는 파란 불꽃을 향해 검을 내질렀다. 파아아아아아앙! 그와 함께 불꽃이 내게 닿지 못하고 사방으로 갈라졌다. 내 가슴에서도 검의 의지체가 발현되다니 이게 무슨 영문인지 알 수 없었다. 의아해하고 있는데, 허공으로 솟구쳤던 스승님 해악천이 놀란 얼굴로 사라져가는 의지체를 향해 말했다.

"호…종대 네놈이?"

'…!!'

순간 나는 가슴이 울컥했다. 앞에서 사라져가는 의지체의 형상이 빛으로 이루어진 남천철검을 쥐고서 흡족한 얼굴로 웃고 있었다.

'하….'

요광이 불러일으킨 기적인 건가. 그토록 보고 싶었던 얼굴을 이렇게 보게 되다니. 의지체와 빛으로 이루어진 남천철검이 흩어지듯 사라지며 내 앞에 먼지처럼 흩어져가는 교룡의 육신이 보였다.

"…."

나를 죽일 듯이 노려보던 놈의 하얀 눈이 허탈함으로 물들었다. 그러더니 이내 그 머리마저 완전히 흩어졌다. 파스스스스스!

"와아아아아아아아아!!"

그 거대하던 교룡이 먼지가 되어 사라지자, 기쁨의 환호성이 마성의 대지를 울렸다.

우우우웅! 공간이 일렁이며 어두운 동굴 속에서 피투성이가 된 반인반사의 존재가 나타났다. 그는 인간 시절에 뇌장이라 불렸던 요물이었다. 반인반사의 존재가 비틀거리다 이를 악물더니 벽을 내리쳤다. 쾅!

"하아… 하아… 이노오오오옴! 검선의 후예!"

놈으로 인해 모든 것이 수포로 돌아갔다. 수백 년 동안이나 준비했던 모든 게 허무하게 끝나버린 것이다. 설마 신수라고 불리는 교룡을 죽일 거라고 누가 상상이나 했겠는가.

"빌어먹을."

교룡이 죽고 나자 기세가 살아난 무림인들과 황군들은 요물들을 몰아붙였다. 더 이상 요물들을 이끌 수 없다고 판단한 반인반사의 존재는 결국 선택해야만 했다. 이들을 버리고 훗날을 기약하자고 말이다. 어차피 그들과 함께 그곳에서 죽어봐야 개죽음에 불과했다.

까득까득!

'어차피 시간은 얼마든지 있다.'

지금 당장에는 패했지만 다시 일어나면 된다. 놈에 대해서 전보다 자세히 알게 되었으니 그걸 바탕으로 더욱 치밀해질 것이다. 그렇게 여기고 있던 찰나였다.

"흉측스럽군."

어디선가 들려오는 목소리에 반인반사의 존재가 고개를 돌렸다. 어둠 속에서 한 아름다운 여인이 바위에 걸터앉아 자신을 지켜보는 것이 보였다. 그녀를 본 순간 반인반사의 존재가 눈살을 찌푸렸다.

"철수련?"

그녀는 다름 아닌 악심파파 철수련이었다. 이곳은 자신이 숨겨둔 몇 안 되는 안가 중 하나였다. 그런데 어떻게 이곳을 찾은 건지 의문이었다.

"원래의 육체를 보존하고 있었나?"

그런 그의 물음에 철수련은 동문서답을 했다.

"육신을 옮겨 다니는 것을 비난하던 네놈이 그런 흉측스러운 미물의 몸에 들어가다니 참 우습기 짝이 없군."

"…나를 알아보았나?"

"네 혼을 알아보는 거다, 뇌장."

역시 그녀는 자신의 본질을 알아차리고 있었다. 처음에는 그녀가 자신의 숨겨진 안가에 나타난 것이 당혹스러웠던 반인반사의 존재는 순간 잘됐다는 생각이 들었다. 혼자서 다시 원점부터 시작하기에는 벅찼던 상황이었다. 그런데 그녀의 도움만 있다면 새롭게 시작하기 좋을 듯했다.

"잘됐군, 철수련. 그렇지 않아도 도움이…."

흠칫! 반인반사의 존재가 이질적인 기운들에 고개를 돌렸다. 그곳에서 수백여 명에 이르는 눈을 꿰맨 반시들이 천천히 그를 향해 걸어오고 있었다. 특이한 것은 반시들의 입이 꿰매져 있지 않았다.

'하!'

부상을 입었던 데다 인간과는 다른 기감에 미처 알아차리지 못했었다.

"…이게 뭐지?"

그런 그의 물음에 철수련이 앞으로 다가오며 말했다.

"대가를 치러야지."

그 목소리에서 깊은 한이 느껴졌다.

"대가?"

"주인님께서 그러더군. 자경정이라는 놈의 백을 통해서 봤는데, 네놈이 내 아이를 죽였었다고 하더구나."

'…?!'

순간 반인반사의 존재는 당혹감을 감추지 못했다. 오랫동안 잊고 있던 사실이었다. 술법에 능한 그녀를 이용하기 위해 아기를 죽여 금상제와의 불신을 조장했던 그였다.

"잠깐… 철수련, 뭔가 오해가 있는 것 같은데…."

"오해?"

철수련이 피식 웃었다. 그러더니 이내 싸늘한 목소리로 말했다.

"내가 왜 그 녀석들의 입을 한 땀 한 땀 꿰맸던 실을 잘라놓았을까?"

"뭐?"

"그동안 굶었던 거 포식 좀 하라고 그런 거야."

딸랑딸랑! 철수련이 방울을 흔들자 이내 기다렸다는 듯이 반시들이 달려들었다.

"비, 빌어먹을!"

축지를 펼치고 싶었지만 더 이상 그럴 여력이 없었다. 광인처럼 달려드는 반시들이 마치 자신을 먹잇감으로 여기듯이 마구 물어뜯기 시작했다. 남은 힘으로 놈들을 물리치려 해도 소용없었다. 콰득! 콰득!

"끄아아아아아악!"

비명을 지르며 먹히고 있는 그를 철수련이 매서운 눈으로 계속 지켜보았다.

* * *

"후우. 끝인가."

우두머리인 교룡이 죽고 난 후 전쟁은 일사천리와도 같았다. 한결 수월해졌다고 해야 옳을 것이다. 그 많던 요물의 군세는 정도 무림연맹과 혈교 및 사파, 그리고 중도 세력인 무쌍성, 마지막으로 황도 정규군의 연합에 의해 모조리 전멸하고 말았다.

"저길 봐! 날이 밝고 있어."

전쟁이 끝날 무렵 아침 해가 떠올랐다. 동쪽에서 떠오르는 태양을 바라보며 모두가 살아 있음을 만끽했다.

"와아아아아아아아!!"

"이겼어! 우리가 이겼다고!"

"살아남았다아아아아!"

이 값진 승리를 모두가 목청껏 환호하며 즐겼다. 수많은 이들의 희생이 있었지만 이 전쟁으로 인해 중원 대륙의 더 많은 사람들이 두 발을 뻗고 잘 수 있게 되었다. 막중한 책임감을 가지고 싸움에 임했던 모든 세력들은 처음으로 웃으면서 서로를 바라보았다. 훈훈하기 짝이 없었다. 딱 방금 전까지만 하더라도 말이다.

"뭐야!"

어디선가 들려오는 날카로운 외침 소리.

웅성웅성! 이제 위기가 끝났다고 여겼는데 또 다른 문제에 봉착했다. 한곳으로 몰려든 무림연맹의 수뇌부들, 그리고 혈교의 존성들.

"무슨 헛소리를 하는 거냐? 우리 무림연맹의 맹주님이신 천하제일검 소운휘 대협께서 있으셨기에 이 전쟁을 무사히 끝낼 수 있었는데."

"우리 맹주님?"

무림연맹 정파인들은 이 모든 것이 천하제일검으로서의 내 공로라고 극찬했다. 그런데 이것이 혈교인들의 심기를 자극했나 보다. 계속되는 그들의 자화자찬을 참지 못한 혈교인들이 비밀을 폭로하고 만 것이다.

"하! 이것들이 뭘 잘못 처먹었나. 저분이 누구신 줄 아느냐? 본교의 교주님이신 혈마이시다. 너희 무림연맹은 결과적으로 본교의 산하에 들어온 것이나 다름없다."

"뭐?"

"혈마? 지금 무슨 말도 안 되는 소리를!"

"기껏 죽어가는 걸 살려줬더니 아무것도 모르는 주제에 어딜…."

어느 순간 좌중이 살벌한 분위기로 돌변했다. 진실을 아는 이들은 이 상황을 난감해하며 나를 바라보고 있었다. 그들 역시도 이 사태를 예견하지 못했다.

'…미치겠네.'

그나마 두 세력만 난리 칠 때는 괜찮았다. 어느새 무쌍성의 몇몇 유파장들과 각 종파의 수뇌부들도 끼어들었다.

"혈마라니? 아니, 저들이 왜 소성주를 혈마라고 하는 겁니까?"

"성주! 뭔가 이상합니다. 대체 이게 무슨 일입니까?"

"이런…."

아버지인 무정풍신 진성백이 머리가 지끈거린다는 듯이 이마를 짚으며 이들을 회피했다. 아니, 이들을 통제하지 않으시면 나보고 어쩌란 말인가. 어느새 삼대 세력의 모든 사람들 시선이 내게로 향하고 있었다. 대체 어찌 된 영문인지 해명하라는 듯이 말이다. 이들을 물끄러미 쳐다보던 나는 깊게 숨을 내쉬고는 말했다.

"나는…."

'…!!'

내 말이 끝나기가 무섭게 모두의 어안이 벙벙해졌다. 혼란 그 자체였다. 전 무림이 하나로 뭉친 기념비적인 이날이 모두를 황당한 충격으로 내모는 날로 돌변하는 순간이었다.

* * *

"풋."

백혜향과 많이 닮았지만 좀 더 선한 눈매를 가진 여인이 손으로 입을 가린 채 웃음을 터뜨렸다. 그녀는 바로 백련하였다. 만사신의의 치료를 받고 많이 쾌차하게 된 그녀였다. 요양을 하면서 무척 건강해진 그녀에게 백혜향은 종종 찾아와 많은 이야기를 해주었다. 이제는 서로를 대하는 것이 제법 자매다워진 그녀들이다.

백련하가 웃으며 말했다.

"정말 그분다우시네요."

"골 때리는 녀석이지. 그 상황에 뜬금없이 '나는 진운휘다'라는 말은 왜 해."

아직도 그때의 기억이 훤했다. 진실에 대해 해명부터 하지 않고, 대뜸 그것부터 이야기했으니 말이다.

"그래도 결국 자신의 진짜 성을 세상에 밝혔네요."

"그러게."

백혜향이 피식 하고 웃었다. 그 난리가 난 상황에서도 그 말을 하고서 뭔가 후련하다는 표정을 짓는 진운휘의 모습이 떠올랐기 때문이었다.

"그분은 어쩌면 그 순간만을 기다렸을 수도 있겠네요."

그런 백련하의 말에 백혜향의 눈에 이채가 띠었다. 이야기만 해주었을 뿐인데, 진운휘의 본심을 꿰뚫고 있는 모습에 내심 의아했다. 그녀를 빤히 쳐다보던 백혜향이 이죽거리며 말했다.

"너 아직 좋아하지?"

그녀의 물음에 백련하가 잠시 멈칫하다 이내 고개를 저었다.

"…아니에요."

“아니긴 뭐가 아니야.”

“이젠 정말 아니에요. 저는 대제사장으로서 남은 삶을 본교를 위해 헌신할 거예요.”

몸은 나았지만 마음의 짐은 아직 남아 있었다. 그것을 천천히 갚아 나가고 싶을 뿐이었다.

“대제사장이라고 혼인하지 말라는 법이 있어?”

그런 그녀의 말에 백련하가 난처하다는 듯이 어색하게 웃었다. 그러더니 냉큼 화제를 돌렸다.

“언니는 조만간에 결판을 낸다고 하더니 아직인가요?”

“해결을 봐야지. 흥.”

그 말에 백혜향이 콧방귀를 뀌더니 아직 식지 않은 찻잔을 들고서 단숨에 들이켰다. 엄청 뜨거울 텐데 말이다. 눈이 휘둥그레져서 괜찮냐고 물으려던 그녀는 이내 손을 내렸다.

‘얼굴이 빨개졌는데 저걸 억지로 참다니. 어휴.’

가끔씩 이렇게 철없어 보이는 언니와 그때는 뭐가 그리 밉다고 서로 죽이려 들며 싸웠던 걸까? 그런 생각에 웃음이 나왔다.

“왜 웃어?”

“아니에요. 응원할게요.”

“오늘이야말로 누가 위가 될지 끝장을 봐야지. 망할 얼음 계집 같으니라고.”

그 말과 함께 백혜향이 들고 왔던 죽립을 눌러쓰고서 자리에서 일어났다. 따라서 일어나려는 그녀에게 백혜향이 고개를 저었다.

“앉아 있어. 아직 요양 중인데.”

“새로운 교주께서 나가시는데 어찌 가만히 있을 수 있겠어요.”

"됐어. 교주가 별거 있나."

"네?"

교주의 자리가 별게 아니라니. 그녀가 그렇게 바라왔던 자리가 아니던가.

"어느 누구 씨가 감투가 넘친다며 선심 쓰듯이 내놓은 자리가 뭐가 좋다고. 쯧쯧. 아무튼 몸조리 잘해라. 나 간다."

그 말과 함께 백혜향이 귀찮다는 듯이 손을 흔들며 나가버렸다. 그런 그녀의 뒷모습을 보며 백련하는 미소 지었다. 그리고 녹음으로 가득한 창밖 후원을 쳐다보며 혼자 작게 중얼거렸다.

"당신이 많은 걸 바꾸어놓았네요, 운휘."

＊　＊　＊

챙! 챙! 챙!

망치질 소리가 들리는 대장간.

나는 그곳을 하염없이 쳐다보고 있었다. 벌써 해가 지려는지 하늘이 조금씩 붉게 물들었다.

―기다리면 어련히 안 알려줄까? 너도 참 어지간하다. 여기서 죽치고 앉아 두 시진이 넘게 기다리고 말이야.

혀를 차는 소담검의 말에 나는 피식 웃었다. 오늘 검이 완성된다고 하는데 기다려지는 걸 어떡하냐.

―흥. 망할 아기 놈이 종일 울어대는 걸 듣는 것보다 훨씬 낫다.

혈마검의 말에 나는 인상을 찡그렸다. 망할 아기 놈이라니 말이 너무 심한 거 아냐? 내 딸한테 말이야.

—크흠.

너 계속 그러면 무엇이든 들어가는 주머니에 다시 집어넣는다.

—허 참. 말이 그렇다는 거지. 나도 네 딸 많이 좋아한다.

태도 돌변이 빠른데. 예전에 처음 보았을 때보다 한결 분위기가 가벼워진 혈마검이다. 누가 녀석을 희대의 요검 중 하나로 보겠는가.

소담검이 키득거리며 말했다.

—아니면 사련검처럼 네 첫째 부인인 사마영에게 맡기든가. 하루 종일 아기 울음소리로 정신수양을 해서 그런지 걔 말수가 엄청 줄었잖아.

오. 그것참 좋은 방법인데.

이런 나의 생각에 혈마검이 미친 듯이 소담검을 욕했다. 시끄러워져서 이내 녀석의 목소리를 차단했다.

—어? 망치 소리가 안 들린다.

그러고 보니 어느새 대장간에서 망치질 소리가 안 들렸다. 설마 검이 완성된 걸까? 얼마 있지 않아 대장간에서 아송이 뭔가를 들고 뛰어왔다. 그것은 완성된 검 자루였다. 투박하게 낡은 천으로 둘둘 말아놓은 검 자루를 넘기며 아송이 말했다.

"도련님, 아니 성주님, 완성됐습니다요."

"그냥 편한 대로 불러."

"에이. 그래도 직위 체계라는 것이 있는데, 어찌 그럴 수 있겠습니까? 아무튼 여기 있습니다요."

"고생했다."

나는 아송에게서 막 완성된 검 자루를 받아 들었다. 검집에서 아직 검을 뽑지 않았는데, 왠지 모르게 긴장됐다. 머릿속에 소담검의 목소리가 들려왔다.

―운휘야, 만약 안 되더라도 너무 실망하지 마.

…알고 있어. 그래도 만약이라는 게 있으니까.

나는 흠이 많이 나 있는 검병을 쳐다보았다. 이 안에는 부서진 남천철검의 조각을 모아 녹여서 다시 만든 검이 들어 있다. 다행스럽게도 이 검을 복원해준 이는 전에 무림연맹의 성 밖 대장간 거리에서 남천철검의 본을 떠서 고쳐주었던 대장장이였다. 그때 맞춰두었던 틀이 남아 있을 거라 누가 알았겠는가. 덕분에 나는 희망에 부풀어 올라 이 순간만을 기다려왔다.

탁! 검병을 손에 쥐었다. 그리고 속으로 녀석을 불렀다.

'남천.'

검에서 아무 소리도 들리지 않았다. 막 탄생한 검에 자아가 생기려면 약간의 시간이 소요된다고 들었다. 그렇다면 이 검은 더 이상 남천철검이 아닌 건가.

그때 익숙한 목소리가 들려왔다.

―당신이 나의 새로운 주인인가?

아아… 나는 내심 실망감을 금치 못했다. 역시 녀석이 되살아날 수 있는 방법은 존재하지 않는….

바로 그때였다.

―아니지. 두 번째 주인이로군.

'…?!'

순간 눈이 휘둥그레진 나는 남천철검을 쳐다보았다.

"너?"

설마 나를 기억하는 건가? 놀라워하고 있는데 다시 녀석의 목소리가 들려왔다.

　―내가 어찌 너를 잊을 수 있겠나, 운휘.

　반가운 녀석의 말투에 나는 순간 가슴이 먹먹해졌다. 다시는 못
볼 거라 여겼던 벗이 돌아왔다.

　"하아…."

　목마저 멘 나는 말없이 남천철검의 검 자루를 소중히 품 안에 끌
어안았다. 저무는 석양이 오랜 해후를 축복하듯 우리를 따스하게
비추었다.

〈완결〉

소영영 이야기

무림에 충격을 안겨다준 그날로부터 두 달이 지났다.

정말 오랜만에 고향 율랑현으로 돌아왔다. 사실 고향이라고 말하기에는 더 이상 조금의 애정도 남아 있지 않았다. 어머니의 위패도 형산파에서 모시고 있고, 지금은 내 본가가 무쌍성의 비월영종이라 생각하기 때문이다. 비월영종은 어머니의 종파다. 외조부께서는 나를 딸처럼 아끼신다.

처음으로 가족의 정을 느꼈고, 그로 인해 어머니의 빈자리가 채워진 것 같다. 게다가 나는 오라버니와 다르게 무쌍성의 성주이신 그분의 피가 섞이지 않았지만, 그분 역시도 나를 친자식처럼 대해주시고 있다. 그래서인지 더 이상 익양 소가에는 미련이 없다. 한데 이렇게 오랜만에 율랑현에 오게 된 것은 어렸을 적 어머니께서 물려주셨던 베틀과 어렸을 때 쓰던 짐들을 가지러 가기 위해서였다.

웅성웅성! 한데 이 번잡함은 대체 뭐지?

겸사겸사 함께 온 봉황당 당주인 남궁가희 언니가 내게 말했다.

"어머, 영 매. 사람들이 왜 이렇게 많아?"

"저도 모르겠어요."

언니의 말대로 소가의 입구 전각 밖부터 수많은 행렬이 이어지고 있었다. 수레 가득히 온갖 것들이 실려 있었는데, 대체 이게 무슨 영문인지 알 수가 없었다.

"나라님한테 진상품이라도 상납하러 온 것 같은 분위기인데."

"…언니도 그렇게 보이나요?"

내 눈에도 그렇게 보였다.

내가 알기로 익양 소가에 특별한 날도 아닐 텐데 이게 무슨 일일까?

입구로 들어가려고 대문 전각으로 가자, 앞을 지키고 있던 대문 문지기들이 나를 알아보고서 소리쳤다.

"아가씨 오셨습니까?"

"아가씨?"

갑자기 행렬을 이루고 있던 사람들 시선이 내게로 향했다. 동시에 나를 쳐다보는 통에 순간 당혹스러울 지경이었다.

"오오오!"

"봉황당의 부당주 소영영 여협이다!"

"천하제일검 진운휘 대협의 누이동생이 아닌가."

사람들의 외침에 얼굴이 달아오르다 못해 확 타버릴 것만 같았다. 언니는 이런 나의 반응이 재밌기라도 한지 손으로 입을 틀어막고서 웃음을 억지로 참고 있었다.

"풋, 영 매 너무 인기가 많은걸."

'…망할 오라버니.'

오라버니 덕분에 덩달아 나까지 주목을 받았다. 안 그래도 여기까지 오면서 이런 일이 부지기수로 벌어졌었다. 그 덕에 마을 같은 곳에 들어가기가 무서울 정도였는데, 이 많은 사람들의 관심이 집중되니 어찌할 바를 모르겠다.

"소영영 여협! 저는 조영현에서 온 갑정문의 외당주 장이성입니다. 이렇게 뵙게 되어 영광입니다."

"아가씨! 아가씨! 저는 유만상단의 상단주 고영해입니다."

"어허. 뒷줄에 있던 사람이 갑자기 앞에까지 와서 이게 무슨 짓들인가. 소영영 여협, 저는 오작 형가의 형문정이올시다. 그렇지 않아도 뵙고 싶었는데…."

아아, 진심으로 머리가 지끈거렸다. 왜 다들 나한테 잘 보이려고 이렇게 애를 쓰는 거야?

"후후. 당연히 잘난 오라버니를 둬서 그런 거지, 영 매."

내 마음을 읽기라도 한 듯이 언니가 말했다.

네네. 잘난 오라버니 덕분에 살면서 이렇게 주목도 받아보네요.

"…그 잘난 오라버니, 언니가 데려가실래요?"

"어머 정말?"

이런 나의 말에 언니가 화색이 돌며 말했다. 이 언니… 오라버니한테 관심 있다는 말이 허언이 아니었던 모양이다. 제발 참아주세요. 그렇지 않아도 새언니가 세 명씩이나 돼서 그것도 그것 나름대로 얼마나 골머리가 썩고 있는데.

'언니는 그 언니들 감당하기 힘들걸요.'

아직까지 사람들은 모른다. 오라버니의 부인들이 얼마나 무서운지 말이다. 첫째 언니는 오대 악인의 일인이었던 월악검 사마착의 여식이다. 그나마 사마영 언니는 애교다. 둘째 새언니 자리를 두고 다투는 두 언니는 무림을 통틀어 손가락에 꼽히는 절대고수들이다. 한 사람은 혈교의 신임 교주이고 또 한 사람은 새롭게 재건되고 있는 북해빙궁의 궁주라는 사실이 알려진다면 또다시 무림은 경악에 빠질 것이다. 아니, 그때보다는 덜 하려나? 그때를 떠올리면 정말 오라버니가 대단하다 싶을 정도다.

'어떻게 그 자리에서 그걸 전부 밝힐 생각을 한 거지?'

* * *

"아니, 그게 무슨 소리입니까? 교주께서 무쌍성의 소성주이시기도 하다고요?"

"하… 그러니까 맹주께서 혈교의 교주인 혈마이면서 무쌍성의 성주이신 무정풍신 대협의 아드님이라는 겁니까?"

"소성주가 혈마라니? 어찌 이런 말도 안 되는 일이…"

그 자리에 있던 모든 사람들이 경악을 금치 못했었다. 혈교의 수뇌부들도 오라버니가 무쌍성의 소성주였다는 사실을 처음 알았는지 어처구니없어했고, 무림연맹의 수뇌부들인 장로들 역시 당혹감을 감추지 못했다. 결과적으로 오라버니, 아니 진운휘라는 한 사람이 무림 삼대 세력의 중추를 맡고 있었다는 게 되기 때문이었다.

"이건 있을 수 없는 일입니다!"

"무림 전체를 기만하지 않고서야 어찌 이를 속일 수 있단 말입니까?"

가장 격하게 반응한 곳은 당연히 무림연맹 측이었다. 그들 입장에서는 무쌍성 소성주로서의 오라버니는 납득할 수 있으나, 혈마로서의 오라버니는 도저히 용납할 수 없는 모양이었다. 하지만 여기서 우스운 일이 무엇인 줄 아나? 누구도 대놓고 오라버니에게 맹주직에서 물러나라고 따지지 못했다. 왜냐하면 그 자리에 있던 모두가 한 가지 사실을 인정하고 들어갔기 때문이다.

천하제일.

오라버니는 자타공인 일인자였다. 그 괴물 같은 교룡마저 없애버린 오라버니를 상대로 누가 함부로 굴 수 있겠는가. 하지만 모두가 조심스럽게 군 것은 아니었다. 혈교 측은 달랐다.

"이참에 확실하게 해두는 게 좋겠군. 네가 마음만 먹는다면 이 자리에서 무림을 일통하는 것은 일도 아니잖아?"

이렇게 오만하게 말한 것은 다름 아닌 혈교의 부교주인 백혜향이었다. 둘째 언니를 두고 다투고 있는 그녀는 그 자리에서 불을 지폈다. 덕분에 인요(人妖) 대전이 끝나자마자, 제이차 정사 대전이 벌어지는가 싶을 정도로 분위기가 험악하게 돌아갔었다.

"클클, 명만 내리신다면 당장에라도 저놈들을 무릎 꿇리겠소이다, 교주."

오라버니의 스승님이라던 기기괴괴 해악천도 괜히 으름장을 놓으며 상황을 부추겼다. 일촉즉발의 상황에서 오라버니의 선택은 모두의 예상을 벗어났다.

"무림연맹의 맹주직과 혈교의 교주직에서 동시에 물러나겠다."

…?! 갑작스러운 선언에 이번에는 무림 일통을 부추겼던 혈교 측에서 당혹감을 감추지 못했다. 오라버니는 모두에게 공언했다. 이제는 무쌍성의 성주인 진성백의 아들 진운휘로서의 삶을 살겠다고 말

이다.

* * *

그렇게 공언한 오라버니는 그 자리에서 부교주였던 백혜향 언니를 혈교의 교주로 임명했고, 차기 맹주직으로는 뜬금없게도 월악검 사마착을 추천했다. 혈교의 후계 건은 혈마의 명이었기에 누구도 이견을 달지 않았지만, 오대 악인의 일인인 월악검을 맹주직으로 추천하는 바람에 또다시 한바탕 난리가 났었다. 하지만 오라버니가 그자리에서 월악검 사마착에게 씌워졌던 누명을 벗기면서 여론이 상당히 묘해졌다. 얼마 후면 있을 맹주 선출의 결과가 어찌 나올지 모를 만큼 월악검 사마착에 대한 정파인들의 선입견이 꽤 바뀐 상태였다. 만약 정말 월악검 사마착이 맹주직에 선출된다면 정파 무림에 있어서 가장 큰 이변이 될지도 모른다. 뭐 나야 누가 되었든 간에 현재가 중요하지만.

"안 돼요."

단호한 나의 말에 남궁가희 언니가 입술을 삐쭉 내밀며 말했다.

"방금 전에는 데려가라면서?"

"오라버니가 아니더라도 좋은 남자들 많아요, 언니."

"천하제일의 고수는 영 매 오라버니 한 명뿐이잖아."

"…흠흠. 그거야 그렇지만 아무튼 안 된다고요! 다 언니를 위해서 하는 말이에요."

"이거 은근히 오기가 생기는걸."

오기 부리다가 다친다니까요, 언니. 오라버니의 세 부인이 누군지

308

이야기하면 포기하려나.

그러던 차에 누군가 내게 말했다.

"양 부인께 저희 문주께서 매파를 보냈는데 어떻게 결정은 내리셨습니까?"

'…?!'

매파? 이건 또 무슨 개 풀 뜯어 먹는 소리야?

그런데 이런 말을 하는 사람이 한둘이 아니었다.

"아니, 갑정문에서도 매파를 보낸 거요?"

"정도문도 보냈소이까?"

"우리 오연가는 이미 긍정적으로 고려해보겠다는 답신마저 받았소이다."

"허 참. 이거 호남성에 있는 웬만한 문파, 세가에서 다 매파를 보낸 모양이구려."

그들이 나누는 대화에 나는 기가 막혔다. 익양 소가와 연을 끊기 위해 작정하고 왔는데, 정작 당사자인 나도 모르는 사이에 매파가 오가며 혼사를 논하고 있다니 말이다. 남궁가희 언니가 혀를 내두르며 내게 말했다.

"이야… 영 매, 이 정도면 원하는 대로 남편을 고를 수 있겠는걸. 아니면 여럿을 둘 수도…."

"언니!"

"농담이야, 농담."

"지금 장난칠 기분이 아니거든요."

나는 분노에 찬 걸음으로 성큼성큼 소가 안으로 들어갔다. 원래는 본당 건물로 향하려고 했는데, 곧장 양 부인의 거처인 작약당으로 향했다. 행렬이 이곳으로 이어지고 있었고, 창고 밖까지 공물들이 쌓여서 넘쳐나고 있었다.

'이걸 이용해? 하!'

생각하고 자시고 할 필요도 없이 나는 작약당 안으로 들어갔다. 그곳을 지키던 양 부인의 여자 호위무사들이 나를 발견했는지 깜짝 놀라서 안으로 다급히 들어가는 모습이 보였다. 양 부인에게 내가 왔다고 보고하려나 보지.

"흥!"

나는 서둘러 작약당 안으로 들어갔다. 객들이 줄을 서서 기다리고 있어서 그런지 평소처럼 제지하며 막진 못했다. 접객실에서 양 부인과 손님 목소리가 들려왔다.

"…키워준 은혜가 있지 않습니까? 하니 부디 양 부인께서 진 대협에게 잘 이야기해주셔서 저희 여식을 어여쁘게 봐주셨으면 합니다."

"여부가 있겠습니까? 설사 잘 안되더라도 첫째와 둘째도 그 아이 못지않게 인물도 좋고 품성과 재능도 갖췄으니 기대하셔도 좋을 겁니다."

"하하하. 알겠습니다. 저는 양 부인만 믿고…."

절로 콧방귀가 나왔다. 이젠 나뿐만이 아니라 오라버니까지 팔고 있었다. 전부터 나를 가문의 물건인 것처럼 혼사로 흥정하더니, 그 버릇을 아직까지 못 고쳤다.

"영 매가 왜 소가랑 연을 끊으려는지 이제 알겠네."

언니 보기가 부끄러웠다. 이럴 줄 알았으면 나 혼자 안으로 들어올 걸 그랬다. 더 듣고 있다간 짜증이 날 것 같았다. 쾅! 나는 접객실 문을 세차게 열고 안으로 들어갔다. 작약당의 여자 호위무사가 나를 만류하려 했지만 그녀들의 수준으로는 무리였다. 양 부인이 인상을 찡그리며 나를 쳐다보았다. 손님을 의식했는지 표정을 부드럽게 바꾼 그녀가 말했다.

"영아, 왔으면 이야기하지 그랬니? 지금 이 어미가…."

"어머니라고 부르지 말고 양 부인이라고 존칭하라고 하신 분이 언제부터 제 어머니셨다고 그런 말씀을 하는지 모르겠네요."

쏘아붙이는 나의 말에 그녀가 억지로 표정 관리를 했다.

"어머, 세양가의 가주께서 오해하시게 얘는 무슨 말을 그렇게…."

"오라버니는 이미 약혼녀가 있는데, 양 부인께서 무슨 권리로 세양가의 가주님께 그런 허황된 약조를 하시는 거죠?"

이런 나의 말에 세양가의 가주마저도 당혹스러웠는지 헛기침을 해댔다. 그러다가 이내 내게 말했다.

"허허허, 무림연맹 봉황당의 부당주인 소 여협께서 당차다는 말은 줄곧 들었지만 과연 듣던 대로구려."

"네에. 좋게 봐주셔서 감사합니다."

나는 마음에도 없는 말을 하듯이 무미건조한 목소리로 그에게 말했다. 이에 세양가의 가주가 불쾌해하면서도 애써 미소를 지어가며 내게 타이르듯이 말했다.

"진 대협처럼 천하가 인정하는 영웅이라면 삼처사첩을 둔다고 해서 누가 뭐라고 하겠소이까? 본 세가도 진 대협 같은 훌륭한 분을 사위로 두고 싶은 욕심에 이렇게…."

"저희 오라버니한테 약혼자가 세 명이나 있는데 괜찮으시겠어요?"

"세 명?"

이런 나의 말에 오히려 남궁가희 언니가 화들짝 놀란 눈으로 반문했다. 세양가의 가주도 이 사실을 몰랐기에 난처한 표정을 짓다가 이내 내게 말했다.

"허허허, 방금 전에 말하지 않았소. 삼처사첩을 둔다고 해도…."

"세양가의 여식께서 제 새언니들 사이에서 버틸 수나 있을지 염려되어 저는 이런 말을 하는 거랍니다."

"그 아이도 무가의 여식이오. 본 가주가 강하게 키웠으니 그런 걱정은 하지 않아도…."

"첫째 새언니가 월악검 사마착의 여식이에요."

'…?!'

이런 나의 말에 세양가 가주의 말문이 막혔다. 나는 이에 그치지 않고 말을 이어갔다.

"둘째 새언니 자리를 두 분이서 다투고 있는데… 한 분이 지금 혈교의 교주인 검혈마녀 백혜향이네요."

"거, 검혈마녀!"

세양가의 가주가 놀란 나머지 의자에서 벌떡 일어났다. 남궁가희 언니도 이 사실에 많이 놀랐는지 눈이 커다래져서 나를 쳐다보고 있었다.

"혈교주라니… 세상에."

양 부인도 어찌나 놀랐는지 안색까지 새파랗게 변해 있었다. 나는 이에 그치지 않고 말했다.

"그리고 또 한 분은 이번에 새롭게 팔대 고수의 일인이 된 빙한여제 설백 언니인데, 그분들 사이에서 가주의 여식께서 잘 버틸 수 있다면…."

내 말이 미처 끝나기도 전에 세양가의 가주가 양 부인에게 포권을 취하며 다급히 말했다.

"야… 양 부인, 아무래도 본 가주가 괜한 욕심을 부린 것 같소이다. 오늘 부탁드린 것은 부디 잊어주길 바라오."

그 말과 함께 부리나케 접객실을 나가버렸다. 그런 모습을 보고 나니 조금은 속이 풀리는 것 같았다. 한데 옆에서 시무룩해져서 중얼거리는 남궁가희 언니의 목소리가 들렸다.

"…기준이 너무 높잖아."

오기가 수그러들었나 보다. 협박 아닌 협박이 되어버린 나의 말에 황급히 나가버린 세양가의 가주. 그 덕분에 당혹스러워하던 양 부인이 어처구니없다는 듯이 나를 쳐다보며 말했다.

"…이게 무슨 짓인 게야?"

하! 그건 내가 하고 싶은 말이었다. 나는 싸늘해진 목소리로 그녀에게 말했다.

"낯이 두꺼워도 양 부인 당신처럼 되긴 힘들 것 같군요."

"뭐야?"

"오라버니를 그리 천대해놓고도 오라버니의 명성을 이용할 생각을 하다니, 정말 뻔뻔하기 짝이 없네요."

촌철살인에 가까운 나의 일침에 양 부인의 얼굴이 새빨갛게 달아올랐다. 접객실 바깥에서 기다리는 행렬이나 남궁가희 언니만 없었어도 벌써 옛적에 소리를 질렀을 것이다.

찻잔을 쥔 손을 파르르 떨던 그녀가 겨우 입술을 뗐다.

"누가 그 아이의 명성을 이용했다는 게야? 그게 키워준 부모에게 할 소리…."

"키워줘? 하! 지금 누구더러 키워줬다는 거예요? 주화입마를 입

도록 독을 먹여서 단전이 파훼되도록 만든 게 키워준 건가요? 아님 가문 밖으로 내친 것이….'

"너!"

양 부인이 당황해서 소리쳤다. 밖에 있는 손님들이 들을까 봐 안 절부절못하는 것 같았다. 그녀가 내 옆에 있는 남궁가희 언니를 쳐 다보며 해명하듯이 말했다.

"딸아이가 섭섭한 마음에 없던 사실마저 이야기하며 토로하는 것 같은데, 어느 귀한 집의 따님인지 모르겠지만 오해하지 않으셨으 면 합니다."

"오해할 것도 없어요. 이미 언니도 알고 있으니까요."

"섭섭한 게 있으면 이 어미에게 따로 이야기해다오. 아무리 그렇 다고 해도 이렇게 손님들이 있는 곳에서 이런 식으로 거짓말하는 건 아니란다."

거짓말? 정말 양심도 없는 여자다. 그리고 한편으로는 대단하다 는 생각도 든다. 자신의 체면을 살리기 위해 사실을 대놓고 거짓으 로 몰아가다니 말이다. 잘됐다. 안 그래도 연을 끊으려고 했는데 이 참에 확실하게 끝내야겠다.

"아아, 제 말이 거짓말이라고요? 그럼 더 이상 해독약은 필요 없 나 보죠?"

"해독약?"

"오라버니에게 사실을 전부 밝히고서 스스로 독까지 복용했다고 들었는데?"

이런 나의 말에 양 부인이 입꼬리를 올리더니 말했다.

"독이라니? 대체 무슨 독을 말하는 것이냐?"

시치미를 떼는 그녀의 말에 나는 미간을 찡그렸다. 아무렇지 않게 말하는 것으로 보아 아무래도 해독약을 구한 모양이다. 하긴 독에 당한 지 그리 오래되었는데, 나름 호남성에서 형산파와 더불어 최고의 규모를 자랑하는 익양 소가의 대마님이 속수무책으로 당할 리가 없었다. 한데 내가 누구 동생일 것 같아?

"아아, 해독약의 비법이라도 알아내신 것 같네요. 그런데 오라버니가 말하던데 어설프게 제조한 해독약을 먹게 되면 시간이 흐를수록 발목 부분부터 피부가 조금씩 누렇게 변색되면서 살이 썩는다고 하더군요."

그런 나의 말에 양 부인이 순간 자신도 모르게 고개를 밑으로 내렸다. 그러고는 아차 싶었는지 고개를 다시 들어 올렸다. 이에 나는 혀를 차며 말했다.

"독에 중독된 적도 없는 사람이 제 말을 의식해서 발목 쪽을 쳐다볼 리가 없겠죠?"

"무, 무슨 소리를 하는 게야?"

"시치미 떼도 소용없어요. 그리고 당신이 이렇게 오라버니의 명성을 이용하는 사실을 오라버니가 알게 된다면 가만둘 것 같아요?"

그 말에 양 부인의 표정이 딱딱하게 굳었다. 확실히 오라버니가 두렵긴 한가 보다. 그런 작자가 오라버니의 명성을 이용해서 자신의 사익을 채우려고 들다니. 나는 아무 말을 하지 못하는 그녀에게 경고했다.

"다시는 오라버니 명성으로 뭔가를 해볼 생각은 하지 마세요. 계속 그런다면 오라버니가 아니라 제가 용서하지 않을 거니까요."

"뭐?"

양 부인이 기가 찬다는 표정을 지었다. 마음 같아서는 저 가증스러운 얼굴에 주먹이라도 날리고 싶지만 나는 정도 무림연맹 봉황당의 부당주다. 무공을 익히지 않은 것이나 다름없는 자를 때릴 수는 없었다. 그러니 할 말이라도 다 해야겠다.

"그리고 저도 마찬가지예요! 저는 당신이 마음대로 할 수 있는 물건이 아니에요. 앞으로 당신 멋대로 제 혼사를 정할 생각은 꿈도 꾸지 마세요."

"네가 감히!"

"뭐가 감히라는 거죠? 제가 못 할 말이라도 했나요?"

"첩의 소생을 기껏 먹여주고 키워줬…."

짝!

"악!"

그녀의 말이 끝나기도 전에 나는 뺨을 때렸다. 정파고 뭐고 간에 더 이상 참을 수가 없었다. 뺨을 맞은 양 부인이 화가 머리끝까지 났는지, 더 이상 접객실 바깥이나 나와 같이 온 남궁가희 언니를 개의치 않고 소리쳤다.

"이런 천한…."

짝! 나는 그녀의 반대쪽 뺨도 때렸다. 뺨이 우측으로 돌아간 그녀에게 다가가 속삭이는 목소리로 말했다.

"양 부인."

"너! 너!"

"당신이 뭔가 간과하고 있는데, 아직도 우리 어머니가 소가에서 허드렛일이나 하던 시종 출신인 줄 아나 보죠?"

이런 나의 말에 양 부인의 말문이 막혔다. 오라버니만 신경 쓰느라 나도 한배에서 낳은 자식이라는 것을 잊었나 보다. 어머니는 무쌍성 성주의 아내였고 비월영종의 종주인 외조부의 하나뿐인 딸이었다. 내 신분은 고작 지방에서 조금 명성을 떨치는 호족에 불과한 조곡 양가 출신의 그녀가 폄하할 수 있는 게 아니었다. 나는 그녀의 귓가에 대고 비아냥거리며 말했다.

"안 그래도 외조부와 무쌍성의 성주님께서 벼르고 계시는데, 계속 이런 식으로 명분을 준다면야 나는 좋죠. 계속 이렇게만 살아주세요."

"무… 무쌍성…."

이 말에 양 부인이 새하얗게 질린 얼굴로 몸을 파르르 떨었다. 잔뜩 위축된 그녀의 모습을 보니 기분이 한결 풀렸다.

"언니 가요."

나는 현실을 깨닫고는 얼어버린 그녀를 내버려두고서 밖으로 나갔다. 뒤따라온 남궁가희 언니가 내게 피식 하고 웃으며 말했다.

"우리 영 매한테 이런 면이 있는 줄 처음 알았는데."

"보기 흉했죠?"

"아니, 완전 속이 시원하던데."

"정말요? 전 언니한테 콩가루 집안을 보여주는 것 같아서 부끄러웠는걸요."

"뭐가 콩가루야. 영 매한테는 세상에서 제일 멋진 오라버니와 무림을 주름잡는 새언니들이 있잖아."

이렇게 말해주니 언니가 너무 고마웠다. 기분이 좋아져서 그녀에게 말했다.

"언니가 새언니여도 좋을 것 같아요."

그런 나의 말에 남궁가희 언니가 손사래를 치며 말했다.

"으음… 사양할게. 네 새언니들 틈바구니에서 살아남을 자신이 없어."

솔직한 그녀였다. 나라고 해도 경쟁자들이 그런 괴물들이라면 언감생심 꿈도 꾸지 못할 것이다. 어쨌거나 그 여자에게 경고했으니 받아들이고 안 받아들이고는 본인의 자유였다. 후환이 두렵다면 받아들일 수밖에 없을 것이다.

"그럼 이제 가주를 뵈러 갈 거야?"

"그 전에 짐부터 가지러 가야 할 것 같아요."

데려온 표국 사람들에게 짐을 먼저 맡겨서 무쌍성으로 보내야 할 것 같았다. 그래야 가주를 뵙고 곧장 소가를 떠날 수 있을 테니 말이다.

* * *

손양표국에 어머니의 베틀과 짐을 맡긴 후에 필요 없는 물건들을 처분하고 있을 때였다. 누군가 부리나케 달려오는 모습이 보였다. 같이 정리를 도와주고 있던 남궁가희 언니가 눈살을 찌푸리더니 말했다.

"누군데 저렇게 무섭게 오는 거야?"

그녀의 말대로 누군가 아주 죽일 듯이 달려오고 있었다. 그는 익양 소가의 둘째인 소장윤이었다. 오랜만에 보는 얼굴인데 반가운 게 아니라 역할 정도로 속에서 짜증이 올라왔다. 전각을 넘어온 소장윤이 내게 소리쳤다.

"소영영!"

"하아."

절로 한숨이 나왔다. 저리 골이 잔뜩 나서 온 걸 보니, 내가 작약당에 갔던 일 때문인 것 같았다. 아니나 다를까 녀석이 내게 소리를 버럭 질렀다.

"어머니한테 뭐라고 지껄였기에 네가 들렀다가 간 후로 또 쓰러지신 것이냐?"

쓰러졌다고? 어지간히 심신이 미약한가 보다. 하긴 예전부터 화가 나면 끙끙 앓는 사람이기는 했다. 그런데 녀석만 온 게 아니었다. 전각을 넘어서 또 한 사람의 청년이 오고 있었는데, 그는 소가의 장남인 소영현이었다. 소영현도 나를 보자마자 불쾌하다는 목소리로 말했다.

"어머님께 뭐라고 한 것이냐?"

그 역시도 내게 이걸 따지러 왔다. 이에 나는 빙그레 웃으며 그들 형제에게 말했다.

"나중에 양 부인이 깨어나거든 직접 물어보세요."

이런 나의 말에 장남 소영현의 한쪽 눈썹이 살짝 치켜 올라갔다. 차남 소장윤은 처음부터 자신의 감정을 숨기지 않았기에 내 말에 곧장 화부터 냈다.

"이년이 운휘 그놈을 믿고 방자하기 짝이 없구나! 지금 이곳에는 그놈이 없다는 걸…."

"그만."

그런 소장윤을 소영현이 만류했다. 그래도 형이랍시고 어느 정도 상황 판단이 되는가 싶었는데, 그의 시선이 남궁가희 언니에게로 향해 있었다. 소영현이 언니에게 포권을 취하며 말했다.

"혹시 봉황당 당주이신 남궁가희 소저가 아니십니까?"

언니도 가볍게 포권을 취하며 답했다.

"네, 남궁가희입니다."

"남궁 세가?"

소장윤의 두 눈이 휘둥그레졌다. 내 곁에 있는 언니가 무림연맹의 주축이라 할 수 있는 오대 세가 출신인 줄 미처 예상하지 못했던 모양이다. 반면 소영현은 그래도 무림연맹에 왔던 적이 있어서 언니를 알아보았다.

"이렇게 삼봉 중 백도화(白桃華)를 뵙게 되어 영광입니다."

그의 부드러운 말투를 들으니 알 것 같았다. 그렇지 않아도 접선하던 모용 세가나 제갈 세가 모두 잘 안된 것으로 알고 있다. 그런 와중에 정도 무림에서 세 손가락에 꼽히는 미녀에 최고의 명문 무가 출신의 영애인 언니를 보니 눈이 돌아가는 것도 당연한 일이었다. 다만….

"아, 네."

그는 언니의 관심 대상이 아니었다. 내게서 이 두 형제가 어릴 적부터 얼마나 못된 짓거리를 해왔는지 들었는데, 관심이 가겠는가. 그녀의 말투에서 느껴지는 냉랭함에 소영현이 나를 매섭게 노려보았다. 눈치가 없진 않나 보다. 이에 나는 웃으며 어깨를 으쓱했다. 약이 올랐는지 인상이 무섭게 일그러지던 소영현이 이내 내게 뭔가를 말하려고 했다.

"너 대체 남궁 소저에게 어떤 식으로 거짓 유언비어…."

"하! 거짓? 양 부인도 그렇지만 당신들도 염치가 없기는 마찬가지군요."

"양 부인? 당신들?"

"그럼 뭐라 부를까요? 너희들이라고 할까요?"

"…제 오라버니를 그런 식으로 함부로 부르다니, 네 사문인 형산
파와 무림연맹에서 이런 네 모습을 본다면 어찌 생각할지…."

"그쪽에서 어찌 생각할지 당신이 무슨 상관인데요."

"이년이!"

다소 체면을 차리는 소영현과 달리 화를 참지 못한 차남 소장윤
이 결국 내게 손을 뻗었다. 어릴 적에는 나와 오라버니에게 걸핏하
면 손찌검을 했던 그였다. 그런데 그가 하나 착각하는 게 있었다.

"흥!"

파파팍! 가문의 무공조차 제대로 소화하지 못하는 머저리인 그
가 형산여협의 수제자이고 무림연맹의 여자 후기지수들 중에 다섯
손가락에 꼽히는 내 상대가 될 리 만무했다. 순식간에 녀석의 손을
피한 나는 형산파의 금나수 수법으로 손목을 잡고서 단번에 뒤로
꺾어버리고 말았다.

"끄악! 놔, 놔라!"

"어디서 이년 저년이야. 그리고 오라버니가 아니더라도 너 따위
제압하는 게 그리 어려운 일일 것 같아?"

착각은 자유다. 그동안 네가 무서워서 참았던 것 같아. 어렸을 때
는 오라버니를 위해서 참았던 거고 커서는 네놈들이 양 부인이나
외가를 등에 업고 함부로 해대니 참은 것뿐이다.

"놔! 놓으라고!"

"왜, 안 놓으면 외가댁에 이르기라도 할 거야?"

"끄으, 이 망할 계집이…."

"그만!"

동생인 소장윤이 고통스러워하자 소영현이 내게 소리쳤다. 이에 아랑곳하지 않고 나는 더욱 힘을 가했다. 조금만 더 비틀면 손목뿐만 아니라 팔꿈치도 부러질 것이다.

"정말 손을 쓰게 만드는구나!"

소영현이 내게 신형을 날리려 했다. 그때 사자후와 같은 커다란 외침 소리가 장내에 울려 퍼졌다.

"그만!!"

모두가 화들짝 놀라서 그곳을 바라보았다. 전각 앞으로 뒷짐을 지고 가신들과 함께 서 있는 가주 소익헌이 보였다.

'더 강해진 건가?'

나는 내심 놀라움을 금치 못했다. 목소리에 실린 정기만 보더라도 가주의 내공이 전보다 강해졌다. 오라버니와 거래해서 소동패검의 모든 검식을 전수받았다고 하더니, 이런 기세라면 초절정의 경지에 이른 것일지도 몰랐다.

"이게 무슨 소란인 게냐?"

"아, 아버지…."

소장윤이 쪽팔렸는지 얼굴을 붉히며 그를 불렀다. 가주마저 나타나자 인사하지 않을 수가 없는지 언니도 황급히 포권을 취했다.

"무림연맹 봉황당의 당주 남궁가희가 익양 소가의 가주를 뵙습니다."

"남궁 세가?"

남궁 세가라는 말에 가주의 표정이 바뀌었다. 확실히 오대 세가

322

의 명성이 대단하기는 한 것 같다. 내가 봐왔던 가주는 오대 세가나 구파일방 정도의 명성을 가진 대문파, 명문 정파의 사람들이 아니면 거들떠보지도 않았다. 인정을 안 한다고 하는 편이 나을 것이다.

"남궁 세가의 영애께서 이곳에 방문하다니 반갑구려."

가주가 가볍게 포권을 취하고서 다시 나를 쳐다보며 말했다.

"당장 네 오라버니를 놓아주거라. 남궁 세가의 영애가 보는 앞에서 이게 무슨 짓이더냐?"

"무슨 일이 있었는지부터 물어봐야 하지 않나요? 그리고 언제부터 이 사람이 제 오라버니가 되었죠? 운휘 오라버니나 저한테는 소가의 도련님이 아니었던가요?"

처음으로 내 감정을 솔직히 드러냈다. 이에 가주의 얼굴이 무섭게 굳었다.

"…투정이 지나치구나. 남매간에도 엄연히 위아래가 있는 법인데 어찌 이리 함부로 구는 것이냐?"

지켜보는 객들이 많다고 체면을 차리는 가주였다. 하지만 여기서 끝낼 거라면 시작도 하지 않았죠. 팍!

"큭!"

나는 거칠게 소장윤의 꺾었던 팔을 놓아주고는 가주에게 포권을 취하며 인사했다.

"직접 찾아뵈려고 했는데 이렇게 직접 별채까지 왕림해주셔서 감사합니다."

날이 잔뜩 서 있는 내 목소리에 가주가 말했다.

"불만이 가득하구나."

"네, 가득하지요. 언제부터 오라버니나 저를 자식으로 인정했다고, 오라버니의 명성을 이용해 주변 상단들과 무가들에게서 공물을 취하게 된 거죠?"

"그건…."

나의 물음에 가주의 말문이 막혔다. 반응을 보아하니 양 부인이 오라버니의 명성을 이용한 것을 알면서도 용인한 것 같았다. 또 가문을 위해서라는 자신만의 명분을 내세우며 납득했겠지. 나는 곧장 가주에게 본론을 꺼냈다.

"직접 찾아뵈려 했는데, 이렇게 오셨으니 말씀드릴게요. 저도 운휘 오라버니처럼 오늘부로 익양 소가와 연을 끊으려고 합니다."

"뭐?"

이런 나의 말에 가주의 표정이 어두워졌다. 설마 내가 가문과 연을 끊겠다고 할 줄은 몰랐나 보다. 잠시 말문이 막혔던 가주가 노기를 겨우 가라앉히며 입술을 뗐다.

"…너는 내 딸이다."

"오라버니만큼은 아니지만 저도 딸로서 살아본 기억이 없는걸요."

"어찌 그런 소리를…."

"양 부인의 눈치를 보느라 오라버니나 제게 따뜻한 말 한 마디라도 건네보신 적이 있었나요?"

"그건…."

"어머니가 돌아가신 후로 더욱 냉담해지셨죠."

부정할 수 없는지 가주가 차마 대답하지 못했다. 어머니가 어째서 이런 남자를 좋아했는지 아직도 이해할 수가 없다. 나는 품속에 있던 익양 소가의 가문 패를 넘기며 말했다.

"그럼 가주께서도 동의하신 걸로 알겠…."

"동의할 수 없다!"

"네?"

"너는 네 어미와 나를 이어주는 유일한 흔적이다. 그것은 절대로 변하지 않는 사실이다."

그런 가주의 말에 나는 기가 찼다. 처음부터 양 부인이나 이들 형제 앞에서도 그리 말했으면 되지 않았나? 이들 외가의 눈치를 보느라 한 번도 따뜻한 말조차 꺼내지 않았던 자가 이제 와서 새삼 아버지라고 말해봐야 무슨 소용이란 말인가.

"이미 끝났어요."

쿵! 내 말이 끝나기가 무섭게 가주가 진각을 밟았다. 바닥이 갈라지며 깊게 팼다.

"정 부녀의 연을 끊고 싶다면 무림인답게 이 아비를 힘으로 이겨 보거라. 그런다면 연을 끊는 것을 인정해주마."

"하! 좀 억지 같은데요."

"부모와 자식은 천륜이라 했거늘. 너 역시도 억지로 그 천륜을 거스르려고 하니, 이게 무엇이 억지라는 것이냐?"

참 어지간했다. 이런 말도 안 되는 방식으로 붙들려고 하다니 말이다. 차라리 설득하는 것만도 못했다. 그럼에도 가주는 결연에 찬 목소리로 내게 말했다.

"네 어미가 내 부인이라는 것은 절대로 변하지 않는 사실이다. 이 아비를 힘으로 꺾을 자신이 없다면 그런 식으로 가문에 먹칠하는 것을 그만…"

바로 그때였다.

"누가 부인이라는 게야!"

어딘가에서 쩌렁쩌렁한 호통 소리가 들려왔다. 모두의 시선이 그곳으로 향했다. 그곳에는 백발이 성성한 흰 수염의 노인이 노기 서린 얼굴로 서 있었다.

"외조부!"

노인은 다름 아닌 외조부 하성운이었다. 무쌍성 비월영종의 종주이자 한때 비월검객으로 명성을 떨쳤던 그였다. 상황이 상황인지라 외조부를 보는 순간 나는 너무 반가운 나머지 부리나케 뛰어갔다.

"외조부!"

"어이쿠 욘석."

무서운 얼굴을 하고 있던 외조부가 인자한 얼굴로 바뀌어 머리를 쓰다듬어주었다.

"어떻게 오신 거예요?"

"우리 영영이의 얼굴도 보고 겸사겸사 익양 소가와의 일을 마무리 짓기 위해서 왔지."

"아!"

어쩐지 공교로웠다 싶었다. 그렇지 않아도 외조부께선 몸을 정양하고 무공을 회복하기 위해 참아왔지만 그동안 벼러왔던 것으로 알고 있다.

"외조부라니?"

가주가 당혹스러운 얼굴이 되었다. 여태껏 어머니의 아버지, 즉 외조부가 살아 있다는 사실을 몰랐던 모양이었다. 잠시 어쩔 줄 몰라 하던 가주가 외조부에게 다가오며 말했다.

"…정말 하령의 부친이십니까?"

그런 그의 말에 외조부가 다시 노기 서린 얼굴로 다그쳤다.

"어디서 감히 내 딸아이의 이름을 함부로 부르는 겐가!"

"어르신, 뭔가 오해가 있으신 것 같습니다. 저는 하령의 남편…."

고오오오오! 그 순간 어디선가 휘몰아치는 거대한 기운에 가주가 말하던 것을 멈췄다. 그리고 외조부 뒤편에서 죽립을 쓰고 있던 자를 바라보았다. 그에게서 몰아치는 기운은 그야말로 폭풍과도 같았다.

'아!'

나는 그가 누군지 단번에 알아차렸다. 하지만 장내에 있는 모든 사람들은 기가 질렸는지 창백한 얼굴로 아무 말도 하지 못했다. 그때 죽립인이 쓰고 있던 죽립을 벗으며 입을 열었다.

"소 가주, 그대에겐 하령의 남편을 운운할 자격이 없소."

그는 바로 무정풍신 진성백이었다.

웅성웅성!

"진성백?"

"무정풍신이 어째서 이곳에?"

무림을 삼분하고 있는 무쌍성의 성주이자 팔대 고수의 일인인 그가 정체를 드러내자, 난리가 났다. 나 역시도 양부가 되어주신 성주님마저 나타나 놀라움을 금치 못했다. 무쌍성이 있는 섬서성에서 이곳까지 내려오시다니.

"성주님!"

나는 포권을 취하며 성주님께 인사를 올렸다. 그러자 무표정한 얼굴을 하고 있던 성주님께서 옅은 미소를 지으며 내게 말했다.

"양부나 아버지라고 불러도 된다고 하지 않았느냐."

그런 성주님의 말에 나는 얼굴을 살짝 붉혔다. 어떻게 이런 분이

정이 없다고 알려졌던 건지 이해가 되지 않았다. 그래도 이렇게 많은 사람들이 있는 곳에서 아버지라 부르기에는 뭔가 부끄러우면서 쑥스러웠다.

"그렇긴 하지만…"

"괜찮단다. 너도 내 소중한 딸이니."

성주님의 부드러운 목소리에 마음이 사르르 녹는 것 같았다. 아니, 뭔가 울컥하는 기분마저 들었다. 처음부터 이분 밑에서 자랐다면 어땠을까.

[어머머, 영 매, 무쌍성 성주님 너무 멋지신 거 아냐? 중년미를 갖춘 네 오라버니 같아.]

귓가로 남궁가희 언니의 전음이 들려왔다. 양부가 멋있기는 하지. 힛. 그런데 언니가 빨개진 두 볼을 수줍게 손으로 가리고 있었다. 설마 성주님께 반한 건 아니겠지.

그때 가주 소익헌의 목소리가 들려왔다.

"소가의 가주 소익헌이 무쌍성의 성주께 인사 올리오."

최대한 유연하게 대처하기 위해 갑작스럽게 나타난 성주님께 포권을 취했지만, 경직된 모습과 떨리는 목소리를 숨길 수가 없었다. 무림의 한 축이라 불리는 성주님을 앞에 두고 있으니 이해는 갔다. 한데 내가 착각했던 모양이다. 이어지는 가주의 말에 내심 놀랄 수밖에 없었다.

"대무쌍성의 성주께서 어떠한 전갈도 없이 본가에 이리 불쑥 방문하시다니, 참으로 당혹스럽기 짝이 없소."

말인즉 정식으로 방문한 것도 아니고 어째서 몰래 침입한 거냐고 꼬집은 것이었다. 주변에 지켜보는 이목들이 있으니 들으라고 하는 소리였다.

'강하게 나가네?'

의외였다. 가주의 이런 모습은 처음 봤다. 평소의 그라면 무쌍성 같은 거대 세력의 수장에게는 최대한 예를 갖추고 스스로를 낮췄을 것이다. 한데 목소리부터 시작해 경계심으로 넘쳐나고 있었다. 성주님께서 뭐라고 대답하기도 전에 가주가 계속 말을 이어갔다.

"본 가주의 여식을 어여쁘게 여겨주신 것은 감사한 일이나, 엄연히 친부인 본인이 있는 앞에서 아버지라고 부르는 것 또한 예에 어긋나는 것 같소."

웅성웅성!

"가, 가주."

"어찌…."

대놓고 불쾌한 심경을 드러내는 가주의 모습에 주변의 가신들이 화들짝 놀라했다. 상대는 마음만 먹으면 익양 소가는 언제든 지워 버릴 수 있는 삼대 세력 중 하나의 수장인데 말이다.

그런데 그들과 달리 나는 이제 알 것 같았다. 가주의 저 태도는 마치 연적을 대하는 듯했다.

'…어머니 때문인가.'

성주님께서 어머니의 남편을 운운할 자격이 없다는 말에 노한 모양이었다. 가주가 우유부단하다고는 하나 사리 분별이 없지는 않았다. 한데도 이렇게 강하게 나온다는 것은 정말로 어머니에 대한 애착이 강했던 것일까? 나는 성주님을 바라보았다.

"성주님…."

여전히 무표정한 얼굴이었지만 어딘지 모르게 무거웠다. 이러다 사달이 벌어질 것만 같았다. 그때 외조부가 혀를 차며 말했다.

"우리가 마치 담장을 몰래 넘어온 것처럼 이야기하는구먼. 본 무쌍성이 예의법도도 모르는 줄 아는가."

외조부가 동쪽 편을 향해 눈짓했다. 그곳에는 수레 열 대가 있었는데, 세 대에는 쌀가마가 가득 담겨 있었고 또 다른 세 대에는 비단, 그리고 나머지 수레들에는 수많은 재화가 수북하게 쌓여 있었다. 가주가 눈살을 찌푸리며 의아해하자 성주님이 말했다.

"귀 가문에 줄 물건들이라고 하니, 출신 지역만 묻고서 그냥 들어가게 해주었는데 크게 문제 될 게 있소?"

"하…."

그 말에 가주의 눈빛에 당혹감이 서렸다. 줄을 짓는 공물 때문에 신분 확인도 제대로 하지 않고서 통과시킨 것이었다. 이렇게 되면 오히려 할 말이 없어질 것이다.

"대체 이 많은 것들을 어찌?"

"다른 것을 배제하더라도 분명 그대로 인해 하령이 살아남을 수 있었고, 덕분에 나 역시 운휘와 영영이를 만날 수 있었소."

"…그에 대한 보답의 의미라 이거요?"

"그렇소."

도리에 어긋남이 없었다. 이에 가주의 표정이 더욱 굳었다. 막무가내로 들이닥쳤다면 여론을 몰아갈 수 있을지 모르겠지만, 이렇게 나오면 가주로서도 무조건 반감만 보이기도 힘들 것이다. 성주님께서 난처해하는 가주에게 말을 이어갔다.

"세간의 소문을 들었다면 하령이 내 아내였다는 사실을 알고 있으리라 생각하오. 하니 거두절미하고 이야기하겠소. 운휘도 그렇지만 영영이 역시도 본인이 거두도록 하겠소. 대신 지금까지 운휘 그 아이의 명성을 빌미로 취한 이익 같은 것들은 묻어두도록 하겠소."

"…."

성주님의 제안에 가주의 미간에 주름이 잡혔다. 압도적인 세력을 가진 절대강자임에도 명분마저 확실히 내밀며 나오니, 이를 어찌 대응해야 할지 난감할 것이다.

'가주가 어떻게 나올까?'

성주님의 제안을 받아들이게 되면 평화롭게 해결된다. 다만 관계가 깨끗이 정리되니, 더 이상 다른 문파나 상단, 무가 등에서 공물을 가지고 접선해오는 일도 없어질 것이다. 아니, 지금까지 취한 것들도 전부 뱉어야 할지도 모른다. 인상을 쓰고 잠시 입을 닫고 있던 가주가 이내 모두가 들으라는 듯이 말했다.

"가신들은 당장 작약당을 찾아온 모든 객에게 들어온 공물들을 되돌려주고 정중히 배웅토록 하라."

'…?!'

뜻밖의 명령에 가신들이 머뭇거렸다.

"가, 가주? 하나 그건 작약당에서…."

"양 부인이 내 윗사람이라도 된다는 것이냐."

"…아닙니다!"

하지만 강하게 자신의 의지를 재차 표출하는 가주의 명을 따라야만 했다. 그렇게 명한 가주가 이번에는 성주님께 포권을 취하며 말했다.

"귀 성에서 가져오신 것들도 정중히 거절토록 하겠소."

"받지 않겠다는 거요?"

"들으신 대로요."

뜻밖이었다. 제안을 받아들였다면 조용히 끝났을 일이었다. 한데 이렇게 나오다니….

가주가 말을 이었다.

"진 성주, 누가 뭐라고 해도 영영이는 본인과 하령 사이에서 낳은 자식이오. 아무리 무쌍성 성주이시라고 하여도 어찌 천륜을 함부로 끊으려고 한단 말이오. 세간의 이목이 두렵지 않은 것이오?"

이런 그의 말에 성주님의 눈빛이 싸늘해졌다. 아랑곳하지 않고 가주는 목숨이라도 건 사람처럼 말을 계속했다.

"그리고 성주께서는 본인더러 하령의 남편을 운운할 자격이 없다고 하였는데, 그것은 하령이 그 지경이 되도록 내버려두었던 그대가 할 말은 아니라고 보오."

'…!!'

"…."

한순간 정적이 감돌았다. 모두의 시선이 가주와 성주님에게서 떨어지지 않았다. 이젠 무슨 일이 벌어진다고 해도 전혀 이상하지 않은 상황이었다. 아무도 입을 떼지 못하고 있는데 외조부께서 노기에 찬 목소리로 가주를 다그쳤다.

"이노오옴! 사위에게 무슨 일이 있었는지도 모르면서 어찌 그런 망발을…."

"장인어른."

하지만 말이 미처 끝나기도 전에 멈춰야 했다. 성주님께서 만류했기 때문이다. 성주님이 가주가 있는 곳으로 천천히 걸어가며 말했다.

"소 가주, 그 말이 맞네. 유폐되어 있었든 어떤 사정이 있었든 간에 자네 말대로 하령을 지키지 못한 건 사실이네. 내 평생에 있어 가장 후회하는 일이기도 하네."

"…."

"그렇기에 하령이 자네를 받아들인 모습을 보았을 때도 피눈물을 삼켜가며 돌아갔던 것이네."

"보았다고?"

이 사실을 몰랐던 가주의 눈에 이채가 띠었다. 이를 개의치 않고 성주님이 계속 이야기했다.

"하나 그 모든 선택은 정말 어리석은 짓이었지."

"어리석은 짓?"

"운휘 그 아이를 다시 만나게 되면서 깨달았네."

"…무엇을 말이오?"

"정말 누군가를 소중하게 여긴다면 가까이에서 최선을 다해야 한다는 사실을 말이네."

그 말이 끝나기가 무섭게 성주님이 가주를 향해 가볍게 손을 뻗었다. 그 순간 날카로운 예기가 허공을 가로질렀다. 촤악! 콰콰콰콰쾅! 예기가 스쳐 지나간 곳에 십여 장에 이르는 커다란 검흔이 생겨났다. 반으로 갈라진 전각이 무너져 내렸다. 여기저기서 놀라움의 탄성이 터져 나왔다.

"…대, 대단하다."

"검이 없이도 이런 위력을 보이다니…."

진각으로 발자국이 생겨나는 수준과는 차원이 달랐다. 가주의 얼굴이 굳어져 있었다. 성주님의 검결지가 조금만 우측으로 틀어졌어도 가주의 전신이 저 전각처럼 반으로 갈라졌을 것이다.

"힘으로 해결하는 게 더 쉬운 일임을 자네도 잘 알 걸세."

성주님의 말을 누구도 부정하지 못할 것이다. 굳이 무쌍성의 힘을 동원하지 않더라도 그 혼자서도 익양 소가를 절멸시키는 것은 어려운 일이 아니었다. 식은땀마저 흘리는 가주에게 성주님이 말을 이어갔다.

"운휘 그 아이도 그렇고 나 역시도 그러지 않는 이유는 세간의 이목을 의식해서가 아니네."

"…그럼 무엇이오?"

"영영이를 위해서네."

나를… 위해서라고? 뜻밖의 말에 나는 마른침을 삼켰다.

"아무리 절연하겠다고 했어도 자네 말대로 영영이의 친부는 자네일세. 만약 운휘 그 아이나 내 손으로 익양 소가에 대가를 치르게 했다면 저 아이에겐 평생의 상처로 남게 되겠지."

아아… 성주님의 말에 나는 가슴이 뭉클해졌다. 세심한 배려가 느껴졌기 때문이다. 가주의 눈빛이 떨렸다. 적지 않은 충격을 받은 것처럼 말이다. 그런 그에게 성주님께서 계속 말을 이어갔다.

"소 가주, 아니 소익헌, 자네는 정녕 하령과의 약조를 지켰나?"

"…"

그 물음에 가주가 입술을 질끈 깨물었다. 성주님의 물음은 그게 끝이 아니었다.

"자네가 그리 사랑했던 그녀의 분신인 운휘와 영영이를 책임지고 잘 보살폈는가?"

"…"

차마 가주는 대답하지 못했다.

"이 당연한 물음조차 자신 있게 답하지 못하는 게 내가 영영이를 거두려고 하는 이유이네."

이런 성주님의 말에 가주의 입술에서 피가 흘러내렸다. 눈빛이나 표정을 보면 착잡하기 짝이 없었다.

"나는 여생을 아이들을 위해 보낼 걸세. 그것이 세상을 떠난 하령에 대한 속죄이고 내가 할 수 있는 모든 것이네."

성주님의 그 말에 눈시울이 뜨거워졌다. 그만큼 성주님의 애달픈 마음과 진심이 느껴졌기 때문이다.

"…."

아무 말이 없는 가주. 흔들리는 눈동자만 보더라도 그가 얼마나 감정적으로 동요하는지 알 수 있었다. 한참을 말이 없던 그가 입술을 뗐다.

"…처음 그녀를 보았을 때, 이 여자만큼은 꼭 가지고 싶다는 생각을 했었소. 그래서 그녀의 숨겨진 신분도 아이를 가졌던 사실도 개의치 않았었소."

"…."

"그녀를 원했으니 그녀의 모든 것을 받아들일 수 있다고 여겼소. 하나 모든 것이 나의 착각이었던 것 같소."

"착각?"

"그녀를 사랑했지만 온전히 모든 것을 받아들인 게 아니었소. 아이를 데리고 있으려 했던 것도 그저 그녀의 마음을 얻기 위한 고육지책에 불과했소."

이제야 자신의 진심을 털어놓는 가주였다. 이를 듣게 되니 뭔지 모르게 씁쓸했다.

"무정풍신 그대의 말이 맞소. 정말 그녀와의 약조를 지키려 했다면 가까이서 지켜보며 아이들을 돌봐야 했소. 하나 우유부단한 나는 본처나 처가의 눈치를 보느라 그 소임을 다하지 못했소."

그 말과 함께 가주가 하늘을 쳐다보며 탄식을 내뱉었다. 그러더니 이내 내게 시선을 돌리며 말했다.

"내겐 천륜을 운운할 자격이 없었던 것 같구나. 네 어미와 네게 진심으로 사과하마."

"아…."

"네가 원하는 대로 하거라."

주르륵! 그 말을 듣는 순간 눈물이 뺨을 타고 흘러내렸다. 뭔가 지금까지 얽매였던 속박에서 벗어나는 기분이었다. 가주가 정중하게 성주님에게 포권을 취하며 고개 숙여 말했다.

"부디 성주께서 이 못난 사람이 주지 못했던 아비로서의 정을 아이들에게 주길 바라오."

척! 그런 그에게 성주님 역시도 정중히 포권을 취했다. 말로써 답한 것은 아니었지만 그것으로 충분했다.

* * *

다그닥다그닥!

북상하고 있는 마차 안. 하성운이 너털웃음을 흘리며 말했다.

"현명하게 해결했군, 사위."

"아닙니다, 장인어른."

그런 그의 말에 진성백이 고개를 저으며 답했다. 그 역시도 아들

운휘에게 들은 것이 있고, 사랑하는 아내를 거둔 소가의 가주에게 강한 반감을 가지고 있었다. 해서 여차할 경우에는 무력을 동원할 마음도 있었다. 하지만 막상 그를 직접 대면하고 영영이까지 함께 있으니 생각이 달라졌다.

"그 아이가 우선이었습니다."

"그래, 자네의 말이 맞네. 아무리 원망스럽고 절연하기를 원하더라도 소가의 가주 그놈이 영영이의 친부라는 사실은 변함이 없지."

그렇기에 원만하게 상황을 이끈 것이었다. 아무리 부정해도 천륜의 정은 쉽게 끊을 수 없기에 말이다.

"어쨌거나 자네도 나이가 들었군."

"네?"

"나이가 들수록 마음도 약해지지. 허허허."

그 말에 진성백이 옅은 미소를 지었다. 장인어른의 말에 동의했다. 자식들 일에는 마음이 더욱 약해지는 것 같았다. 그런 와중이었다. 흠칫! 진성백이 어딘가를 향해 고개를 돌렸다. 이에 의아해진 하성운이 물었다.

"왜 그러는가, 사위?"

"…대단한 고수가 저희 쪽으로 다가오고 있습니다."

그 말에 하성운의 눈에 이채가 떠었다. 팔대 고수의 일인인 사위가 경각심을 보일 정도라면 이것은 심상치 않은 일이었다. 자신은 기척조차 느끼지 못할 정도이니, 사위에 맞먹는 절세고수일지도 몰랐다. 그때 마차가 갑자기 멈춰 섰다. 그러더니 밖에서 마부의 목소리가 들려왔다.

"서, 성주님 잠시 나오셔야 할 것 같습니다."

"…장인어른, 제 뒤에 계십시오."

"알겠네."

마차 문을 열고서 두 사람이 밖으로 나왔다. 바깥에는 마차 앞을 가로막고 있는 두 인영이 보였다. 피처럼 붉은 머리카락을 흩날리는 요염하면서도 날카로운 인상의 여인과 반백에 긴 장도를 들고 있는 노인이 서 있었다. 이들을 알아본 진성백의 눈에 이채가 띠었다.

"누군지 알고 있나?"

장인어른인 하성운의 물음에 진성백이 작게 답했다.

"검혈마녀 백혜향과 혈교의 존성인 난마도제 서갈마입니다."

"백혜향? 저 여인이 운휘의 뒤를 이었다던 그 혈교주란 말인가?"

하성운이 놀라움을 금치 못했다. 사위를 통해 듣기는 했지만 실제로 본 것은 처음이었다. 한데 어째서 이들이 갑자기 나타나 자신들의 앞을 가로막은 것인지 알 수가 없었다. 진성백도 의아하긴 마찬가지였다. 인요 전쟁 당시에 보기는 했으나 그때 이후로는 처음 대면했다.

"신임 혈교주께서 어인 일로 우리를 찾아온 것이오?"

그의 물음에 백혜향이 입을 열었다.

"무쌍성주 그대에게 볼일이 있어서 찾아왔…."

"교주…."

그녀의 말이 미처 끝나기도 전에 옆에 있던 난마도제 서갈마가 한숨을 내쉬며 만류하더니, 귓가에 뭐라고 속삭였다. 이에 백혜향의 인상이 묘하게 일그러졌다. 왜 그러는지 도통 영문을 알 수 없어하는데, 이내 백혜향이 쭈뼛거리더니 진성백에게 말했다.

"아, 아버님!"

'…?!'

순간 진성백과 하성운의 어안이 벙벙해졌다.

'아버님?'

백혜향 이야기

불과 보름 전의 광서성 령산의 혈교.

혈교 본단 건물에 있는 교주 집무실에서 짜증 섞인 한숨 소리가 흘러나왔다.

"하아."

한가득 쌓여 있는 보고서들을 보며 백혜향이 책상에 턱을 괴었다. 그렇게 바라왔던 교주의 자리가 아니던가. 한데 부교주 시절과 전혀 달라진 게 없었다. 오히려 일이 늘었다.

'망할.'

모든 결재의 최종 결정권자가 교주이다 보니, 아무리 처결해도 끝도 없이 보고서들이 쌓여만 갔다. 그 모습을 쳐다보고 있자니 뭔가 짜증이 밀려왔다. 교주 대리 때는 그래도 존자들과 혈성들이 도왔었는데, 지금은 혈교가 과거 정사 대전 때보다도 전성기를 구가하면서 모두가 바빠졌다.

'영역이 확장됐다고 좋은 게 아니군.'

장강 이남의 대부분이 혈교의 영역권이라고 해도 과언이 아니었다. 그로 인해 일이 너무 많아졌다.

'떠넘길 때 맡지 않았어야 했어.'

당시에는 얼떨떨한 기분이었지만 넝쿨째 들어온 자리를 마다할 이유가 없었다. 그런데 이렇게 되고 보니 왠지 모르게 속은 기분이었다.

'사마영 그 아이와 얼음 계집과도 얼른 해결을 봐야 하는데.'

무공 연마는커녕 시간을 내기도 힘들었다. 부글부글 끓어오르고 있는데, 집무실 문을 두드리는 소리가 들렸다. 똑똑!

"교주."

"들어와."

기척만으로 누군지 곧바로 알아차린 그녀였다. 안으로 들어온 자들은 사혈성 도장호와 원래는 이존이었지만 기기괴괴 해악천이 벽을 넘어서면서 삼존으로 밀려난 난마도제 서갈마였다. 두 사람 손에는 새로운 보고서들이 잔뜩 들려 있었다.

'…'

그것을 발견한 백혜향이 싸늘한 목소리로 말했다.

"나가."

"네?"

들어오라 했다가 보고도 하기 전에 나가라고 하니 두 존성이 난처함을 감추지 못했다. 그런 그들을 빤히 쳐다보던 백혜향이 신경질적으로 말했다.

"짜증 나."

"…결재를 처리하는 일이 많이 지루하신가 보군요."

사혈성 도장호가 책상 위로 보고서들을 올려놓으며 말했다. 이에 백혜향이 콧방귀를 뀌며 답했다.

"말이라고 하나. 집무실 밖을 못 벗어나고 있는데 말이야."

중원의 위기라 불리던 인요 전쟁 이후로 무림은 조용해졌다. 언제까지 이 구도가 유지될지는 모르겠지만 현 무림은 평화의 시기라 해도 과언이 아니었다. 내심 그녀가 바랐던 것은 피바람이 부는 전쟁이었다. 따뜻한 방에서 목침을 베고 편히 눕는 것보다 격렬한 싸움이 벌어지는 전쟁터를 원했지만 현실은 집무실에서 서지만 만지고 있었다.

"정 답답하시면 바람이라도 잠시 쐬는 것은 어떠신지요?"

"잠깐으로 충족될 것 같나?"

"…."

심기가 불편한 그녀의 말에 사혈성 도장호가 입을 다물었다. 더 건드렸다가 백혜향의 성격에 어떤 사달이 벌어질지 모른다고 여겨서였다. 이런 백혜향을 보며 난마도제 서갈마가 조심스럽게 입을 열었다.

"…흐음. 저 교주."

"왜 그러지, 삼존?"

"방금 한 가지 소식이 들어왔습니다만."

백혜향이 한쪽 눈썹을 치켜올리며 말했다.

"무슨 소식이기에 그렇게 눈치를 보는 거지? 설마 련하 그 아이가 치료받는 도중에 잘못되기라도 한 건가?"

환마독에 중독된 백련하는 만사신의에게 치료받고 있었다. 그 두 눈이 금안인 서복이라는 자도 상태가 나빴지만, 백련하의 경우는

녀나 골수에 미친 독이 너무 오랫동안 방치되어 자칫 가망이 없을
지도 모른다는 이야기를 들어서 내심 우려하고 있던 그녀였다.

"그건 아닙니다."

다행히 그건 아니었다.

"그럼 대체 뭐기에 그러는 거지?"

"음… 사마영 소저가 회임을 했다고 합니다."

'…!!'

그 말을 들은 백혜향의 표정이 순식간에 굳었다. 전혀 예상하지
못한 소식이었다. 혼인을 하기도 전에 아이를 가질 거라고 누가 알
았겠는가. 백혜향이 어처구니없다는 듯이 중얼거렸다.

"하… 그런 쪽으로는 관심 없는 척 빼더니, 나보다 먼저 운휘를 맛
보았군."

"크흠."

그녀의 거침없는 말에 서갈마가 헛기침을 터뜨렸다. 이를 전혀 개
의치 않고 그녀가 말했다.

"자리 굳히기인가."

백혜향이 고개를 절레절레 흔들었다. 원래는 인요 전쟁이 끝난 후
에 사마영과 합의를 보려고 했다. 그런데 교주 자리를 위임받으면서
바빠지는 바람에 이를 미루게 되었는데, 결국 사마영이 선수를 치
고 말았다. 아이도 먼저 가졌으니 첫 번째 부인 자리는 확정이나 다
름없었다.

"칫."

이렇게 되면 계획과 달라진다. 원래 백혜향은 여유가 생기는 즉시
운휘를 먼저 취하려고 했다. 운휘가 자신을 분명 좋아하는 것 같기

는 한데, 사마영을 대할 때에 비하면 묘하게 어려워하는 모습이 빤히 보였다. 그래서 사마영보다 먼저 잠자리를 가져서 더 빨리 쟁취하려고 했는데 그건 이미 물 건너갔다. 첫 번째 부인 자리는 확실하게 사마영의 것이었다.

'자존심이 구겨지는군.'

그녀는 무엇이든 일인자의 자리를 좋아했다. 명색이 혈교의 교주가 마음에 드는 남자에게 있어서 첫 번째가 못 된다면 자존심 상하는 일이었다. 한데 별수 있겠는가. 이미 회임을 했다는데. 그때 문득 백혜향의 머릿속에 무언가 스쳐 지나갔다.

'…이러다 그 얼음 계집년에게마저 밀려나는 건 아니겠지?'

충분히 가능성 있는 이야기였다. 집무실에 박혀 지내던 자신과 달리 그녀는 운휘 가까이에 있지 않던가. 아직까지 운휘가 완전히 마음을 열지 않은 것이 눈에 띄게 보여서, 자신들끼리 위아래를 결정하면 될 거라 여겼는데 이렇게 되면 상황을 알 수가 없었다.

"이거 은근히 거슬리네."

"네? 그게 무슨?"

"설백인가 하는 그년, 운휘의 누이동생인 영영이한테 붙어서 계속 작업 치는 걸 내버려뒀었는데 또 선수를 빼앗길지도 모르겠는데."

충분히 가능성이 있었다. 운휘는 누이동생인 영영이를 아낀다. 설백이 그런 영영이의 전폭적인 지지를 받는다면 자칫 두 번째 자리를 빼앗길지도 몰랐다. 더 이상 여유롭게 지켜보고만 있을 일이 아니었다. 백혜향이 자리에서 급히 일어났다.

"교주?"

"내가 먼저 운휘의 아이를 가져야겠어."

"쿨럭쿨럭."

"허어."

거침없는 그녀의 말에 두 존성이 당혹감을 감추지 못했다. 그녀는 보통 여자들과는 확연하게 달랐다. 아무리 밑에 사람들이라고 해도 대놓고 이런 이야기를 서슴없이 할 위인은 그녀뿐일 것이다.

"잘됐네. 사마영 그 아이도 이제 막 회임을 했다면 내가 먼저 아기를 낳으면 그만이잖아?"

그런 그녀의 말에 서갈마가 맙소사 하며 자신의 이마를 짚었다. 뛰어난 무재도 그렇고 혈교를 이끌어가는 우두머리로서의 자질 때문에 그간 가려졌었는데, 그 외적인 면에서는 은근히 순진한 면이 없지 않았다. 이런 것들은 가르쳐줄 사람이 없었는데 그녀가 어찌 알겠는가.

백혜향은 정말로 당장 운휘에게 가려는지, 사혈성 도장호에게 명을 내렸다.

"도장호, 한동안 내 대리로서 상급 결재안을 제외한 모든 보고서를 처결하도록…."

"교주, 일단 진정하시지요."

서갈마의 만류에 그녀가 한쪽 눈썹을 추켜세우며 말했다.

"뭘 진정하라는 거지?"

"크흠. 교주… 회임이라는 게 원한다고 불쑥 되는 것이 아닙니다. 안 그런가, 사혈성?"

"…그렇습니다."

도장호가 멋쩍게 답변했다. 지금은 수장으로 모시기는 하지만 전전대 교주의 자식들인 백가 자매들을 조카처럼 여기는 도장호였다.

그러다 보니 그녀에게 이런 걸 이야기하는 것 자체가 참 낯간지러웠다. 반면 서갈마는 진지했다.

'교주는 한다면 한다.'

그가 지켜본 백혜향은 뜻한 바를 반드시 이뤄내는 성격의 소유자였다. 그렇기에 더더욱 만류해야 한다고 여겼다. 이제 막 교주의 위에 오른 그녀가 일을 저질러 덜컥 회임부터 한다면, 장차 교를 이끌어 나가는 데 지장이 클 것이다.

'정말 많이 좋아하나 보군.'

그녀를 볼 때마다 이 점은 참 의외라 여겼다. 두 사람 사이에 대체 어떤 유대가 있었기에 백혜향같이 천방지축에 제멋대로인 여자가 이리 진운휘에게 집착하는 것일까 궁금하기도 했다.

"그럼 그냥 지켜보라는 것이냐?"

심기가 불편해진 그녀에게 서갈마가 말했다.

"…방법을 바꾸시는 것이 어떻습니까?"

"방법?"

"교주께서 말씀하시지 않았습니까? 빙한여제가 소영영의 곁에서 물밑 작업을 펼치고 있다고 말입니다."

그런 그의 말에 당장에라도 나갈 것 같던 백혜향이 다시 자리에 앉았다. 그리고 관심이 간다는 듯한 얼굴로 물었다.

"하면 삼존에게는 다른 묘책이라도 있나?"

백혜향의 진지한 물음에 서갈마가 보고서 중 하나를 넘겼다. 결재 보고서가 아니라 말 그대로 전갈용 보고서였다. 이를 읽은 백혜향의 눈에 이채가 띠었다. 그런 그녀에게 서갈마가 말했다.

"눈에는 눈, 이에는 이가 아니겠습니까? 그렇지 않아도 무쌍성주가 호남성으로 향하고 있다고 하니, 이참에 시아버지 되실 분께 먼저 눈도장을 찍고 인정받으신다면…. 흠흠."

조심스럽게 뒷말을 흐렸다. 자존심이 강한 백혜향이 이를 받아들일지 확신이 가지 않아서였다. 예상대로 백혜향의 얼굴이 떨떠름해졌다.

"시아버지라…."

시아버지가 될 무정풍신 진성백에 관해서는 조금도 염두에 두지 않았던 모양이다. 살아온 세월만큼이나 경험이 많은 서갈마가 부드러운 어조로 조언했다.

"마음을 주고받는 것은 연인 간의 일일지 모르겠으나, 혼인이 되면 그때부터는 가족의 일이 되지요. 무쌍성주가 교주께 큰 힘이 될 것입니다."

그런 그의 말에 한참을 고민하던 그녀가 결정을 내렸다.

"좋아. 그럼 삼존의 묘책을 채택하겠다."

'…교주, 묘책이라는 말씀은 부디 빼주십시오.'

그리 말하니 괜히 주책이라는 생각이 들었다. 아랫사람인 사혈성 도장호를 보기가 낯부끄러웠다.

* * *

다시 보름 후.

"무쌍성주 그대에게 볼일이 있어서 찾아왔…."

평소와 같은 오만한 말투로 말하려는 백혜향을 서갈마가 급히 만류했다. 그리고 귓가로 작게 속삭였다.

"교주… 아무리 그래도 시아버지가 되실 분이라면 어느 정도 예를 갖춰야 하지 않겠습니까?"

"으음…."

이에 백혜향의 인상이 묘하게 일그러졌다. 일존 단위강으로부터 교주는 항시 위엄과 오만함을 갖춰야 한다고 배웠던 그녀다. 그래서 어렸을 적부터 누구에게도 제대로 존대를 취해본 적이 없었다. 심지어 전대 교주인 혈마 진운휘에게도 사적인 자리에서는 편하게 이야기했던 그녀가 아니었던가.

'오글거리는군.'

뭔가 기분이 묘해지는 그녀였다. 그저 운휘를 가지겠다는 생각은 했어도 이런 상황은 조금도 생각지 않았었다. 어쨌거나 삼존 서갈마의 말에 일리가 있었다. 낯간지럽다는 생각에 백혜향은 괜히 쭈뼛거리며 진성백에게 말했다.

"아, 아버님!"

'…?!'

순간 진성백과 하성운의 어안이 벙벙해졌다. 이들은 현 혈교의 교주인 백혜향 입에서 이런 말이 튀어나올 거라고는 상상조차 하지 못했다. 잠시 멍해져 있던 진성백이 입술을 뗐다.

"…혈교주, 본 성주는 대체 그대가 무슨 말을 하는 건지 알 수 없구려."

자신이 이해한 것이 맞는지 확신할 수가 없는 진성백이었다. 그런 그의 말에 백혜향이 화끈거리다 못해 얼굴이 점점 빨개져서 입을 열었다.

"들은 그대로다. 아니, 그대로입니다."

"들은 그대로라니?"

의아해하는 그의 말에 백혜향은 머릿속이 하얗게 물들었다. 아버님이라고 말하고 나서부터 오글거리는 느낌에 뭐라고 이야기해야 할지 입술이 떨어지지가 않았다. 그런 그녀에게 서갈마가 전음으로 조언했다.

[아무래도 무쌍성주가 전 교주와 교주의 관계를 정확히 모르는 듯합니다. 일단 그것부터 이야기하시는 게 어떤지요?]

이런 조언에 백혜향이 미간을 찡그렸다. 뭔가를 구구절절 설명하는 것은 그녀의 방식과 맞지 않았다. 차라리 자신답게 이야기하는 게 낫다고 여겼다. 머뭇거리던 그녀가 이내 진성백과 하성운을 향해 한쪽 무릎을 꿇고서 포권을 취하며 말했다.

"아버님! 제게 아드님을 주십쇼!"

'…?!'

그녀의 당당한 요구에 진성백과 하성운의 어안이 또다시 벙벙해졌다.

'아니?'

조언보다 한발 더 나아간 그녀의 말에 서갈마는 차마 고개를 들지 못했다. 그녀답기는 했지만 저 두 사람이 많이 당황스러울 것 같았다. 물론 예상대로였다.

"이보게, 사위… 내 귀가 잘못되었는가?"

"…그건 아닌 것 같습니다."

진운휘가 혈마가 되었다고 이야기했을 때와는 또 다른 충격이었다. 혈교의 신임 교주가 며느리가 되겠다고 자처하는 상황이었으니 말이다. 놀라기보다는 당혹스러워하는 두 사람의 반응에 뭔가 부족하다고 느꼈는지, 고민하던 백혜향이 뒷말을 붙였다.

"아드님을 제게 주시면 손에 피 한 방울 묻히지 않게 하겠습니다."

'…?'

"…하아."

마차 안에서 백혜향이 손등에 턱을 괴고 한숨을 내쉬었다. 그런 백혜향의 맞은편에 앉아 있는 난마도제 서갈마는 말없이 그녀를 빤히 쳐다보았다. 설마 그녀가 그렇게 말하리라고 누가 알았겠는가.

'피 한 방울이라니….'

본래 물 한 방울 묻히지 않겠다는 말이 아니던가. 가사 일을 하지 않게 한다는 의미로, 고생시키지 않겠다는 말과 같았다. 그런데 그게 피 한 방울로 둔갑하는 사태가 벌어졌다.

'으음.'

그 당시 무쌍성주 진성백과 전 교주의 외조부인 하성운의 표정은 가관이었다. 이걸 어찌 받아들여야 할지 하는 얼굴이었다. 듣기에 따라서 여러 가지로 해석이 가능한 말이었으니까.

'이걸 웃어야 할지 말아야 할지….'

교주의 일만 아니라면 딱 술자리 안줏감이었다. 하지만 교주는 나름 진지하게 이야기한 것이기에 웃으면 안 되었다. 안 그래도 심기가 최악인 상황에서 괜히 자극했다가는 모든 화가 자신에게 미칠지도 몰랐다.

"교주?"

"…아무 말 하지 마."

백혜향이 나지막한 목소리로 경고했다. 진득하게 머금은 살기 어린 목소리에 서갈마가 침을 꿀꺽 삼켰다. 으득! 백혜향은 새빨개진 얼굴로 입술을 질끈 깨물었다. 자신이 생각해도 아까 전의 일은 쪽 팔리다 못해 부끄럽기 짝이 없었다. 아무리 급해도 그렇지 그런 말을 왜 했는지 모르겠다.

'젠장.'

명색이 혈교의 교주이다. 그런 자신이 시아버지 될 사람한테 잘 보이려고 그런 말까지 하다니.

"이래서야 여느 여자들과 다를 바가 없잖아."

'…?!'

백혜향의 그 말에 서갈마가 눈살을 찌푸렸다. 그게 걱정이라면 절대 그럴 필요가 없다고 이야기하고 싶었지만 입을 다물었다. 그녀의 허락이 떨어지지 않았으니 말이다.

"삼존."

"네, 교주."

"왜 말이 없지?"

"…."

이걸 뭐라고 답해야 할까? 순간 어처구니가 없었지만 서갈마는 참았다. 지금 백혜향의 상태는 자신이 알고 있던 평소의 그녀가 아니었다.

그녀가 짜증 가득한 목소리로 말했다.

"장자방의 역할을 자처했으니 대책을 내놔야 할 거 아냐."

'아니?'

언제 자신이 장자방이 된 건지 알 수 없었다. 잠시 입을 다물고 있던 서갈마가 말했다.

"교주."

"말해."

"이렇게 된 이상 다른 면모를 부각하는 것이 어떻겠습니까?"

"다른 면모?"

"방금 전에 교주께서 말씀하시지 않았습니까?"

그 말에 백혜향이 무슨 소리냐며 눈을 가늘게 뜨며 의아해했다. 이에 서갈마가 조심스럽게 이야기했다.

"노부가 만약 시아버지로서 며느리를 본다면 저 역시 그런 면을 유심히 살필 것 같습니다."

"그러니까 그런 면이 뭔데?"

그런 그녀의 물음에 서갈마가 진지한 목소리로 의미심장하게 말했다.

"여성스러운 면입니다."

"…."

"얼마나 남편을 잘 보살필 수 있는지 뭐 그런 여러…."

그를 바라보는 백혜향의 눈매가 싸늘해졌다. 멸문의 길을 걸었던 혈교를 되살리기 위해, 또 자신의 출생에 대한 열등감을 극복하기 위해 여자로서의 삶을 완전히 버렸던 그녀였다. 그런데 여성스러운 면을 부각하라는 말에 기분이 최저치로 가라앉았다.

'하.'

이렇게까지 해야 할 이유가 있을까? 이런 의문이 그녀의 머릿속을 강하게 헤집고 있었다. 그런 백혜향의 심기를 빠르게 읽어낸 서갈마가 재빨리 방향을 바꾸었다.

"…가지를 볼 것 같지만, 교주께서 딱히 내키시지 않는다면 굳이 그런 면을 부각할 필요는 없지요. 다른 장점을 내세우시는 것도⋯."

"어떤 장점을 말이지?"

"교주께서는 대혈교의 교주이시고⋯."

"무쌍성주에게는 아들이 물려준 것을 받은 것이나 다름없겠지."

"크흠."

백혜향이 이런 쪽에 문외한이라고 해도 통찰력이 없는 것은 아니었다. 잠시 입을 다물던 서갈마가 말했다.

"어느 집안의 규수가 교주님처럼 벽을 넘어선 무위를⋯."

"시아버지 될 인간도 벽을 넘었고 남편으로 삼아주려는 인간도 벽을 넘어섰지."

"⋯."

"그리고 설백 그년도 마찬가지지."

자존심상 이렇게 벽을 넘어섰다고 표현했지만, 엄밀히 말하면 설백은 초인의 벽마저 넘어서서 백혜향보다 한 수 위였다. 그러므로 무공이 뛰어난 것은 부각할 거리가 아니었다. 오히려 진운휘의 가문에서는 마치 벽을 넘어서는 것이 기본적으로 갖춰야 할 소양처럼 느껴질 정도였다.

'⋯난감하군.'

서갈마 역시도 생각해보니 황당하기 짝이 없었다. 불공평하다 싶을 만큼 한 가문에 모든 힘이 집약되는 느낌이었다. 어쨌거나 백혜향의 말대로 자신이 권했던 것들은 딱히 장점이라기보다는 기본 소양이 될 판국이었다.

"실망스럽군, 장자방."

아까부터 말하고 싶었지만 딱히 장자방이라고 자처한 기억은 없다. 이것 참 난감하기 짝이 없었다. 그렇다고 교주더러 그냥 포기하고 세 번째 자리를 차지하라고 할 수도 없지 않은가. 그녀의 체면이 곧 혈교의 체면이었다.

"연륜도 있고 제자의 아내라고는 해도 나름 며느리를 들였기에 도움이 될 거라 여겼는데, 딱히 그렇지도 않네?"

"크흠."

실망스럽다는 얼굴로 바라보는 그녀를 보자니 그 역시도 이상하게 오기가 생겼다.

"…알겠습니다. 노부가 반드시 교주를 인정받게 하겠나이다."

"말만 하지 말고 구체적인 방안을….."

"방안을 얻으시고 싶다면 노부의 제안을 전적으로 따라주시기 바랍니다."

"전적으로?"

"전적으로 노부를 믿고 따라주시지 않는다면 의미가 없습니다. 이번처럼 돌발행동을 하신다면 아무 효과가 없을 겁니다."

"돌발행동…을 하지 마라?"

"그렇습니다."

결의가 담긴 서갈마의 목소리에 백혜향의 한쪽 눈썹이 치켜 올라갔다. 의지가 보이기는 했는데 거슬리는 듯한 기분은 뭘까? 뭔가 찝찝했다. 하지만 마땅히 떠오르는 방안도 없었다.

"그럼 노부를 전적으로 따라주시겠습니까?"

"확실한 성과를 내보일 수 있나?"

"내보이겠습니다. 만약 그러지 못한다면 노부가 이 사태를 책임지고 자리에서 물러…."

"물러날 건 없고 각오는 해야 할 거야."

그런 그녀의 말에 서갈마가 마른침을 삼켰다. 이미 패는 던져졌다. 이제는 어떻게든 그녀의 바람을 들어줘야 했다.

* * *

혈교의 마차 행렬을 따라가고 있는 무쌍성의 마차 안.

무쌍성의 성주이자 진운휘의 부친인 진성백이 연신 턱수염을 쓰다듬으며 신음성을 내뱉고 있었다.

"흐음."

그런 그에게 진운휘의 외조부인 하성운이 말했다.

"고민이 되나 보군, 사위."

"난감하군요."

진심으로 하는 말이었다. 그런 그가 이해된다는 듯이 하성운이 고개를 끄덕거렸다. 그 역시도 많이 놀랐었다. 다른 사람도 아니고 당대 혈교의 교주가 며느리가 되고 싶다며 아주 당당하게 운휘를 달라고 요청했다.

"허 참."

진운휘에게는 이미 정혼녀가 있었다. 그것도 아이를 가졌다. 물론 삼처사첩이라는 말이 있는 만큼 여러 부인을 두는 것이 흠이 아닌 시대였다. 천하제일의 명성을 가진 운휘라면 오히려 당연한 일일지도 몰랐다. 다만 며느리가 될 사마영이 오대 악인으로 명성을 떨쳤던 사마착의 여식이기에 다들 언감생심으로 여길 뿐이었었다.

"혈교의 교주라니…."

별호에 '혈(血)'이 붙을 만큼 악명 또한 대단한 여자였다. 그런 여자가 운휘를 좋아한다고 하니 이걸 좋아해야 할 일인지 모르겠다. 아마 사위도 마찬가지일 거라 여겼다.

"어떻게 할지 결정을 내렸나?"

일단 혈교주더러 생각할 시간을 달라고 했었다. 갑작스러운 일이라 당혹스럽다고 말이다. 장인어른인 하성운의 물음에 진성백이 짙은 숨을 내쉬며 말했다.

"…솔직히 모르겠습니다. 혈교주의 말대로 운휘도 좋아한다면 딱히 아버지로서 반대하고 싶지는 않지만…."

뭔가 시아버지로서 정이 가는 며느리 상은 아니었다. 혈향이 온몸을 지배하고 있는 데다 '나는 천상 무인이다' 같은 기세를 풀풀 풍기고 있기에 과연 아내로서 아들을 잘 보필할까 의문이 들었다.

"무슨 생각을 하는지 알겠군."

"네?"

"눈빛에 천성적으로 살기가 가득하더군."

"…."

"날카롭게 벼린 칼과 같더군. 관상으로 사람을 판단하면 안 되지만 일단 눈매가 사나워."

"흐음."

부정할 수 없는 사실이었다.

'눈매라….'

그렇다고 해서 혈교주가 여느 미녀들과 비교해서 밀리는 점이 있는 것은 아니었다. 그저 전체적으로 굉장히 날카로울 뿐이었다. 딱히 꾸민 것도 아니라서 더 그런 느낌이 들지도 몰랐다.

"하지만 그런 여자일수록 오히려 겉과 다르게 속은 따뜻할 수도 있네. 자네 장모도 그런 면이 없지 않았지."

"장모님이 말입니까?"

순간 진성백의 머릿속에 돌아가신 장모님의 얼굴이 떠올랐다. 확실히 날카로운 상을 가지고 계셨다. 하령과의 혼인을 허락해달라고 찾아갔을 때의 그 얼굴을 잊을 수가 없다. 살면서 처음으로 자신을 긴장하게 만들었던 분이었다. 진성백이 옅은 미소를 지으며 말했다.

"…확실히 그렇군요."

하나 막상 겪고 보니 그분만큼 자신을 챙겨줬던 사람도 없었다. 진성백이 장인어른인 하성운을 바라보았다. 자신이 우려하는 바를 말끔히 사라지게 해주는 것 같았다.

"장인어른께서 하신 말씀을 들어보니, 들리는 소문과 보이는 것만으로 판단하면 안 되겠군요."

"원래 다 그렇네. 관상으로 사람을 판단했다면 노부가 어찌 자네를 사위로 받아들였겠나?"

"네?"

"자네처럼 무뚝뚝한 사람이 내 딸을 과연 행복하게 해주겠나 싶었네."

"…송구스럽습니다."

갑자기 하령이 거론되자 진성백의 얼굴이 침울해졌다. 좋은 의도로 한 말이었지만 결과적으로 그녀를 행복하게 하진 못했다는 생각이 들어서였다. 아차 싶었는지 하성운이 화제를 돌렸다.

"한데 운휘가 자네를 닮지 않았구먼."

"그건 무슨 말씀이신지?"

의아해하는 그에게 하성운이 너털웃음을 지으며 말했다.

"자네가 일편단심으로 내 딸을 좋아하던 것도 있었지만, 워낙 무뚝뚝해서 여자들이 따르지 않는 것이 가장 마음에 들었었지."

"…"

장인의 본심에 진성백이 미간에 주름을 잡았다. 그러거나 말거나 하성운은 예전이 떠올랐는지 말했다.

"나 때는 말일세, 무쌍성의 수많은 종파 여인들이 비월검객이라는 명성에 아주 숨이 넘어갔었지. 연서가 하루에도 수통씩 왔었다네."

방금 전까지 장모에 대해 이야기하던 것도 잊고 자랑하고 있었다. 이를 잠자코 듣고 있던 진성백이 조용히 말했다.

"…저도 혼인하고 연서를 몇 번 받았습니다만."

"뭐?"

순식간에 무섭게 굳은 장인어른의 얼굴에 진성백은 아차 싶었는지 입을 다물었다. 그의 자랑에 넘어가 무심결에 아내도 몰랐던 이야기를 해버리고 말았다.

* * *

북상한 지 반나절 가량이 지났다.

얼마 지나지 않아 작은 호수와 함께 수채의 가옥이 연결된 호화로운 객잔이 보였다. 원래는 객들이 많은 곳이었으나 주변에 붙여진 푯말들로 오가던 이들이 발걸음을 돌리고 있었다. 푯말에는 이틀 동안 객잔이 대실되었다고 적혀 있었다. 무쌍성의 마차 행렬이 그런 객잔의 큰 정원 마당 안으로 들어갔다. 마차 문이 열리며 진성백과 하성운이 내렸다.

"그사이에 이런 곳을 통째로 빌리다니 혈교주도 통이 크구먼."

"그렇군요."

대화를 나누기에 마땅한 장소를 물색한다고 하더니, 꽤 호화로운 곳을 잡았다. 앞서가던 행렬의 기척 중에 혈교주의 것이 사라진 걸 감지했었는데, 어느새 객잔 안에서 느껴지고 있었다.

'미리 와서 준비를 한 건가?'

밑에 사람을 보내면 되는데, 교주가 직접 움직인 걸 보니 의외라는 생각이 들었다. 어쩌면 장인어른의 말대로 자신이 너무 우려했던 것일지도 모른다고 여겨졌다. 세심하게 신경 쓰는 모습이 나쁘지 않았다.

'흠.'

일단 대화를 나눠보면 어떤 사람인지 더 알 수 있으리라. 미리 기다리고 있던 혈교의 교인들 안내를 받아 객잔의 본당 건물을 지나, 작은 호수가 있는 후원 쪽으로 갔다. 그곳에는 멋들어진 커다란 전각이 있었다. 연회라도 하는 것처럼 수많은 숙수가 전각 앞쪽에서 요리를 하고 있었고, 악공들이 잔잔한 음악을 연주하고 있었다.

"허허허. 참으로 세심하군."

이것이 나쁘지 않았는지 하성운이 너털웃음을 지었다. 그렇게 전각 쪽으로 걸어가는데, 백혜향의 기척으로 짐작되는 누군가가 다가오는 것이 느껴졌다. 이에 진성백이 그곳으로 고개를 돌렸다.

'…!!'

고개를 돌린 진성백의 두 눈이 휘둥그레졌다.

"왜 그러나, 사…"

의아해서 사위가 바라본 곳을 향해 고개를 돌린 하성운의 두 눈도 커졌다. 그곳에 단아하면서도 아름다운 궁장(宮裝)을 입은 백혜향이 보였다. 늘 무복에 가까운 간편한 경장만을 입었던 그녀지만, 지금은 묶었던 머리도 내리고 화장까지 하고 있었다. 두 사람의 입에서 절로 탄성이 흘러나왔다.

"허어."

꾸미면 아름다울 거라 여겼지만 이 정도일 줄은 몰랐다. 이런 두 사람을 향해 상기된 얼굴로 어색하게 미소를 짓고 있는 백혜향. 그녀의 귓가로 전음성이 들려왔다.

[입꼬리가 흔들립니다, 교주. 자연스럽게 웃어서야죠. 시선을 살짝 밑으로 향하게 해야 눈매가 청초해 보입니다.]

으득! 서갈마의 전음에 백혜향은 치밀어 오르는 짜증과 쪽팔림을 애써 가라앉혔다.

생애 처음으로 화장을 하고 여성스럽게 꾸민 백혜향.

그녀를 따르는 교인들 모두가 한 번도 본 적 없는 아름다운 모습이었지만, 지금 속내는 부글부글 끓어오르고 있었다.

'서갈마!'

그의 말을 전적으로 따른다고 했던 것이 후회되었다. 여성스러운 면을 부각해야 한다는 말에 찝찝함을 느꼈었는데, 그 불길함이 현실이 되고 말았다.

[교주, 웃어야 합니다.]

짜증으로 가득한 그녀의 귓가로 삼존 서갈마의 전음이 들려왔다. 서갈마는 전각에서 살짝 떨어진 곳에 있었다. 그곳에서 전음으로 그

녀에게 적절한 조언을 해준다고 했는데, 이건 말이 조언이지 본인이
하라는 대로 꼭두각시처럼 움직이라는 것과 다를 바 없었다.

'잘못되기만 해봐.'

사지를 전부 부러뜨려야겠다고 다짐했다. 이런 백혜향의 마음을
읽기라도 했는지 이를 지켜보던 서갈마가 오한이라도 일어난 것처
럼 몸을 부르르 떨었다. 그러나 이내 그녀에게 집중했다.

[교주, 미리 말씀드린 대로 하십쇼.]

그런 그의 전음에 백혜향이 이를 악물었다. 그리고 천천히 숨을
내쉰 후에 무쌍성주 진성백과 그의 장인어른인 하성운에게로 다가
갔다.

"두 분, 오셨습니까?"

그녀의 심경을 모르는 이들에게는 백혜향이 긴장해서 그러는 것
처럼 보였다.

'허허허. 혈교주라 하여 선입견을 가졌는데, 천생 여자로군.'

이렇게 생각한 하성운이 이채를 띠며 말했다.

"미리 와서 준비하느라 고생이 많으셨소. 혈교주께서 이리 미인이
신 줄은 처음 알았구려."

긴장을 풀어주기 위함이었다. 그런 그의 말에 백혜향의 얼굴이
살짝 붉어졌다. 살면서 누군가가 자신의 외모를 칭찬하는 말은 들
어본 적이 없었다. 장차 교주가 될 그녀에게 누가 함부로 그런 입을
놀리겠는가.

[교주, 감사를 표해야지요.]

귓가를 울리는 서갈마의 목소리에 백혜향이 순간 울컥했지만 이
내 최대한 표정을 관리하고서 포권을 취했다.

"고… 아니, 감사드립니다."

"허허허. 참으로 곱소. 사위, 그렇지 않나?"

"…잘 어울리는구려."

하성운이 가볍게 눈치를 주자, 진성백 역시도 고개를 끄덕이며 말했다. 이런 그의 모습에 백혜향은 속으로 과연이라고 생각했다. 소문대로 무정풍신이라 불릴 만큼 감정 변화가 크지 않았다. 표정에서 많은 것이 드러나는 운휘와는 닮지 않았다.

'닮은 건 얼굴뿐인가.'

얼굴만큼은 누가 보더라도 운휘의 부친이었다. 운휘가 나이 든다면 저런 모습의 중년미를 지니게 될 듯했다.

'그건 마음에 드는군.'

남자라면 저렇게 품격 있게 나이 들어야 한다고 여기는 그녀였다. 어쨌거나 이 순간이 참으로 곤욕스럽기 짝이 없었다. 전음으로 조언해주기로 했으면 무슨 대사를 해야 할지 어서 보내줘야 할 것이 아닌가. 때마침 서갈마의 전음이 들려왔다.

[교주, 아무 말도 하지 않을 참입니까? 인사치레는 어느 정도 길게 하셔야지요.]

'…'

순간 입에서 욕이 튀어나올 뻔했다. 그렇게 원만하게 할 수 있었으면 뭐하러 그의 입을 빌린단 말인가.

'하라는 대로 하라고 그러더니!'

조금 떨어져 있었지만 그녀의 눈썹이 파르르 떨리는 것을 본 서갈마가 아차 싶었는지 얼른 전음을 보냈다.

[일단 자리로 안내하시죠.]

이어서 들려오는 전음성에 백혜향이 화를 꾹 누르고서 말했다.

"일단 자리로 안내하시죠."

'…?!'

갸웃거리는 하성운을 보며 백혜향은 얼른 말을 바꿨다.

"일단 자리로 따라오시죠."

백혜향의 얼굴이 상기되었다. 짜증 나는 마음이 앞서서 자신도 모르게 전음을 그대로 따라 해버렸다. 다행히 진성백이나 하성운은 크게 괘념치 않는 듯했다. 사실 그녀의 우려와 달리, 이런 모습을 다르게 받아들이고 있는 두 사람이었다.

[자네를 정말 시아버지처럼 여기나 보네그려.]

[네?]

[그러지 않고서야 어찌 저리 긴장하는 모습을 보이겠나. 운휘 그 아이가 어쩌다 혈교주와 이런 관계가 되었나 싶었는데, 천성이 그리 나빠 보이진 않네.]

[··그런 것 같군요.]

진성백의 눈에도 딱히 나빠 보이진 않았다. 다만 아직까지 경계심이 드는 것은 어쩔 수가 없었다. 은퇴한 하성운과 달리 그는 현역이었다. 검혈마녀 백혜향에 관한 정보를 수없이 접했고, 그녀가 움직일 때마다 수많은 피가 동반되었음을 여실히 잘 알고 있었다.

'조금 더 지켜보자.'

운휘에게 득이 될지 실이 될지 알게 될 것이다. 세 사람은 전각으로 다가갔다. 호수와 지상에 걸쳐 있는 전각의 탁자 위로 잔과 함께 빈 그릇들이 올라가 있었다. 전각 앞쪽에서 숙수들이 차례로 완성된 요리들을 가지고 와서 빈 그릇들을 채워 나갔다. 막 만들어진 음식들에서 김이 흘러나오며 군침이 돌게 했다. 진성백과 하성운이 전각 안으로 들어가며 자리에 앉으려고 하는데, 백혜향이 전각 위로 올라오지 않았다.

"왜 앉지 않는 게요?"

의아해하는 그들에게 그녀가 포권을 취하며 말했다.

"그 전에 남편, 아니 가군의 아버님과 외조부님을 모시게 되었는데, 며느리가 될 사람으로서 직접 요리를 하나 하려고 합니다."

"요리?"

손수 요리를 하겠다는 말에 두 사람이 내심 놀라워했다. 이 정도까지 준비했을 줄은 몰랐던 그들이다. 그래도 명색이 혈교의 교주인데 직접 요리를 하겠다는 말에 하성운은 흡족함을 감추지 못했다.

"요리도 하실 줄 알았소? 이것 참 제대로 대접을 받는구려."

그런 그의 반응에 백혜향이 속으로 쾌재를 불렀다. 사실 요리를 해보라는 서갈마의 말에 그다지 탐탁하게 여기지 않았던 그녀였다. 이게 굳이 여성적인 면을 부각하는 일일까 싶었다.

'흥. 뭐 나쁘진 않군.'

다행스러운 일이었다. 문제는 이제 요리를 하는 일이었다. 그녀는 살면서 한 번도 요리라는 것을 해본 적이 없었다. 혼자서 노숙을 할 때조차 미리 준비해둔 건포나 벽곡단 같은 것으로 때울 만큼 조금의 경험도 없었다.

"후우."

백혜향이 미리 준비해둔 조리 도구 앞에 섰다. 그곳에 두부와 여러 야채들, 그리고 큼지막한 돼지고기가 있었다.

"무쌍성의 마차가 도착할 때까지 세 시진가량 여유가 있습니다. 그

때까지 속성으로나마 한 가지 요리만 배우도록 하지요."

"…요리를 해본 적이 없다고 하지 않았나."

"알고 있습니다. 하지만 요리 역시도 무공과 다를 바가 없습니다. 운기법이나 초식을 배우듯이 조리되는 과정을 숙지하는 것만으로도 어느 정도 맛을 낼 수 있습니다."

"흠."

이로 인해 그녀는 두 시진가량 속성으로 요리를 배웠다. 그녀가 만들 요리는 마파두부였다. 대부분의 그럴듯한 요리들은 숙련도를 요하지만 마파두부는 재료부터 준비하는 게 아니라면 비교적 간단하게 만들 수 있는 음식이었다.

슥! 그녀가 도마에 꽂혀 있던 식도를 들었다. 음식을 만들기 위한 도라고 하나 그래도 천성이 무인인지라 도병을 쥔 것만으로 조금은 기분이 나아졌다.

'먼저 두부부터 자른다.'

대부분의 재료는 숙수들이 미리 준비를 해두었다. 하지만 모두 준비해놓으면 요리를 했다는 느낌을 줄 수 없으니 두부만 자를 수 있도록 해놓았다. 촥촥촥촥촥! 백혜향이 두부를 향해 가볍게 식도를 휘둘렀다. 그녀 정도 되는 절세검객이라면 세 모 정도의 두부를 수백여 개의 조각으로 나누는 것은 일도 아니었다. 가볍게 몇 번 휘두른 것만으로 두부가 균일한 형태로 갈라졌다.

"오오."

이를 본 숙수들의 입에서 탄성이 흘러나왔다. 숙련된 요리사들도 두부처럼 다소 흐물거리면서 탄력이 떨어지는 식재료를 자른다면 실수를 하기 마련인데, 그녀의 두부는 조금도 그런 흔적이 없었다.

오히려 단면이 너무 깨끗하고 조각들의 크기가 완전히 동일했다.

"허어."

그것을 보며 하성운도 놀라워했다. 그 역시도 한 사람의 검객이었기에 식도를 휘두르는 것만 봐도 그녀가 얼마나 놀라운 검술 실력을 지녔을지 짐작이 갔다. 두부를 자른 그녀가 솥 안으로 기름과 함께 고추와 마늘을 잘게 썰어 넣었다.

치익! 달궈진 솥에서 듣기 좋은 소리가 흘러나왔다. 매운 기름을 낸 후 두반장과 함께 다진 고기, 자른 파, 두부를 집어넣고서 배운 대로 이를 조려 나갔다. 마파두부가 비교적 간단한 이유가 바로 이것이었다. 두부가 으깨지지 않고 최대한 원형을 보존하기 위해 볶기보다는 불 조절을 하며 조려 나간다.

'흥. 별거 아니군.'

숙지한 대로 하자 점차 마파두부의 형태를 갖춰갔다. 마파두부 특유의 매운 향이 올라오니 입꼬리가 올라가는 그녀였다. 무얼 하든 자신감 하나는 확실했다. 그녀는 힐끔거리며 전각에 앉아 있는 진성백과 하성운을 바라보았다.

'나쁘지 않군.'

그들이 바라보는 시선이 꽤 부드럽다는 것을 알 수 있었다. 서갈마가 전적으로 자신을 믿으라는 말이 어느 정도 통했다고 여긴 그녀는 이제야 안심되는지 속이 편안해졌다.

'좋아. 계속 믿도록 하지.'

화르르륵! 그녀는 요리의 완성을 위해 더욱 속도를 가했다. 장작을 더 넣을 것도 없이 열양의 기운으로 불을 더욱 세게 만들어 빠르게 조려 나갔는데, 이를 지켜보던 숙수들의 표정이 묘해졌다.

'놀랐나 보군.'

그런 그들의 반응에 그녀는 콧방귀를 뀌었다. 일반인들의 눈에는 내가고수의 상위 수법이 당연히 놀라울 수밖에 없으리라 여겼다. 기분이 한결 좋아진 백혜향은 마파두부를 완전히 조린 후에 완성된 것을 그릇에 옮겨 담아 전각 위로 올라갔다. 그런 그녀의 귓가로 서갈마의 전음성이 들려왔다.

[최대한 겸양하게 말씀하셔야 합니다.]

'그 정도도 모를까.'

그럴듯하게 요리를 완성해서 내심 우쭐해진 그녀가 그들 앞에 그릇을 올려놓으며 말했다.

"부족한 실력이지만 두 분을 위해 한번 만들어보았습니다."

"허허허. 이게 부족한 실력이면 숙수들은 전부 실직하게 생겼소이다."

하성운의 칭찬에 백혜향이 부드럽게 미소 지었다. 아직 부친인 진성백은 무슨 생각을 하는지 알 수 없었지만, 외조부만큼은 어느 정도 자신을 마음에 들어하는 듯했다.

[쑥스러운 척 대답하십쇼.]

'쑥스러운 척?'

[손으로 입을 가리고 그리 말씀하시니 부끄러워 몸 둘 바를 모르겠다고 말씀하시면 됩니다.]

'…'

은근히 어려운 주문만 하는 서갈마였다. 보통 여자들이라면 그렇게 어렵지 않은 일이지만 이런 표현 자체가 어색한 백혜향이었다. 입술이 차마 떨어지지 않았지만 억지로 떼어가며 말했다.

"그리… 말씀하시니… 부끄러워 몸 둘 바를 모르겠…습니다."

얼마나 싫은지 볼살을 파르르 떨어가며 딱딱한 목소리로 말하는 백혜향이었다. 억지로 말하니 자연스러울 리가 만무했다.

'아아아.'

이를 본 서갈마는 자신이 무리한 요구를 했음을 인지할 수 있었다. 이미 엎질러진 물이었다.

[빨리 음식을 권하십시오.]

화제를 돌리는 게 나았다. 기다렸다는 듯이 백혜향이 마파두부를 가리키며 말했다.

"식기 전에 드셔보시죠."

그녀의 요청에 진성백과 하성운이 자신들 앞접시로 마파두부를 옮겨 담았다. 보기에는 매운 향이 흘러나와 먹음직스러운 마파두부였다.

'혈교주가 한 마파두부라….'

하성운은 살다 보니 이런 날도 다 있구나, 라는 생각이 들었다. 지금은 어느 정도 인식이 나아졌지만 여전히 혈교 하면 두려워하는 이들이 더러 있었다. 피로 세상을 씻어낸다는 교리 때문일지도 모른다. 그런 교리를 가진 곳의 수장이 여느 여인들처럼 꾸미고서 음식까지 해서 먹어보라고 하니 기분이 묘했다. 참으로 알다가도 모를 세상이었다.

"그럼 잘 먹겠소이다."

"잘 먹겠소."

하성운과 진성백이 동시에 수저로 뜬 마파두부를 입에 집어넣었다. 내색하지 않았지만 내심 기대감에 부푼 그녀가 그들을 뚫어지게 쳐다보았다. 처음으로 만든 요리에 과연 어떤 반응을 보일지 궁금했다. 그런데 입안으로 마파두부를 집어넣은 진성백과 하성운의 표정이 흔들리는 것이 보였다.

'응?'

입에 음식물을 넣었으면 씹어야 하는데 그것을 못 하고 있었다. 하지만 이내 두 사람은 입안에 있던 마파두부를 빠르게 목구멍으로 삼켜 넣었다. 아주 급하게 말이다.

'뭐지?'

대체 무슨 맛이길래 이런 반응을 보이는지 알 수 없었다. 이에 그녀는 수저로 마파두부를 떠서 입안에 넣어보았다.

'…?!'

평소 그녀가 생각하던 마파두부의 맛이 아니었다. 매운맛이 아니라 탄 맛과 더불어 소태처럼 쓴맛에 순간 혀가 아플 지경이었다.

"퉷!"

자신이 만들었다는 사실도 망각한 채 백혜향은 입에 있던 마파두부를 뱉어내고 말았다. 그러고는 순간 아차 싶었는지 당혹감을 감추지 못했다.

"아… 음… 뭔가 착오가… 이… 이게 아닌데."

당황해서 얼굴까지 새빨개진 채 어쩔 줄 몰라 하는 백혜향. 그녀는 제대로 망했다고 생각했다. 분명 알려준 대로 했는데 왜 이런 사태가 벌어졌는지 알 수 없었다. 설마 숙수들이 뭔가 웅성거리던 것이 열양의 기운을 방출하는 모습에 놀란 게 아니었단 말인가.

'빌어먹을 삼촌.'

속성으로 배워가며 잘 보이려 했던 것이 제대로 역효과가 나게 생겼다. 심히 난감해하던 차였다.

"풋."

그때 진성백의 입에서 웃음이 터져 나왔다. 그 모습에 백혜향이 눈살을 찌푸리며 의아해했다. 그런 그녀에게 진성백이 말했다.

"…본인이 괜한 선입견을 가지고 있었던 것 같소."

"선입견?"

"역시 사람은 직접 보지 않고는 판단할 수 없다고 하였는데, 세간에 들리는 소문과 달리 혈교주께선 인간미가 있구려."

'…?!'

여성스러운 모습을 보이려 했던 그녀였다. 그런데 의도와 다르게 실수하고 난처해하는 그녀의 모습에서 진성백은 백혜향이 여느 사람들과 다를 바 없다고 생각하게 되었다. 결과적으로 오히려 더 좋은 영향을 끼치게 된 것이다. 무표정했던 얼굴에서 옅은 미소를 띠고 있는 진성백의 반응에 백혜향은 안도의 숨을 내쉬게 되었다. 하마터면 이 꼴을 해가며 노력했던 것이 물거품이 되나 싶었다.

"운휘 그 아이가 어째서 교주를 마음에 들어하는지 알 것 같소."

이어지는 진성백의 말에 백혜향은 이 기회를 놓치면 안 되겠다고 여겼다. 천천히 하라는 서갈마의 조언도 잊은 채 말했다.

"그럼 아드님을 주시겠습니까?"

그런 그녀의 말에 진성백이 살짝 미간을 찡그렸다. 하지만 이런 직설적인 태도가 그녀가 얼마나 자신의 아들을 좋아하는지를 알게 해주었다.

'이리 좋아한다면 운휘에게만큼은 잘하겠지.'

자신에게 잘 보이는 건 별로 중요하지 않았다. 부부라는 것은 서로를 위해야 하니 말이다.

"주고 말고 할 게 어디 있겠소. 두 사람이 서로를 원한다면 아비로서…"

기대감에 차서 그의 말을 듣고 있던 차였다. 흠칫! 미처 말이 끝나기도 전에 백혜향이 다급히 어딘가로 고개를 돌렸다. 그것은 진성백 역시 마찬가지였다.

"사위?"

장인어른인 하성운이 의아해하던 찰나였다. 두 사람이 바라보는 곳에서 한 인영이 긴 은발을 흩날리며 날아오다시피 하고 있었다. 그 존재를 본 백혜향의 얼굴이 무섭게 일그러졌다.

'저년이 어떻게?'

순간 허리춤에 검이 있었다면 당장 뽑아서 예기를 날릴 뻔했다. 은발의 여인은 다름 아닌 빙한여제 설백이었다. 드디어 우위를 점할 수 있는 순간이 다가왔는데, 갑자기 나타난 그녀의 모습에 짜증이 울컥 치밀어 올랐다.

"사위, 저 여인은?"

"…빙한여제 설백인 것 같습니다."

인요 전쟁에서 그녀를 본 적이 있기에 진성백은 곧장 알아보았다. 북해빙궁의 궁주이자 새로이 팔대 고수의 일인이 된 그녀가 어찌 이곳에 나타난 건지 의문이었다. 의아해하는데 전각까지 날아온 설백이 백혜향을 향해 고개를 절레절레 흔들며 말했다.

"역시 방심할 수 없군."

"얼음 계집, 뭐하러 여기까지 온 거지?"

서로를 향한 적대적인 말투에 진성백은 이들이 앙숙 관계임을 짐작했다. 무슨 연유로 그러는지는 모르겠지만 말이다. 그런데 백혜향을 향해 으르렁거리던 설백이 갑자기 진성백과 하성운을 향해 다소곳하게 예를 취하며 말했다.

"아버님, 외조부님, 둘째 며느리 설백이 인사 올립니다."

'…?!'

무슨 일인가 싶어하던 진성백과 하성운의 어안이 또다시 벙벙해졌다.

'운휘 이 녀석은 대체….'

'빌어먹을 년이!'

백혜향의 얼굴이 무섭게 일그러졌다. 다 된 밥상에 재를 뿌려도 유분수지 어찌 이렇게 나타났단 말인가. 너무 절묘한 순간에 나타나서 어처구니없을 지경이었다. 그녀도 그랬지만 무쌍성주 진성백이나 그의 장인어른인 하성운 역시도 감정적으로 동요되기는 마찬가지였다.

"둘째 며느리?"

그렇지 않아도 혈교의 교주 백혜향이 며느리를 자처해서 놀라던 참이었다. 그런데 인요 전쟁의 신흥 강자로 등장하여 팔대 고수의 자리를 차지한 빙한여제 설백 또한 운휘의 아내라고 자처하니 당혹스럽기마저 했다.

'운휘 이 녀석 대체….'

진성백조차 아들인 진운휘가 대체 뭘 하고 다녔는지 이해하기 힘들 정도였다. 지금 나타난 설백도 여느 평범한 여인과는 관련이 멀었다. 인요 전쟁 때를 떠올리면 현 무림에서 세 손가락에 꼽힌다고 해도 과언이 아닐 만큼 최고의 무력을 지녔다. 한데 이런 여자가 왜 며느리를 자처한단 말인가?

"사, 사위, 이게 대체 무슨 일인지….."

"…저도 모르겠습니다."

이렇게 당혹스러워하는데, 백혜향이 신경질적인 목소리로 말했다.

"어이, 누가 둘째 며느리라는 거지?"

"나라고 했을 텐데, 동생."

"동생? 하!"

백혜향의 피처럼 붉은 머리카락이 솟구치는 붉은 아지랑이에 휩싸여 위로 흩날렸다. 순식간에 사방을 잠식하는 살기에 주변의 공기가 무거워질 정도였다.

"헉!"

"수, 숨이 막혀….."

"쿨럭."

요리를 하던 숙수들과 악공들이 그 여파에 토를 하고 숨을 쉬지 못하는 등 난리도 아니었다. 분노를 조절하지 못하는 그녀의 귓가로 서갈마의 전음이 들려왔다.

[교주! 진정하십쇼. 이제 와서 일을 그르치실 겁니까?]

만류하는 말에 그녀의 시선이 진성백과 하성운에게로 향했다. 눈살을 찌푸리고 있는 두 사람의 모습에 그녀는 아차 싶었는지 내뿜었던 살기를 빠르게 갈무리했다. 그제야 주위에 있던 사람들이 살 것 같다는 얼굴들이 되었다. 반면 설백은 그녀를 도발하기라도 하듯 코웃음을 쳤다.

"훗."

'이게 정말!'

다시 욱하려고 했지만 백혜향은 이성의 끈을 붙잡았다. 여기서 흥분한다면 서갈마의 말대로 기껏 쌓은 탑이 한순간에 무너질지도 몰랐다. 승부의 세계에서는 냉철한 자가 살아남는 법이다. 백혜향은 비아냥거리는 목소리로 말했다.

"아버님께서 인정한 것도 아니고 운휘, 아니 가군께서 인정한 것도 아닌데, 어떻게 네가 둘째 며느리가 될 수 있지?"

날이 선 그녀의 물음에 설백이 빙그레 웃으며 답했다.

"첫째 며느리인 사마영 언니한테 인정받았으니까."

"걔… 아니…."

차마 입에서 언니라는 말이 떨어지지 않았지만, 진성백이 지켜보는 앞이기에 결국 백혜향은 잠시 자존심을 접어두고서 입술을 뗐다.

"사마영… 으은니이가…."

"뭐라고?"

기어들어가는 목소리로 언니를 뭉개서 내뱉자 설백이 그것을 지적했다. 그러거나 말거나 백혜향은 할 말을 마저 했다.

"…언제부터 둘째 며느리를 결정할 권한이 생긴 거지? 아버님과 외조부님이 계신데 말이야."

일부러 그들에게 관심을 돌렸다. 사마영의 인정마저 받아가며 운휘의 환심을 살 정도라면 절대로 시아버지가 될 진성백의 의사를 무시할 수 없을 테니 말이다. 예상대로 설백의 시선은 그들에게서 떨어지지 않고 있었다. 설백이 사근거리는 목소리로 말했다.

"아버님, 외조부님, 자고로 며느리로서의 덕목은 상공을 잘 모시고 바깥일에 집중할 수 있도록 가내를 평안하게 하는 것이라 알고 있습니다. 저는 오래전부터 아내로서의 덕목을 익혀왔기에 누구보다 운휘 상공을 잘 모실 준비가 되어 있답니다."

물 흐르듯이 나오는 그녀의 말에 방금 전까지만 해도 놀라워하던 진성백과 하성운의 눈빛에 이채가 띠었다. 일말의 관심이 생긴 것처럼 말이다. 이에 질세라 백혜향도 소리 높여 그들에게 말했다.

"저도 준비가 되어 있습니다!"

"아아, 그래? 그럼 잘됐네. 여기서 증명하면 되겠네."

"증명?"

의아해하는데 설백이 미소를 지으며 진성백과 하성운에게 예를 갖추고는 말했다.

"요리란 아내의 기본 덕목이죠. 마침 이곳에 식자재와 조리 도구가 있으니 아버님과 외조부님께 간단한 요깃거리라도 대접하도록 하겠습니다."

"이것 참."

자신감이 가득한 그녀의 말에 하성운이 턱수염을 쓰다듬었다. 경쟁심을 불태우는 두 여인은 현 무림에서 최고의 고수들이었다. 그런 그녀들이 손주 한 사람을 두고서 이렇게 다투는 광경을 보게 되니, 이걸 어떻게 받아들여야 할지 난감하기 짝이 없었다.

'기뻐해야 하는 건지, 아니면…'

우려해야 하는 것일까?

그러는 사이 설백이 화로와 조리대가 있는 곳으로 갔다.

'젠장.'

자신감 넘치는 발걸음에 백혜향은 속으로 살짝 불안함을 느꼈다. 안 그래도 자신은 기껏 속성으로 숙지했던 요리를 망쳤는데, 여기서 설백이 조금이라도 잘하는 모습을 보인다면 어떻겠는가.

'뭔가 조치가 필요해.'

가만히 지켜본다면 그녀가 주목받을지도 몰랐다. 지금도 두 사람의 시선이 그녀에게로 가 있었다. 눈치를 보던 숙수들이 설백에게 다가가 물었다.

"필요하신 재료나 밑 준비라도 있으신지?"

"괜찮으니 전부 나가 있어요."

"네?"

야외 조리대에 있던 숙수들더러 전부 나가라고 하니 의아해할 수밖에 없었다. 비치되어 있는 조리대의 숫자는 여덟. 설마 여덟 개를 전부 쓸 리는 없을 테고 주변에 누가 있는 것이 거추장스러워서 그럴지도 모른다고 여긴 숙수들이 고개를 끄덕이며 조리대 밖으로 나갔다. 그들이 전부 비켜서자 그녀는 여덟 개의 도마 위로 식재료들을 올려놓기 시작했다.

"아니, 설마?"

"동시에 음식을 여덟 개나 하려는 거야?"

그 모습에 숙수들이 웅성거렸다. 백혜향 역시도 설마 하는 생각이 들었다.

'저년, 너무 욕심내는 거 아냐?'

아무리 요리를 해본 적이 없는 그녀였지만, 이번에 속성으로 배우면서 숙수들에게 들은 것이 있었다. 그것은 바로 하나의 요리에 집중하라는 것이었다. 맛을 봐야 하고 조리에도 수많은 방법과 걸리는 시간이 있기에 동시 조리를 하게 되면 자칫 모든 요리를 망칠 수도 있다고 하였다. 두 가지만 되어도 그럴 텐데 여덟이라면 집중력이 크게 분산될 게 틀림없었다.

'무덤을 파는군.'

그렇게 여기고 있는데, 믿기지 않는 일이 벌어졌다.

스르륵! 슈슈슈슈! 설백의 인영이 연기처럼 흩어지더니 엄청난 속도로 여덟 조리대를 넘나다니며 식자재를 다듬는데 입이 벌어질 지경이었다. 여기저기서 탄성이 흘러나왔다.

"세상에!"

"모, 몸이 나뉘었어."

"이게 대체 어찌 된 영문이야?"

평범한 사람들 눈에는 설백이 분신술을 쓴 것처럼 보일 것이다. 하지만 잔상을 일으킬 만큼 빠른 속도로 움직이고 있는 것이었다.

'하!'

백혜향은 기가 막혀서 콧방귀를 뀌었다. 요리를 하는 데 고도의 경신법인 이형환위(移形換位)까지 쓰고 있었다. 닭을 잡는 데 소 잡는 칼을 쓰는 격이나 다름없었다.

'아주 용을 쓰네.'

한데 숙수들의 반응이 가관이었다. 처음에는 이형환위에 놀라는가 싶더니 하나같이 눈이 휘둥그레져서 경악을 금치 못하고 있었다.

"이럴 수가…."

"어찌 저런 조리법이 있단 말인가?"

"황실의 어주사라고 해도 저리 식재들을 다루지 못할 걸세."

"내 오십여 년의 숙수 경력에 저런 신기에 다다른 솜씨는 처음 보는 듯하네."

들려오는 그들의 목소리에 백혜향은 식은땀이 흐르는 듯했다. 오랜 세월을 살았다는 것이 무색하지 않을 만큼 신기에 가까운 요리 솜씨를 지니고 있는 설백이었다.

"대단허이, 사위."

하성운을 비롯해 진성백이 시선을 떼지 못하고 있었다. 무위와 화려한 요리 솜씨를 동시에 뽐내니 누구라도 시선을 빼앗길 수밖에 없으리라.

'뭔가 대책을 세우라고, 삼존.'

백혜향이 고개를 돌려서 서갈마가 있는 곳을 바라보았다. 그런데 서갈마도 넋을 놓고 이를 보고 있었다.

'…'

짜증이 절로 치밀어 올랐다. 이윽고 화려한 기술로 요리를 끝낸 설백이 음식들을 들고 왔다. 그나마 알 만한 것들은 오향장육에 유린기, 게살 볶음, 우육면 정도였고 나머지 절반은 어디서 들은 적도 본 적도 없는 음식들로 군침이 돌 정도로 먹음직스러워 보였다. 도저히 인정하지 않을 수가 없었다.

"식기 전에 드시죠."

"허어."

탄성을 흘리던 두 사람이 이내 음식으로 젓가락을 가져갔다. 하나씩 맛을 보는데 진성백의 눈이 커졌고, 하성운은 연신 감탄하며 고개를 끄덕거렸다. 흡족하다 못해 황홀하기마저 했다.

"허허허. 별미로세."

방금 전까지만 하더라도 그녀의 진위를 의심하던 진성백조차 일순간 기막힌 요리 솜씨에 아들 운휘가 부러워질 지경이었다.

"후후."

설백이 이겼다는 듯이 회심의 미소를 보였다. 약이 바짝 오른 백혜향의 이마에 핏줄이 곤두섰다. 기회를 놓치지 않겠다는 듯이 설백이 간드러진 목소리로 말했다.

"아버님, 어떠세요? 마음에 드실지 모르겠네요."

그녀의 모습은 그야말로 이상적인 며느리 상이었다. 어느 시아버지가 이런 요리 솜씨와 붙임성 있는 모습에 넘어가지 않겠는가.

'흠.'

확실히 며느리로서 누군가를 우위에 둔다고 하면, 설백에게 쏠릴수밖에 없다고 여겨지는 진성백이었다.

"…맛이 좋구려. 음식이 사람을 기쁘게 해준다는 사실을 오랜만에 느껴보는 것 같소."

"어머, 기뻐라."

진성백의 입에서 나온 최고의 칭찬에 의기양양해하는 설백. 모든 것이 그녀의 승리로 돌아가는 듯했다. 그때 백혜향이 입꼬리를 비릿하게 올리더니 의미심장한 목소리로 말했다.

"삼백 살이나 먹은 노인네가 젊은 남편 하나 얻으려고 갖은 애를 쓰는군."

'…?!'

그녀의 폭로에 진성백과 하성운의 표정이 일시에 굳었다. 웃고 있던 설백의 얼굴 또한 균열이라도 간 것처럼 일그러졌다. 혹여 자신이 살아온 세월을 운휘를 통해 알고 있을지도 모른다고 짐작했지만 설마 이 자리에서 공개할 줄은 예상치 못했던 그녀였다.

"너!"

방금 전의 붙임성 있던 며느리 상이 아수라처럼 무섭게 바뀌었다. 하지만 이내 진성백과 하성운을 의식했는지, 표정을 풀고서 서둘러 해명했다.

"아버님, 일단 제 말을…."

"삼백 살이라니? 혈교주의 말이 사실이오?"

진지한 진성백의 물음에 그녀는 말문이 턱 막혔다. 사실 그녀는 스스로의 나이를 개의치 않았다. 하지만 지금 상황은 별개의 문제였다.

'…'

운휘가 자신보다 나이가 많은 것으로 알고 있을 때만 하더라도 이런 상황을 염두에 두지 않았었는데, 모든 진실을 알고 나니 참으로 난감하기 짝이 없었다. 자신이 수백 세의 연하에게 반한 것이었으니 말이다.

"사실이오?"

이미 드러났는데 속여서 어쩌겠는가. 입술을 질끈 깨물던 그녀가 이내 이를 부정하지 않았다.

"…사실입니다. 하나 진심으로 그를…."

"어이쿠."

어찌나 충격을 받았는지 하성운이 순간 비틀거렸다. 그런 그를 진성백이 다급히 부축했다.

"장인어른!"

"사, 사위… 운휘… 운휘 이 녀석 대체…."

차마 당사자 앞이라 그런지 하성운은 뒷말을 잇지 못했다. 조금 연상이라면 전혀 개의치 않았을 것이다. 한데 이건 아니지 않은가.

'…연상이 아니라 조상이잖니.'

그를 찾는 이들

충격을 받은 듯 비틀거리는 운휘의 외조부 하성운. 그의 이런 반응에 백혜향은 회심의 미소를 지었다. 운휘에게 이 정보를 들었을 때만 하더라도 딱히 괘념치 않았었지만, 이것이 이렇게 유용하게 쓰일 줄 누가 알았겠는가.

[좋은 수입니다, 교주.]

귓가를 울리는 삼존 서갈마의 전음에 백혜향은 콧방귀를 뀌었다.

"흥!"

설백의 요리 솜씨에 넋이 나가서 하던 조언도 잊고 있던 그가 아니었던가. 이 일만 마무리되면 확실히 대가를 치르게 할 작정이었다. 이런 그녀의 심중을 눈치채기라도 했는지 서갈마가 오한이 든 것처럼 몸을 파르르 떨었다.

'어쨌거나 곤란하게 되었군, 얼음 계집.'

살아온 세월이 발목을 잡아버렸다. 며느리가 될 사람이 자신과 비슷한 나이이거나 한두 해만 더 살았어도 꺼려질 판국이다. 한데 그녀는 한 가문의 조상이라 불러도 과언이 아닐 만큼 오래 살아왔다. 과연 진성백이 며느리로 받아들일까?

'너!'

설백은 자신의 비밀을 폭로한 백혜향에게 크게 분노했다. 당장이라도 빙백신공의 절초를 펼쳐 본때를 보여주고 싶은 마음이 굴뚝같았지만, 어떻게든 이 사태를 수습해야 했다.

"저 아버님…."

설백이 조심스럽게 진성백을 불렀다. 장인어른인 하성운을 부축하고 있던 그가 그녀에게로 시선을 돌렸다. 눈빛에는 난처함이 가득했다. 그도 그럴 것이 삼백 살이 넘는다면 대체 뭐라고 불러야 할지도 난감했다. 잠시 고민하던 진성백이 입을 열었다.

"…노선배."

'…?!'

"아아."

설백은 순간 뒷골이 당겨왔다. 시아버지로 모시려는 사람 입에서 노선배라는 말이 나오니 뒤통수를 맞는 느낌이었다. 말문이 막혔지만 심기일전으로 정신을 가다듬었다. 그리고 부드러운 목소리로 말했다.

"아버님…."

"송구하오만 노선배께서 무슨 의도로 내 아들에게 접근한 건지 알 수 없구려."

"…."

설백의 표정이 굳었다. 한순간에 자신이 마치 순진무구한 아이를 꾀어낸 것처럼 되어버렸다. 그 아이가 현 무림의 정점이라 불리는 사내인데 말이다.

"오해이십니다. 저는 진심으로 상공을 좋아합니다."

"하아…."

진심이 담긴 목소리와 눈빛에 진성백의 눈매가 가늘어졌다. 정말로 좋아한단 말인가? 거짓말은 아닐지도 모른다. 이렇게까지 자신의 인정을 받으려고 하는 걸 보면 말이다. 다만 너무 나이 차가 심했다. 운휘의 외조부인 장인어른 하성운조차 그녀에게 있어서 아이나 다름없었다. 가문의 어른들마저 함부로 할 수 없는 배분인데 어찌 며느리로 삼을 수 있단 말인가. 진성백은 여기서 강하게 이야기하지 않으면 안 되겠다 생각했다.

"노선배와 우리 아이는 살아온 세월의 차가 너무 크오. 당장에는 좋아하는 마음이 더 클지 모르겠지만 언젠가는 현실에 부딪히게 될 것이오."

"아버님!"

"솔직히 말하면 노선배께서 본인을 아버님이라 부르는 것도 굉장히 부담되고 있소."

냉담하게 끊어내려 하는 진성백. 그런 그의 의도를 읽어낸 설백이 머리를 굴렸다. 뭐라고 설득해야 그의 마음을 되돌릴 수 있을까? 고민하던 그녀가 말했다.

"…아버님의 말씀은 충분히 이해합니다. 하나 누가 언제 죽을지 모를 무림에서 나이가 무슨 의미가 있겠습니까?"

"무림인으로서야 그렇겠지만 이건 가족의 일이오."

"가족?"

"어느 며느리가 시아버지보다 나이가 많을 수 있단 말이오?"

"…"

뭐라 할 말이 없었다. 오히려 자신이 설득될 판국이었다. 말문이 막힌 그녀에게 진성백이 탄식을 내뱉으며 말했다.

"노선배, 부디…"

"제발 상공과 헤어지라는 말만 하지 말아주세요, 아버님. 그리고 저를 노선배라고 부르지 않으셨으면 합니다."

[노선배를 노선배라고 하지. 뭐라고 불러.]

이죽거리는 백혜향의 전음에 설백의 눈동자가 싸늘해졌다.

'이렇게 나온다 이거지?'

처음으로 후회가 됐다. 이럴 줄 알았으면 좀 더 빨리 힘으로 백혜향을 억누를걸, 하고 말이다.

그러나 후회해봐야 늦었다.

'설득도 안 되는데 어쩌지?'

자신을 쳐다보는 눈빛이 바뀐 진성백과 하성운을 빤히 바라보던 설백은 고민에 빠졌다. 그렇다고 울고불고하며 붙잡고 늘어질 수도 없지 않은가.

'아!'

순간 설백은 이거다 싶었다. 자존심이 강한 백혜향과 다르게 설백은 오랫동안 살아오면서 감정 조절에 능숙했다. 그녀는 밑바닥부터 감정을 끌어올렸다. 점차 얼굴이 상기되며 눈물이 글썽거리자 백혜향이 눈살을 찌푸렸다.

'뭐 하는 짓이지?'

명색이 무림에서 세 손가락에 꼽히는 괴물이 설마 이 자리에서 울기라도 하겠다는 건가? 그런 게 통할 것 같나? 의아해하고 있는데 백혜향의 눈에 진성백의 난처해하는 얼굴이 보였다.

주르륵! 설백의 뺨으로 눈물이 흘러내렸다. 나이를 떠나 절세미녀인 그녀가 눈물을 흘리는 모습은 아름다움과 연민의 감정을 동시에 느끼게 만들었다. 감정을 무르익게 만든 그녀가 입을 열었다.

"삼백여 년 전에 상공을 만나서 지금껏 독수공방으로 지내왔습니다. 그분과 다시 만날 날만을 기다리면서… 한데 어찌 이렇게… 흑…."

금방이라도 눈물을 펑펑 쏟아낼 것 같았다.

'하!'

그런 그녀의 모습에 백혜향이 기가 찬다는 듯이 속으로 혀를 찼다. 여자는 여자를 안다고 했던가. 여우 짓을 하는 건지 정말로 우는 건지 정도는 쉽게 구분할 수 있었다.

'저게!'

거짓 울음에 넘어가지 말라고 하고 싶었지만 안 그래도 그녀의 비밀을 폭로한 마당에 끼어들면 자칫 속이 좁아 보이게 된다. 그저 저 눈물에 속지 않기를 바라야 했다. 그런 바람이 무색해지기라도 하듯, 진성백이 의아해하며 물었다.

"삼백여 년 전이라니 그게 무슨 말이오?"

걸렸구나 싶었는지 설백이 더 서럽다는 듯이 눈물을 머금으며 말했다.

"그분을 처음 만난 건…."

회상하듯 짤막하게 운휘와의 만남을 이야기하며 아름답게 포장했다. 그러다 보니 마치 운휘가 그녀의 마음을 훔친 후에 삼백여 년간이나 사라졌던 것처럼 되어버렸다.

"허어."

충격이 컸는지 부축을 받고 있던 하성운조차 그녀의 이야기에 안타까움의 탄식을 흘렸다.

"저는 상공께서 도화선의 도인들 도움을 받아 과거로 온 건지 이제야 알았습니다. 그런 줄도 모르고 삼백여 년을 기다렸습니다."

"흠."

이런 그녀의 말에 진성백 역시 안타까움을 금치 못했다. 진성백은 다른 누구보다 책임감이 강한 사내였다. 그러다 보니 방금 전과는 생각이 사뭇 달라졌다. 만약 그녀의 말이 사실이라면 자신의 아들을 위해서 그 오랜 세월 동안 외로움을 이겨내며 기다려온 것이 아닌가.

"한데 두 분의 인정조차 받지 못한다면… 흑."

소매로 눈물을 훔치는 설백. 그런 그녀의 모습에 하성운이 물었다.

"노선… 아니, 소저는 우리 운휘를 기다리느라 그 오랜 세월을 버텨낸 것이오?"

그 물음에 그녀가 고개를 끄덕이며 답했다.

"오직 상공만이 제 인생의 전부였으니까요."

"허어…."

그녀의 진심 어린 목소리에 두 사람의 입에서 감격의 신음성이 흘러나왔다. 어찌 이런 여인이 있단 말인가.

'이것 참.'

그러다 보니 고민에 빠질 수밖에 없었다. 자신들의 아들과 손주를 위해서 평생을 희생해온 여인에게 매몰차게 나이가 많으니 혼인을 허락할 수 없다고 거절하는 게 힘들어졌다.

[사위, 이를 어쩌나?]

[…그 아이를 위해서 오랜 세월을 희생했는데, 보상을 해야 마땅해 보입니다.]

[자네도 그리 생각했군. 노부 역시 그렇네.]

결국 그들은 설백을 받아들이기로 마음먹었다. 이에 진성백이 조심스럽게 운을 뗐다.

"그 말이 사실이라면 우리 아들이 응당 책임져야 할 일 같구려."

"아아!"

"…살아온 세월이 아닌 한 사람의 여인, 아니 며느리로서 대해도 좋겠소?"

그런 그의 말에 설백의 얼굴이 언제 그랬냐는 듯이 환해졌다. 반면 백혜향의 얼굴은 무섭게 일그러졌다. 설마 이런 식으로 감정에 호소해서 이를 극복할 줄 누가 알았겠는가. 가만히 넋 놓고 있다가는 설백이 원하는 대로 될 것이다.

"그럼요. 상공의 부친이시고 외조부님이십니다. 그런 두 분이 며느리로 불러주신다는데 어찌 기쁘지 아니할 수 있겠습니까?"

"허허허. 이것 참."

너무도 좋아하는 그녀의 모습에 하성운이 너털웃음을 흘렸다. 설백은 이 흐름을 타서 위치를 확고하게 다져야겠다고 여겼는지 곧장 본론을 꺼냈다.

"하면 두 분께선 저를 둘째 며느리로 인정…."

"아버님!"

그녀의 말이 미처 끝나기도 전에 백혜향이 끼어들었다.

"혈교주?"

"저는 며느리로 받아주시지 않을 겁니까?"

이런 그녀의 모습이 혈교주가 아닌 한 사람의 질투하는 여인의 모습으로 보였다. 이에 진성백이 옅은 미소를 짓더니 이내 고개를 끄덕이며 답했다.

"두 사람이 서로를 원한다는데 아비로서 어찌 거절하겠소."

애초에 며느리로 받아들이려고 결심했던 그였다. 그때 백혜향이 한쪽 무릎을 꿇고서 포권을 취하며 말했다.

"하면 저를 둘째 며느리로 인정해주십쇼."

"둘째 며느리?"

"가군을 어렸을 적부터 알았고 오랫동안 생사고락을 함께해온 저입니다. 충분히 자격이 있다고 생각합니다."

단도직입적으로 요구하는 그녀였다. 이런 백혜향의 요구에 질세라 설백도 덩달아 같은 예를 취하며 말했다.

"아버님, 자그마치 삼백여 년을 기다렸습니다. 첫째 며느리의 자리를 받아도 부족하지만 이미 사마영 언니께서 먼저 아이를 가졌으니 어찌 그러겠습니까? 저를 둘째 며느리로 인정해주세요."

"……"

이런 두 사람의 요구에 진성백은 진땀이 날 것 같았다. 팔대 고수의 일인인 빙한여제와 오대 악인의 일인인 검혈마녀가 서로를 둘째 며느리로 인정해달라고 요청하는 상황이었다. 난감하기는 하성운조차 마찬가지였다. 자칫하다간 둘째 며느리 자리를 두고서 두 여인이 싸울 기세였다.

'운휘 이 녀석은 어쩌다 이런…'

상황을 초래했는지 알 수가 없었다. 하성운이 사위인 진성백을 슬그머니 쳐다보았다. 눈빛으로 어쩔 거냐고 물었다.

'음.'

이에 백혜향과 설백의 시선 또한 진성백에게로 향했다. 눈에 불을 켜고 있는 무서운 두 며느리를 보고 있자니 차마 결정을 내리기 힘들었다. 한참을 망설이던 진성백이 이내 입을 열었다.

"둘째 며느리는…."

그녀들이 긴장하는 눈빛을 했다. 과연 누구의 손을 들어줄 것인가? 그런데 결과는 뜻밖이었다.

"아무리 시아버지가 될 사람이라고 해도 본인이 결정할 일은 아닌 것 같소. 이건 운휘 그 아이의 결정에 맡기도록 하겠소."

"칫."

"하아…."

이런 그의 말에 두 여인이 대놓고 실망을 금치 못했다. 백혜향이 고개를 돌려 전음으로 그녀에게 말했다.

[어이. 이번에는 확실하게 짚고 넘어가야겠어.]

[처음으로 같은 생각을 했네.]

[운휘의 결정에 납득해야 할 거야.]

[승리를 장담하나 보지?]

[훗. 운휘도 남자인데 삼백 살 먹은 노파보다야 나를 선택하지 않겠어?]

[…선머슴같이 여자로서의 매력이 없는 너보단 나을 것 같은데.]

으득! 그 말에 백혜향의 한쪽 눈썹이 치켜 올라갔다. 설백의 표정 또한 그리 좋진 않았다. 누가 보아도 전음으로 신경전을 벌이는 듯한 두 여인을 보며 진성백은 내심 운휘에게 미안해졌다.

'아들아, 네게 과한 짐을 떠넘겼구나.'

감숙성(甘肅省)의 북부. 기린산에서 멀지 않은 주천의 작은 마을.
'도림(導林)'이라고 적힌 입간판과 회색 차양막이 휘날리고 있는
한 객잔에 죽립을 쓰고 흰옷으로 둘러싼 두 명의 인물들이 들어왔
다. 자연스레 객잔에 있던 객들의 시선이 그들에게로 향했다. 한 사
람은 건장한 체구에 등 뒤에 검 두 자루를 교차해서 착용하고 있었
고, 또 한 사람은 십삼 세에서 십오 세 정도 되어 보이는 소년이었
다. 소년이 들뜬 목소리로 건장한 체구의 사내에게 말했다.

"크으. 스승님, 드디어 중원에 들어선 것 같습니다."

"그렇구나."

"돈황이나 옥문을 거쳤을 때만 하더라도 토반에 낙타 등 서역인
지 구분이 가지 않았는데 감회가 남다릅니다."

"너에겐 더욱 그렇겠구나."

들떠서 좋아하는 소년을 보며 사내가 피식 웃었다. 사내가 얼굴
을 가리고 있던 누런 천 조각을 풀었다.

"후우."

수염이 덥수룩한 사내의 얼굴은 흉터투성이였는데, 그 분위기가
마치 야수를 연상시킬 만큼 강렬하여 그를 힐끔거리며 쳐다보던 객
들이 일제히 고개를 돌리고 말았다. 모두가 그를 두려워했지만 객잔
의 점소이는 아니었다.

"어서 오십쇼."

장사를 해야 하니 인상으로 누굴 가리겠는가. 점소이가 그들을
빈자리로 안내했다. 자리에 앉자마자 수염이 덥수룩한 사내가 주문

했다.

"소면과 이 객잔에서 가장 독한 화주… 넌 또 왜 그런 표정이냐?"

소년의 뚱한 얼굴에 사내가 인상을 찡그리며 물었다. 이에 소년이 눈을 반짝이며 말했다.

"오랜만에 객잔에 들렀는데 스승님 제대로 된 요깃거리를 드시는 게 어떻습니까?"

"요깃거리라… 녀석, 고기라도 먹고 싶은 게로구나."

"헤헤. 들켰네요."

고개를 절레절레 흔든 사내가 점소이에게 주문을 바꾸었다.

"오리탕과 고기로 된 요리가 있으면 내오게."

"알겠습니다요. 화주는 그대로 가져올깝쇼?"

"그러게."

주문을 받은 점소이가 주방으로 부리나케 달려갔다. 점소이가 가고 나자 소년이 허리춤에 있던 물주머니를 꺼내서 벌컥벌컥 마셨다. 스승이라 부르는 사내가 빤히 쳐다보자 손사래를 치며 말했다.

"객잔에 들렀으니 물을 채우면 되지 않겠습니까?"

"됐다. 어차피 이제 물이 떨어질 일은 없을 테니 마음껏 마시도록 하거라."

"정말입니까?"

"이 스승이 허튼소리를 하는 걸 보았느냐?"

이에 소년이 활짝 웃으며 좋아했다.

서역의 사막 지대에서 태어난 소년은 늘 물주머니를 채워놓는 것이 습관처럼 배어 있었다. 얼마 있지 않아 음식이 나오자 소년은 신이 나서 흡입하듯이 그것을 먹었다. 어느 정도 허기를 채우자 소년이 기대감에 찬 목소리로 말했다.

"거의 일 년 만에 중원에 오신 셈인데, 스승님은 기쁘지 않으십니까?"

"사람 사는 곳은 어차피 거기서 거기다."

"에이, 말씀은 그렇게 하셔도 좋으시지 않습니까?"

붙임성이 좋은 소년의 말에 사내가 말없이 미소 지었다. 이 소년은 그가 신강의 화전에 있던 사막 마을에서 만난 소중한 인재였다. 평생 제자를 들일 생각이 없었지만 이 소년을 만나고 나서 완전히 생각이 바뀐 그였다.

'이 녀석은 나를 능가할 인재이다.'

그 또한 수많은 무림인들에게 천재라 불렸다. 마땅한 스승도 없이 혼자서 자신만의 무를 완성하여 팔대 고수의 일인으로 군림하였으니 말이다. 그의 이름은 혁천만. 중원 무림에서 '낭왕(浪王)'이라 불린다. 최고의 무림인이자 중원에서 낭인으로 활동하던 그가 어떻게 이 먼 서역까지 다녀오게 된 것일까? 그것은 스스로를 한계까지 몰아붙이기 위해서였다. 중원에서 마지막으로 맡았던 임무에서 그는 또 다른 천부적인 재능의 소유자를 만났다. 그로 인해 수련의 필요성을 느낀 혁천만은 서역으로 향하게 되었었다.

"제자는 스승님께서 그리 말씀하시던 사숙을 뵐 생각을 하니 흥분이 가라앉지 않습니다. 천하제일검이라니 너무 기대됩니다."

"아서라. 그 칭호는 아직 모르는 법이다."

일 년이나 서역에 박혀 있던 그가 돌아온 이유는 단 하나였다. 천하제일검의 칭호를 얻은 사제 진운휘를 만나기 위해서였다. 수만 리가 떨어진 서역이라고 해도 중원의 소문이 들어오지 않는 게 아니었다.

'천하제일검이라니.'

그 소문을 듣고 놀라지 않을 수가 없었다. 마지막으로 보았을 때만 해도 여전히 자신이 한 수 위라고 자부했던 그였다. 한데 불과 일 년 사이에 무슨 일이 있었던 것일까? 그 수많은 고수들을 제치고 진운휘가 천하제일의 칭호를 얻어냈다니.

'직접 확인해보겠다.'

중원 무림인들이 그렇게까지 그를 추앙하는 데엔 이유가 있을 거라 생각한다. 하지만 지금의 자신 역시도 일 년 전과는 차원이 달랐다. 세상은 넓었다. 중원에서 보지 못했던 새로운 유형의 고수들이 서역에 즐비했다. 혁천만은 그곳에서 살아남았고 한계를 뛰어넘었다.

'사제, 이 사형을 실망시키지 않았으면 좋겠군.'

그리 생각하면서도 한편으로는 특유의 투쟁심 때문에 내심 기대되는 것은 어쩔 수 없었다. 이런 스승의 얼굴을 보며 키득거리며 웃던 소년이 조심스럽게 말했다.

"스승님, 무쌍성에 들러 사숙을 뵙고 나서 기회가 되면 빙한여제 설백 여협을 보러 가면 안 됩니까?"

"설백?"

그러고 보니 새로이 팔대 고수의 일인이 된 여자 고수라 들었다. 불과 일 년 사이에 많은 것들이 변했다. 그가 중원에 있을 무렵만 하더라도 초인들 중에 유일하게 홍일점이 악심파파 철수련이었다. 한데 지금은 검혈마녀를 비롯해 빙한여제까지 두 명이나 걸출한 여자 절세고수들이 탄생했다.

"하고많은 이들 중에 왜 빙한여제가 보고 싶더냐?"

"듣기로는 빙한여제가 선녀처럼 곱고 신비할 만큼 아름답다고 하던데, 스승님께선 궁금하지 않으십니까?"

그런 제자의 말에 혁천만이 피식 웃었다. 한참 이성에 눈뜰 때라 그런지 외모에 먼저 관심을 보일 줄은 몰랐다.

"처음부터 너무 높은 나무를 바라보는 게 아니더냐?"

장난스러운 혁천만의 물음에 소년이 쑥스럽다는 듯이 답했다.

"그렇다기보다 그 정도 되는 여협이라면 스승님과 잘 어울릴 듯하여…."

"뭐라고?"

소년의 말에 혁천만은 실소를 터뜨렸다. 그저 아름답다는 소문에 취해서 관심을 가지나 했더니 그런 생각을 하고 있을 줄 누가 알았겠는가. 자신을 생각해주는 제자의 마음이 기특했다.

'이래서 제자들을 키우는 거였군.'

흡족한 기분이 들었다.

"스승님께선 관심이 없으십니까?"

"글쎄다."

평생을 낭인 생활과 무(武)에만 매진했던 그였다. 여자에 관심을 가지지 않고 살아왔던 그였지만 확실히 제자 말대로 그런 여인이라면 배우자로 나쁘지 않을 것 같았다.

'절세미녀에 절세고수라….'

그런 여인에게서 후사를 본다면 뛰어난 자식이 태어나지 않을까? 생각해보니 나쁘지 않을 것 같았다.

"흠."

제자의 말대로 그 정도 여자라면 한 번쯤 만나보아도 좋을 것 같

394

다고 생각하던 때였다.

"어서 옵쇼!"

객잔 안으로 또 다른 손님들이 들어왔다. 회색 무복을 입은 한 무리의 무사들이었는데, 그들은 특이하게도 식사나 숙박을 하러 온 것이 아니라 대량의 음식을 포장 주문했다.

'흠.'

그리고 기다리는 동안 한구석에서 조용한 목소리로 대화를 나눴다. 대부분이 쓸데없는 이야기였는데, 그중 혁천만의 관심을 끄는 화제가 나왔다.

"한데 정말 그곳에 있겠습니까?"

"무쌍성의 정보가 맞다면 확실하겠지."

"아니, 대체 무슨 연유로 삼대 금지에 갔단 말입니까?"

'삼대 금지?'

그들의 입에서 나온 말에 혁천만의 눈매가 가늘어졌다. 삼대 금지(三代 禁地)는 말 그대로 들어서서는 안 되는 세 장소를 의미했다. 섬서성의 봉림곡(封林谷), 사천성의 귀암석굴(鬼巖石窟), 그리고 여기서 멀지 않은 기린산 협곡 안에 숨겨져 있다는 혈로림(血露林)이 바로 그 세 곳이었다.

흥미로운 이야기에 혁천만은 더욱 귀를 기울였다. 그들은 정말 속삭이는 소리로 이야기했지만 심후한 내공의 소유자인 혁천만에게는 선명하게 들렸다.

"혈로림에서 구할 것이 있다고 하는데 자세한 건 모르겠군."

"쯧쯧. 아무리 그래도 그렇지. 삼대 금지라 불리는 곳에 어찌…."

"그렇다 해도 명색이 천하제일검이라 불리는데 별일이야 있겠나."

'뭐?'

그런 그들의 말에 혁천만이 속으로 놀라움을 금치 못했다. 진운휘가 무쌍성에 있을 거라 여겼던 그였다. 한데 저들 말대로라면 진운휘는 지금 삼대 금지 중 하나인 혈로림에 있다는 것이 아닌가.

'별호가 확실하다면 사제가 틀림없다. 하면 저들은 누구지?'

어떤 단체인지는 모르겠지만 사제의 소식을 알고 있었다. 좀 더 대화를 들어보면 짐작할 수 있으리라.

"하긴 그렇겠군요. 오히려 그분들 손에 붙잡힐 것을 각오해야 할지도 모르겠습니다."

'누굴 붙잡아?'

"두 분 모두 이참에 확실히 끝장을 볼 모양이던데요."

"…생각만 해도 끔찍하군."

"설령 천하제일검이라고 할지라도 이번만큼은 별수 없겠더군요."

"각오해야 할 걸세."

이들의 대화에 혁천만의 표정이 심각해졌다.

"스승님?"

이에 의아해진 소년이 그를 불렀다. 혁천만이 조용히 하라는 시늉을 하고서 귀를 기울였다. 그런데 때마침 주방에서 나오는 포장된 음식 자루들에 저들이 하던 대화를 멈추고, 그것들을 등에 짊어지고 객잔 밖으로 나가버렸다. 이에 혁천만이 다급히 자리에서 일어나며 말했다.

"일어나거라."

"어찌?"

"아무래도 네 사숙이 위험에 처한 것 같구나."

"네?"

"서둘러 저들을 뒤쫓아야 한다."

스승의 보챔에 놀란 소년이 황급히 짐 보따리를 동여맸다.

* * *

객잔 밖으로 나온 두 사제는 서둘러 음식을 사간 무사들을 추적했다. 다행히 무사들의 무공 실력으로는 그들 사제가 추적하고 있음을 알아차리지 못했다.

[스승님, 사숙님을 노리는 자들이 누구일까요?]

[글쎄. 그건 나도 알 수 없구나.]

확실한 건 그들의 대화대로라면 사제인 진운휘를 잡기 위해 만반의 준비를 한 것 같았다. 아무리 무공이 높다고 해도 무림에서 방심은 금물이었다. 저들 뒤를 쫓는다면 어떤 식으로 사제를 궁지로 몰지 알 수 있을 것이다. 그렇게 추적한 지 반 시진가량이 지났다.

[스승님, 저기인가 봐요.]

나무 위에서 그들을 쫓고 있던 와중에 마차와 한 무리의 무사들을 발견했다. 수행원처럼 철두철미하게 마차 주변을 지키고 있었다. 혁천만이 그곳을 보더니 눈살을 찌푸렸다.

[왜 그러시나요?]

[흠. 마차 안에 벽을 넘은 고수가 있구나.]

[벽을 넘은 고수요?]

그 외에도 초절정에 이른 고수도 함께 있는 듯했다. 한데 그 외에도 또 한 사람의 기척이 미묘하게 느껴지고 있었다. 아무래도 자신

의 판단이 맞았던 것 같다. 이대로 저들을 놓쳤다면 사제인 진운휘
가 예상치 못한 뒤통수를 맞았을지도 모른다.

'다행이로군.'

그래도 하나뿐인 사제였다. 그가 위험에 처하게 내버려둘 순 없었
다. 지금의 자신이라면 마차 안에 있는 자들을 비롯해 저들 모두를
상대할 자신이 있었다.

'녀석에게 좋은 경험이 되겠군.'

위험을 무릅쓴 경험만큼 값진 것이 없다고 여기는 혁천만이었다.
보호하듯이 끼고 있어봐야 성장할 수 없으니 말이다.

[따라오거라.]

[넵!]

팟!

혁천만이 먼저 신형을 날리자 소년이 뒤를 따랐다. 갑자기 그들이
나타나자 마차를 호위하고 있던 무사들이 일제히 도검을 뽑았다.

챙! 챙!

"누구냐?"

무사들이 경계심 가득한 목소리로 다그쳤다. 이에 혁천만이 내공
을 실어서 외쳤다.

"누가 감히 내 사제를 노리는 것이더냐?"

"윽!"

"귀, 귀가!"

공력이 실린 목소리는 사자후와 같았고, 이에 무사들이 고통스
러워하며 귀를 틀어막았다. 이들이 꼼짝하지 못하자 혁천만은 다시
외쳤다.

"당장 마차 안에서 나오라."

그 외침이 있고 얼마 지나지 않아 마차 안에서 소리가 들려왔다.

"사제? 지금 뭐라고 지껄이는 것이냐?"

'여자?'

마차에서 들리는 목소리는 여자의 것이었다. 게다가 목소리에 실린 힘만 봐도 틀림없이 벽을 넘어선 고수였다. 정체가 더더욱 궁금해졌다. 스릉! 혁천만은 망설임 없이 자신의 보검 중 하나인 은랑을 빼들고서 마차를 향해 휘둘렀다. 콰콰콰콰콰콰! 그 순간 검격이 날카로운 예기를 이루며 앞으로 뻗어 나갔다. 땅을 가를 만큼 강한 일격은 당장에 마차를 반으로 가를 기세였다. 그때 누군가 마차에서 튀어나왔다. 파앙! 반월 형태의 붉은 예기가 허공에서 그려지며 이내 마차를 노리던 예기를 반으로 갈라 흩어지게 만들었다. 피처럼 붉은 머리카락을 흩날리는 여인의 모습에 혁천만이 미간을 찡그렸다.

'저 여인은?'

분명 들어본 것 같다. 새로운 혈교의 교주 검혈마녀 백혜향의 외양과 같았다. 그때 마차 안에서 또 다른 누군가가 모습을 드러냈는데, 제자인 소년이 화들짝 놀라 소리쳤다.

"스, 스승님, 빙한여제입니다!"

긴 은발을 쓸어 넘기며 나오는 절세미녀. 그녀는 빙한여제 설백이었다. 그토록 보고 싶어하던 설백을 보게 된 소년의 입에서 탄성이 흘러나왔다. 반면 혁천만은 놀라움을 금치 못했다.

'초인의 벽을 넘어선 건가?'

기감을 최대한 열고 있었는데, 저 은발의 여인 설백의 기운을 제대로 감지할 수 없었다. 그렇다는 것은 자신과 거의 동급의 역량을 지녔음을 의미했다. 그러니 마차 안에 있던 것을 눈치채지 못했던 것이다.

"스승님, 어째서 이분들이…"

제자의 말에 혁천만 또한 의아함을 감추지 못했다. 설마 현 무림에서 새로이 팔대 고수와 오대 악인이 된 여자 절세고수들이 자신의 사제를 노리고 있을 줄은 전혀 예상치 못했다. 더군다나 그가 알기로 백혜향은 혈교의 부교주였지 않은가. 배신이라도 하려는 것일까? 이에 혁천만이 소리쳤다.

"그대들은 어째서 내 사제를 노리는 것이오?"

그런 그의 말에 백혜향이 신경질적인 목소리로 소리쳤다.

"아까부터 무슨 소리를 지껄이는 거야? 네놈 사제가 누군데 그딴 소리를…"

그때 마차 안에서 내린 반백의 노인, 삼존 서갈마가 말했다.

"교주, 아무래도 저자는 낭왕인 것 같습니다."

"낭왕? 설마 혁천만?"

외양으로 그를 단번에 알아본 서갈마였다. 그런 그의 말에 백혜향의 눈에 이채가 띠었다. 낭왕 혁천만이 진운휘의 동문 사형이라는 사실은 이미 무림에 널리 알려진 사실이었다.

그때 혁천만이 그녀들을 향해 외쳤다.

"이미 객잔에 보냈던 이들에게서 그대들이 내 사제와 끝장을 보려 한다는 사실을 들었소. 대체…"

바로 그 순간이었다. 백혜향이 그를 향해 신형을 날리며 거리를 좁혀왔다. 그것은 그녀뿐만이 아니라 설백도 마찬가지였다. 한 번에 두 절세고수를 상대하게 생겼다고 판단한 낭왕 혁천만이 제자를 진기로 밀어내며 외쳤다.

"피하거라."

한 사람이라면 모를까, 이 둘을 상대하면서 보호할 여력은 없었다. 그런데 예상치 못한 일이 벌어졌다. 공격할 거라 여겼던 두 여인이 이내 앞에서 멈춰 서더니, 포권을 취하며 동시에 이렇게 말하는 게 아닌가.

"아주버님!"

'...?!'

순간 낭왕 혁천만은 이게 무슨 상황인지 영문을 알 수가 없었다. 이 엄청난 여인들이 왜 자신더러 아주버님이라고 하는 것인가?

'아주버님?'

낭왕 혁천만은 대체 무슨 일인지 알 수가 없었다. 방금 전까지만 하더라도 이 여인들이 사제인 진운휘를 노리고 있다고 여겼던 그였다. 그런데 갑자기 아주버님이라니, 대체 무슨 소리란 말인가?

"...대체 무슨 소리를 하는 거요?"

그런 그의 말에 백혜향이 한쪽 눈썹을 치켜올리며 말했다.

"당신, 운휘의 사형이 아닌가?"

"맞소만."

"그럼 아주버님이 맞네."

그녀의 말에 혁천만의 눈이 휘둥그레졌다. 지금 그녀의 말대로라면 검혈마녀 백혜향이 운휘와 혼인이라도 했다는 것이 된다. 순간 그의 시선이 빙한여제 설백에게로 향했다. 그녀 또한 자신에게 아주버님이라고 했다.

'설마?'

혁천만은 머릿속이 복잡해졌다. 이들이 자신을 가지고 놀리는 건가 하는 생각이 들 정도였다. 검혈마녀 백혜향은 오대 악인의 일인이었고 빙한여제 설백은 팔대 고수의 일인이었다. 그런 그들이 자신의 사제인 진운휘의 아내들이라고? 도저히 믿기지가 않았다.

"…지금 나를 놀리는 것이오?"

그 말에 설백이 빙그레 웃으며 말했다.

"놀리다니요? 상공의 사형이시라면 제겐 아주버님이시니 말씀 편하게 하세요. 이왕이면 제수씨라고 불러주신다면 좋겠군요."

자신이 말하고도 그 호칭이 기분 좋은지 설백의 얼굴이 환해졌다. 그런 그녀를 보며 백혜향이 고개를 절레절레 흔들더니 코웃음을 쳤다.

"제수씨 좋아하시네."

"왜, 그럼 형수라고 부르라 할까?"

"형수는 무슨. 그 나이에 제수씨라고 불리고 싶나 봐?"

나이로 공격하는 백혜향의 말에 설백이 싸늘한 눈빛으로 그녀를 흘겨보았다. 주변의 공기가 점차 차가워지며 입김이 나왔다. 백혜향 또한 기운을 끌어올리자 붉은 아지랑이가 넘실거렸다.

'대체 뭐 하는 짓들이지?'

갑자기 둘이서 앙숙처럼 말싸움을 하더니 당장에라도 겨룰 기세였다. 혁천만은 이 상황을 도저히 이해할 수가 없었다. 자신이 들었던 것은 대체 무엇이란 말인가?

"…두 여협께서 내 사제의… 부인들이라면… 객잔에서 저들이 말했던 그 끝장을 본다는 말은 대체 무슨 소리요?"

그런 그의 말에 백혜향이 여전히 설백에게서 눈을 떼지 않고서 말했다.

"아아, 끝장을 봐야지. 누가 위 서열인지 말이야."

"위 서열?"

의아해하는데 이번에는 설백이 살기 어린 목소리로 말했다.

"굳이 서방님 입으로 직접 들어서 실망하지 말고, 우리 동생은 그냥 이 자리에서 셋째 자리로 만족하지 그래?"

"누가 할 소리를 하는지 모르겠군, 노, 선, 배."

"너 또!"

날카로운 외침과 함께 설백이 그녀를 향해 일 장을 뻗었다. 한기가 서린 일 장에 백혜향 또한 혈천대라공의 기운이 실린 일 장으로 대항했다. 파앙! 두 여인이 일 장을 부딪치자 강렬한 풍압이 일어났다. 그 여파로 인해 바닥에 균열이 생겨났는데, 혁천만이 초인의 벽을 넘어선 고수가 아니었다면 내상을 입고 튕겨 나갔을지도 모른다.

'말려야 하나?'

하지만 왠지 모르게 끼어들면 안 될 것 같다는 생각에 뒤로 신형을 물렸다. 그런 그의 귓가로 누군가의 전음이 들려왔다.

[낭왕, 너무 놀라지 마시오.]

'응?'

그는 혈교의 삼존인 난마도제 서갈마였다.

[난마도제?]

[노부를 알고 있구려.]

[저리 내버려둬도 되오?]

[…종종 있는 일이오. 괘념치 마시오.]

[종종?]

혁천만이 눈살을 찌푸렸다. 보통 여자들이 싸우면 다툼이지만 저들 정도 되면 재난 수준이다. 지금도 나무가 꺾이려고 할 만큼 광풍이 몰아치고 있었다.

[…정말 저들이 다투는 이유가 사제 때문이오?]

[그렇소. 흠흠.]

뭔가 이런 이야기를 하는 것이 남사스러웠는지 서갈마가 헛기침을 내뱉었다. 긍정을 표하는 서갈마의 전음에 혁천만이 어느새 대결을 펼치고 있는 두 여인들을 멍하니 쳐다보았다.

"하…."

이 허탈한 감정은 무엇일까? 오해했던 것에 대한 허탈감이 아니었다. 누구는 한계를 극복하기 위해 일 년간 서역에서 극한의 상황으로 자신을 몰아붙였다. 그런데 누구는 그 일 년 사이에 천하제일의 칭호를 얻은 것으로도 모자라, 현 무림에서 최고라 불리는 여인들이 그를 소유하는 문제로 다투고 있었다.

제자인 소년이 다가와 그에게 조심스럽게 말했다.

"저… 스승님, 괜찮으신지요?"

그렇지 않아도 스승에게 바람을 불어넣었던 소년이었다. 괜히 실망하지 않았을까 걱정되었다. 하지만 그래도 명색이 팔대 고수의 일인이자 낭인들의 왕인데, 이런 일로 크게 감정이 동요되겠는가 싶었다. 그런데 소년의 귓가로 들리는 혁천만의 중얼거림.

"…아주 복에 겨웠구나, 사제."

'아….'

스승님도 역시 남자였다. 스승님에게서 느껴지는 투기가 그 모든 것을 말해주고 있었다.

* * *

깊은 산중. 햇빛조차 들어오지 못할 만큼 우거진 수풀. 그로 인해 어두운 산길은 으슬으슬한 분위기마저 감돌았다. 허리춤에 낫과 호미를 차고 망태기를 진 한 중년의 약초꾼이 앞장서며 산길을 안내하고 있었다. 그 뒤로 왼쪽 귀가 간지러운지 새끼손가락으로 후비적거리는 죽립을 쓴 한 청년과 봇짐을 지고 있는 시종이 따라가고 있었다. 안내를 하던 약초꾼이 말했다.

"길이 참 험하지요?"

"참말로 그렇네요. 아따 무슨 수풀이 이렇게 우거졌대요?"

시종으로 보이는 자가 투박한 말투로 혀를 내두르며 말했다. 이에 약초꾼이 답했다.

"산길이라는 게 사람들이 많이 오가고 해야 길이 좀 평탄해지는데 사람이 없어서 그렇지요. 우리 같은 약초꾼들도 여기까지는 잘 오지 않으니 더욱 그렇겠죠."

"어휴. 아직 해도 안 저물었는데 온통 어둡고 으슬으슬한 게 귀신이라도 나오겠소."

심지어 조금씩 안으로 들어갈 때마다 안개도 끼고 있었다. 괜히 이곳이 삼대 금지라 불리는 게 아닌 듯했다. 그들이 걷고 있는 기린산의 협곡 방향으로 산 초입부터 들어가지 말라는 푯말이 곳곳에 꽂혀 있을 만큼 엄중히 경고를 하고 있었다. 시종이 계속 투덜거렸다.

"아니, 하고많은 곳들 중에 왜 여기에 오자고 한 겁니까?"

이에 청년이 피식 웃으며 말했다.

"왜 겁먹었어?"

"도련님은 무섭지 않습니까? 혼자서 오면 까무러치겠구먼요."

"다 사람 사는 세상이야. 뭘 까무러치기까지야."

"네네, 정말 대단하십니다요."

시종이 절레절레 고개를 흔들었다.

이런 그들의 대화를 들으며 재미있는지 너털웃음을 터뜨린 약초꾼이 말했다.

"두 분은 어쩌다 이곳까지 오신 게요?"

"어쩌다겠소. 우리 도련님이 찾으실 게 있다고 해서 온 거지."

"하고많은 곳들 중에 위험하다고 들어가지 말라고 잔뜩 소문이 난 이 산중에 찾을 게 있단 말이오?"

여기 기린산 인근에 사는 사람들은 절대로 이곳 주변조차 오지 않는다. 그만큼 소문이 흉흉하고 불길한 곳이다. 죽립을 쓴 청년이 입을 열었다.

"혹시 서목한철이라고 들어본 적이 있소?"

"서목한철?"

"먼 옛날 이곳에 있는 협곡의 한 동굴에서 독특한 한철이 발견되었는데, 그것을 두고 서목한철이라고 한다고 들었소."

"오, 그렇소?"

"한철은 차가운 철로 북쪽 새외에서만 구할 수 있는 것으로 알고 있지만, 예전에는 이곳 기린산에서도 구할 수 있었다고 하더구려."

"그걸 구하러 이런 흉흉하고 위험한 곳까지 오시다니, 참으로 공자께서는 담력이 세시구려."

대단하다는 듯이 치켜세워주는 약초꾼의 말에 청년이 별것 아니라는 듯이 말했다.

"별일이야 있겠소."

"매사에 조심해서 나쁠 것은 없지요."

"그래서 그대에게 길 안내를 받고 있잖소."

인근 마을에서 유일하게 이곳까지 약초를 캐러 들어온다는 사람이 바로 이 약초꾼이었다. 청년의 말에 약초꾼이 사뭇 진지해진 목소리로 말했다.

"젊어서 그런가, 이곳에 무슨 일이 있었는지 모르는가 보구려."

"무슨 일?"

"하긴 이 지역 사람도 아닐 텐데 알 리가 만무하겠소. 허허허. 이왕 이렇게 되었으니 옛날얘기라도 들어보시겠소?"

"옛날얘기? 혹시 무서운 얘기라도 하려는 거요?"

시종이 인상을 찡그리며 물었다. 그런 반응이 즐겁기라도 한지 약초꾼이 겁을 주듯이 말했다.

"무섭다면 무섭겠지요."

"아니, 굳이 이런 데서 그런 얘기를…."

이에 시종이 손을 휙휙 저으며 하지 말라고 이야기하려 했다. 그런데 죽립을 쓴 청년이 흥미롭다는 듯이 말했다.

"그거 재미있겠군. 이야기해보시오."

"도련님은 참말로…."

"쉿."

"아오."

시종이 답답하다는 듯이 자신의 가슴을 주먹으로 쿵쿵 쳐댔다. 그러거나 말거나 청년은 이야기해보라며 보챘다. 이에 약초꾼이 낫을 들고서 앞을 가로막고 있는 수풀을 베어내며 말했다.

"서목한철인지 뭔지가 있는지는 모르겠지만 예전에는 이곳에 귀한 약초들도 많고 들짐승들도 많아서 약초꾼부터 사냥꾼까지 많이 돌아다녔다고 하더구려."

"언제부터 이곳이 금지가 된 건지 알고 있소?"

"이곳 토박이들만 아는 이야기지요. 아주 오래전에 웬 부상을 입은 도사들 몇 명이 우리 마을을 거쳤다가 이곳 기린산으로 숨어들었소."

"도사들?"

"그렇소. 무슨 모산인가 막산인가 하는 곳의 도사라던데."

"…모산파?"

"오오, 맞소. 대충 그 비슷한 이름이었던 것 같소. 워낙 어릴 적에 들을 이야기라 가물가물하오."

모산파는 한때 금상제의 무림 탄압을 도우면서 멸문한 도가 문파였다. 다른 도문에 비해 사술과 술법에 능한 문파로 지금은 그들의 맥이 완전히 끊겼다. 한데 이곳에 그 생존자들 일부가 숨어들었다니 청년은 더욱 흥미가 생겼다.

"계속 이야기해보시오."

"처음에 마을 사람들은 이를 대수롭지 않게 여겼소. 모산파라는 곳도 무림의 문파라 들었는데, 무림인들이 피투성이가 되는 일이 하루 이틀이오?"

그 말에 동의하는지 청년이 고개를 끄덕거렸다. 약초꾼이 앞으로 나아가며 말을 이었다.

"그런데 문제는 그 후였소. 도사들이 산에 숨어들고 나서 한 달가량이 지났을 무렵, 마을 사람들은 뭔가 이상한 사실을 알아차렸소."

"이상한 사실?"

"산으로 들어갔던 약초꾼이나 사냥꾼이 한 사람도 돌아오지 않는 것이오."

이상한 일이라기보다 의심스러운 일이었다. 모산파의 도사들이 오고 나서 벌어진 일이었으니 말이다.

"돌아오지 않는다라… 그래서 어찌했소?"

"일가의 남정네들이 돌아오지 않는데 가만히 있었겠소이까? 일가족들이 그들을 찾기 위해 이곳으로 들어왔소."

"하여 그들을 찾았소?"

"안타깝게도 그들 또한 마을로 돌아오지 못했소."

"…전부 사라진 거요?"

"아! 딱 한 사람이 살아 돌아왔다고 하오. 다만 워낙 부상이 심해 얼마 지나지 않아 목숨을 잃었소."

그게 살아 돌아왔다고 해야 하는 걸까?

"그래도 살아서 돌아왔었다면 어찌 그리된 건지는 밝혀졌겠구려. 모산파 도사들이 벌인 짓이오?"

청년의 물음에 약초꾼이 고개를 젓더니 무거운 목소리로 답했다.

"이것 참 어찌 설명해야 할지."

"…모산파 도사들이 그런 게 아니오?"

"그게 말이오, 그자가 죽기 전에 기이한 말을 했었다고 하오."

"기이한 말?"

"…숲에서 사람의 피를 마시는 괴이한 존재들을 봤다고 했소."

그 말에 시종이 눈살을 찌푸리며 몸을 파르르 떨었다. 이런 이야기는 질색인 그였다.

"워낙 허황된 이야기라 누구도 그자의 말을 믿지 않았다고 하오."

당연히 믿기 힘든 이야기였다. 죽기 전에 그자가 했던 말에 의하면, 사람의 피를 마시는 그 괴인들은 가볍게 손을 휘두르는 것만으로 사람을 반으로 찢어버릴 만큼 괴력을 지녔다고 한다.

"그 말을 믿지 않는다 해도 그리 많은 사람들이 사라졌는데 누가 산에 들어가려 하겠소이까? 결국 마을 사람들은 자신들의 힘만으로 해결할 수 없다고 판단했기에 관에 민원을 넣어 조사를 요청했다고 하오. 그래서 어찌 되었을 것 같소?"

약초꾼이 역으로 물었다. 이에 턱을 쓰다듬던 죽립의 청년이 말했다.

"지금까지도 금지 구역이라 불리는 걸 보면 그때도 해결하지 못한 것이 아니오?"

"맞소. 관병들 중에서도 살아 돌아온 자들이 없었소. 더 많은 관병들이 동원되어 몇 차례 더 수색했지만 마찬가지였소."

"전부 돌아오지 못했소?"

"그렇소. 심지어 명성 꽤나 날렸던 무림인들이 이 사건을 해결해보겠다며 산으로 들어갔지만 누구 하나 살아 돌아오지 못했소이다."

사태가 이렇게까지 되니 사람들은 더 이상 방법이 없다고 여겼다. 관의 병사들도, 심지어 무림인들조차 해결할 수 없는데, 무슨 수로 사라진 자들을 되찾을 수 있단 말인가. 사람들이 들어갈 때마다 남은 흔적이라고는 숲의 나뭇잎에 이슬처럼 송송히 맺혀 있는 핏자국

뿐이었다고 한다. 그로 인해 기린산의 이 협곡은 혈로림(血露林)이라 불리게 되었고, 삼대 금지 중 한 곳으로 악명을 떨치게 된 것이었다.

"참으로 섬뜩한 이야기이지 않소? 어쩌면 이 저주받은 숲에는 정말로 인간의 피를 마시는 괴물들이 살고 있을지도 모르오."

약초꾼의 말을 잠자코 듣던 청년이 문득 물었다.

"한데 한 가지 궁금한 게 있소."

"물어보시구려."

"그대의 말대로라면 지금까지 이 숲에 들어와 무사히 살아나간 자가 없다고 했는데, 그대는 어찌 멀쩡히 약초를 캐고 다녔던 거요?"

멈칫! 이런 청년의 물음에 약초꾼이 자리에서 멈춰 섰다. 어둠으로 뒤덮인 숲은 흉흉하면서도 음산하기 짝이 없었다. 멈춰 선 약초꾼이 갑자기 광소를 터뜨렸다.

"하하하하하하핫."

미친 듯이 웃어대는 그를 보며 시종이 이해할 수 없다는 듯이 중얼거렸다.

"이자가 실성이라도 했나."

흠칫! 의아해하고 있는 사방의 수풀이 흔들리며 바스락거리는 소리가 들려왔다. 뭔가 알 수 없는 존재들이 주변을 포위하고 있었다. 그 느낌이 인기척과는 사뭇 달랐다.

"도련님, 이건…."

그때 한참을 웃어대던 약초꾼이 이를 멈추고서 그들에게 말했다.

"오랜만에 온 객들이라 나도 모르게 흥분했군. 이런 어처구니없는 말실수를 저지른 걸 보면 말이야."

약초꾼이 천천히 몸을 돌렸다. 방금 전과 다르게 뒷짐을 지고서 오만한 얼굴을 하고 있었다.

"오랫동안 이곳에서 그분들의 파수꾼 노릇을 했더니, 여기까지만 오면 긴장이 풀린단 말일세."

"파수꾼?"

파수꾼은 어떤 곳을 지키며 일하는 하수인을 의미한다. 스스로를 그리 지칭한 약초꾼이 이죽거리며 말했다.

"매번 이곳에 오는 자들을 겁주는 게 일상이 되어서 말이야."

뭐가 그리 즐거운지 시종일관 웃음을 잃지 않는 약초꾼. 그런 그에게 죽립의 청년이 말했다.

"…한패였군."

"제법 영리한 청년인 것 같은데 이를 어찌하나. 이제야 눈치챘으니 말이야. 하하하하하핫."

약초꾼이 그들을 비웃었다. 그러다 이내 손을 들어 올리며 뭔가 신호를 보냈다.

푸스스스! 그러자 수풀 속에서 노란 안광을 가진 산발의 괴인들이 대거 모습을 드러냈다. 인간이라고 하기에는 이빨이 전부 뾰족하고 날카로웠다.

"크르르르."

심지어 입에서는 짐승과도 같은 소리가 흘러나왔다. 약초꾼이 득의양양한 목소리로 말했다.

"말로만 들었던 흡혈 괴인들을 직접 눈으로 보니 어떻나? 심장이 터질 것 같나?"

"…."

'흐흐흐.'

아무 말도 못 하는 그들을 보며 약초꾼은 겁을 먹었다고 확신했다. 늘 보는 광경이지만 이때가 가장 흥분되었다. 공포에 떠는 인간이 죽어가는 모습을 지켜보는 순간이니 말이다.

"삼대 금지 혈로림에 온 것을 환영하네. 그리고 잘 가게."

파파파팟! 그 말이 끝나기가 무섭게 괴인들이 일제히 움직였다. 마치 흉포한 짐승이라도 되는 것처럼 두 사람을 향해 괴성을 지르며 달려들었다. 바로 그 순간이었다.

딱! 죽립의 청년이 가볍게 손가락을 튕겼다. 그 순간 달려들던 괴인들이 멍한 얼굴로 그 자리에서 멈춰 섰다.

'…?!'

알 수 없는 광경에 약초꾼의 어안이 벙벙해졌다.

"이게 대체…."

"딱히 심장이 터질 만큼 놀라울 것도 없군."

"뭐?"

영문을 알 수 없어하는데 죽립의 청년이 손을 가볍게 휘저었다. 그러자 수십 명이나 되는 괴인들의 머리가 일제히 폭발하듯이 터져버렸다. 콰직! 콰직! 파팍!

"아닛!"

보고도 믿기지 않는 광경이었다. 손도 대지 않고 이들을 전부 죽여버렸으니 말이다. 더욱 놀라운 것은 이 많은 괴인들의 머리가 터지면서 피와 뇌수가 사방으로 튀었는데, 죽립의 청년 주변에는 보이지 않는 막이 쳐져 있는 듯했다.

'저, 정녕 인간이 맞나?'

죽은 괴인들이 아니라 눈앞의 저자가 진정한 괴물이었다. 겁에 질린 약초꾼이 뒷걸음을 치며 말했다.

"대… 대체 당신은 누구요?"

그런 그의 물음에 청년이 아닌 시종이 오히려 어깨를 으쓱하며
말했다.

"아이고, 교룡도 죽이신 우리 도련님이 그깟 피나 빨아먹는 괴인
들에게 당할 것 같아?"

"교룡? 서, 설마?"

약초꾼의 얼굴이 새파랗게 굳어갔다. 그런 그를 향해 죽립을 슬
며시 들어 올리는 청년.

'…!!'

그는 바로 현 무림의 정점이라 불리는 자, 천하제일검 진운휘였다.

어두운 공동. 야광주 하나가 은은하게 넓은 공동을 비추고 있었
다. 공동의 입구로 보이는 곳에는 누구도 들어오지 못하도록 커다
란 암석이 막고 있었다. 오랫동안 훈련을 했는지 공동 안에는 수많
은 흔적이 가득했고, 사방에 멀쩡한 곳이 없었다. 공동 한가운데에
는 좌선을 하고 있는 낡은 도복의 노인이 있었다. 명상하듯 눈을 감
고 있는 노인의 몸에서 뜨거운 열기와 함께 아지랑이가 자욱하게
피어올랐다. 이내 아지랑이가 회오리를 치며 기(氣)의 소용돌이를
만들어냈다. 이윽고 그 기운은 점점 상승하여 공동의 공간 전체를
차지할 만큼 강렬해졌다.

콰아앙! 퍼져 나가는 기운의 여파에 암석이 부서졌다.

"껄껄껄껄!"

눈을 감고 있던 노인의 입에서 호탕한 웃음이 흘러나왔다. 먼지

가 피어오르는 공동 안으로 세 명의 도복을 입은 노인들이 들어왔다. 노인들 중 가운데 머리카락만 검은 자가 포권을 취하며 말했다.

"무원공을 대성하신 것을 경하드리옵니다, 대사형."

"경하드리옵니다, 대사형."

그들의 축하에 노인이 고개를 끄덕이더니 자리에서 일어났다. 눈을 뜨는 도사 노인. 그의 왼쪽 눈동자가 금빛으로 일렁이고 있었다. 한데 그뿐만이 아니라 다른 세 명의 도인들 역시도 각각 한쪽 눈동자가 금안이었다. 대사형이라 불린 노인이 그들 도인들에게 말했다.

"드디어 때가 무르익었구나."

"대사형!"

그런 그의 말에 세 명의 도인들이 감격에 겨워했다. 오직 이 순간만을 기다려왔다. 가운데 머리카락만 검은 노인이 흥분한 목소리로 말했다.

"월나라의 구천은 오랫동안 쓸개를 맛보며 치욕을 상기했다고 하나 대사형과 우리 모산파의 기다림만 하겠습니까? 오직 이날만을 기다려왔습니다."

"노부 또한 그러하다."

대사형이라 불린 도사 노인이 손을 뻗었다. 그러자 바닥을 나뒹굴고 있던 낡은 보검이 그의 손으로 빨려 들어왔다. 착! 검을 붙잡은 노인이 결의가 담긴 목소리로 말했다.

"우리가 이 기린산에 들어온 지도 어언 이백여 년이 흘렀다. 살아남기 위해 짐승과 인간의 피를 먹어가며 목숨을 연명해왔다."

그 순간을 떠올렸는지 도인들이 신음성을 흘렸다. 목숨을 부지하고 강해지기 위해 얼마나 비참한 세월을 보내왔던가. 그 인고의 세월을 보답받을 순간이 다가왔다.

"우리를 배신하고 끝까지 이용만 했던 금상제 놈과 우리 모산파를 공적으로 몰아간 무림에 복수할 그날이 드디어 왔도다."

"대사형께서 무원공을 대성하실 그날만을 기다려왔습니다."

"고생이 많았다. 사제들의 노고가 없었다면 무원공을 대성하지 못했을 것이다. 먼저 금상제 그놈에게 피의 대가를 받을 것이다."

결의가 넘치는 그의 목소리에 세 도인들의 표정이 묘해졌다. 그런 그들의 반응에 대사형이라 불린 도인이 의아해하며 물었다.

"왜 그러느냐?"

눈치를 보다가 이내 가운데 머리카락만 검은 도인이 조심스럽게 말했다.

"저 대사형, 그렇지 않아도 전해드릴 말씀이 있습니다."

"무엇을 말이더냐?"

"대사형께서 폐관 수련에 들어가신 오 년 사이에 많은 일들이 있었습니다. 특히 요 근래 일 년 사이에 말입니다."

"일 년 사이에? 무슨 일이 있었기에 그러느냐?"

"아무래도 정말로 금상제가 죽은 듯합니다."

"…뭐?"

그런 도인의 말에 대사형이라 불린 도인의 표정이 굳었다. 금상제가 누구던가. 서복의 영단 비법을 얻어 불완전하지만 반 불로장생에 무(武)로는 최고의 경지에 이른 괴물이 아니던가. 오랫동안 모산파를 수족처럼 이용하고 버린 당사자이기도 했다.

"어찌!"

오직 그를 이기기 위해 절치부심으로 무원공을 연마했던 도인이

416

었다. 한데 그가 죽었다는 말을 들으니 허탈함을 넘어서 충격을 받을 수밖에 없었다.

"그게 정말이더냐?"

"확실합니다."

"확실하다고? 대체 누가 놈을 죽인 것이더냐?"

"황실 최고의 고수 연생이라는 여인의 손에 죽었다고 합니다."

"뭐?"

그런 그의 말에 대사형이라 불리는 도인이 어처구니없어했다. 그 괴물 같은 존재가 고작 여자 무림인에게 죽었다는 말이 쉽게 믿기지가 않았다.

"놈이 두려워하던 검선의 후예가 아니고 말이냐?"

금상제는 검선의 후예를 두려워했다. 그래서 서복의 불완전한 불로장생 비법을 완성하도록 모산파의 후인들을 닦달했었다. 그로 인해 수많은 문도가 목숨을 잃었다. 가운데만 검은 머리카락의 도인이 답했다.

"…네. 황실에서 놈의 수급을 효시해두고 대대적으로 경왕의 위무사인 연생이라는 여인의 공을 치하했다고 합니다. 듣기로는 여인의 몸으로 금의위 부제독의 위까지 받았다고 하더군요."

"하!"

진심으로 기가 찼다. 오직 그를 죽이기 위해 혹사했던 것이 일순간에 무색해져 버렸다. 대사형이라 불리는 도인이 노기에 찬 목소리로 언성을 높였다.

"어찌 그 사실을 이제 알리는 것이더냐?"

"…중요한 폐관 중이셨고 설령 금상제가 죽었다고 한들 저희의 숙원은 그것이 끝이 아니지 않습니까?"

"아아아."

사제 도인의 말에 대사형이라 불린 도인의 입에서 옅은 탄식이 흘러나왔다. 그 말이 맞았다. 설령 금상제가 죽었다고 한들 그것은 복수의 시작이었다. 한을 풀기 위해서는 금상제뿐만 아니라 자신들과 척을 지었던 다른 도가들이나 무림과의 관계를 정리해야 했다.

"사제, 네 말이 맞다. 금상제 그놈도 거쳐가는 하나의 산일 뿐이다. 놈이 전부가 아니다."

"맞습니다. 그리고 어찌 생각하면 하늘이 저희를 돕는 것일 수도 있습니다."

"하늘이 도와?"

"간교한 금상제 놈이라면 저희가 다시 일어서는 것을 두려워하여 무슨 짓을 할지 모를 노릇입니다."

"그렇지. 놈이라면 그럴지도."

검선의 후예를 두려워하여 평생을 숨지 않았던가. 놈이라면 절치부심하며 만반의 준비를 한 자신들을 경계하여 더욱 자취를 감추고는 계략을 꾸밀지도 모른다. 그러다 문득 생각을 달리하니 놈의 인생도 참 기구하다 여겨졌다.

'그리 영생을 탐했던 작자가…'

이리 허망하게 갈 줄 누가 알았겠는가. 놈은 서복의 비술을 알아내려고 했던 자신들이 끝내 성과를 내지 못하자, 그것을 알고 있다는 이유만으로 모산파를 멸문하려 했다. 이런 걸 보면 인과응보라는 것이 없지는 않은 듯했다.

'흠.'

그 연생이라는 여인이 궁금해졌다. 대체 얼마나 강하고 계략에 능통하면 평범한 무관 여인이 금상제처럼 수백 년을 살아온 능구렁이 같은 자를 죽일 수 있었는지 말이다. 잠시 생각에 잠겼던 도인이 말했다.

"하면 그 연생이라는 계집을 죽인다면 무림과 황실 전체의 사기를 떨어뜨릴 수 있겠구나."

금상제를 죽였다면 사실상 정점에 가깝다고 할 수 있었다. 어차피 검선의 후예는 수백 년 전에 사라져서 그 모습조차 보이지 않으니 이미 옛날에 타계했거나 우화등선했을지도 모른다.

"정점을 죽이는 것만큼 효과적인 것도 없지."

그런 그에게 가운데 머리카락만 검은 도인이 고개를 저으며 얘기했다.

"대사형, 그녀 또한 무림의 최고수로 점쳐지고 있지만 현 무림의 정점은 다른 자입니다."

"뭐?"

대사형이라 불리는 도인이 눈살을 찌푸렸다. 금상제를 죽인 여자보다 더 강한 자가 있단 말인가?

"누구지?"

"천하제일검 진운휘입니다."

"천하제일검?"

이미 별호만 들어도 무림의 정점이라는 사실을 알 수 있었다. 검선 이후로 무림에는 천하제일이라 불렸던 자가 없었는데 의외였다.

"폐관한 후로 많은 것이 바뀌었구나."

"놈이 검선의 후예입니다."

"뭐?"

검선의 후예라는 말에 대사형이라 불리는 도인의 얼굴이 무섭게 일그러졌다. 모산파에게 있어서 검선 순양자도 원수나 다름없었다. 그런데 그 검선의 후예가 멀쩡히 살아 있는 데다 현 무림의 정점으로 군림하고 있다니 다시 전의가 불타올랐다.

"검선의 후예가 살아 있다고? 크하하하하하하핫!"

광소를 터뜨리는 대사형이라 불리는 도인. 그런 그에게 가운데만 검은 머리카락이 있는 도인이 조심스럽게 말했다.

"하나 사형, 방심하시면 안 됩니다. 무원공을 대성하신 사형이라면 고금제일이라 해도 과언이 아니겠지만 놈이 교룡을 죽였다는 소문이 파다합니다."

"교룡을 죽여? 그 타락한 영물을 말하는 것이더냐?"

"그렇습니다. 저희도 그 얘기를 듣고 믿기 힘들었지만 많은 이들이 지켜보았다고 하니…."

바로 그 순간이었다. 쿠르르르르!

"웃!"

"공동이?"

대사형이라 불리는 도인에게서 뿜어져 나오는 방대한 기운에 의해 공동 전체가 지진이라도 난 것처럼 흔들거렸다.

"교룡을 죽인 것이 어쨌다는 것이냐?"

고오오오오! 가공할 정도의 진기에 속이 울컥거리고 기가 질릴 정도였다.

"나라고 그것을 못 할 것 같으냐?"

'인간의 영역을 벗어난 내공이다.'

'과연 대사형이시다!'

이런 대사형의 힘을 확인하고 나니 일말의 불안함이 완전히 사라졌다. 설령 영물인 교룡을 죽였다고 한들 자신들의 대사형 역시도 충분히 그것을 해내리라 여겼다.

'대사형과 혈귀들만 있으면 본 파의 한을 풀 수 있다!'

혈귀는 비술의 비밀을 알아내기 위해 연구를 하면서 완성한 결과물이다. 놈들은 인위적으로 만들어낸 요물이나 다름없었다. 피를 마시면서 강해지는데, 그들의 강함은 무공을 익히지 않았는데도 일류 고수에 버금갈 정도였다.

'혈귀의 가장 무서운 점은 증식이지.'

혈귀에게 피가 빨린 자들은 또 다른 혈귀가 된다. 이들의 원류는 그들이었다. 그렇기에 새로이 생겨나는 혈귀들조차 그들의 명대로 움직인다. 지금까지 삼천여 명에 이르는 혈귀들을 확보했는데, 이들을 중원으로 풀게 된다면 순식간에 증식될 것이다. 그리된다면 피의 복수가 시작되는 것이다. 기대감으로 흥분되려고 하는 순간이었다.

타타타타탁! 누군가 뛰어오는 소리가 들렸다. 노란 안광에 날카로운 이를 가진 혈귀였다.

"크… 큰일… 났다."

짐승과도 같은 혈귀였지만 개중에는 자아가 또렷한 것들도 더러 있었다. 이들을 통해 다른 혈귀들을 통제했던 그들이었다. 가운데만 검은 머리카락인 도인이 의아해하며 물었다.

"무슨 일이기에 그러느냐?"

"적이… 침입…했다. 우리… 동족…들을… 죽이면서… 진입해… 오고 있다."

"뭐? 적이 침입해?"

혈귀의 그 말에 도인들이 일제히 대사형을 쳐다보았다. 폐관을 끝내고 나온 이상 그가 우두머리였다. 대사형이라 불리는 도인이 먼저 신형을 날리자 다른 세 명의 도인들이 그 뒤를 따랐다.

"누가 침입한 거지?"

보통 사람이라면 혈귀의 기세에 눌려 꼼짝도 못 한다. 그런데 삼대 금지라 불리는 이곳 혈로림까지 들어와 혈귀들을 죽여가며 진입해오고 있다면 보통 고수가 아닐 것이다. 가운데만 검은 머리카락인 도인이 말했다.

"아무리 강하다고 해도 삼천여 명이나 되는 혈귀들을 전부 감당할 수는 없습니다. 침입한 지 꽤 되었다면 지금쯤 또 다른 혈귀가 되었을지도 모른…."

그의 말은 미처 끝나지 못했다. 공동을 나와 보이는 광경에 그들 사형제의 말문이 막혔다.

'…?!'

보고도 믿기지 않았다. 그 많던 혈귀들이 하나같이 머리가 터져서 쓰러져 있었다. 바닥을 흥건히 적시는 엄청난 양의 핏물과 뇌수에 할 말을 잃을 지경이었다. 끽해야 살아남은 혈귀들이라고는 삼십여 명 안팎이었다. 그런데 그조차 머리가 터지며 그대로 죽고 말았다. 파파파파파팍! 혈귀들의 재생력은 인간과 궤를 달리하지만 머리가 약점이었다. 마치 그것을 알고 있다는 듯이 놈들을 학살하고 있었다.

"저놈은 대체…."

그들의 눈에 피로 얼룩진 이곳을 가로질러 오는 한 청년이 보였다. 이렇게 피가 사방으로 튀었는데, 옷에 피 한 방울 묻지 않은 청년은 마치 산책이라도 나온 사람처럼 평안한 얼굴을 하고 있었다.

'저 생김새는… 설마?'

그때 가운데 머리카락이 검은 도인의 두 눈이 커졌다. 도인들 중에 유일하게 혈로림 밖을 오가며 외부의 정보를 얻어오는 그였다. 청년의 훤칠한 외모와 생김새를 보는 순간 그는 단번에 누군가를 떠올렸다.

"천하제일검!"

그런 그의 말에 사형제가 놀라움을 금치 못했다. 천하제일검 진운휘라면 현 무림의 정점으로 불리는 사내이자 자신들이 조금 전까지 언급하고 있던 교룡을 죽인 자가 아니던가.

"사형, 저자가 그 검선의 후예란 말이오?"

"소문이 맞다면 확실하다."

"…말도 안 되는 강함이오. 혈귀들이 어찌 이리 무력하게."

이만큼의 혈귀를 확보하기까지 정말 오랜 시간이 소요되었다. 그런데 그것이 허무해질 지경이었다. 방금 전 마지막 혈귀의 머리가 터지면서 눈에 보이는 혈귀들은 하나도 남김없이 죽어버렸다. 아니, 딱 하나만 살아남았다. 자신들에게 보고하러 왔던 혈귀였다. 이 혈귀는 그들 뒤에서 공포에 질린 얼굴로 눈앞의 광경을 바라보고 있었다.

'…저건 괴물이다.'

모산파의 도인들이 긴장을 감추지 못했다. 이들이 상상한 것보다 검선의 후예는 더욱 괴물이었다. 유일한 희망은 오직 자신들의 대사형뿐이었다.

"대사형, 놈을 상대하실 수…."

"제법이군. 저 정도는 되어야 무로써 최고의 경지에 이른 본도를 상대할 수 있지."

"아아아!"

"역시 대사형이십니다!"

여전히 오만함과 자신감을 잃지 않은 대사형의 말에 그들 눈빛에도 희망이 차올랐다. 대사형이라면 아무리 괴물 같은 검선의 후예라고 할지라도 절대 밀리지 않을 거라고 확신했다. 전의가 차오른 그가 사제들에게 말했다.

"지켜보아라, 놈의 최후를."

팟! 그 말이 끝나기가 무섭게 엄청난 기세로 그들의 대사형이 놈에게로 쇄도했다. 그들이 그런 그에게서 눈을 떼지 않았다. 무림의 자웅을 다툴 또 다른 싸움이 시작되려 한다. 그렇게 여기는 순간이었다.

촥! 천하제일검 진운휘에게로 기세 좋게 쇄도했던 대사형의 목이 날아갔다. 순식간에 벌어진 일이었다.

'…!!'

데굴데굴! 바닥을 뒹구는 대사형의 머리통. 모산파에서 유일하게 살아남은 세 도인은 터질 듯이 커진 눈으로 입을 다물지 못했다.

─참 많이 컸어, 우리 운휘.

소담검 녀석의 말에 나는 피식 웃었다.

그래, 너와 처음 대화를 나눴을 때만 하더라도 늘 하루하루가 위태로웠지.

지금 이렇게 되기까지 많은 일들이 있었다. 떠올려보면 언제 죽었어도 이상하지 않은 순간들투성이였다. 하지만 지금의 나는 검선 스승님과 무(武)로는 같은 영역에 이르렀다고 해도 과언이 아니다.

"마, 말도 안 돼."

"무원공을 대성하신 대사형께서…"

"어찌 이리 허무하게!"

경악하고 있는 모산파 도사들만 봐도 알 수 있다. 실이 끊어진 인형처럼 비틀거리며 쓰러진 이 도사 노인이 저들의 대사형인가. 확실히 강하기는 했지만 여태껏 상대해왔던 적들이나 내가 알고 있는 자들에 비하면 그리 강한 것도 아니다.

—설백 선에서도 정리되겠네.

이야. 너도 제법 눈썰미가 좋아졌다?

—서당 개 삼 년이면 풍월을 읊는다고 네 옆에서 괴물 같은 것들을 얼마나 많이 봐왔는데 그 정도도 모를까.

소담검의 말대로다. 죽은 이 모산파의 절세고수는 빙한여제라 불리게 된 설백보다 한 수 아래였다. 어쨌거나 남은 자들도 처리해볼까나. 내가 발걸음을 옮기자 경악하고 있던 그들이 도주를 시도하려 들었다.

딱! 나는 손가락을 가볍게 튕겼다. 그러자 경공을 펼치려 했던 그들이 뭔가에 붙잡힌 것처럼 멈춰 섰다.

"아닛?"

"이런 술법까지?"

그들이 당혹감을 감추지 못했다. 지금 내가 저들에게 펼친 것은 철수련의 사술이었다. 물론 저들 정도의 고수라면 내공으로 사술을 풀 수도 있겠지만, 그 짧은 찰나만에 나는 이들을 죽일 수 있다. 촥!

"컥!"

순식간에 그들 뒤로 나타난 나는 모산파의 도사들 중 한 사람의 목을 베었다. 이들의 한쪽 눈이 금안인 것은 불완전한 불로불사의 시술을 받았기 때문이다. 그래서 목을 베어야 단번에 죽는다.

"이노오오옴!"

모산파의 도사들 중 한 사람이 절규와 함께 내 목을 향해 비수를 찔렀다. 이에 검지를 튕겨서 비수를 부서뜨렸다.

"이, 이런?"

"차라리 살려달라고 하지 그랬어."

나는 부서진 파편을 탄지신통으로 날려 놈의 미간을 꿰뚫어버렸다. 팡! 푹!

"억!"

미간이 뚫린 도사가 비틀거렸다. 역시 불완전한 불로불사라 하더라도 재생력만큼은 기가 막힌다. 이 정도로는 죽지 않는 걸 보면 말이다. 뭐 상관없었다. 베면 그만이니까. 검결지로 예기를 일으키려는 순간이었다.

슉! 앞머리 쪽만 검은 도인이 기습적으로 내 옆구리를 연검으로 노렸다. 이에 손을 슬쩍 미는 시늉을 하자, 반탄력과 함께 도인의 몸이 튕겨 나가 이내 석벽에 박혀버리고 말았다. 쾅!

"끄헉!"

벽에 박힌 도인의 입에서 피가 한 움큼 흘러나왔다. 고통스러워하면서도 놈이 나를 괴물처럼 쳐다보았다.

"…기어코 우리를 막는구나."

"막아?"

뭔가 착각하는 것 같다. 나는 곧장 놈에게 본론을 말했다.

"그딴 건 관심 없고 이곳에서 자생한다는 서목한철이 어디 있지?"

'…?!'

이런 나의 물음에 놈이 어처구니없다는 표정을 지었다.

"설마… 고작 그걸 구하러 이곳까지 왔다는 것이냐?"

"뭐 다른 볼일이라도 있을 줄 알았나?"

유일한 모산파의 생존자들을 만나게 된 것은 순전히 우연에 불과했다. 물론 이들에게 있어서는 매우 불행한 일이었지만 말이다. 차라리 문파를 재건하는 정도로만 일을 꾸몄다면 나도 딱히 이들을 제지하거나 하지 않았겠지만 너무 큰 꿈을 꿨다. 중원 전체를 흡혈괴물들로 채워놓겠다니.

"말해. 서목한철은 어디 있지?"

"…네놈이 모든 것을 망쳤는데 본도가 그것을 말하리라 생각…"

둥둥! 그때 놈의 눈앞에 미간이 재생된 도인이 허공에 떠 있는 모습이 보였다. 내공이 이미 초월의 경지에 이른 나는 손을 조금도 대지 않고 이렇게 할 수 있다.

콰드드드드!

"크케케켁!"

허공에 떠 있던 도인의 목이 꺾여버리더니 이내 뽑혀 나가고 말았다.

"이렇게 되고 싶진 않겠지?"

잔인한 광경에 놈이 망연자실한 눈이 되었다. 그러다 이윽고 정신을 차렸는지 내게 증오한다는 듯이 소리쳤다.

"이노오옴! 네놈은 절대로 서목한철이 있는 곳을…."

"아아, 거기였나."

"뭐?"

"여기서 북동쪽으로 오 리 정도 떨어진 지하 공동 창고에 서목한 철을 모아뒀었나."

그런 나의 말에 놈의 눈이 휘둥그레졌다. 자신이 말하지도 않았는데 알아낸 것에 놀랐나 보다.

"대, 대체 그걸 어떻게?"

그런 놈을 보며 나는 비웃음을 흘렸다.

"아아, 그대에게 한 말처럼 들렸나? 한데 아니야."

나의 시선은 놈이 바닥에 떨어뜨린 연검으로 향해 있었다. 먼저 죽인 도인처럼 주인을 잔인하게 죽이겠다는 협박에 연검이 서목한 철이 있는 곳을 곧장 불어버렸다. 갸륵한 녀석의 연검이 약조대로 주인을 지켜달라고 했다. 물론 지금 당장에는 살려줄 생각이었다. 제약이 있겠지만 말이다. 푹!

"끄악!"

놈의 단전을 단번에 파괴한 나는 한기를 일으켜 도인의 몸을 얼려버렸다. 그리고 품속에 있던 무엇이든 들어가는 주머니에 넣었다.

웅웅웅! 연검이 화들짝 놀라서 항의했다.

곱게 풀어주면 후환이 될 텐데 그냥 놓아줄 수야 있나. 서복에게 데려가 녀석의 몸에 금제를 가한 후 풀어줄 생각이다.

* * *

무엇이든 들어가는 주머니가 꽉 찰 만큼 서목한철을 챙겼다.

―너도 참 어지간하다.

이에 소담검이 혀를 내둘렀다.

만약의 상황이라는 것에도 대비해야 하지 않겠나. 대장장이의 말에 의하면 부러졌던 검을 완전히 살려내는 일은 쉽지 않다고 했다. 지금 나는 지푸라기라도 붙잡는 심경이었다.

―남천 그 녀석이 네가 이렇게 온갖 애를 쓰는 걸 알면 참 좋아할 거야.

좋아하지만 말고 돌아왔으면 좋겠다. 녀석을 이대로 보내기에는 내 마음이 아프니까.

어쨌거나 서목한철도 챙겼겠다 이제 돌아가야겠다. 귀찮게 돌아갈 것 없이 축지법으로 단번에 무쌍성으로 가면 된다. 그렇게 축지법을 펼치려는 순간이었다.

'응?'

공동 밖에서 기운이 느껴졌다.

―살아남은 자가 있는 거야?

그럴 리가. 모산파의 도사들은 전부 죽였다. 기감에 잡혔던 모든 존재들을 일일이 확인하고 처리하지 않았던가. 후환을 남기는 것은 딱 질색이니 말이다. 한데 밖에서 느껴지는 기운은 평범한 수준을 넘어섰다.

'절세고수야.'

강해?

이 정도면 모산파의 도사들 중에서 가장 강했던 그 대사형이라는 자와 거의 비슷하거나 그보다 조금 더 위라고 할 수 있었다. 그런데 이윽고 나는 머릿속을 울리는 검들의 소리에 입꼬리를 올렸다. 우우우웅! 공간을 접어서 공동 밖으로 나갔다. 그곳에서 경공을 펼치고 있는 두 인영이 보였다. 한 사람은 바로 낭왕 혁천만이었고, 또 다른 한 명은 열대여섯 살 정도로 보이는 소년이었다.

바로 앞쪽에서 공간이 일렁이며 나타난 내 모습에 그들이 놀라움을 감추지 못했다.

"사제?"

나는 웃으며 그에게 포권을 취했다.

"사형, 오랜만에 뵙습니다."

낭왕 혁천만은 남천검객이 인정한 단 한 명의 제자였다. 그렇기에 그는 내게 정말로 사형이나 다름없었다. 한데 인요 전쟁 때 왜 코빼기도 안 보이지 싶었는데 이제야 그 이유를 알겠다.

—왜?

그 당시에도 초인의 벽을 넘어서기 직전의 그였다. 그런데 이제는 확실하게 넘어섰다. 혼자서 무공을 익혀 이런 경지에 이르다니 정말 감탄이 나올 만큼 대단했다. 천재라는 칭호에 누구보다도 어울리는 자였다.

"스, 스승님, 이분이 사숙이십니까?"

소년이 나를 보더니 흥분하며 말했다. 마치 동경의 대상을 보는 것처럼 눈을 반짝였다. 이에 사형이 한숨을 내쉬더니 고개를 끄덕였다.

"그래, 네 사숙이다."

그러자 소년이 내게 포권을 취하며 정중하게 예를 갖춰 인사했다.

"제자 무진경이 천하제일검이신 사숙을 뵙습니다."

입술을 실룩거리며 좋아하는 모습에 절로 웃음이 나왔다. 어디서 이렇게 붙임성이 좋은 아이를 구한 거지? 내가 눈을 가늘게 뜨고서 사형을 쳐다보니 자신도 안다는 듯이 괜히 어깨를 으쓱해 보이는 사형이었다. 제자에 대한 자부심이 엿보였다. 그럴 만도 한 것이 제자의 재능이 보통이 아닌 듯했다. 벌써 초절정의 경지를 엿보고 있었다.

'또 다른 천재인가?'

한데 특이한 건 사형은 쌍검술의 달인인데, 제자인 무진경은 허리춤에 검과 도를 착용하고 있었다. 의아해하자 사형이 한숨을 내쉬며 말했다.

"왼손으로는 검법, 오른손으로는 도법을 펼쳐 연계하는 무공을 만들겠다더군."

"좌검우도?"

"새파란 애송이의 치기지."

자연스럽게 경지에 이르게 되면 상반되는 무공도 어느 정도 선에서 펼치는 게 가능하다. 완전히 동시에 펼치는 것은 나라고 해도 힘들겠지만 말이다. 이 나이에 이런 발상을 한다는 것 자체가 매우 뛰어난 무재를 지닌 듯하다.

"치기라… 좋은 제자를 찾으셨군요."

이런 나의 말에 사형의 제자가 뛸 듯이 기뻐했다.

"천하제일검의 칭찬을 받다니!"

그런 녀석을 보며 고개를 절레절레 흔들던 사형이 뒤쪽을 엄지손가락으로 가리키며 내게 말했다.

"한데 저기 있던 그 괴인들을 사제가 그리한 건가?"

"아, 보셨습니까?"

긍정을 의미하는 되물음에 사형이 눈살을 살짝 찌푸렸다. 흔들리는 눈동자를 보니 꽤 놀란 모양이었다. 하긴 그 많은 수의 괴인들 머리가 날아가 죽은 것을 보고 놀라지 않을 이가 어디 있겠는가?

"한데 사형께서는 어찌 이곳까지 오신 겁니까?"

근 일 년 가까이 자취를 감췄던 그였다. 한데 이렇게 모습을 드러낸 걸 보면 무공 수련은 끝난 것 같았다. 그때 사형의 제자인 무진경이 말했다.

"스승님께서 사백이 정말로 천하제일검이라 불릴 만한지 시험해 보신… 읍!"

녀석의 말이 끝나기도 전에 사형이 그 입을 틀어막았다. 적잖게 당황한 기색이 역력했다.

"저를 시험하신다니 무슨?"

이런 나의 물음에 사형이 당혹스러워하며 해명하듯이 말했다.

"흠흠. 제자 녀석이 내가 괜히 너스레를 떤 것을 진심으로 받아들인 모양이군. 농담으로 한 말이니 개의치 말게나."

"아아, 그렇습니까?"

이렇게 말은 했지만 왜 나를 찾아왔는지 알겠다. 사형 정도로 투쟁심이 높은 검객이 사제인 내가 천하제일검이라는 칭호를 받았다는데 그냥 넘어갈 수 있겠는가. 비무를 청하러 온 것 같은데 생각이 바뀐 모양이었다. 하긴 그 정도 경지에 이른 자가 저 시체들과 흔적을 봤으면 내가 어느 정도 수준인지 짐작했을 것이다. 제자가 보는 앞이니 여기서 더는 거론할 필요는 없겠지.

흠칫! 그러던 찰나, 어디선가 익숙한 기운들이 이곳으로 다가오는 것이 느껴졌다. 사형도 이를 느꼈는지 내게 다급히 말했다.

"사제, 그렇지 않아도 자네에게 알려줄 게 있었네. 제수씨들이 오고 있네."

"…네."

알고 있습니다. 사형보다 기감이 더 민감하니까요.

이들 두 여자가 동시에 나타난 걸 보니 안 봐도 무슨 일인지 뻔했다. 머리가 지끈거리려고 한다. 그냥 동등하게 하면 될 텐데 끝까지 서열을 가릴 것을 고집하고 있었다.

"괴로운가?"

"부러워 보이십니까?"

"…복에 겨웠다 여겼는데, 제수씨들이 죽일 듯이 싸우는 것을 보니 꼭 그런 것만도 아닌 듯하더군."

"제 심경을 이해하셨군요."

"그래서 이 사형은 웬만하면 한 사람만 만나려고 하네."

"진리를 깨달으셨군요. 그게 가장 속 편합니다."

나는 그 진리를 참 늦게 깨달았다. 그녀들의 기운이 점점 가까워지기에 나는 황급히 사형에게 포권을 취했다.

"사형, 송구한데 저는 바빠서 이만 가봐야 할 것 같습니다."

"뭐? 제수씨들은 어쩌고?"

"저를 보지 못했다고 말씀해주십쇼."

'…?!'

황당해하는 사형을 두고서 나는 축지법으로 이내 도망쳤다. 천하제일검의 칭호를 얻었고 누구보다 강하다고 자부하지만 이 싸움만큼은 나도 감당이 안 됐다.

*　*　*

그렇게 일 년이 흘렀다.

나는 작은 요람에 누워 있는 아기를 보며 한시도 눈을 떼지 못했다. 아기의 올망졸망한 눈, 코, 입을 볼 때마다 괜히 기분이 좋았다. 어쩜 이렇게 사랑스러울까?

—여아인데 어떻게 된 게 너랑 더 닮았냐?

—전 주인께서 말씀하시길 첫 딸은 아버지를 닮는다고 했다.

—…네 전 주인은 혼인도 안 했고 애도 안 낳았는데 대체 그건 어찌 안다냐?

—크흠.

오랜만에 듣는 소담검과 남천철검의 말다툼에 나는 피식 웃었다. 그때는 이런 녀석들의 대화가 얼마나 소중했는지 미처 몰랐다. 하지만 이제는 알 것 같다. 이런 소소한 것도 하나의 즐거움이라는 것을 말이다.

"남편."

그때 뒤에서 사마영의 목소리가 들려왔다. 고개를 돌리니 사마영이 볼이 부풀어서 내게 말했다.

"나를 볼 때도 그렇게 꿀 떨어지는 눈으로 봐주면 참 좋을 텐데. 에휴."

사마영의 그 말에 나는 머리를 긁적였다. 지금도 충분히 그렇게 보는 것 같은데, 이상하게 딸한테 더 그런다고 괜히 질투하는 모습을 보이는 그녀였다. 그런 사마영을 꼭 안아주며 말했다.

"알겠어. 꿀 떨어지는 눈으로 보도록 해볼게."

이런 나의 말에 사마영이 심통 난 목소리로 말했다.

"흥. 말이라도 못하면 몰라."

―운휘야, 말은 이렇게 하면서 얼굴은 헤벌쭉 웃고 있다.

좋은 정보 알려줘서 고마워. 참 가정에 충실한 것도 쉽지 않은 일이다. 그래도 이것마저도 지금은 늘 감사하고 행복하게 여기고 있다.

그때 누군가가 문을 두드렸다.

"주인님, 주모님, 다른 주모님들께서 오셨습니다."

이를 알린 것은 다름 아닌 철수련이었다. 오대 악인의 일인인 그녀는 충성을 맹세한 이후 사마영 곁에서 충실한 호위무사 겸 유모 노릇을 하고 있다. 아기에 대한 열망이 있었던지 그녀는 생각보다 우리 아기를 잘 돌보았다. 그때 방 안으로 백혜향과 설백이 들어왔다. 그런 그녀들에게 사마영이 빙그레 웃으며 말했다.

"이제 누가 둘째가 될지 셋째가 될지는 정했나요?"

나는 속으로 혀를 내둘렀다. 이들의 서열 싸움이 자그마치 일 년 넘게 지속되리라 누가 알았겠는가. 두 여인이 각자 혈교의 교주이면서 북해빙궁의 궁주가 아니었다면 더 격렬하게 싸워댔을지도 모른다. 그런데 두 여인의 표정이 묘했다. 사마영이 의아해하며 물었다.

"설마 아직도 못 정했나요?"

'진짜인가?'

이번만큼은 확실히 결판을 내겠다고 두 사람 모두가 호언장담했다. 그런데도 승부를 내지 못했다니, 참 어지간했다.

그때 백혜향이 입을 열었다.

"흥. 그래서 방식을 바꿨다."

"방식을 바꿨다니요?"

사마영의 반문에 백혜향과 설백이 나를 동시에 쳐다보았다. 그러고는 전혀 예상치 못한 말을 꺼냈다.

"네 둘째 아이를 먼저 가지는 쪽이 언니가 되는 걸로 말이야."

'…?!'

순간 사마영과 나는 어안이 벙벙했다. 그러거나 말거나 설백도 고개를 끄덕거리더니 말했다.

"나도 동의했어. 언제까지 이걸 다투느라 독수공방으로 지낼 수는 없잖아."

"사마영, 아니 우리 첫째 으은니도 동의하지?"

백혜향의 물음에 사마영이 배를 붙잡고 깔깔거리며 웃어댔다. 실컷 싸우다가 내린 이 결론에 웃음이 나오나 보다. 어찌 보면 그동안 서열 다툼을 하겠다고 서로를 견제하느라 합방도 하지 못했는데, 이제 둘 다 그건 아니라고 여겼던 모양이다. 한참을 웃어대던 사마영이 눈시울을 닦으며 말했다.

"두 분이 그러시겠다면 그래야죠. 좋아요. 두 분 중에 먼저 회임하는 쪽이 언니가 되면 되겠네요."

"동의한 거지?"

"네에. 남편도 동의하죠?"

나야 마누라님들 사이에서 무슨 발언권이 있겠나. 말없이 고개를 끄덕였다. 그러자 백혜향이 혀를 날름거리며 내게 다가오더니 말했다.

"오늘부터 밤이 화끈할 거야."

"누가 오늘을 네게 양보하겠다고 했지?"

설백이 그 말을 부정했다. 그러고는 내게 팔짱을 끼고서 홍조 띤 얼굴로 말했다.

"우리 서방님은 오늘 나와 뜨거운 밤을 보낼 예정이거든."

"하! 누구 마음대로?"

"누구는 누구야."

점점 분위기가 살벌해지고 있었다. 내 몸을 반으로 쪼갤 수도 없는 노릇이고 미치겠다. 누가 먼저 나와 합방할지를 가지고 말싸움을 하는데 이러다 우리 영아가 깰까 봐 두려웠다.

그때 이들의 대화에 누군가 끼어들었다.

"주모, 혹시 저도 주인님의 아이를 가지면 둘째가 될 수 있나요?"

'…?!'

갑자기 끼어든 자는 다름 아닌 철수련이었다. 그녀의 말에 모두의 어안이 벙벙해졌다.

철수련의 시선은 설백에게 향해 있었다. 근 일 년 가까이 그녀를 볼 때마다 이를 갈면서 주모라고 불렀던 그녀였다. 한데 이제는 참전과도 같은 선언을 한 것이다.

"뭐가 어쩌고저째?"

결국 백혜향이 분노를 터뜨리고 말았다. 그건 설백이나 사마영 또한 마찬가지였다. 순식간에 방 안이 그녀들의 기세 싸움으로 소란스러워졌다.

—너 어떡하냐?

소담검의 걱정 어린 물음에 나는 지끈거리는 이마를 손등으로 짚었다. 아무래도 이 전쟁은 한동안 지속될 듯하다. 나는 다급히 요람에 누워 있는 우리 영아를 끌어안았다.

"영아야, 무서운 엄마들이 싸워서 시끄럽지? 아빠랑 도망가자."

그리고 축지법을 펼쳤다.

"또!"

일렁이는 공간 속으로 사라지려는 나의 귓가로 네 여인들의 목소리가 동시에 울려 퍼졌다.

22년 후

해가 저물 무렵.

이곳은 개봉에서 제법 유명한 식당이다.

이목구비가 뚜렷하고 짙은 눈썹에 훤칠한 인상의 청년이 뒷짐을 지고 식당 후원에 있는 고목나무 주변을 빙빙 돌고 있었다. 뭔가 긴장한 눈빛을 띤 청년은 입이 바짝 마르는지 마른침을 삼켰다.

'아아, 너무 떨린다.'

청년의 이름은 오정혁. 나이는 스물여섯으로 개봉 내 위지휘사사(衛指揮使司)의 무학(武學)에서 교관직인 종오품 진무(鎭撫)를 맡고 있었다. 젊은 나이에 위지휘사사에서도 종오품의 관직을 맡을 만큼 유망하면서 무관으로 당당한 그였지만 오늘만큼은 긴장될 수밖에 없었다. 그도 그럴 것이….

"오늘 저희 일가가 오랜만에 모이는 날이거든요. 그때 가가를 소개하려고 하는데 괜찮을까요?"

이런 이유에서였다.

그에게 있어서 이 소개 자리는 그녀의 가족들을 만나는 첫 대면 식이었다.

예정에도 없이 너무도 갑작스럽게 초대받게 되어서 그런지 긴장되는 것은 어쩔 수가 없었다.

"후우, 후우. 호흡을 가다듬자."

이 자리에서 인정만 받는다면 처가가 될 곳이다. 자주는 아니더라도 한 번씩 보게 될 텐데 첫 만남은 매우 중요했다.

오정혁이 흐트러진 머리카락을 바로 하며 후원의 고목나무 옆에 자리한 못에 비친 자신의 모습을 바라보았다.

'그래, 오정혁. 자신감을 가져라. 너 정도면 어디 가도 떨어질 것 하나 없는 일등 신랑감이야.'

무시에 장원 급제하여 무관이 되었고 본가 또한 명성이 드높았다. 오대 세가에는 속하지 않았으나 여양 오가라고 하면 모르는 이가 없을 정도로 무림에서도 알아주는 명문 무가였다.

다만 그녀에게는 자신의 본가가 무림의 무가라는 것을 말하지 않았다. 그도 그럴 것이 연인인 그녀 역시도 관인이었기 때문이다. 도찰원(都察院) 최초 여자 부어사로 개봉의 위지휘사사에 감찰 온 것을 계기로 친해졌는데, 고작 반년 만에 애틋함이 강해져 서로 간에 미래를 약조하게 되었다.

'오늘 모든 걸 밝히자.'

관인인 그녀가 놀랄까 봐 자신의 가문이 무림과 연이 있음을 밝히지 않았지만, 이제 더 이상 숨길 수가 없었다. 그렇게 마음을 가다듬고 있을 무렵이었다.

"가가!"

은쟁반에 옥구슬이 구른다면 이런 소리일까. 청량하면서도 듣기 좋은 목소리를 향해 오정혁이 고개를 돌렸다. 그곳에서는 너무도 아름다운 여인이 자신을 향해 손을 흔들며 전각을 넘어오고 있었다. 그녀가 바로 자신의 연인인….

"령아!"

진령아였다. 나이는 방년 스물둘로 궁합도 보지 않는 네 살 차이였다.

그녀를 보자마자 오정혁의 입가에서 미소가 떠나지 않았다.

저렇게나 아름다운 여인이 자신의 아내가 될 사람이라니 아직도 실감이 되지 않았다. 평소와 다르게 더 예쁘게 꾸민 그녀를 보니 가슴이 두근거렸다.

"가가, 오래 기다렸죠?"

다가오는 그녀에게 오정혁이 고개를 저으며 말했다.

"아니야. 별로 오래 기다리지 않았어."

사실 한 시진이 넘게 기다렸다. 그러나 별로 개의치 않았다.

"피잇, 또 한참 기다려놓고 괜찮다고 그러는 거 아니죠?"

이런 그녀의 말에 오정혁이 참을 수 없다는 듯이 입술을 실룩거리며 머리를 쓰다듬었다.

그의 손길이 싫지 않은지 진령아가 배시시 웃어 보였다. 그러던 그녀가 조심스럽게 입을 열었다.

"저기 곧 가족들이 도착할 것 같은데, 그 전에 가가에게 고백할 게 있어요."

"고백?"

"네. 여태껏 가가가 혹시 부담될까 봐 밝히지 않은 게 있거든요."

"밝히지 않은 거?"

"네…. 저희 가문에 관해서예요."

이런 그녀의 말에 오정혁은 참으로 공교롭다는 생각이 들었다. 자신 역시도 그녀의 가족들이 오기 전에 그동안 이야기하지 않았던 가문에 대해 밝히려던 참이었다. 이에 오정혁이 피식 웃으며 말했다.

"사실 나도 령아에게 말할 게 있었는데 참 공교롭네."

"말할 거요? 그게 뭔데요?"

"너와 같아."

"저랑 같다고요?"

"나도 내 가문에 대해 령아에게 제대로 알려준 적이 없잖아. 그저 무가라고만 알려줬고."

"아…."

"해서 령아에게 먼저 사실을 고백하려고 했거든."

이런 그의 말에 진령아가 부담을 덜었다는 듯이 안도하는 얼굴로 오정혁의 손을 잡으며 말했다.

"가가…. 저는 가가를 좋아하는 거지 가가의 배경을 보는 게 아니에요."

"나도 그래. 나는 령아가 어떤 가문이라고 해도 상관없어. 그저 령아와 함께할 수만 있다면 그걸로 족해."

"아아."

그 말에 진령아가 감동받았다는 듯이 탄성을 흘렸다. 내심 어떻게 이야기해야 하나 망설였던 그녀로서는 오정혁의 배려 깊은 말에 더욱 애틋해질 수밖에 없었다.

"고마워요, 가가. 사실 어떻게 이야기를 꺼내야 할지 걱정이었는데, 가가가 그리 말해주니까 용기가 생겼어요."

이런 그녀에게 오정혁이 웃으며 말했다.

"나도 그래. 쇠뿔도 단김에 빼라고 했다고 그럼 서로 이야기하도록 할까?"

"그래요. 그럼 가가부터 할래요?"

"좋아. 듣고 너무 놀라지 말아줘."

"알았어요."

"나 사실… 무관이 되기는 했지만, 우리 가문은 무림에서 꽤 알려진 명문 무가야."

"네?"

반문하는 그녀의 모습에 웃고 있던 오정혁이 내심 불안해했다. 관인들 중에는 관무 불가침 조약 때문에라도 무림인이라는 존재를 꺼려하는 이들이 꽤 많았기 때문이다. 이에 오정혁이 조심스럽게 입술을 뗐다.

"여양 오가라고 혹시 들어봤어?"

"…."

'역시 부담되는 건가?'

대답이 없는 모습에 오정혁이 속으로 난처함을 금치 못했다. 괜찮다고 했지만 역시 무림의 무가라고 하니까 부담이 된 것 같다. 그 때문인지 신경이 쓰인 오정혁이 약간 의기소침해진 목소리로 말했다.

"미안해. 미리 이야기했어야 했는데. 역시 부담….."

슥! 그때 그녀가 고개를 저었다. 그러고는 오정혁의 손을 꼭 잡으며 말했다.

"아니에요. 부담이 되어서가 아니라 오라버니가 저와 같은 얘기를 할 줄은 전혀 몰랐어요."

"같은 얘기? 그럼 설마?"

"네. 저희 가문도 무림과 관련되어 있거든요."

"아아!"

이 말에 오정혁의 얼굴이 환해졌다. 어떻게 이런 인연이 있을 수 있단 말인가? 내심 그녀가 부담된다며 이 자리를 무르자고 할까 봐 걱정했었던 그였다. 그런데 설마 그녀 역시도 가문이 무림과 관련되어 있을 줄은 몰랐다. 이에 오정혁이 한층 밝아진 얼굴로 말했다.

"그럼 여태껏 서로가 무림과 관련되어 있었는데 반년이나 그걸 몰랐던 거네."

"저도 설마 그럴 줄은 몰랐어요."

"령아, 우리 두 사람 정말 인연은 인연인가 보다. 하하하하핫."

오정혁이 호탕한 목소리로 웃었다. 서로가 무림과 연이 있는 집안 출신이라면 더더욱 괜찮았다. 근 십 년 동안 급격히 세가 커져 오대 세가에 버금가는 여양 오가를 무림과 연관 있는 가문이라면 절대로 모를 리가 없었다.

'다행이다.'

오히려 그녀의 가문에서 자신을 반길지도 몰랐다. 하남성 최고 명문 무가의 자제이니 말이다. 덕분에 마음이 한결 편해지고 자신감이 붙었다. 이에 오정혁이 물었다.

"그럼 령아도 말해줄 수 있어?"

"어… 음…."

그런데 그녀가 뭔가 망설였다. 왜 그러는 거지? 혹시 가문이 생각보다 규모가 작거나 해서 그런 건가? 령아의 반응을 보니 그럴 수도 있겠다는 생각이 들었다. 처음 자신의 가문을 듣자마자 뭔가 난처해하는 느낌을 받았었다. 이에 오정혁이 달래는 목소리로 말했다.

"령아, 지금 당장 말하기 그러면 하지 않아도 돼. 네가 말한 것처럼 나는 너를 좋아하는 거지 가문을 보고 만난 게 아니잖아."

"가가…."

"괜찮아. 우리 가문에 대한 건 잠시 잊도록 하자."

배려하는 오정혁의 말에 다시 한 번 고마움을 느낀 진령아의 얼굴이 홍조를 띠었다. 역시 그는 자신이 만났었던 여타 남자들과는 확실히 달랐다. 그래서 사실대로 말해도 괜찮겠다 싶었다.

"가가, 제가 망설였던 건 저희 가문이…."

팍! 그때 오정혁이 그녀를 품에 끌어안으며 달래는 목소리로 말했다.

"말했잖아. 나는 그런 거 전혀 개의치 않는다고. 네 가문이 작든 크든 어떤 문제가 있든 간에 그런 건 전혀 중요하지 않아. 그저 너와 함께하고 싶을 뿐이야."

"가가…."

그렇게 두 사람의 분위기가 한껏 달아오르던 찰나였다.

"설마 우리 령아가 맞나 했는데, 이거 본의 아니게 재미있는 구경을 하게 됐구나."

어디선가 들려오는 목소리에 오정혁과 진령아가 화들짝 놀라서 떨어졌다.

그런 그들 앞에 한 은발의 아름다운 여인이 서 있었다. 겉보기만 봐서는 이십 대로밖에 보이지 않는 그녀의 등장에 오정혁이 의아한 표정을 지었다.

'은발?'

뭔가 이국적인 느낌마저 들었다. 무림에서 은발이라고 한다면 오직 그곳밖에 생각나지 않았다.

'북해빙궁?'

설마 이 여인은 북해빙궁 출신인 건가? 그럼 령아가 가문을 밝히는 걸 망설였던 게 새외 출신이라서 그랬던 건가? 빠르게 상황을 어림짐작한 오정혁이 이내 두 손을 모아 공손히 고개를 숙이며 예를 갖춰 말했다.

"오정혁이라고 합니다."

령아와 관련이 있다면 아마도 언니 쪽일 확률이 높았다.

그렇게 여기던 차였다.

"령아, 네가 남자를 다 데리고 오다니. 이제 다 컸네?"

"아이, 엄마도 참."

'!?'

엄…마?

지금 엄마라고 한 건가?

고개를 숙이고 있던 오정혁이 미간을 찡그렸다. 아무리 봐도 령아와 나이 차가 얼마 나지 않을 듯한데 엄마라 부르다니 이게 무슨 소리지? 의아해하는데 진령아가 오정혁의 팔을 잡고서 말했다.

"가가, 이분은 제 어머니세요."

"어머님이시라고?"

고개를 든 오정혁이 다시 한 번 여인의 얼굴을 보고 놀라움을 금치 못했다. 역시 다시 봐도 너무 젊어 보였다. 의아해하는데 진령아

446

가 조심스럽게 소개를 이어갔다.

"어머니는 북해빙궁의 궁주세요."

'부, 북해빙궁의 궁주?'

오정혁이 놀라서 표정 관리를 하지 못했다. 찰랑거리는 은발을 보고서 북해빙궁 출신일지도 모른다고 여겼지만, 설마 북새외를 다스리는 북해빙궁의 궁주님일 줄은 몰랐다.

"설백 궁주님이십니까?"

이런 그의 물음에 은발의 여인, 아니 설백이 빙그레 웃으며 답했다.

"그렇다네, 젊은이."

그녀의 대답에 오정혁은 속으로 혀를 내둘렀다.

가문의 규모가 작아서 그러나 했는데, 알고 보니 북새외 최고의 세력이자 무림을 통틀어 열 손가락 안에 드는 절세고수의 여식일 줄은 몰랐다. 오히려 자신의 가문이 초라하게 느껴질 만큼 거물급의 자제였다니. 놀라고 있던 차였다.

"이 녀석이 령아가 데려온 남자라고?"

'헉!'

바로 뒤에서 들리는 목소리에 오정혁이 화들짝 놀라서 황급히 몸을 돌렸다. 언제 다가왔는지는 모르겠으나, 바로 뒤에 죽립을 쓴 왜소한 체구의 누군가가 있었다. 체구만 보면 당연히 여인이었다.

"누, 누구?"

슥! 그때 죽립의 여인이 오정혁을 향해 손을 뻗었다. 그냥 가볍게 뻗어오는 손길이었는데 마치 날카로운 검과 같은 기세에 오정혁이 놀라서 뒷걸음을 치고 말았다.

"엄마!"

그런 죽립의 여인에게 진령아가 소리쳤다.

'엄마?'

이건 또 무슨 소리지?

경직되어서 어쩔 줄 몰라 하는데 여인이 쓰고 있던 죽립을 벗었다. 그 순간 피처럼 붉은 머리카락과 붉은 눈동자를 지닌 여인의 얼굴이 모습을 드러냈다. 눈빛이 매서웠지만, 설백과 마찬가지로 굉장히 아름다운 절세미녀였다. 그녀를 보자마자 오정혁이 당혹스러운 목소리로 중얼거렸다.

"혀, 혈교의 교주?"

이 붉은 머리카락을 보고서도 그 정체를 모른다는 게 더 이상한 일이었다. 눈앞의 여인은 바로 혈교의 교주인 백혜향이었다.

오정혁은 머릿속이 혼란스러워졌다. 무림의 패권을 차지하고 있는 최고의 거대 세력 중 하나인 혈교의 교주가 이곳 개봉에 혼자 나타난 것도 놀랄 일인데 방금 분명….

'엄마라고 했던 것 같은데?'

자신이 잘못 들은 건가?

한데 진령아가 오정혁에게 말했다.

"가가, 많이 놀랐죠? 둘째 엄마, 아니 어머니가 많이 짓궂으세요. 가가가 이해해주세요."

"짓궂기는. 흥."

백혜향이 그녀의 말에 콧방귀를 뀌었다.

이에 어쩔 줄 몰라 하던 오정혁이 조심스럽게 입을 열었다.

"령아, 대체 이게 무슨…."

"아! 가가, 제가 제대로 설명을 못 했네요. 이 두 분 모두 제게는 어머니가 되세요."

"두 분 다 어머니라니 대체…."

"령아!"

그때 전각 쪽에서 누군가의 목소리가 들려왔다.

오정혁의 시선이 자연스레 그곳으로 향했다.

전각의 문으로 들어오는 두 사람이 있었는데, 한 사람은 현숙해 보이는 아름다운 여인이었고, 또 다른 한 사람은 새하얗고 창백한 얼굴에 학사와 같은 모습의 중년인이었다. 여인은 처음 보는 얼굴이라 누군지 알 수 없었다. 그런데 여인의 옆에 있는 저 남자의 외양은 어디서 많이 들어봤는데….

그러던 순간이었다.

"엄마! 외할아버지!"

오정혁의 곁에 있던 진령아가 그들에게로 뛰어가며 외쳤다.

'엄마? 외할아버지?'

아니, 또 엄마가 있다고? 대체 엄마가 몇 명이란 말인가?

한데 북해빙궁의 궁주인 설백이 고개를 숙이며 인사했다.

"사마 언니 오셨어요?"

'사마…. 설마?'

오정혁의 두 눈이 휘둥그레졌다. 자신이 알고 있는 사마 성을 쓰는 집안은 오직 하나뿐이었다. 바로 전대 사대 악인의 일인인 월악검 사마착의 집안이 아니던가.

'…내가 지금 뭘 보고 있는 거지?'

그렇게 악명 높은 사파의 정점이라 불리는 자에게 자신의 연인인 진령아가 안겨서 '외할아버지' 하며 응석을 피우고 있었다. 오정혁은 머릿속이 굉장히 혼란스러웠다. 그녀가 엄마라 불렀던 한 사람은 북해빙궁의 궁주였고, 또 다른 한 사람은 혈교의 교주였다. 그리고 나머지 한 사람은 월악검 사마착의 여식인 듯했다. 정체만 들어도 감히 범접할 수 없는 이들이 전부 그녀의 어머니라고? 이게 대체 어찌된 영문인지 알 수가 없었다.

이 어처구니없는 상황에 당혹스러워하던 오정혁의 두 눈동자가 순간 더욱 흔들렸다.

'잠깐만…. 월악검 사마착이 외조부면 그 사위가 령아의 아버지라는 말이 되는데.'

월악검 사마착의 사위는 오직 한 사람뿐이었다. 그럼 령아의 아버지, 그러니까 자신이 혼인을 허락받아야 할 장인어른 될 사람이….

'설마?'

바로 그때였다.

우우우웅! 그의 바로 앞에서 공간이 일렁이며 등에 두 자루의 장검과 허리춤에 한 자루의 단검을 차고 있는 누군가가 나타났다.

"처, 천하제일… 끄르르."

쿵! 그를 보자마자 오정혁은 말을 다 잇지 못한 채 어찌나 놀랐는지 그대로 기절하고 말았다.

"가가!!!!"

쓰러진 그에게로 황급히 달려가는 진령아. 그녀가 기절한 오정혁을 부축하더니 이내 그 누군가를 흘겨보며 소리쳤다.

"아빠!"

이에 아빠라 불린 사내, 아니 천하제일검 진운휘가 눈살을 찌푸리며 억울하다는 표정을 지었다.

'내가 뭘 어쨌다고?'

그저 축지법으로 나타났을 뿐이었다. 그런 진운휘의 귓가로 키득거리는 소담검의 목소리가 울렸다.

—그것 봐, 운휘야. 딸자식 애지중지 키워봐야 소용없다니까.

'…좀 닥쳐줄래.'

안 그래도 오랜만에 만나는 딸이 내가 아닌 외간남자를 붙잡고 흘겨봐서 섭섭해지려 하는데 약 올리지 마라.

〈끝〉

절대 검감 10

초판 1쇄 인쇄일 2022년 7월 4일
초판 1쇄 발행일 2022년 7월 11일

지은이 한중월야

발행인 윤호권
사업총괄 정유한

편집 김지연 **디자인** 김지연 **마케팅** 명인수 **일러스트** 스튜디오이너스
발행처 ㈜시공사 **주소** 서울시 성동구 상원1길 22, 6-8층(우편번호 04779)
대표전화 02-3486-6877 **팩스(주문)** 02-585-1755
홈페이지 www.sigongsa.com / www.sigongjunior.com

ISBN 979-11-6925-035-1 04810
      979-11-6925-025-2 (SET)

*시공사는 시공간을 넘는 무한한 콘텐츠 세상을 만듭니다.
*시공사는 더 나은 내일을 함께 만들 여러분의 소중한 의견을 기다립니다.
*잘못 만들어진 책은 구입하신 곳에서 바꾸어 드립니다.